Katherine.
Das Herz einer Wölfin

Christopher Ross gilt als Meister des romantischen Abenteuerromans. Durch Bestseller wie *Hinter dem weißen Horizont*, *Mein Beschützer, der Wolf*, *Geliebter Husky* und die Romane der *Clarissa*-Saga wurde er einem breiten Publikum bekannt. Während zahlreicher Reisen und längerer Aufenthalte in Kanada und Alaska entdeckte er seine Vorliebe für diese Länder, die bevorzugten Schauplätze seiner Romane.
Mehr über den Autor: www.christopherross.de
www.facebook.com/christopher.ross.autor

Christopher Ross

Katherine.
Das Herz einer Wölfin

Roman

Weltbild

Besuchen Sie uns im Internet:
www.weltbild.de

Copyright der Originalausgabe © 2023 by Weltbild GmbH & Co. KG,
Ohmstraße 8a, 86199 Augsburg
Projektleitung: usb bücherbüro, Friedberg/Bay.
Redaktion: Ingola Lammers
Umschlaggestaltung: *zeichenpool, München
Umschlagmotiv: www.shutterstock.com (© Irina Bg, TM creations,
Andrew Mayovskyy, wirakorn deelert)
Satz: Datagroup int. SRL, Timisoara
Druck und Bindung: CPI Moravia Books s.r.o., Pohorelice
Printed in the EU
ISBN 978-3-98507-562-1

1

Schon als die ersten Risse im vereisten Atlin Lake zu erkennen waren und ein leises Knacken das baldige Aufbrechen des Eises ankündigte, stand Kate am Ufer und blickte sehnsüchtig über den See hinweg. Der Break-up war in jedem Frühjahr ein bedeutsames Ereignis in der ehemaligen Goldgräberstadt und wurde mit Glockenläuten und einem Gottesdienst in der neuen Kirche gefeiert. In die abgeschiedene Stille kam wieder Leben, man trat aus Häusern, Baracken und Zelten und genoss die ersten Sonnenstrahlen nach dem dunklen Winter.

Das Leben kehrte zurück und mit ihm die Fähre, die viele ungeduldige Menschen nach Norden bringen würde, ohne dass sie die Anstrengungen eines mühseligen Marsches über den morastigen Trail ertragen mussten. Voller Ungeduld warteten die Goldsucher, die weder in Glenora noch in Atlin ihr Glück gefunden hatten, auf die Abfahrt der Fähre, um endlich nach Dawson City zu kommen und dort das ersehnte Gold zu finden. Die Goldfelder am Klondike, einem Nebenfluss des Yukon River, waren das Zentrum des Goldrauschs.

Kate hatte mit Gold wenig im Sinn. Sie hatte das beschauliche Johnville im östlichen Kanada aus reiner Abenteuerlust verlassen und würde auch in Whitehorse wieder ein Restaurant eröffnen und als Krankenschwester arbeiten. Sie war am Sisters of the Nahomish Hospital in Seattle ausgebildet worden und hatte schon in Glenora und Atlin die Versorgung der Kranken und Verletzten übernommen. Ihre Kochkunst hatte sie vor allem ihrer Mutter zu verdanken.

Zahlreiche Schaulustige winkten ihr zu, als sie mit den anderen Passagieren an Bord der Fähre ging. Sie blieb an der Reling stehen und blickte wehmütig auf die Siedlung zurück, in der sie den letzten Winter verbracht hatte. Atlin war zu einem Zuhause für sie geworden, doch in ihrem Inneren überwog die Freude, einem neuen Abenteuer entgegenzufahren und endlich wieder mit George vereint zu sein. Seit dem Jahreswechsel hatte sie ihn nicht mehr gesehen. Er war mit ihrem Hundeschlitten nach Norden weitergefahren und hatte seinen Dienst bei der North West Mounted Police angetreten. Gerade erst zum Corporal befördert, gehörte er zu der legendären Polizeitruppe in Whitehorse.

Sie blickte auf ihren Verlobungsring mit dem funkelnden Edelstein. George hatte ihr den Ring geschenkt, nachdem sie aus den Bergen zurückgekehrt waren. Ihr wurde jetzt noch übel, wenn sie daran dachte, wie nahe George dem Tod gewesen war. Einige seiner Kameraden hatten den mörderischen Blizzard nicht überlebt. Wenn sie die Augen schloss und an ihn dachte, fühlte sie die Wärme, die von seinem Körper ausging und sie wie eine schützende Decke umfing. Sie spürte seine Berührungen und seine Küsse, hörte seine sanfte Stimme, wenn er ihr seine Liebe gestand, und sah das vertraute Funkeln in seinen Augen, dieses sanfte Lächeln, das sie von Anfang an verzaubert hatte.

Die Überquerung des Atlin Lake dauerte nicht lange. Die Anlegestelle lag in der Scotia Bay am Westufer des Sees; von dort führte ein knapp drei Meilen langer Pfad zum Teslin Lake, an dessen Ufer ein Dampfer auf sie wartete. Eine Pferdebahn war bereits im Bau, würde aber erst in zwei Monaten fertig sein. Einige Passagiere hatten angenommen, die Pferdebahn wäre bereits in Betrieb, und reagierten aufgebracht. »Was sind schon drei Meilen?«, sagte Kate zu der jungen Frau, die neben ihr an der Reling lehnte. »Wenn wir in Caribou von Bord gehen, haben wir noch über hundertfünfzig Meilen vor uns. Wir können nur hoffen, dass der Boden fest genug ist und wir nicht im Morast versinken.«

»Hundertfünfzig? Da fährt auch keine Eisenbahn?«

»Zur Küste schon, aber an der Strecke nach Whitehorse bauen sie noch«, sagte Kate. »Wird wohl bis zum Frühjahr dauern, hab ich mir sagen lassen.«

»O je.«

»Sie wollen zu den Goldfeldern?«

»Dawson City.« Die junge Frau reichte ihr die Hand und versuchte zu lächeln. Sie sah blass aus. »Maggie Stewart ... nennen Sie mich ruhig Maggie.«

»Katherine Ryan ... Kate.«

»Kate? Etwa die berühmte Klondike Kate?«

Kate lächelte amüsiert. »Den Namen hat mir ein Goldsucher verpasst. Klingt gut, aber mir reicht Kate völlig. Und dass ich berühmt bin, bezweifele ich.«

»Oh, darüber denken die Leute, die ich in Glenora getroffen habe, aber anders. Die sagen, Sie wären den ganzen Stikine Trail geritten, mit dem Hundeschlitten gefahren und zu Fuß gegangen, von Wrangell bis nach Atlin. Und Sie hätten für die Mounties gearbeitet und ein Restaurant geführt und gegen gefährliche Banditen gekämpft ... Ich hab tausend Geschichten über Sie gehört.«

»Sie waren in Glenora?«, wunderte sich Kate.

Maggie nickte. »Ich bin mit dem Schiff bis Glenora gefahren und hab dort in einem Restaurant als Köchin und Bedienung ausgeholfen, bis mich ein Händler auf seinem Wagen nach Atlin mitnahm. Ich musste in einem Zelt schlafen.« Sie stöhnte leise. »Und es wird sicher nicht besser. Wenn ich gewusst hätte, wie anstrengend die Reise ist, wäre ich zu Hause geblieben.«

»Man gewöhnt sich daran, Maggie. Alles halb so schlimm.«

»Wenn man so furchtlos ist wie Sie! Ich hatte ständig Angst, dass mich ein Grizzly oder Wolf in meinem Zelt aufspürt. Bei uns zu Hause gibt es Tornados und Blitz und Donner, aber so viel Angst wie in dem Zelt hatte ich noch nie.«

»Sie kommen aus den Staaten?«

»Kansas ... ungefähr vierzig Meilen südwestlich von Dodge.«

»Dodge City? Der Cowboystadt?«

Maggie hatte wohl mit einer solchen Reaktion gerechnet. »Die Cowboys kommen schon lange nicht mehr, und in den Saloons ist längst nicht mehr so viel los wie zu der Zeit, als ich geboren wurde. Wir besitzen eine kleine Farm. Mein Bruder und seine Frau bewirtschaften sie, solange ich unterwegs bin.«

Wie so viele Frauen und auch Männer, die nach Norden kamen, wirkte auch Maggie ängstlich und extrem unsicher. Selbst hartgesottenen Männern, die als Holzfäller oder Zimmerleute gearbeitet hatten und anstrengende körperliche Arbeit gewohnt waren, fiel es schwer, sich an die veränderten Bedingungen am Polarkreis zu gewöhnen. Die langen dunklen Winter schlugen aufs Gemüt, Schnee und Eis boten eine Herausforderung, die kaum einer der Männer kannte, und selbst im Sommer zeigte sich die Natur nicht selten so widerspenstig, dass vielen nur die überstürzte Flucht blieb. Hinzu kamen die Gefahren, die in einem Sündenpfuhl wie Dawson City auf sie warteten. Banditen und leichte Mädchen lauerten überall und versuchten, die Goldsucher zu betrügen und auszurauben. Die meisten Männer, die zum Klondike kamen, hatten in bürgerlichen Berufen gearbeitet, bevor sie das Goldfieber nach Norden gelockt hatte.

Maggie schien kräftig genug, um einige der Herausforderungen meistern zu können. Man sah ihr an, dass sie in jahrelang hart gearbeitet und wie jede Farmersfrau ihr halbes Leben auf dem Acker verbracht hatte. Noch zeigte ihr Gesicht nur wenige Spuren von Wind und Wetter, doch an ihren Eltern hatte Kate gesehen, wie schnell man als Farmersfrau alterte. Das Haar ihrer Mutter war schon mit dreißig grau gewesen, und die Krankheiten häuften sich. Kate schrieb ihren Eltern alle paar Monate und hatte einmal Antwort bekommen. Sobald sie sich in Whitehorse etabliert hatte und ihre Arbeit es erlaubte, würde sie nach Hause fahren und die beiden besuchen, vielleicht schon an Weihnachten.

»Sagen Sie mir nicht, Sie wollen nach Gold graben«, sagte Kate.

»Nein ... Ich suche meinen Mann.«

»Am Klondike?«

Maggie nickte. »Er fuhr schon vor zwei Jahren, nachdem wir in Dodge von den Goldfunden gehört hatten. Bill und Joe ... mein Mann und mein Schwager ... Sie waren sofort Feuer und Flamme und klärten beim Würfeln, wer fahren durfte und wer die Farm bewirtschaften musste. Bill hatte zwei Sechsen.«

»Er hätte nicht fahren sollen. Reich werden hier nur wenige.«

»Er wollte mir gleich nach seiner Ankunft einen Brief schreiben«, sagte Maggie. Sie klang traurig. »Ich weiß, dass ein Brief lange unterwegs ist, aber seitdem sind zwei Jahre vergangen, und ich habe noch immer nichts von ihm gehört. In Dodge hab ich eine Frau getroffen, deren Mann einen Monat später als Bill zum Klondike aufgebrochen ist und schon zwei Mal geschrieben hat.«

»Sein Brief könnte verlorengegangen sein. Soll öfter passieren.«

»Vielleicht haben Sie meinen Mann gesehen«, sagte Maggie. Sie zog eine zerknitterte Fotografie aus der Tasche und zeigte sie Kate. Bill war ein stattlicher Bursche, der sich in seinem Sonntagsanzug unwohl zu fühlen schien und steif vor einem schwarzen Vorhang saß. Sein Schnurrbart war gezwirbelt, seine dunklen Haare sauber gescheitelt. Auf dem Foto konnte man nicht erkennen, ob sein Gesicht wirklich so blass war, wie es den Anschein hatte; bei einem Farmer wie ihm war es sicher von Wind und Wetter gegerbt. Er hielt einen dunklen Zylinder in den Händen, den ihm der Fotograf gegeben haben musste.

Kate sah sich das Foto genau an. Während ihrer Zeit in Glenora und Atlin hatte sie unzählige Männer gesehen und konnte sich doch nur an wenige erinnern. »Leider nein«, sagte sie. »Vielleicht können Ihnen die Mounties helfen.«

Sie wollte der jungen Frau nicht jegliche Hoffnung rauben, war aber beinahe sicher, dass es Bill wie so vielen anderen Goldsuchern am Klondike gegangen war: Entweder war er unterwegs verunglückt, auf einem der Pässe abgestürzt, in den Stromschnellen ertrunken oder von Banditen umgebracht worden. Oder er war tatsächlich reich geworden, warf mit dem Gold um sich und war in den Armen eines leichten Mädchens gelandet. Sie erinnerte sich nur zu gut an die bedauernswerten Gestalten, die ausgebrannt und enttäuscht vom Klondike zurückgekehrt waren. Ihre Frauen hatten viele auf den Goldfeldern vergessen.

Maggie steckte das Foto ein. »Ich muss ihn finden, Kate!«

»Mein Verlobter ist bei den Mounties, vielleicht weiß er etwas.«

Die Fähre legte in der Scotia Bay an, und die Passagiere gingen von Bord. Kate trug einen Rock aus einem leichten Stoff, der zwei Hand breit über den Knöcheln endete, und eine gemusterte Bluse. Ihre dunklen Haare hatte sie hochgenommen und unter einem breitkrempigen Hut versteckt. Ihre festen Stiefel verdeckten die bloßen Stellen. Ihr Gesicht wirkte ein wenig härter als vor ihrer Ankunft im Hohen Norden, und mit ihren vollen Lippen war sie noch nie zufrieden gewesen, aber ihr Lächeln und ihre freundliche Art machten sie so attraktiv, dass sich fast alle der meist männlichen Passagiere nach ihr umdrehten.

»Die Männer bewundern Sie«, sagte Maggie, als sie ausstiegen. Ihr Rock reichte bis zu ihren Knöcheln und den Schnürstiefeln und behinderte sie schon beim Aussteigen. »Unser Pfarrer wäre gar nicht erfreut über solche Blicke.«

»Hier muss man schon hässlich sein, um keine neugierigen Blicke zu ernten«, erwiderte Kate. »Dazu sind wir Frauen zu sehr in der Minderzahl. Wissen Sie, wie viele Frauen am Klondike auf hundert Männer kommen? Ganze fünf!«

Der Weg zum Tagish Lake führte an der erst teilweise errichteten Bahntrasse entlang nach Westen. Einige Männer fluchten, auch in Hörweite von Kate und Maggie, und beschwerten sich, nicht früher erfahren zu haben, dass die Pferdebahn noch im Bau war. Lediglich der Drang, die Goldfelder zu erreichen, trieb sie unablässig an. Sie würden sich noch wundern. Von Caribou nach Whitehorse wartete eine anstrengende Zwei-Tages-Wanderung auf sie.

Nach über zwei Jahren in der Wildnis war Kate solche Herausforderungen gewohnt. Und selbst auf dem von über hundert Passagieren bevölkerten Trail behielt sie ihre Angewohnheit bei, aufmerksam ihre Umgebung zu beobachten. Überall konnten Wegelagerer lauern. Seit etlichen Monaten trieb sich Elsie Maloney herum, eine gefährliche Diebin und Mörderin, die über Leichen ging, um ihre Ziele zu erreichen. Als Komplizin von Paddy O'Leary war sie bei mehreren Überfällen dabei gewesen und hatte einen Goldsucher getötet. Die Huskys eines Fallenstellers hatte sie umgebracht und ihn verletzt zurückgelassen. Kate hatte ihn gerade noch rechtzeitig gefunden, bevor er verblutet wäre.

Auf Elsie Maloney war eine Belohnung ausgesetzt. Kate war ihr mühsam entkommen, als sie geholfen hatte, Paddy O'Leary zu stellen. So war ihr irischer Landsmann im Gefängnis gelandet. Paddy war in derselben Siedlung wie Kate aufgewachsen und hatte sie bis an die Westküste verfolgt, hatte ihr die große Liebe vorgeheuchelt und war doch nur bemüht gewesen, sein beschädigtes Ego zu reparieren, nachdem sie sich ihm verweigert hatte. Seit seiner Festnahme zog Elsie Maloney allein durch die Wildnis und ließ sich auch durch die North West Mounted Police nicht von ihren Beutezügen abhalten. Bisher war es der Polizei nicht gelungen, sie aufzuspüren und festzunehmen.

»Sie sind so ernst!«, wunderte sich Maggie. Obwohl der Boden noch gefroren war, tat sie sich schwer in ihrem langen Rock. »Muss ich mir Sorgen machen?«

»Nein«, erwiderte Kate. »Weder Wegelagerer noch wilde Tiere wagen sich so nah an den Trail ran, vor allem, wenn so viele Menschen unterwegs sind.«

Kate klang sicherer, als sie wirklich war. Auf dem langen Trail von Caribou nach Whitehorse würde sich der Menschenstrom auseinanderziehen, und besonders nachts bestand durchaus die Gefahr, dass es Diebe auf ihre Rucksäcke abgesehen hatten. Für alle Fälle trug sie ein Gewehr und einen Revolver bei sich. Die meisten Männer und wenigen Frauen, die in dieser Wildnis lebten, waren bewaffnet. Sie mussten sich bei einem Überfall durch Banditen oder beim Angriff eines wilden Tieres wehren können, auch wenn ihre Chance sehr gering war.

»Und was machen Sie, wenn ein Grizzly angreift? Oder ein Wolf?« Seitdem Maggie von dem Fußmarsch wusste, der ihnen ab Caribou bevorstand, war sie nachdenklich geworden. »So schnell kann man doch gar nicht schießen.«

Kate lächelte. »Grizzlys und Wölfe sind froh, wenn man ihnen nicht in die Quere kommt. Grizzlys werden vor allem dann aggressiv, wenn sie Junge haben und sich bedroht fühlen, und Wölfe machen freiwillig einen Bogen um Menschen, weil ihnen ihr Geruch nicht passt und sie nichts mit ihnen zu tun haben wollen.«

»Hoffen wir's.« Maggie klang ängstlich.

»Am besten bleiben wir bis Caribou zusammen«, sagte Kate. »Und in Whitehorse stelle ich Sie meinem Verlobten vor, der kann Ihnen sicher weiterhelfen. Auf keinen Fall sollten Sie sich allein nach Dawson City wagen.«

»Danke … Sie sind sehr freundlich zu mir.«

Auf der letzten Meile waren die Arbeiter bereits dabei, die Schienen für die Pferdebahn zu legen, und winkten ihnen zu. Einige hatten wohl lange keine Frau mehr gesehen und pfiffen sogar. Kate war zweifelhafte Komplimente dieser Art gewöhnt, Maggie eher weniger; sie errötete schamhaft. Die junge Farmersfrau würde sicher eine unangenehme Überraschung erleben, falls sie ihren Mann tatsächlich fand. Die meisten Männer veränderten sich auf den Goldfeldern am Klondike so sehr, dass nicht einmal ihre eigenen Mütter sie wiedererkannt hätten.

»Machen Sie sich nichts draus«, sagte Kate.

Nach einem ungefähr zweistündigen Fußmarsch erreichten sie das Ufer des Tagish Lake. Der See lag inmitten teilweise schneebedeckter Bergketten und glitzerte im Sonnenlicht, das nach dem langen Winter besonders hell zu strahlen schien. Kate beobachtete einige springende Fische, die silbern in der Sonne glänzten, und einen Biber, der unweit des Trails im Unterholz verschwand.

»Endlich!«, seufzte Maggie erleichtert.

Die *Cariboo*, ein Raddampfer, wie er auch auf dem Yukon verkehrte, wartete am Anlegesteg auf die Passagiere. Über dem geräumigen Hauptdeck erhob sich ein weiteres Deck mit Kabinen, und zu beiden Seiten des Lotsenhauses ragten zwei schwarze Schlote empor. Am Heck des Schiffes wartete ein rotes Schaufelrad darauf, von den Maschinen angetrieben zu werden. Als der Captain die Passagiere kommen sah, ließ er mehrere Male die Dampfpfeife ertönen.

»*All Aboard!*«, rief er durch sein Megafon. »Kommen Sie an Bord, wenn Sie nicht nach Caribou Crossing schwimmen wollen!« Der Captain der *Cariboo*, ein fröhlicher Mann mit schlohweißem Haar, blickte aus dem Fenster des Lotsenhauses und winkte sie mit seiner Mütze heran. »*All Aboard*, Leute!«

Kate und Maggie bezogen gemeinsam eine Kabine und legten ihre Rucksäcke auf die Betten. In dem Raum war wenig Platz, und die Maschinen waren laut, aber alles war besser, als die über hundert Meilen nach Caribou auf einem selbst gebauten Floß oder über einen Trail zu Fuß zurücklegen zu müssen. Durchs Fenster beobachteten sie einige Wildgänse und Enten im Uferschilf.

Die Abfahrt des Dampfers erlebten sie gemeinsam mit zahlreichen anderen Passagieren auf dem Vorderdeck. Die Maschinen begannen zu arbeiten, und das große Schaufelrad am Heck wirbelte schäumendes Wasser auf. In Ufernähe, wo der Wind nicht so störend war wie weiter draußen auf dem See, fuhren sie nach Norden. Es tat gut, die frische Luft zu atmen und die wärmende Sonne auf der Haut zu spüren. Drei Tage würde die Fahrt nach Caribou dauern.

»Ein wunderschöner Ring«, sagte Maggie, als sie den Verlobungsring an Kates Finger sah. »Sie freuen sich bestimmt, Ihren Verlobten wiederzusehen.«

»Ja, ich vermisse George sehr.«

»Er ist bei den Mounties?«

»Corporal«, erklärte Kate. »Er war bei der Truppe, für die ich auf dem Stikine Trail gekocht habe. Wenn sein Kaffee nicht so schlecht gewesen wäre, hätten mich die Mounties nicht eingestellt, und wir wären uns vielleicht niemals nähergekommen. Wir wollen heiraten, sobald wir einen Priester finden.«

»Als Mountie lebt man gefährlich. Haben Sie denn keine Angst um ihn?«

»Natürlich habe ich Angst«, erwiderte Kate. »Aber die Mounties sind eine gute Truppe und wissen sich zu wehren. Ich habe die Männer seiner Einheit kennengelernt. Sie halten zusammen wie Pech und Schwefel. Einer steht für den anderen ein, und sie leben nicht weniger gefährlich als Fallensteller oder andere Männer, die in der Wildnis unterwegs sind.« Sie grinste schwach. »Oder Frauen. Ich habe am eigenen Leib erfahren, wie es ist, wenn man in Gefahr gerät.«

»Sie sind eine tapfere Frau. Ich weiß nicht, ob ich das aushalten würde.«

»Sie leben noch nicht lange genug hier«, sagte Kate. »Es dauert einige Zeit, bis man sich an das Dasein im Norden gewöhnt hat. Hier ist vieles anders. Aber wenn man die erste Scheu überwunden hat, gibt es nichts Besseres. Hier ist man frei, wirklich frei. Sie werden sehen, es wird Ihnen gefallen, Maggie.«

»Ich weiß nicht … Ich will nur zu meinem Mann.«

Kate griff nach Maggies Hand und drückte sie. Vielleicht war Bill wirklich eine Ausnahme und weder gescheitert, noch den zahlreichen Versuchungen erlegen, die in einer Goldgräberstadt wie Dawson City auf die Männer lauerten. Sie wünschte es ihr.

2

Beim Dinner saßen Kate und Maggie am Tisch des Captains. Er hatte sie persönlich eingeladen, mit einem tiefen Diener und den Worten: »Es ist mir eine Ehre, die einzigen weiblichen Passagiere der *SS Cariboo* zu Gast zu haben. Wenn ich bitten darf, meine Damen!« Er ließ sie bei sich unterhaken und führte sie an seinen Tisch im Speisesaal, an dem auch der Erste Maat saß.

»Ich habe gehört, wir haben die Ehre, mit der legendären Klondike Kate und ihrer entzückenden Begleitung zu speisen. Ich habe schon viel über Sie gehört, Ma'am. Keine andere Frau hat es geschafft, den beschwerlichen Stikine Trail zu bezwingen.« Er verbeugte sich. »Peter Bentley, Ma'am, zu Ihren Diensten!«

Kate musste lachen. »Übertreiben Sie nicht, Sir. Ich bin keine Heldin. Jeder Fallensteller ist mutiger als ich. Über mich reden die Leute doch nur, weil ich eine Frau bin. Dabei sind wir Frauen auf dem Vormarsch. Wir haben keine Lust mehr, nur die Hausarbeit zu machen oder wie Maggie auf dem Acker zu arbeiten. Wir wollen auch unseren Spaß haben. Was nicht heißen soll, dass wir auf die Anwesenheit von Männern verzichten könnten, ganz im Gegenteil. Ich bin zu meinem Verlobten unterwegs und werde ihn so bald wie möglich heiraten.«

Es gab Rinderbrust mit Kartoffeln und kanadischen Wein, der allerdings recht sauer schmeckte. Kate musste von ihren Erlebnissen erzählen, von dem langen Marsch über den Trail, von ihrem Restaurant in Glenora und ihrer Arbeit als Krankenschwester, und natürlich hatten der Captain und der Maat auch von ihrem Abenteuer in der Wildnis gehört. »Stimmt schon, ich war einige Male in den Bergen unterwegs, zu Fuß, im Sattel eines Pferdes und mit dem Hundeschlitten, und besonders im Winter war das nicht immer ein Zuckerschlecken.« Sie ging nicht auf die Strapazen ein, die sie während der langen Suche nach George durchlebt hatte. »Aber das gefahrvolle Leben in der Wildnis hat auch was für sich. Man lebt viel intensiver und bekommt ein neues Gefühl für die Natur.«

»So habe ich noch keine Frau reden gehört«, erwiderte der Captain mit einem anerkennenden Nicken. »Aber es stimmt. Ich war jahrelang mit einem Dampfer auf dem Pazifik unterwegs und hab Stürme erlebt, die uns die Segel von den Masten rissen, aber ich hab mich nie so lebendig gefühlt wie damals.«

Maggie redete nur widerwillig, als sie die fragenden Blicke der anderen bemerkte. »Ich kenne nur Arbeit«, sagte sie, »für die schönen Seiten des Lebens bleibt auf einer Farm wenig Zeit. »Ich werde erst zufrieden sein, wenn mein Bill wieder nach Hause kommt. Mir ist egal, ob er Gold gefunden hat oder nicht. Hauptsache, wir sind wieder zusammen und können neuen Weizen aussäen.«

Von draußen auf dem Deck drangen Schreie herein. Durch eines der Fenster beobachtete Kate, wie zwei Decksarbeiter einen Mann gegen die Reling drängten und an den Armen festhielten. Sie gingen nicht gerade sanft mit ihm um.

»Ein blinder Passagier!«, erkannte der Captain. Er legte seine Serviette beiseite und schob seinen Stuhl zurück. »Wenn Sie mich bitte entschuldigen wollen, meine Damen, um die Sache muss ich mich leider persönlich kümmern.«

Auch Kate war aufgestanden. »Das ist doch … Das ist Guiseppe!«

»Sie kennen den Mann?«

»Guiseppe di Fortunato«, bestätigte sie. »Ein Schauspieler, der sich mit Gelegenheitsjobs über Wasser hält. Ein armer Kerl, der verzweifelt nach einer festen Anstellung sucht. Eigentlich der geborene Verlierer. Shakespeare ist in der kanadischen Wildnis nicht gerade der Renner. Ich hatte Mitleid mit ihm und habe ihn in Glenora und Atlin in meinen Restaurants auftreten lassen.«

Kate ging mit dem Captain nach draußen und sah, dass der Schauspieler weinte und der Verzweiflung nahe war. Immerhin trug er einen Wintermantel und feste Stiefel. Obwohl der Sommer bereits begonnen hatte, wurde es nachts noch immer sehr kalt. »Guiseppe!«, rief sie. »Was hat das alles zu bedeuten?«

Seine Miene hellte sich auf. »Mylady! Sie schickt der Himmel! Ich hatte schon Angst, diese Männer würden mich über Bord werfen. Warum behandelt man mich wie einen Verbrecher? Hat denn niemand mehr Respekt vor der Kunst? Wo bleibt die Nachsicht gegenüber engagierten Künstlern wie mir?«

»Sie haben nicht bezahlt, Guiseppe. Sie wollen doch auch, dass jeder Besucher im Theater eine Karte kauft. Was haben Sie sich bloß dabei gedacht?«

»Was sollen wir mit ihm machen, Captain?«, fragte einer der Decksarbeiter, die ihn festhielten. »Warum lassen wir ihn nicht nach Caribou schwimmen?«

»Oder wir übergeben ihn den Mounties.«

»Ich übernehme sein Ticket«, entschied sich Kate. Sie half dem verhinderten Schauspieler nicht zum ersten Mal aus der Patsche. Sie blickte den Captain an. »Ich hoffe, Sie verzichten auf eine Strafanzeige. Der arme Kerl musste während der letzten zwei Jahre schon genug durchmachen. Kann ich auf Sie zählen?«

Dem Captain schien mehr daran gelegen zu sein, sie zu beeindrucken, als einen blinden Passagier zu bestrafen. »Wie könnte ich einer Frau wie Ihnen etwas abschlagen. Ich mache Ihnen sogar einen Sonderpreis. Ich hoffe, dieser Guiseppe weiß Ihre noble Tat zu schätzen.« Er wandte sich an die Decksarbeiter. »Bringen Sie ihn zum Zweiten Maat. Er soll ihm ein Ticket und was zu essen geben. Soll niemand sagen, der Captain der *S.S. Cariboo* hätte kein Herz.«

Guiseppe verbeugte sich dankbar. Sein Gesicht war von der kalten Nacht und der Aufregung noch immer gerötet. »Ich bin Ihnen zu äußerstem Dank verpflichtet, Captain. Und Sie, Mylady, sind wieder einmal meine Retterin. Nur Sie machen es möglich, dass ich mein Talent einem Publikum in Whitehorse oder Dawson präsentieren kann. Sie werden sich doch für mich einsetzen?«

»Sie können bei mir auftreten, sobald ich mein Restaurant eröffnet habe, allerdings nur einmal pro Woche und auch nur als Sänger mit fröhlichen Liedern. Wenn es gut läuft, auch mit Hamlet, aber versprechen kann ich nichts.«

Guiseppe nickte dankbar. »Aber der Weg in die Goldfelder ist noch weit. Ich habe gehört, von Caribou nach Whitehorse müssen wir tagelang laufen.«

»Ungefähr fünf Tage«, wusste Kate. »Wenn Sie damit sagen wollen, dass Sie weder ein Zelt noch genügend Proviant haben ... Okay, ich weiß auch nicht, warum ich das tue, aber ich zahle Ihnen einen Vorschuss auf Ihre Auftritte, der für einigen Proviant reicht, aber damit ist es auch genug. Ich mag ein Herz für die schönen Künste haben, aber ich bin auch Geschäftsfrau und kein Wohltätigkeitsverein.« Sie hatte sich schon zum Gehen gewandt, drehte sich aber noch mal um. »Und wenn ich Ihnen einen Rat geben darf: Suchen Sie sich ehrliche Arbeit in Whitehorse. Von der Kunst allein können die wenigsten Künstler leben, habe ich festgestellt. Machen Sie irgendetwas, was Ihnen Geld bringt.«

»Wenn es die Kunst zulässt, Mylady. Haben Sie vielen Dank!«

»Komischer Kauz«, sagte der Captain, als sie in den Speisesaal zurückkehrten. »Ich hoffe, Sie bereuen Ihre Hilfsbereitschaft nicht. Wenn Sie das bei jeder verkrachten Existenz auf den Goldfeldern machen, kommen Sie nicht weit.«

Als sie in Caribou von Bord gingen, gab Kate dem Schauspieler ein paar Dollar für Proviant und sah ihn anschließend nicht mehr. Sie hoffte sehr, dass er das Geld nicht in den nächsten Saloon oder eine Spielhalle trug.

Caribou Crossing, wie die Siedlung mit vollem Namen hieß, war eine Anhäufung von barackenähnlichen Holzhäusern und Zelten, die nur überlebt hatte, weil sie auf dem Weg zu den Goldfeldern lag. Mittlerweile führten die Schienen der White Pass & Yukon Railway bereits von Skagway im nahen Alaska bis zum Seeufer vor Caribou, und bis zum Jahresende würden sie auch Whitehorse erreichen. Eine Stadt für hoffnungsvolle Goldsucher, Geschäftemacher und zwielichtige Elemente. Aus den Saloons tönten Melodien von automatischen Klavieren.

»Am besten bleiben wir eine Nacht hier«, sagte Kate, als sie mit Maggie die Straße überquerte. Beide hatten ihre Rucksäcke umgeschnallt. »Burt's Roadhouse am Ende der Straße soll eine annehmbare Herberge sein, hab ich vom Captain erfahren. Es gibt gutes Essen dort, und der General Store ist gleich nebenan. Wir könnten uns mit Proviant eindecken und morgen aufbrechen.«

»O je«, erwiderte Maggie. Ihr schienen die neugierigen Blicke der Männer, denen sie begegneten, unangenehm zu sein. »Leider gehen meine Ersparnisse langsam zur Neige, und ich weiß nicht, ob ich mir das leisten kann.«

»Kein Problem. Wir teilen uns ein Zimmer.«

»Das ist sehr freundlich von Ihnen, aber ...«

»Keine Widerrede«, schnitt ihr Kate das Wort ab. »Wir werden ungefähr fünf Tage unterwegs sein, da hat man besser jemanden, mit dem man sich unterhalten kann. Außerdem ist es sicherer. Vier Augen sehen mehr als zwei.«

»Also gut ... Irgendwann revanchiere ich mich.«

Sie betraten das Hotel, mit drei Stockwerken das höchste Gebäude der Stadt, und buchten ein Zimmer. Der ältere Herr hinter dem Tresen verbarg nur mühsam seine Überraschung, zwei ehrbare Frauen in seinem Hotel zu sehen, und übertrieb es mit der Höflichkeit, trug ihnen sogar die Rucksäcke ins Zimmer.

Wenig später brachte er ihnen heißes Wasser, füllte es in die Waschschüssel und reichte ihnen ein Stück Seife und zwei frische Handtücher. »Dinner servieren wir ab siebzehn Uhr in unserem Restaurant im Parterre«, sagte er. »Wenn es Ihnen recht ist, reserviere ich Ihnen einen Tisch für achtzehn Uhr.«

»Gern«, stimmte Kate zu, bevor Maggie protestieren konnte.

Kate hatte schon oft darüber nachgedacht, warum sie so bereitwillig andere Menschen unterstützte, denen es nicht so gut ging wie ihr. Sie hatte sich um ihre Tante Mary in Seattle gekümmert, die sich wegen einer Venenentzündung kaum bewegen konnte. Sie hatte Guiseppe di Fortunato von der Straße aufgelesen und ihm mehr als einmal aus der Patsche geholfen. Sie hatte als Krankenschwester mehr getan, als von ihr erwartet worden war, und sich um Angehörige der First Nations gekümmert und versucht, ihre Kultur zu verstehen. Manche feierten sie dafür. Sie selbst sah ihre Hilfsbereitschaft darin begründet, dass sie in einer Farmerfamilie aufgewachsen war, die lange auf der Schattenseite des Lebens gelebt hatte. Sie konnte nicht anders, sie musste bedürftigen Menschen helfen.

Das Abendessen schmeckte besser, als Kate erwartet hatte. Es gab Hühnchen mit Curry und Reis, dazu tranken sie Früchtetee. Zum Nachtisch gönnten sie sich Dosenpfirsiche mit Sahne. Eine Dose mit Pfirsichen gehörte auch zu dem Proviant, den sie am späten Nachmittag im General Store gekauft hatten.

Obwohl auf der Straße ziemlicher Trubel herrschte, weil zahlreiche Männer vor dem langen Marsch kräftig dem Whiskey zusprachen und sich mit den sündigen Mädchen vergnügten, schlief Maggie beinahe sofort ein. Als Farmersfrau war sie ohnehin gewohnt, früh ins Bett zu gehen und mit dem ersten Sonnenstrahl wieder aufzustehen. Selbst im Schlaf wichen die Sorgenfalten nicht von ihrem Gesicht. Sie bezweifelte wohl selbst schon, ihren Mann jemals wiederzusehen. Sie war ein großes Wagnis eingegangen, ihm so weit nachzureisen.

Kate trat ans Fenster und blickte auf die belebte Straße hinaus. Sie wollte sich gerade schlafen legen, als eine vertraute Stimme den Trubel übertönte. »Sein oder Nichtsein«, schallte es herauf, »das ist hier die Frage. Ob's edler im Gemüt, die Pfeil und Schleudern des wütenden Geschicks erdulden oder sich waffnend gegen einen See von Plagen durch Widerstand sie enden?«

Der berühmte Dialog aus »Hamlet«, den nur einer mit dieser Inbrunst in den abendlichen Trubel einer Goldgräberstadt hinausposaunen konnte. Wo andere irische Trinklieder sangen oder schmutzige Witze erzählten, zitierte Guiseppe di Fortunato einen klassischen Dichter. Wollte er sich denn unbedingt ein blaues Auge einfangen? Hatte er keine Angst vor dem, was er mit seinem Auftritt provozieren würde?

Ohne zu überlegen, verließ sie das Zimmer und stürmte die Treppe hinunter. Vor dem General Store war der Schauspieler auf eine Kiste geklettert und hielt anklagend einen Totenschädel in die Luft. Den alten hatte er verloren, anscheinend aber wieder einen neuen ausgegraben, auf irgendeinem Friedhof, nahm sie an. Ohne den geliebten Schädel konnte er die Szene nicht spielen.

Ungefähr zwanzig, zum Teil betrunkene Männer hatten einen Kreis um Guiseppe gebildet und schlugen sich lachend auf die Schenkel, als er nach dem Satz eine bedeutungsschwere Pause einlegte und den hochgereckten Schädel zu hypnotisieren schien. Seine übertriebene Pose passte vielleicht in ein Provinztheater, aber nicht zu dem ausgelassenen Trubel einer Goldgräberstadt.

»Wo haben sie denn den freigelassen?«, rief einer der Männer. »Ist der aus dem Irrenhaus geflohen? Und wo hat er den Schädel her?« Er blickte in die Runde. »Ich wette, er hat einen erschlagen, um an das Ding zu kommen.«

»He, Schauspieler!«, sprach ihn ein anderer direkt an. »Hast du jemanden umgelegt, um an den verdammten Schädel zu kommen? Oder warst du auf dem Friedhof und hast ihn aus einem der Gräber gebuddelt? Sag schon, Mann!«

Guiseppe war so in seine Rolle vertieft, dass er die Redner gar nicht wahrnahm. »Sind sie nicht wunderbar, diese Verse?«, fragte er, ohne seinen Blick von dem Schädel zu nehmen. »Shakespeare war ein wahres Genie. Kein anderer Dichter hätte es vermocht, das Dilemma des Königs in solche Worte zu kleiden.« Er blickte die Männer an. »Hört, was er euch noch zu sagen hat!«

»Den Teufel werden wir!«, rief jemand. »Mach, dass du wegkommst!«

»Damit er morgen Abend die gleiche Show abzieht?« Sein Nachbar hatte ein paar Whiskey zu viel getrunken. »Wir verpassen ihm besser eine Abreibung, damit er uns mit seinem Scheiß in Ruhe lässt. Wie wär's, wenn wir ihn teeren und federn? So haben sie es im Mittelalter mit solchen Irren gemacht.«

Die angetrunkenen Männer johlten vor Begeisterung.

»Der Schmied hat Teer«, rief der Anführer. »Und die Federn holen wir uns von den Gänsen hinterm Haus. Das wird dem Verrückten eine Lehre sein.«

Einige Männer zogen den entsetzten Schauspieler von der Kiste und warfen ihn zu Boden. Guiseppe schien erst jetzt zu merken, wie bedrohlich die Lage für ihn werden konnte, und stützte sich mit einer Hand ab. In der anderen hielt er seltsamerweise immer noch den Schädel. Seine Augen waren vor Angst und Entsetzen geweitet. »Nein ... bitte ... das könnt ihr nicht tun ... bitte nicht ...«

Kate hatte die Verhöhnung des Schauspielers mitbekommen und wusste, dass die Männer nicht blufften. In ihrem Suff waren sie zu allem fähig, und wer fragte schon nach einem Verrückten, der in der Wildnis den Hamlet spielte?

Sie sah, dass einer der Männer einen Revolver hinter dem Gürtel stecken hatte, und entriss ihm die Waffe. Sie feuerte zweimal in die Luft und beobachtete zufrieden, wie die Männer erstarrten und sie wie einen Geist anstarrten.

»Ruhe!«, rief sie in die Stille hinein.

»Das ist Klondike Kate«, flüsterte jemand. »Ich kenn sie aus Glenora.«

»Klondike Kate?«, echote ein junger Goldsucher.

Sie warf den Revolver in eine Regentonne. »Habt ihr den Verstand verloren?«, schimpfte sie. »Seid ihr schon so betrunken, dass ihr einen wehrlosen Schauspieler quälen müsst? Guiseppe di Fortunato ist ein ehrbarer Mann, der in seiner Begeisterung für Shakespeare und die Dichtkunst aufgeht. Ist das was Böses? Oder ein Grund, ihn zu teeren und zu federn oder ihm sonst etwas anzutun?« Sie registrierte, dass ihre Worte bei den Männern ankamen. »Mag sein, dass seine Kunst nicht hierher passt, ich bin auch kein Shakespeare-Fan, aber deswegen muss man ihn doch nicht auf so schäbige Weise niedermachen.«

»Hört, hört!«, lästerte jemand.

Kate tat so, als hätte sie ihn nicht bemerkt. »Aber ich will euch nicht die Laune verderben, und ich bin sicher, auch Guiseppe ist nicht nachtragend, wenn ihr ihm ein paar Bierchen spendiert. Er kann nämlich auch anders. Stimmt's, Guiseppe? Er ist nicht nur Schauspieler, sondern auch Sänger. Keine Opern oder so. Irische Trinklieder! Was wollt ihr hören? Wie wär's mit ›Wild Rover‹?«

Kate überließ dem Schauspieler die Kiste, auf die sie sich gestellt hatte, und sah, dass einer der Männer, die dank ihrer Ansprache wieder einigermaßen nüchtern geworden waren, eine Mundharmonika aus der Tasche zog. Von irgendwoher tauchte eine Fiddle auf, und Guiseppe begann zu singen: »I've been a wild rover for many's the year, I've spent all my money on whiskey and beer ...« Am Anfang zitterte seine Stimme noch, aber dann sang er mit einer solchen Inbrunst, dass die Männer begeistert mitmachten und ihn schon nach dem ersten Lied hochleben ließen.

Kate kehrte zufrieden ins Hotel zurück. Erst als sie wieder im Zimmer war, wurde ihr bewusst, dass sie es gerade mit einer Horde betrunkener und aufgebrachter Männer aufgenommen hatte. Aber was hätte sie sonst tun sollen?

Nach dem Gesetz rufen, dass es hier nicht gab? Den Dingen ihren Lauf lassen? Sie allein wusste, wie mitreißend solche Songs mit Guiseppes Stimme klangen und wie schnell man die Begeisterung aufgebrachter Männer in andere Bahnen lenken konnte. Guiseppe hatte das gewisse Etwas, nicht als Schauspieler, aber als Sänger, und sollte besser dabei bleiben, wenn er Erfolg am Klondike haben wollte.

Maggie schlief tief und fest, war noch erschöpft vom Fußmarsch zum Tagish Lake und musste Kraft für die Wanderung nach Whitehorse tanken. Eine tapfere Frau, die durchs halbe Land unterwegs war, um die Wahrheit über ihren geliebten Mann herauszufinden. Im Schlaf wirkte sie jetzt entspannter, und man sah, dass sie eigentlich eine attraktive Frau war, wäre da nicht die kraftzehrende Arbeit auf dem Acker gewesen. Kate bewunderte Farmersfrauen, die ihre ganze Kraft in den Dienst der Familie stellten und dafür Entbehrungen in Kauf nahmen, zu denen nur wenige bereit waren.

Mit dem Gedanken an ihre Mutter schlief Kate ein. Sie träumte längst, als Guiseppe und seine neuen Bewunderer nach dem Zapfenstreich lärmend die Straße hinabzogen, um in einem der Zelte der Goldsucher weiterzufeiern.

3

Kate war früh auf den Beinen, goss frisches Wasser in die Schüssel und wusch sich, während Maggie noch schlief und sich auch durch die lauten Stimmen, die von der Straße heraufdrangen, nicht stören ließ. Die meisten Männer wollten früh los, um gleich am ersten Tag ein großes Stück des Weges zu schaffen, und liefen polternd über die Planken, die in Caribou als Gehsteige dienten.

»Ich warte im Speisesaal auf dich«, sagte Kate zu Maggie, als sie angezogen war und zur Tür ging. Sie gingen inzwischen vertrauter miteinander um, wie gute Freundinnen. »Beeil dich, okay? Wir haben heute noch einige Meilen vor uns!«

Kate ging nach unten und erntete neugierige Blicke von dem Mann an der Rezeption und einigen der Goldsucher. Der Anblick einer ehrbaren Frau war in diesen Breiten selten genug, doch wenn diese Frau wie ein Mann in Nietenhosen erschien, weil ein langer Rock sie auf dem Marsch nur behindert hätte, war das für manche schockierend. Sie machte sich nichts daraus, ging grinsend darüber hinweg und wünschte den Männern einen schönen guten Morgen.

Auf einem der Tische lag eine mehrere Tage alte Ausgabe der *Bennett Sun* und erregte ihre Neugier. Sie blätterte darin, während sie auf ihr Rührei wartete, und wurde auf einen Artikel auf der dritten Seite aufmerksam. »Berüchtigter Dieb und Betrüger aus Haft entlassen«, las sie.

»Simon Gallagher, der erst vor wenigen Monaten wegen einiger Diebstähle und mehrfachen Betruges verurteilt worden war, wurde letzte Woche aus der Haft entlassen. Er bereue seine Taten und habe sich seine vorzeitige Entlassung durch gute Führung verdient. Angeblich soll er in seine Heimat nach Johnville im Osten Kanadas zurückgekehrt sein und sich nun dort für die Firma seines Vaters engagieren.«

Kate konnte es nicht fassen. Vor ihrer Abreise aus Johnville hatte Gallagher mit ihr Schluss gemacht und war Priester geworden, auf Drängen seiner Mutter, die gegen seine Verbindung mit einer einfachen Farmerstochter gewesen war. Sie hatte schon damals gemerkt, dass ihre kurzzeitige Beziehung nichts mit Liebe zu tun gehabt hatte, und war froh gewesen, ihn schnell vergessen zu können. Umso überraschter war sie gewesen, als sie gehört hatte, dass er seine Gemeinde im Stich gelassen und mehrere Frauen belästigt und bestohlen hatte. Auch sie hatte er bis in den kanadischen Norden verfolgt. Anscheinend hatte er in seiner Eitelkeit nicht ertragen können, von ihr verlassen worden zu sein.

Sie blätterte weiter und stieß auf einen Bericht, der ihr noch mehr zu schaffen machte. »Streitigkeiten an der amerikanisch-kanadischen Grenze«, die Überschrift des Artikels war noch stark untertrieben. Der Reporter berichtete von dem politischen Zwist über den korrekten Verlauf der Grenze und den Feindseligkeiten gegenüber der North West Mounted Police, die weitere Polizisten aus Whitehorse an die Grenze geschickt hatte, um dort für Ordnung zu sorgen. Von zehn Männern war die Rede, einem Corporal und acht Constables, angeführt von Sergeant Major McDonell, den sie vor einigen Monaten in Tagish kennengelernt hatte. Auch er war dem tödlichen Blizzard entkommen.

Sie ließ die Zeitung sinken und blickte aus dem Fenster, ohne etwas zu sehen. »Ein Corporal …« Dieser Corporal konnte George sein. War er schon wieder auf einem gefährlichen Einsatz, wenn sie nach Whitehorse kam? Würde sie sich wieder um ihn sorgen und auf ihn warten müssen? Der Gedanke machte ihr zu schaffen, sehnte sie doch den Augenblick herbei, wenn sie ihn endlich wieder in die Arme nehmen konnte. Doch wenn sie ehrlich war, hatte sie beinahe damit gerechnet. Jede Braut eines Mounties musste damit rechnen, dass ihr Mann einen Einsatzbefehl erhielt und sie für einige Tage, Wochen und manchmal sogar für Monate allein war. Sie akzeptierten sich beide so, wie sie waren, er der Mountie, der seinem Vorgesetzten gehorchen musste, sie eine selbstständige Frau, die auch mit einem Ring am Finger sie selbst bleiben wollte.

Aber was waren schon Absichten und Bekundungen, wenn echte Gefühle im Spiel waren, wenn die Sehnsucht stärker war als alle Vernunft? Ihr Herz klopfte rascher, als sie an George dachte. Erst seitdem sie ihn kannte, wusste sie, was wahre Liebe bedeutete. Sie hätte niemals einen Mann geheiratet, den sie nicht liebte. Bei ihren Eltern war das noch anders gewesen, aber die Zeiten änderten sich, und die meisten Frauen dachten inzwischen so wie sie.

Maggie kam die Treppe herunter und setzte sich zu ihr. »Tut mir leid, ich hab verschlafen«, entschuldigte sie sich und nickte dankbar, als Kate ihr Tee einschenkte. Auch sie bestellte Rührei. Der Schlaf hatte ihr gutgetan, sie wirkte ausgeruht und lächelte, schien aber nervös zu sein. »Ich hoffe, ich enttäusche dich nicht«, sagte sie. »Ich laufe auch zu Hause viel, aber hundert Meilen war ich nicht mal mit dem Wagen unterwegs. Ich weiß nicht, ob ich das schaffe.«

»Auf einen Tag mehr oder weniger kommt es nicht an«, sagte Kate. »Wenn du nicht mehr kannst, schlagen wir unser Lager auf.« Sie legte ihr eine Hand auf die Schulter. »Aber du siehst nicht so aus, als würdest du schlappmachen. Eine Frau, die jeden Tag auf dem Acker arbeitet, ist stark und ausdauernd.«

»Glaubst du wirklich?«

»Ganz sicher«, ermutigte Kate ihre neue Freundin. »Nur mit deinem Rock musst du irgendwas machen, sonst bleibst du an einem Ast oder einem Felsen hängen. Wie wär's, wenn du den Saum ein bisschen nach oben verlegst?«

»Nach oben? Aber das ist unsittlich!«

»Nicht am Klondike. Nur zwei oder drei Handbreit.«

»So viel?«

»Du kannst doch nähen«, sagte Kate.

»Sicher, aber ...«

»Noch besser wäre natürlich, wir würden dir Hosen kaufen. Schau mich an!« Kate erhob sich und strich über ihre Nietenhosen. »Nicht gerade die neueste Mode aus Paris, aber unheimlich praktisch. Wir könnten uns auch ein Pferd kaufen, aber erstens gibt's hier kaum welche, und wenn, sind sie so sündhaft teuer, dass du anderswo eine ganze Herde dafür bekommen würdest. Also?«

»Ich nähe den Saum hoch.«

Eine halbe Stunde später, als sie dem Trail nach Norden folgten, war Maggie froh um ihre Entscheidung. Es lief sich wesentlich leichter mit dem hochgenähten Rock, vor allem, wenn der Trail schmaler wurde und durch dichtes Unterholz führte. Die einzigen neugierigen Blicke, die sie auf sich zogen, galten Kate, die in ihren Nietenhosen aus der Ferne wie ein Mann aussah, aber ihre natürliche Schönheit nicht verhelen konnte, wenn man sich ihr näherte.

Die Bahntrasse, die ihnen als Trail diente, führte durch eine atemberaubende Landschaft mit teilweise noch schneebedeckten Berggipfeln, deren Hänge von dichten Fichtenwäldern bedeckt waren. Sie wurden etwas lichter, je weiter sie nach Norden kamen. Auf den höher gelegenen Hängen verlief die Baumgrenze und gab den Blick auf rotbraune Felsen und blumenübersäte Bergwiesen frei. Die Passagiere, die mit der *Cariboo* gekommen waren, hatten sich längst über den Trail verteilt, und sie hatten das Gefühl, allein unterwegs zu sein. Manchmal waren sie von geradezu unheimlicher Stille umgeben, nur unterbrochen vom Rauschen des Windes in den Fichten und dem Krächzen eines Adlers am Himmel.

Kate hatte sich längst an die anstrengenden Fußmärsche gewöhnt und wäre ohne Maggie sicher schneller vorangekommen, wollte ihre neue Freundin aber nicht überfordern. Die Farmersfrau hatte ihre gewohnte Umgebung verlassen, um ihren Mann zu finden, und kam nur schlecht mit den neuen Herausforderungen im Norden zurecht. Wahrscheinlich lebte sie seit ihrer Geburt im Farmland von Kansas und hatte nie etwas anderes gesehen, und wie schmerzhaft die Ungewissheit über den Verbleib eines geliebten Menschen sein konnte, hatte Kate am eigenen Leib erfahren, als sie in den Bergen nach George gesucht hatte.

Im Sommer blieb es lange hell im nördlichen Kanada, dennoch lagerten sie schon am frühen Abend auf einer Lichtung, nur wenige Schritte vom Trail entfernt. Mit der Plane, die Kate in ihrem Rucksack mitführte, errichteten sie ein notdürftiges Zelt, das sie zumindest vor dem kühlen Nachtwind schützen würde. Gegen heftigen Regen leistete es weniger gute Dienste. Sie hatten in Caribou einen zusätzlichen Schlafsack gekauft, warm genug sogar für eisig kalte Nächte, und Maggie steuerte eine Wolldecke bei. Den ganzen Tag hatten sie schönes Wetter gehabt, und es sah so aus, als würde es so bleiben.

Nachdem sie ausreichend Holz gesammelt hatten, entzündeten sie ein Feuer, das angenehme Wärme verbreitete, als die Sonne hinter den Bergen verschwand. Sie aßen Bratkartoffeln mit Bohnen und teilten sich die Dosenpfirsiche, dazu gab es Kräutertee. Maggie erwies sich als gute Köchin, war ihrem Mann sicher eine gehorsame Hausfrau und hatte gar nicht das Bedürfnis, eine andere Rolle einzunehmen. Auf einer Farm blieb einer Frau keine andere Wahl. Sobald sie ihren Mann gefunden hatte, würde sie mit ihm nach Kansas zurückkehren, und alles wäre wieder wie früher. Daran, was passieren würde, wenn er sich mit einer anderen Frau vergnügte oder nicht mehr lebte, wollte Kate nicht denken, und sie hütete sich, diese Möglichkeit auch nur anzudeuten.

»Dein George, was ist er für ein Mann?«, fragte Maggie, als sie nach dem Essen am Feuer saßen und in die Flammen blickten. Das Holz war knochentrocken und brannte schnell. »Als Mountie muss er sehr stark und mutig sein.«

»Das ist er«, antwortete Kate. »Er ist das Beste, was mir in meinem Leben passiert ist. Als ich ihm zum ersten Mal begegnet bin, im Lager der Mounties in Wrangell, wusste ich gleich, dass wir füreinander bestimmt sind. Ich hatte das Gefühl, jemandem begegnet zu sein, ohne den ich nicht vollständig wäre. Dabei hatte ich mir geschworen, keinen Mann mehr anzusehen. Ich hatte einen bösen Reinfall erlebt und wollte erst mal meine Ruhe. Aber gegen das Schicksal kannst du nichts ausrichten. Wenn etwas passieren soll, passiert es eben. Vielleicht war alles so schön und …« Sie suchte nach einem passenden Wort. »… schön und überwältigend, gerade weil ich nicht nach einem Mann gesucht hatte.«

»Aber ihr seid beide viel unterwegs. Sehnst du dich denn nicht nach einem Zuhause, einem Heim für euch und eure Kinder? Ich freue mich schon jetzt darauf, wieder auf unsere Farm zurückzukehren. Ich brauche kein Abenteuer.«

»Ich bin auf einer Farm aufgewachsen und weiß, was du meinst, aber ich habe schon als kleines Mädchen den Drang verspürt, in die Welt hinauszuziehen und etwas zu erleben. Zu Hause kann man überall sein. Ich bin immer dort zu Hause, wo es mir gut geht, ich arbeiten und etwas bewegen kann und Menschen um mich habe, die ich mag. So wie in Seattle und Glenora. Da spielt es keine Rolle, ob ich in einer Stadt, auf dem Land oder in der Wildnis lebe.«

»Und du willst dich nirgendwo auf Dauer niederlassen?«

Kate lächelte. »George und ich sind zu Hause, wenn wir zusammen sind, und es kann sein, dass wir eine ganze

Weile in Whitehorse oder Dawson City bleiben. Aber irgendwann ist der Goldrausch vorbei, und die Mounties werden woanders gebraucht, dann müssen wir weiter. Das kann sehr aufregend sein.«

»Und Kinder? Wie wollt ihr dann Kinder großziehen?«

»Darüber haben wir noch nicht nachgedacht.«

»Bei uns hat es noch nicht geklappt«, erwiderte Maggie, ohne sie anzublicken, als wäre es ihr peinlich. »Manchmal hab ich Angst, ich kann keine Kinder kriegen. Aber wer soll dann unsere Farm erben? Wer soll uns bei der Arbeit helfen, wenn wir alt sind und nicht mehr hinter einem Pflug laufen können?«

Kate wusste, wie wichtig es für Farmer war, arbeitskräftige Nachkommen zu haben. »Die Kinder kommen noch früh genug, jedenfalls war es bei meinen Eltern so. Am Ende waren wir zu siebt. Wir sind in alle Winde zerstreut, aber einer meiner Brüder blieb mit seiner Frau zu Hause und wird unsere Farm übernehmen.« Sie blickte Maggie an. »Wünscht sich dein Mann denn Kinder?«

»Natürlich!« Die Annahme, ihr Mann könnte sich gegen Kinder aussprechen, schien sie abwegig zu finden. »Er hat mir gesagt, dass er unbedingt einen Sohn haben will … und dann noch einige Töchter.« Sie lächelte. »Wird ein bisschen eng werden bei uns, wenn es endlich so weit ist, aber das schaffen wir schon. Bill ist ein guter Mann. Er wird ein strenger, aber guter Vater sein.«

Als es dunkel wurde und sie bereits in ihren Schlafsäcken lagen, dachte Kate über Maggies Worte nach. Bei Maggie lief das Leben nach einem bestimmten Schema ab. Einen braven und arbeitsamen Mann finden, die Farm der

Eltern übernehmen, möglichst viele Kinder kriegen und sich mit dem zufriedengeben, was einem der Herrgott gibt. Ein verständlicher Wunsch, wenn man sich nach einer sicheren Zukunft ohne große Überraschungen sehnte. Zu eintönig, wenn man mehr vom Leben erwartete. Maggies Lebensplan hatte etwas Tröstliches – wenn das Schicksal keine Fallen bereithielt. Sie hoffte nur, dass Bill so verlässlich war, wie Maggie behauptete. Ihr wurde flau im Magen, als sie sich vorstellte, was wäre, wenn der Traum ihrer Freundin zerbrach.

Maggie schlief längst, als Kate durch ein leises Knurren aufgeschreckt wurde. Ihr Feuer brannte eigentlich noch stark genug, um wilde Tiere abzuhalten, doch der unruhige Schatten, der sich durch die Zeltwand abzeichnete, sagte etwas anderes. Ein Bär konnte es nicht sein, dazu war er zu klein. Ein Wolf? Ein Kojote? Wodurch war er angelockt worden? Sie hatten alle Essensreste verpackt, das Geschirr in einem Bach gesäubert und nichts zurückgelassen, was ein Tier anlocken könnte. Außer der Witterung, die sie selbst ausstrahlten.

Sie schälte sich aus ihrem Schlafsack und zog den griffbereiten Revolver aus ihrem Rucksack. In der Trommel steckten sechs Patronen. Mit der Waffe in beiden Händen wartete sie darauf, dass der Schatten verschwand. Doch er blieb. Ein Wolf, war sie inzwischen sicher. Ein Wolf, der ihrem Zelt so nahe war, dass er mit seinem Körper die Plane streifte. Sie hielt den Atem an und hoffte sehr, dass Maggie nicht aufwachte und mit einem Schrei ein Chaos auslöste.

Normalerweise hatte Kate keine Angst vor Wölfen. Sie fielen Menschen nur an, wenn es zu kalt war und sie keine Beute mehr fanden, vergriffen sich aber auch dann lieber an Kälbern und Ziegen auf einer Farm. Von einer befreundeten Indianerin hatte sie erfahren, dass sie trotz ihrer Hautfarbe zum Wolfsclan ihres Volkes gehörte und eine besondere Beziehung zu Wölfen hatte. Und tatsächlich war sie mehrfach einem Wolf begegnet, der ihr durch seine Blicke und seine Körpersprache mitgeteilt hatte, wie sie am besten ein Problem anging. Indianischer Hokuspokus, wenn man nicht daran glaubte, aber Kate hatte längst herausgefunden, dass es mehr zwischen Himmel und Erde gab, als man sich vorstellen konnte, und dass manches eben nicht zu erklären war.

»Dein Schutzgeist«, hatte Kaw-claa gesagt. »Er begleitet dich durch dein Leben, aber verlass dich nicht darauf, dass er dir aus jeder Patsche hilft. Er sagt dir, was ihn bewegt, oder er zeigt sich nur, um dir einen Streich zu spielen.«

Nach einiger Zeit verstummte das Knurren, das ihr so vertraut vorkam, und der Schatten verschmolz mit der Nacht. Sie zog ihre Nietenhosen und ihre Stiefel an, schob ihren Revolver hinter den Hosenbund und kroch vorsichtig aus dem Zelt. Frischer Wind wehte ihr ins Gesicht und ließ Funken aus dem Feuer sprühen. Noch auf allen Vieren musterte sie eingehend ihre Umgebung.

Erst als sie sich aufrichtete, entdeckte sie die gelben Augen des Wolfes am Waldrand. Obwohl sie nur die schattenhaften Umrisse seines Körpers und seine Augen sehen konnte, war sie sicher, dass sie ihrem Schutzgeist gegenüberstand. Er sprach mit den Augen, bat sie, ihm zu folgen. Hab keine Angst, schien er zu sagen, ich muss dir etwas Wichtiges zeigen. Folge mir, Schwester!

Eine Bitte, der wohl nur jemand folgen konnte, der lange mit Indianern zusammengelebt und einige Erfahrung mit Wölfen gesammelt hatte. »Hallo, Wolf!«, grüßte sie. Sie hatte keinen Namen für ihn. »Was willst du mir zeigen?«

Sie überquerte die Lichtung und folgte ihm in den Wald. Der vertraute Duft der Schwarzfichten begleitete sie auf einem schmalen Pfad durch das Unterholz. Alle paar Minuten blieb der Wolf stehen und blickte sich nach ihr um; dann war er plötzlich verschwunden, und sie war allein. Zögernd betrat sie die vor ihr liegende Lichtung und sah eine gekrümmte Gestalt im Gras liegen.

Sie lief darauf zu und erkannte einen bärtigen Mann, der gerade aus seiner Bewusstlosigkeit erwachte und stöhnend den Kopf hob. Als er eine Frau vor sich stehen sah, wich er ängstlich zurück und hob beide Hände. »Nicht schießen! Sie hat das Gold, das ist hunderttausend wert. Nicht schießen, okay?«

Kate ging neben ihm in die Hocke und versuchte, ihrer Stimme einen beruhigenden Klang zu geben. »Ich will Sie nicht erschießen. Im Gegenteil, ich will Ihnen helfen. Ich bin Kate Ryan und lagere in der Nähe. Was ist passiert, Sir?«

»Stevie Frobisher.« Er erhob sich ächzend und berührte eine Beule an seinem Hinterkopf. Er verzog das Gesicht. »Die Hexe wollte mich erschießen, aber sie hatte wohl Angst, dass die Schüsse sie verraten könnten, und zog mir eins mit dem Revolverkolben über. Sie hat mein ganzes Gold mitgenommen.«

»Hunderttausend?«

»Nicht ganz, aber eine ordentliche Menge. Scheiß drauf! Ich bin mit nichts zum Klondike gezogen und komme mit nichts zurück. Macht mir nichts aus. Meine Frau ist längst tot, und Kinder hatten wir nie. Ist die Wunde arg schlimm?«

Kate untersuchte ihn flüchtig. »Nichts Ernstes, nur eine Beule. Ich muss nicht mal nähen. Ich bin gelernte Krankenschwester«, fügte sie hinzu, als sie sein entsetztes Gesicht bemerkte. »Kommen Sie mit, ich klebe Ihnen was auf die Wunde und gebe Ihnen was gegen die Schmerzen.« Sie befürchtete, dass er eine leichte Gehirnerschütterung hatte, und stützte ihn auf dem Rückweg. »Die Hexe, wie Sie sie nennen … wie sah die aus? Dunkle Haare, langer Zopf?«

»Genau. Hübsch wie ein Engel … und der Teufel in Person.«

»Elsie Maloney!«

Er erschrak. »Die Killerin, von der alle sprechen?«

»Sieht ganz so aus. Sie hatten großes Glück, Stevie.«

»Und hab ein Vermögen verloren. Scheißtag!«

Sie war froh, dass er ihr Lächeln nicht sah. »Ich glaube, wir haben noch Dosenpfirsiche übrig. Wenn Sie die gegessen haben, geht es Ihnen besser, da bin ich sicher. Und wer weiß? Vielleicht holen die Mounties Ihr Gold zurück.«

»Wer's glaubt«, brummte er.

4

Der Goldsucher erholte sich schnell. Kate hatte seine Beule mit einer Salbe aus heilenden Kräutern eingerieben und ihm einen Löffel von ihrem Schmerzpulver in den Tee gerührt. Um sicherzugehen, blieben sie und Maggie noch bei ihm, bis einige Männer auftauchten, die ihn kannten und bereit waren, ihn nach Süden mitzunehmen. »Klondike Kate«, sagte einer, »manche Leute sagen, Sie wären ein Engel. Sieht so aus, als hätten die Leute recht. Sie haben Stevie das Leben gerettet. Keine Angst, wir werden uns gut um den Burschen kümmern.«

Das Wetter hielt sich, es war kühl, aber die Sonne schien, und Kate und Maggie kamen gut voran. Maggie hatte sich einigermaßen an die ungewohnte Anstrengung gewöhnt und verglich die Bahntrasse, die den Trail ersetzte, mit dem heimischen Acker. »Den schaffe ich sogar mit einem Pflug, aber nur, wenn das Wetter mitspielt. In einem Unwetter kämen wir hier auch nicht weiter.«

Kate verzichtete darauf, ihr zu verraten, wie viel anstrengender ein solcher Marsch auf Schneeschuhen im Winter sein würde, wenn die Temperaturen weit unter den Gefrierpunkt sanken, es den ganzen Tag dunkel blieb und Schnee und Eis das Vorwärtskommen behinderten. Sie wusste aus eigener Erfahrung, wie schwer es selbst mit einem Hundeschlitten war, einen Trail zu meistern.

»Diese Elsie Maloney«, sagte Maggie, »ist sie wirklich so gefährlich?«

»Sie ist skrupellos«, erwiderte Kate, »und hat ein Herz aus Stein. Sie hat einen Fallensteller, den ich gut kannte, blutend in seinem Blockhaus zurückgelassen und seinen Huskys die Kehle durchgeschnitten. Er wäre an seinen Verletzungen verblutet, wenn ich ihn nicht rechtzeitig gefunden hätte.«

Maggie war blass geworden. »Und sie befindet sich immer noch auf freiem Fuß?«

»Leider ... Aber wie ich die Mounties kenne, nicht mehr lange.«

»Ich hab Angst, Kate.«

»Ich auch«, räumte Kate ein, »aber ich vertraue den Mounties. Sie sind ihr bestimmt schon dicht auf den Fersen. Ihren Komplizen haben sie bereits erwischt. Sie ist ganz allein unterwegs und kann sich nicht ewig verstecken.«

Doch das war nicht die ganze Wahrheit. Kate hätte niemals vermutet, dass sich Elsie so nahe an den Trail wagen und einen der heimkehrenden Goldsucher überfallen würde, doch die »Hexe« hatte es getan und bewiesen, wie furchtlos und raffiniert sie war. Sie suchte sich Goldsucher heraus, die Glück gehabt hatten und mit einem Beutel voller Nuggets nach Hause zurückkehrten, schlug sie bewusstlos oder tötete sie und tauchte blitzschnell wieder in den Wäldern unter. Bis die Mounties von dem Überfall hörten, war sie schon wieder ganz woanders. Eine kaltblütige Verbrecherin, die in der Wildnis lebte und sich dort bestens auszukennen schien. Sie war gefährlich, und natürlich war es möglich, dass sie auch ihnen in die Quere kam. Sie hatte bestimmt nicht vergessen, dass Kate geholfen hatte, ihren willigen Komplizen festzunehmen. Kate würde während der folgenden Nächte mit dem Revolver in den Händen schlafen, auch wenn jeder annahm, Elsie würde nach dem Überfall erst einmal in Deckung gehen.

»Sie kann uns doch nichts tun, oder?«, fragte Maggie ängstlich.

Kate lachte. »Was gäbe es bei uns schon zu holen?«

Die nächsten Nächte verliefen ohne Zwischenfälle. Sie begegneten weder Elsie noch wilden Tieren, schlugen ihre Nachtlager in der Nähe von Goldsuchern auf, um bei Gefahr nicht auf sich allein gestellt zu sein, und nahmen das Gegröle einiger Trunkenbolde in Kauf, die ihnen aber nicht zu nahe kamen. Das Wetter blieb ihnen gewogen, nur am dritten Tag bezog sich der Himmel, und es regnete ein wenig, aber schon am frühen Abend hatten sich die Wolken wieder verzogen. Die Luft war vom würzigen Duft der Schwarzfichten erfüllt.

Sie erreichten Whitehorse am Morgen des sechsten Tages und waren überrascht, wie wenig zivilisiert die Stadt war. Sie bestand größtenteils aus Zelten, die sich bis zum Ostufer des Yukon hinzogen, und einer Main Street mit einigen Holzhäusern, die meisten mit falschen Fassaden. Am Ufer hatten zwei Raddampfer festgemacht, die wohl vom Beringmeer gekommen waren. Nur wohlhabende Leute konnten sich die Schiffsreise von Seattle oder San Francisco nach St. Michael und die anschließende Dampferfahrt nach Dawson City leisten; die Mehrzahl der Goldsucher kam über Skagway und Dyea und die Pässe in

Alaska oder über den Stikine Trail, den auch Kate genommen hatte.

Doch die Entwicklung am Yukon und am Klondike River, der bei Dawson City in den Yukon mündete, ging rasant voran. In Whitehorse hatten Arbeiter bereits die Schienen der White Pass & Yukon Railway gelegt, die in spätestens einem Jahr bis nach Caribou Crossing führen sollten; dann könnte man mit dem Schiff von der amerikanischen Westküste bis nach Skagway fahren, dort in einen Zug nach Whitehorse steigen und den letzten Teil der Reise zu den Goldfeldern am Klondike mit dem Raddampfer über den Yukon zurücklegen.

»Schon überlegt, wie es weitergehen soll?«, fragte Kate.

»Ich werde mir eine preiswerte Bleibe suchen«, antwortete Maggie. »Hier gibt es doch sicher Einheimische, die Zimmer vermieten. Ein bisschen Geld habe ich noch. Und wenn Bill nicht hier ist, fahre ich weiter nach Dawson.«

Kate hatte sich schon so etwas gedacht. »Ich hab eine bessere Idee. Du hilfst mir in meinem Restaurant, und wir errichten eine Baracke dahinter oder stellen zwei Zelte auf. Wer weiß, vielleicht kann ich mir bald ein Haus leisten. Ich träume schon seit einigen Monaten von einem eigenen Haus. Einverstanden?«

»Sicher!« Maggie hatte nicht mit einem solchen Angebot gerechnet, schien aber begeistert. »Was meinst du … Wie lange wird es dauern, bis du dein Restaurant aufmachen kannst? Du brauchst doch sicher einen Kredit … Und dann der ganze Papierkram.«

»Lass mich nur machen«, erwiderte Kate zuversichtlich. »Aber zuerst sehen wir bei den Mounties vorbei. Ihr Camp soll am Ufer des Yukon liegen. Du kannst nach deinem Mann fragen, vielleicht hast du Glück, und einer der Mounties hat ihn gesehen. Und ich will wissen, wo George ist und wann er zurückkommt.«

Sie bahnten sich einen Weg durch die Baracken und Zelte und erreichten das Camp der North West Mounted Police, Detachment H, das aus wenigen Blockhäusern bestand und nahe der Anlegestelle lag. Hinter einigen Bäumen ragten die dunklen Schornsteine der Flussdampfer empor. Sie fragten bei einem Mountie, der über den Paradeplatz kam, nach Inspector Primrose und sahen ihn lächeln.

»Kate?«, rief er ungläubig. »Klondike Kate? Ich war auf dem Stikine Trail dabei, als Sie für uns gekocht haben. Freut mich, Sie wiederzusehen.« Er begrüßte sie beide und führte sie zum Blockhaus des Inspectors. »Sie wissen, dass George bei den Männern ist, die an der Grenze für Ordnung sorgen? Die Amerikaner schikanieren uns, und Commissioner Steele hat den Inspector um Unterstützung gebeten. George war ziemlich sauer, dass er nicht hier sein kann, wenn Sie kommen, aber es wird wohl nicht mehr lange dauern, bis er zurückkehrt.«

Inspector Primrose war hocherfreut, Kate wiederzusehen. Er hatte sich seit ihrer letzten Begegnung kaum verändert, sah mit seinem kantigen Gesicht, den stechenden Augen und der Uniform wie der typische Mountie aus. Er bat sie in sein Büro und ließ heißen Tee und Kekse bringen. Sie stellte Maggie vor.

Primrose nickte ihr freundlich zu. »Sie wissen sicher, dass George unterwegs ist«, sagte er. »Ich musste ihn zu Commissioner Steele an die Grenze schicken. Er gehört zu meinen besten Männern und kann dort sicher helfen, die Grenzstreitigkeiten zu schlichten. Aber er hat mir einen Brief für Sie gegeben.«

Sie betrachtete den Brief wie eine Kostbarkeit und steckte ihn in ihren Rucksack. »Die Lektüre hebe ich mir für später auf. Haben Sie schon eine Ahnung, was Ihre Befehle sind? Werden Sie mit Ihrer Einheit in Whitehorse bleiben?«

»In Whitehorse und Dawson«, sagte er. »Sie wollen hierbleiben?«

»Ich werde dort sein, wo George stationiert ist, Sir. Auf jeden Fall werde ich wieder ein Restaurant eröffnen, hier in Whitehorse, und wenn's sein muss, sogar in Dawson City. Ein rechter Sündenpfuhl, hab ich mir sagen lassen.«

Primrose griff nach einem Zigarillo, hielt ihn fragend hoch und zündete ihn an, als beide Frauen nickten. »Sie haben recht«, erwiderte er, »aber es wird sich einiges ändern. Der Goldrausch lässt allmählich nach und verlagert sich nach Nome, wo ebenfalls Gold gefunden wurde, und man spricht sogar davon, Alkohol und vor allem Glücksspiel zu verbieten und die Saloons zu schließen.«

»Wegen der Proteste?«

Primrose blies Rauch zur Decke. »Die Kirche und die Frauenvereine lassen nicht locker. Sogar Reverend Pringle schimpft inzwischen über die Schande, die wir unserem schönen Land mit diesen Sünden zufügen. Und unsere Regierung glaubt, durch diese Maßnahmen würden wir die Straftaten einschränken.«

»Und Sie glauben das nicht?«

»Wenn es um Gold geht, verlieren viele Menschen den Verstand«, erwiderte er. »Das hab ich schon öfter erlebt. Dann sind sie zu allem fähig, sogar zu Mord und Totschlag. Ich bin vor allem dafür, die Präsenz der NWMP zu erhöhen.«

»Und der Commissioner ist der gleichen Meinung?«

Primrose paffte nachdenklich. »Steele ist fest entschlossen, das Land am Yukon zu befrieden. So kompromisslos wie er geht keiner gegen Gesetzesbrecher vor. An der Grenze, auf den Pässen nach Alaska, ist er damit sehr erfolgreich.« Er versuchte ein Lächeln, ein schwieriges Unterfangen für einen strengen Mann wie ihn. »Wollen Sie wirklich über Politik mit mir diskutieren?«

»Nicht unbedingt.« Kate erwiderte sein Lächeln. »Ich wollte Ihnen vor allem sagen, dass Elsie Maloney wieder zugeschlagen hat.« Sie berichtete von dem Überfall auf Frobisher und ihrer Rettungsaktion. »Er konnte von Glück sagen, dass sie ihn nicht getötet hat. Aber sie hat den Beutel mit seinem Gold gestohlen.«

»Sind Sie sicher, dass es Elsie war?«

»Er hat sie beschrieben ... sie war es.«

»Und wo hatten Sie Ihr Lager aufgeschlagen?«

»Einige Meilen nördlich vom Spirit Lake.«

»Wir kümmern uns darum«, versprach der Inspector. »Die Fahndung nach Elsie Maloney läuft auf Hochtouren, ich hoffe sehr, dass wir sie bald festnehmen. Ich habe einige meiner besten Männer losgeschickt. Doch ihre Verfolgung ist nicht einfach, in den Wäldern kann man sich leicht verstecken.«

Kate trank einen Schluck von ihrem Tee. »Könnte sein, dass sie auch hinter mir her ist, Inspector. Ich bin sicher, sie ist wütend auf mich, weil ich sie in der Geisterstadt gesehen habe. Das ging gegen ihre Ehre, nehme ich an. Sie will unsichtbar bleiben. Aber dafür ist es zu spät. Alle wissen, wie sie aussieht.«

»Und wir haben ihre Beschreibung an alle Einheiten weitergegeben«, sagte Primrose. »Wir kriegen sie. Passen Sie trotzdem auf, die Frau ist gefährlich.«

»Ich weiß.« Kate stellte die Tasse zurück und blickte Maggie an. »Bevor ich's vergesse, Inspector, meine Freundin hat eine große Bitte an Sie. Sie sucht ihren Mann. Er muss vor zwei Jahren in den Norden gekommen sein und hat sich seitdem nicht mehr bei ihr gemeldet. Sie hat Angst, dass ihm was passiert ist.«

Maggie, die bisher nur zugehört hatte, zog die Fotografie ihres Mannes aus der Jackentasche und reichte sie dem Inspector. »Das ist er, Sir. Bill Stewart aus Kansas. Vielleicht können Ihre Männer herausfinden, wo er sich aufhält. Ich kenne mich hier doch nicht aus.«

»Das wird nicht einfach sein«, erwiderte Primrose. Er betrachtete die Fotografie eingehend. »Irgendwie kommt mir der Mann bekannt vor, aber …« Er schüttelte den Kopf. »Nein, ich kenne ihn nicht. Aber wenn Sie mir die Fotografie einige Tage hierlassen, zeige ich sie meinen Männern. Vielleicht haben Sie Glück, und sie finden ihn irgendwo. Wollte er denn nach Gold graben?«

Maggie reagierte beinahe mitleidig. »Er wollte reich werden, Sir. Ich hab ihm gesagt, dass die Berichte über den Goldrausch sicher übertrieben sind und allein die weite Reise und die Ausrüstung zu viel kosten, aber er wollte nicht hören. Wenn ich zurückkomme, werden wir reiche Leute sein, hat er gesagt.«

»Sie haben recht, Ma'am. Die meisten Männer finden am Klondike gerade so viel Geld, dass sie damit ihre Kosten bestreiten können. Zwei Jahre ist er schon auf den Goldfeldern? Das ist eine lange Zeit. Die meisten Goldsucher bleiben nur einen Sommer hier oben. Die Winter können ziemlich lang sein.«

»Sie werden nach ihm suchen?«

»Wir halten die Augen offen, Ma'am.«

Nur Kate sah in den Augen des Inspectors, wie wenig Hoffnung er hatte, Maggies Ehemann zu finden. Wer sich so lange nicht bei seiner Familie meldete, hatte sie vielleicht schon vergessen. Es kursierten zu viele Geschichten dieser Art. »Maggie wird mir in meinem Restaurant helfen«, sagte Kate. »Ich will da weitermachen, wo ich in Glenora aufgehört habe. Ich hab das Kochen nicht verlernt, und Maggie kann auch mit einem Kochlöffel umgehen.«

»Wildeintopf und zum Nachtisch Ihren guten Apple Pie?«

»Werden ganz oben auf unserer Speisekarte stehen.«

»Dann wünsche ich Ihnen viel Glück«, sagte er. »Und vergessen Sie nicht, den Brief von George zu lesen. Er hat mir gesagt, Sie sollten ihn unbedingt lesen, bevor Sie etwas in Whitehorse unternehmen. Am besten lesen Sie ihn gleich hier. Ich muss sowieso zu meinen Männern raus. Lassen Sie sich Zeit!«

Der Inspector verließ das Büro, und Kate las den Brief.

»Liebste Kate«, begann er, »leider kann ich nicht bei dir sein, wenn du in Whitehorse eintriffst. Ich bin bei der Einheit, die an der Grenze für Ordnung sorgen muss, hoffe aber, schon bald wieder nach Whitehorse zurückkehren zu können. Ich vermisse dich sehr und sehne mich danach, dich wieder in den Armen zu halten. Wusstest du, dass es einen katholischen Priester in der Stadt gibt?«

Kate lächelte versonnen. Sie hatten einander versprochen zu heiraten, sobald sie auf einen Priester treffen würden. Der Brief ging weiter.

»Ach ja, und ich habe eine Überraschung für dich. Weil ich wusste, dass du wieder ein Restaurant eröffnen willst, habe ich bereits Einiges in die Wege geleitet. Ich habe ein Grundstück an der Main Street für dich gefunden, neben dem Drugstore, und bereits ein großes Zelt für das Restaurant aufstellen lassen. Hinter dem Zelt gibt es eine Hütte, in der du wohnen kannst. Auch einen Herd und Geschirr habe ich gefunden. Ich habe alles mit meinen wenigen Ersparnissen angezahlt und einen Kredit für den Rest bei der All Canadian Bank aufgenommen. Ich hoffe, das war in deinem Sinne. Leider kann ich dir noch kein Haus bieten, aber das schaffen wir auch noch. In Liebe, dein George.«

Kate war überwältigt. Mit Tränen in den Augen blickte sie auf den Brief, dankbar für die Zuneigung, die aus jeder Zeile sprach. Er liebte sie, so wie sie ihn liebte, und hatte alles getan, um ihr den Start in Whitehorse zu erleichtern.

»Irgendwas Trauriges?«, fragte Maggie vorsichtig.

»Im Gegenteil«, antwortete Kate. Sie lächelte durch ihre Tränen und verriet Maggie die guten Neuigkeiten. »Deshalb sollte ich den Brief gleich lesen. Am besten machen wir uns sofort auf den Weg. Es gibt noch eine Menge zu tun.«

Auf der Main Street mit ihren Läden und Saloons war Einiges los. Goldsucher, die vom Klondike zurückgekommen waren, verprassten ihren neuen Reichtum oder ertränkten ihren Misserfolg im Alkohol; Neuankömmlinge aus dem Süden und solche, die über den Lake Bennett von der Westküste gekommen waren, bevölkerten die Läden, kauften Proviant und Werkzeuge und ließen sich eine Miner's License ausstellen, ohne die man nicht nach Gold graben durfte. Auffällig war die Anzahl der Frauen in der Stadt. Nicht nur Saloon Girls und Tanzhallenmädchen, auch respektable Frauen, die mit ihren Männern gekommen waren, zumeist mit dem Schiff über das Beringmeer und den Yukon.

Ihr neues Restaurant war leicht zu finden. Auf den ersten Blick wirkte es nicht sehr beeindruckend. Unter der Plane, die zwischen dem Drugstore und einem Eisenwarenladen angebracht war, wirkte es wie eine Höhle. Auf dem Tresen, der aus einem Brett bestand, das man über zwei Fässer gelegt hatte, standen mehrere Petroleumlampen. Es gab zwei runde Tische, auf denen Geschirr, Gläser und Besteck in einigen Schachteln lagen, und ein paar Stühle. In der Mitte des Raumes ragte ein gusseiserner Ofen aus dem Bretterboden.

»Keine Angst, das kriegen wir schon hin«, sagte Kate, als

sie die zweifelnde Miene ihrer Freundin bemerkte, vielleicht aber auch, um sich Mut zu machen.

Der gusseiserne Herd stand hinter einer Bretterwand beim Tresen, in einem Topf lagen Messer, Kellen, Löffel und was man sonst noch in einer Küche brauchte. In einem Regal und einem Schrank war Platz für Vorräte und Gewürze. Hinter dem Zelt gab es eine Wasserpumpe und eine Regentonne.

»Alles da«, zeigte sich Kate zufrieden. »Und das ist unser Zuhause.«

Die Hütte war etwas windschief, aber stabil genug, um nicht unter dem ersten Wintersturm zusammenzubrechen. In jedem der beiden Räume standen ein Bett, auf dem Wolldecken lagen, eine Kommode mit Krug und Wasserschüssel, ein Schrank und ein ovaler Tisch mit zwei Stühlen. Das »Outhouse«, wie man die Toiletten im Norden nannte, befand sich gleich neben der Hütte.

Sie stellten ihre Rucksäcke ab und setzten sich an einen Tisch. Nur in einem Zimmer gab es einen Ofen, der aber die ganze Hütte wärmen würde. Die Fenster zeigten zum Waldrand hinter der Hütte.

»Auf unserer Farm sieht es auch nicht anders aus«, sagte Maggie.

Kate kramte Zettel und Bleistift aus ihrem Rucksack. »Aber es gibt noch Einiges einzukaufen. Am besten machen wir eine Liste und ziehen dann gemeinsam los. Je früher wir eröffnen können, desto eher verdienen wir was.«

Die Liste wurde so lang, dass sie zwei Zettel brauchten. Woher sie ihre Vorräte beziehen konnten, wussten sie noch nicht. Ihr Schutzgeist mied belebte Siedlungen und hätte ihnen ohnehin nicht helfen können, aber Kate war in Glenora und Atlin zurechtgekommen, wo es ungleich schwieriger war, Kartoffeln, Gemüse und Obst zu kaufen, und würde es auch in Whitehorse schaffen.

Sie wollten gerade gehen, als eine vertraute Stimme aus dem Zelt herüberdrang. »Hey, Kate! Sind Sie da hinten? Ich hab gehört, Sie sind in der Stadt.«

»Coop!«, rief Kate überrascht.

5

Will Cooper war ein bärtiger Oldtimer mit verwittertem Gesicht und lebhaften Augen. Er trug Baumwollhosen, einen Anorak aus Karibuleder und feste Stiefel und hielt sein Gewehr in der Hand, das er selbst in einer Stadt nicht ablegte. »Hab erfahren, dass Sie wieder ein Lokal aufmachen werden. Ich bin wohl zu früh dran?«

»Wir eröffnen morgen oder übermorgen«, erwiderte Kate. Sie freute sich, den Jäger wiederzusehen. »Maggie und ich wollten gerade einkaufen gehen.« Sie zeigte ihm die Liste. »Wird einige Zeit dauern, aber dann kriegen Sie Ihren Kaffee, versprochen.« Sie stellte Maggie und den Oldtimer einander vor. »Was bringt Sie in unsere Gegend, Coop? Sind Sie unter die Goldsucher gegangen?«

Er kicherte. »Bestimmt nicht. Aber ich halte es nicht lange in einer Gegend aus. Sobald ich alle Bäume und Tiere mit Namen kenne, ziehe ich weiter.«

»Wollen Sie wieder für mich jagen?«

»Sicher ... Wenn ich auch was von dem Wildeintopf abbekomme?«

»Die gleichen Bedingungen wie in Atlin. Abgemacht?«

»Abgemacht. Brauchen Sie Hilfe beim Einkaufen?«

Sie legte ihm grinsend eine Hand auf die Schulter. »Gegen einen starken Mann hätte ich nichts einzuwenden. Ich nehme an, Sie sind noch bei Kräften?«

»Zum Einkaufen reicht's noch. Ich trete erst mit achtzig kürzer.«

Coop erwies sich als große Hilfe. Vor allem, weil er ein geschickter Verhandler war und bei jedem Händler einen vorteilhaften Rabatt rausschlug. »Hab ich als Fallensteller gelernt, als es galt, die Pelze besonders gewinnbringend an den Mann zu bringen. Für einen Hermelin hab ich doppelt so viel bekommen wie die anderen.« Er grinste. »Die Frauen, die ich geheiratet hatte, eine nach der anderen, versteht sich, waren anspruchsvoll. Von der Athabaskin, mit der ich eine Weile zusammengelebt habe, ganz zu schweigen. ›Bei meinem Volk gilt ein Mann nur etwas, wenn er viel zu verschenken hat‹, sagte sie immer.«

Coop half auch beim Auspacken und Einräumen, nachdem sie zurückgekehrt waren, und befestigte das Schild mit der Aufschrift »Kate's Restaurant« über dem Eingang. Sie revanchierte sich mit einem üppigen Sandwich und heißem Tee mit Honig, und er durfte sein Nachtlager im Restaurant aufschlagen. Ein Glücksfall für ihn, wie sich herausstellte, da es während der Nacht leicht regnete und er im Freien ziemlich nass geworden wäre. Ein reichhaltiges Frühstück mit Rühreiern, Speck und Biscuits gab es auch. »Sie haben das Kochen nicht verlernt, Kate!«, lobte er sie. »Und Ihre schüchterne Freundin ist auch nicht ohne.«

Nach dem Frühstück verabschiedete sich Coop und versprach, so schnell wie möglich mit einem erlegten Wild zurückzukommen. Maggie putzte gründlich und richtete das Restaurant für die Eröffnung her. Kate tätigte letzte Einkäufe und verhandelte mit der Bank und einer Firma, die Vorräte mit dem Dampfschiff aus Seattle kommen ließ. Es gab keine langwierigen Verhandlungen. Der Name

»Klondike Kate« hatte einen guten Klang; jeder wusste, wie erfolgreich sie als Unternehmerin in Glenora gewesen war. Sie besaß ein Händchen für Geschäfte, obwohl sie zwar zur Schule gegangen war, aber nie eine spezielle Ausbildung genossen hatte. »Es ist mir eine große Ehre, Geschäfte mit der berühmten Klondike Kate zu machen«, schwärmte der Bankdirektor.

Kate verzichtete auf eine Eröffnungsfeier, in Whitehorse war schon genug Trubel, und hängte lediglich ein Schild neben den Eingang, um zu signalisieren, dass ihr Restaurant geöffnet hatte und der Kaffee am ersten Tag nichts kostete. Schon nach kurzer Zeit bildete sich eine lange Schlange vor dem Lokal. »Klondike Kate's Café« nannten die meisten ihr Restaurant, ungeachtet des Schildes über dem Eingang. Ihr guter Ruf war die beste Werbung. Ihr erstes Menü bestand aus Nudeln mit einer schmackhaften Soße und Peach Pie, für den Maggie auf Dosenpfirsiche zurückgriff. Frisches Obst gab es im nördlichen Kanada nur, wenn es auf einem der Schiffe aus dem Süden gebracht wurde.

An der Zeltwand hatte Maggie, für jeden Besucher sichtbar, ein Schild mit dem Foto ihres Mannes aufgehängt. Darunter stand: »Wer hat diesen Mann gesehen? Bitte bei Kate oder Maggie melden!« Dass Maggie ihren Ehemann suchte, sprach sich schnell herum. Doch keiner hatte ihn gesehen, und kaum einer glaubte daran, dass Bill zu seiner Frau zurückkehren wollte. Dazu war er schon zu lange weg. Aber das wagte ihr niemand zu sagen, auch Kate nicht. Solange es keinen handfesten Beweis dafür gab, würde sie davon ausgehen, dass er noch lebte und ihn etwas anderes als Goldgier oder eine andere Frau zurückhielt.

Maggie war ein Gewinn für Kate, als Mensch und als Angestellte in ihrem Restaurant. Sie war eine gute Köchin, buk erstklassige Pies, und ihre Biscuits blieben aus einem unerklärlichen Grund länger frisch als Kates. Als Bedienung half sie zu Anfang ungern aus, gewöhnte sich aber langsam an den rauen Ton, der in einer Siedlung wie Whitehorse herrschte, und ging nach einiger Zeit sogar auf die derben Witze mancher Goldsucher ein. Die Arbeit half ihr, die Sorge um ihren Mann wenigstens zeitweise zu verdrängen und an etwas anderes zu denken.

Nach drei Tagen kehrte Coop mit einem jungen Hirsch zurück, brach aber nach einem Kaffee gleich wieder auf, um einen Elch zu schießen, den er an einem Bachufer gesehen hatte. Mit dem Fleisch, das während des Sommers schnell verarbeitet werden musste, kochten sie genug Wildeintopf für die nächsten Tage, das restliche Fleisch lagerte Kate in einem Kühlhaus, in dem Eisblöcke, mit Sägespänen bedeckt, am Schmelzen gehindert wurden, oder pökelte es in Fässern. In den großen Städten sollte es bereits Kühlhäuser und Küchenschränke geben, die mit irgendwelchen Chemikalien eisige Temperaturen erzeugten, aber es würde wohl noch einige Zeit dauern, bis die in entlegene Siedlungen wie Whitehorse lieferbar waren. Außerdem kosteten sie zu viel.

Sobald Kates legendärer Wildeintopf auf der Speisekarte stand, wurde die Warteschlange vor dem Restaurant noch länger. Kate und Maggie arbeiteten ohne Pause und sanken jeden Abend erschöpft ins Bett. Dennoch verloren sie nicht ihr Lächeln. Ihr Naturell verbot es Kate, mit schlechter Laune vor ihre Gäste zu treten; sie hatte für jeden ein freundliches Wort oder einen Scherz übrig und hatte sich nach wenigen Tagen wieder so an ihre Arbeit gewöhnt, dass sie ihr locker von der Hand ging. Kopfschmerzen bereiteten ihr lediglich praktische Fragen. Sie musste ihre Bestellungen früh genug aufgeben, um die Lieferung mit einem der Dampfschiffe zu gewährleisten. Zum Glück gab es inzwischen eine Telegrafenverbindung, über die man Seattle erreichen konnte.

Nach einigen Tagen ließ sich Inspector Primrose bei ihr blicken. Auch er hatte gehört, dass ihr Wildeintopf auf der Speisekarte stand, und vertilgte gleich zwei Portionen. Dazu trank er extra starken Kaffee. »Sie glauben ja nicht, wie sehr ich Ihre Küche vermisst habe«, lobte er sie. »Jedes Mal, wenn ich an den Eintopf gedacht habe, lief mir das Wasser im Mund zusammen.« Er steckte sich einen Zigarillo an und genoss den würzigen Tabak. »Aber Sie wollen sicher wissen, wann George von seinem Einsatz zurückkommt, hab ich recht?«

»Sobald er seinen Auftrag erfüllt hat, nehme ich an.«

Primrose lächelte zufrieden. »So kann nur die Braut eines Mounties antworten. Unsere Pflicht steht über allem, besonders bei einem so wichtigen Einsatz. Ich darf Ihnen nicht viel darüber erzählen, aber es ist sicher kein Geheimnis mehr, dass wir einige Schwierigkeiten an der Grenze haben. Beide Seiten, die kanadische und amerikanische, versuchen sich gegenseitig mit Zöllen zu überbieten, und der Schmuggel nimmt rapide zu. Es wird also leider noch etwas dauern. Ich habe vor, ihn und seine Kameraden in ungefähr zehn Tagen zurückzubeordern. Commissioner Steele möchte, dass wir mehr Präsenz in Dawson City zeigen. Zumindest bis zum Winter.« Er paffte ein paarmal. »Aber keine Angst, Kate, zwei Wochen wird George bestimmt in Whitehorse bleiben.«

Sie war nicht begeistert von der Nachricht. Was der Inspector da erzählte, bedeutete wahrscheinlich, dass George den Rest des Sommers in Dawson verbringen würde, über dreihundert Meilen von Whitehorse entfernt. Vielleicht würde sie ihn dort besuchen, nach Dawson umziehen würde sie aber auf keinen Fall. George war in Whitehorse stationiert, und die Stadt im Norden verlor zunehmend an Bedeutung, seit Nome am Beringmeer zum Zentrum eines neuen Goldrausches geworden war. Wenn dann noch das Alkohol- und Glücksspielverbot kam, die Saloons zumachten und die leichten Mädchen aus Dawson verschwanden, würde es die Boom Town am Yukon in einem Jahr vielleicht gar nicht mehr geben.

»Was ist mit Elsie Maloney? Sind Sie ihr schon auf den Fersen?«

»Sie ist sehr geschickt«, antwortete der Inspector. »Wenn ich nicht wüsste, dass sie weiß ist, würde ich behaupten, sie könnte nur eine Athabaskin oder Inuit sein, die sich aufs Spurenlesen versteht. Sie hat ihren Ehemann im Wald zurückgelassen, weil er ihr auf den gemeinsamen Raubzügen lästig war, und konnte jedes Mal untertauchen, wenn ihr jemand zu nahe kam. Sie gehören zu den wenigen Menschen, die sie in letzter Zeit zu Gesicht bekommen haben, also sehen Sie sich vor, Kate! Wir tun, was wir können, aber noch haben wir sie nicht erwischt, und sie denkt sicher nicht daran, ihre Raubzüge zu beenden und irgendwo im Süden oder in den Vereinigten Staaten unterzutauchen. Ihr geht es, glaube ich, gar nicht ums Geld. Nicht nur jedenfalls. Sie ist ein schlechter Mensch und hat Freude daran, sich wie eine tollwütige Hexe zu benehmen und die Welt in Angst und Schrecken zu versetzen, das ist alles.«

»Nach Whitehorse oder Dawson wird sie sich wohl kaum wagen.«

»Sind Sie sicher? Ihr traue ich alles zu. Ich bin in meiner Karriere ja schon einigen gefährlichen Verbrechern begegnet, aber noch nie einer solchen Mörderin und Diebin, die keine Skrupel kennt. Hoffentlich landet sie bald im Gefängnis.«

»Ich halte die Augen offen, Sir.«

»Sie haben eine Waffe?«

»Zwei, ein Gewehr und einen Revolver.«

»Dann schlafen Sie mit dem Revolver unter dem Kissen! Ich hoffe sehr, dass ich bald mit besseren Nachrichten aufwarten kann. Passen Sie auf sich auf!«

»Aye, Sir.«

Obwohl sie den Gedanken, Elsie könnte in Whitehorse auftauchen, nicht für realistisch hielt, befolgte sie seinen Rat. Doch tagsüber war sie viel zu sehr beschäftigt, um an die Hexe, wie die *Bennett Sun* sie genannt hatte, zu denken. Ihr Lokal war zur Attraktion geworden, und obwohl sie abends meist todmüde ins Bett fiel, fand sie noch Zeit, dem Arzt zu helfen, wenn Not am Mann war. Als Krankenschwester hatte sie schon seit ihrer Ankunft in Seattle wertvolle Dienste geleistet. Doc Gibson war begeistert von ihr und bedauerte, dass sie durch ihr Restaurant gebunden war und nicht ständig für ihn arbeiten konnte.

»Seltsam«, sagte Maggie eines Abends, nachdem sie den Herd gesäubert hatte und sie in ihre Hütte gingen. »Wir stehen frühmorgens auf und gehen spätabends zu Bett und brauchen keine Lampen. In Kansas ist es jetzt stockfinster. Daran, dass es hier den ganzen Tag hell ist, muss ich mich erst gewöhnen.«

Auch Kate war es anfangs schwergefallen, sich an das ständige Tageslicht im Sommer zu gewöhnen. »Im Winter ist es genau umgekehrt«, sagte sie, »dann ist es den ganzen Tag stockdunkel. Aber auch daran gewöhnst du dich, Maggie.«

»Bis zum Winter bin ich wahrscheinlich schon auf dem Heimweg«, erwiderte Maggie. Ihre Zuversicht schien ungebrochen. »Irgendwer von den Männern, die am Klondike waren, muss ihn doch gesehen haben! Ich bin sicher, es dauert nicht mehr lange, bis ihn jemand auf der Fotografie erkennt. Die Mounties suchen doch auch nach ihm. Wenn alle Stricke reißen, fahre ich selbst nach Dawson und suche nach ihm. Bis zum Winter habe ich ihn wieder, bestimmt.«

»So einfach ist das nicht«, sagte Kate. »Die Goldsucher sind überall an den Flüssen und in den Bergen, und es ist unmöglich, sie alle zu erreichen, selbst mit einem Pferd nicht. In Dawson ist er nicht, sonst hätten ihn die Mounties längst gefunden. Und in den Bergen …« Sie entschied, ihrer Freundin zumindest einen Teil der Wahrheit zu verraten. »Hast du dir schon mal überlegt, dass ihm auch etwas zugestoßen sein könnte? Im Winter passiert hier viel, vor allem, wenn man nicht darauf vorbereitet ist, wie die meisten Goldgräber. Sie kommen fast alle aus zivilisierten Gegenden wie dein Mann und sind die extremen Bedingungen hier nicht gewohnt. Ich weiß von Männern, die während des Winters spurlos verschwunden und nie mehr aufgetaucht sind. Einigen Kameraden von George ging es leider so, und sie waren erfahrene Mounties.«

Maggie reagierte anders, als Kate befürchtet hatte. Sie geriet nicht in Panik, bekam keinen Weinkrampf, blieb still sitzen und nickte kaum merklich. »Ich bin nicht naiv, Kate. Natürlich habe ich darüber nachgedacht, und ich habe gehört, wie einige Männer im Lokal etwas Ähnliches gesagt haben wie du. Aber ich gebe nicht auf. Wenn ihm wirklich etwas zugestoßen ist, will ich wenigstens wissen, wie er …« Jetzt schossen ihr doch die Tränen in die Augen, und sie sagte mit erstickter Stimme: »Ich weiß, dass er lebt, ich spüre es!«

Den Gedanken, Bill könnte mit einer anderen Frau durchgebrannt sein, wagte Kate nicht auszusprechen. »So ging es mir damals auch, als George nicht aus dem Blizzard zurückkam«, machte sie Maggie Mut. »Sogar die Mounties hatten ihn schon aufgegeben, aber er war noch am Leben. Manchmal passieren Wunder.«

»Ich glaube fest an Bill. Ich bete jeden Abend für ihn.«

Kate blieb noch lange wach. Auch im Hochsommer ging die Sonne in Whitehorse unter, allerdings nur für kurze Zeit, wenn die meisten Menschen schliefen. Es wurde auch nicht stockfinster, sondern stattdessen legte sich ein bläuliches Zwielicht über die Stadt. Sie hatten dunkle Vorhänge vor die Fenster gehängt, um besser schlafen zu können, aber Kate gingen zu viele Gedanken im Kopf herum, und sie fand nicht in den Schlaf. George in einem Einsatz, der sicher gefährlicher war, als Primrose zugeben wollte. Elsie war immer noch auf freiem Fuß, und Maggies Sorge um ihren Mann ließ sie sich unruhig von einer Seite auf die andere wälzen. Leises Schnarchen verriet ihr aber, dass Maggie schlief.

Wie so oft, wenn sie von zu vielen kreisenden Gedanken geplagt wurde, stand Kate auf. Sie zog sich leise an und ging zur Tür, kehrte noch einmal zurück und steckte den Revolver ein und verließ die Hütte. Durch ihr Lokal trat sie auf die Straße hinaus.

In einer Goldgräbersiedlung wie Whitehorse kehrte selten Ruhe ein, und auch in dieser Nacht ging es auf der Main Street und zwischen den Zelten lebhaft zu. Vereinzelt brannten Lagerfeuer, an denen Männer tranken und sich unterhielten, aus den Saloons, jenseits der bereits verlegten Schienen, drang das Klimpern von mechanischen Klavieren. Vereinzelte Schüsse fielen, wahrscheinlich nur übermütige junge Männer, die sich Luft machen wollten. Einige Betrunkene zogen grölend durch die Stadt. Die Mounties hatten Wichtigeres zu tun, als sich um betrunkene Goldsucher zu kümmern, die ihren Frust über ihren Misserfolg am Klondike auslebten. Wie friedlich wirkte dagegen das Zwielicht, bläulich über der Stadt und orangefarben am westlichen Horizont!

Kate ging die Straße hinab und blieb vor einem Gemischtwarenladen stehen. Um diese Zeit war er geschlossen, aber an der Tür hing ein Schild, das frische Tomaten anpries. Auch sie hatte noch genügend Tomaten in ihrer

Vorratskammer und beschloss spontan, am nächsten Morgen einen Nudelauflauf mit Tomaten und Käse für den Mittag und Abend vorzubereiten. Für den Nachtisch standen noch etliche Peach Pies bereit. Beim Kochen bekam Kate immer selbst Hunger und lief Gefahr, jeden Tag zuzunehmen. Sie sollte mehr Sport treiben; seit dem langen Marsch über den Trail hatte sie sich kaum noch bewegt.

Absurde Gedanken um diese Zeit, sagte sie sich und wollte schon umkehren, als ihr eine Gestalt auf der anderen Straßenseite auffiel. Es war eine Frau, das war deutlich zu erkennen, obwohl sie Männerkleider trug und den größten Teil ihrer blonden Haare unter einer Wollmütze versteckt hatte. Als sie sich nach einem Fuhrwerk umdrehte und ihr Gesicht für einige Sekunden im Schein des Zwielichts lag, erschrak Kate. Elsie Maloney? Diese Frau sah aus wie Elsie Maloney!

Elsie Maloney in Whitehorse? Und so leichtsinnig, im nächtlichen Zwielicht über die Main Street zu gehen? Sie müsste schön dumm sein, sich so in Gefahr zu bringen. Oder war es grenzenlose Arroganz? Das Gefühl, allen anderen überlegen zu sein und nur Verachtung für die Mounties und gesetzestreuen Bürger übrig zu haben? Kaum einer hatte ihr Gesicht gesehen, die meisten kannten sie nur von schlechten Zeichnungen in der *Bennett Sun*. Und wie sollte man sie erkennen, wenn man nicht mal in den kühnsten Albträumen darauf kam, sie hier zu vermuten? Oder irrte sich Kate? Spielte ihr die Angst vor der berüchtigten Killerin einen Streich?

Ohne weiter zu überlegen, folgte sie der Frau. Elsie, wenn sie es wirklich war, schien weder Angst zu haben noch besonders vorsichtig zu sein. Sie wirkte eher wie jemand, der einen Bekannten besucht hatte und in sein Zelt zurückkehrte. Sie bemerkte ihre Verfolgerin nicht, zögerte bei keinem Schritt und drehte sich nicht einmal um. Was, zum Teufel, ist mit mir los?, dachte Kate. Sehe ich schon Gespenster? Elsie ist doch irgendwo in den Wäldern, nicht hier in Whitehorse.

Und doch …

Eine Gruppe lärmender Männer kam aus einem Zelt, in dem wohl getrunken und gespielt wurde, und versperrte Kate den Weg. Die Kerle bewegten sich erst weiter, als Kate deutlich wurde und sie verjagte. Als sie gegangen waren, war auch die vermeintliche Elsie nicht mehr zu sehen. Kate ging noch ein paar Schritte, dann gab sie auf. Es war beinahe unmöglich, die geheimnisvolle Frau in einem der Zelte aufzuspüren, ohne einen Tumult zu verursachen, der viele Menschen gefährden oder peinlich enden konnte, wenn es sich gar nicht um Elsie Maloney handelte. Und trotzdem …

Kate berührte den Revolver in ihrer Jackentasche und ging zum Camp der Mounties. Der wachhabende Constable hielt sie auf. »Ma'am?«, fragte er.

»Ich muss zu Inspector Primrose«, antwortete sie.

»Mitten in der Nacht?«

»Ich habe Elsie Maloney gesehen!«

6

Primrose hatte die Uniformhose über sein Nachthemd gezogen und trug Pantoffeln. »Elsie Maloney?«, kam er gleich zur Sache. »Mitten in Whitehorse?«

»Ich konnte es selbst fast nicht glauben, aber ich bin sicher«, antwortete Kate. »Ich habe ihr Gesicht deutlich gesehen, sie ist es. Sie hat sich als Mann verkleidet, trägt Hosen … und die Wollmütze, die sie in der Geisterstadt aufhatte.«

»Damals war es dunkel, nicht wahr?«

»Ich weiß, was Sie sagen wollen, Sir, aber sie stand im Schein einer Lampe, und ich konnte mir ihr Gesicht einprägen. Sie ist hübsch, viel zu hübsch für eine Hexe. Natürlich kann ich mich irren, aber ich bin mir ziemlich sicher.«

»Und warum waren Sie draußen?«

»Ich konnte nicht schlafen und wollte den Kopf freikriegen. Die Sorge um George und Maggies Ehemann … bei so was wirkt frische Luft wahre Wunder.«

»Und Elsie Maloney? Was wollte sie um diese Zeit?«

»Keine Ahnung, Sir. Ich glaube nicht, dass sie zu mir wollte. Sie ging die Main Street hinab. Ich bin ihr eine Weile gefolgt, dann wurde mir die Sicht versperrt, und als ich die Straße wieder überblicken konnte, war sie zwischen den Zelten verschwunden. An den Feuern war viel los, da konnte man leicht untertauchen.«

»Elsie hat Sie gesehen?«

»Das nehme ich an … sonst wäre sie nicht untergetaucht.«

Primrose schien immer noch unschlüssig. »Aber warum sollte sie mitten in der Nacht herumspazieren? Sie muss doch wissen, dass wir hinter ihr her sind!«

»Arroganz? Das Gefühl, unbesiegbar zu sein?«

»In Ordnung, Kate. Ich schicke ein paar Männer los und lasse nach ihr suchen. Und Sie gehen bitte nach Hause und legen sich ins Bett. Ich werde einen Constable vor Ihrem Restaurant postieren, falls sie zu Ihnen kommt. Sie haben Ihren Revolver griffbereit?«

Sie klopfte auf ihre Jackentasche.

»Nur zur Sicherheit, für den unwahrscheinlichen Fall, dass sie im Restaurant oder Ihrer Hütte auftaucht. Aber keine Angst, wir kümmern uns um Elsie.«

Die Nachforschungen brachten nichts. Obwohl die Mounties mit mehreren Männern die Stadt absuchten, blieb Elsie verschwunden. Zwei Männer glaubten eine Frau in Männerkleidern gesehen zu haben, waren sich aber nicht sicher. Ein Goldsucher berichtete, ihm sei eine Schachtel mit Munition gestohlen worden, ein anderer klagte über verschwundene Vorräte, aber das konnte auch einer der Männer gewesen sein. Auch der Diebstahl eines Pferdes musste nicht auf das Konto der Verbrecherin gehen. Tatsächlich fand man das Pferd einige Tage später am Waldrand. Ein Pferdedieb, der kalte Füße bekommen hatte?

Zwei Tage später verlief das Leben in Whitehorse jedenfalls wieder normal. Primrose zog den Constable von Kates Restaurant ab, und kaum einer sprach noch von Elsie

Maloney. Die Goldsucher hatten andere Probleme. Viele, die weiter nach Norden wollten, hatten Angst, dass es keine Claims mehr gäbe und die Goldvorkommen schneller zur Neige gehen würden, als sie gehofft hatten. Einige sprachen davon, gleich weiter nach Nome zu ziehen, um dort nach Gold zu suchen.

Zum Beringmeer war auch ein Mann unterwegs, der pünktlich zum Abendessen im Restaurant erschien und ein Päckchen mit Spielkarten aus der Innentasche seiner Jacke zog. Seine Haut war nicht mehr so blass wie vor einigen Monaten, als er in Glenora aufgetaucht war. Sein Anzug hatte etwas gelitten.

»Ed Cheney!«, begrüßte Kate ihn herzlich. »Sie schenkte ihm Kaffee ein und deutete auf die Spielkarten. »Wollen Sie wieder um Ihr Essen spielen?«

»Jeder zieht einmal. Die höchste Karte gewinnt.«

Der Spieler machte den Anfang und zog den Herz-König. Er grinste siegessicher. Nur mit einem Ass konnte Kate ihn schlagen. Sie zog die Herz-Dame.

»Die passt auch besser zu Ihnen, Kate.«

»Man kann nicht immer gewinnen. Wildeintopf?«

»Und ein Stück von dem guten Pie … mit viel Schlagsahne!«

»Weil Sie's sind, Ed. Wie war's in Dawson?«

Das breite Grinsen verschwand von seinem Gesicht. »Nicht meine Stadt. Und zu viele Amateure, die sich mit ihrem Anfängerglück brüsten. Selbst mit einem Full House hab ich dort ein Spiel verloren. Dawson war ein Reinfall.«

»Wollten Sie nicht gegen Wyatt Earp antreten?«

»Deshalb fahre ich nach Nome. Ich hab gehört, er soll dort mächtig mit seinen Heldentaten als Marshall angeben. Wie er die Clanton-Bande am OK-Corral in Tombstone fast allein erledigt hat, und nur sein Freund Doc Holliday ein besserer Pokerspieler als er gewesen wäre. Ich werde ihm das Gegenteil beweisen, Kate, und als reicher Mann zurückkehren. Dann wird niemand mehr von Wyatt Earp und Doc Holliday sprechen, sondern nur noch von Ed Cheney.«

»Und wenn Sie verlieren?«

»Hole ich das Geld auf dem Dampfer wieder rein. Auf den Flussdampfern soll es ähnlich zugehen wie auf dem Mississippi, da sind einige reiche Leute unterwegs, die sich vielleicht einbilden, mich über den Tisch ziehen zu können.«

Kate brachte ihm den Eintopf und amüsierte sich über seinen großen Hunger. Erst nach dem Nachtisch schien er einigermaßen satt zu sein. Sie schenkte ihm Kaffee nach und blieb noch eine Weile an seinem Tisch stehen. »Und?«

»Vortrefflich!« Er deutete auf ihren Ring. »Verheiratet?«

»So gut wie.«

»Eigentlich schade. Sie hätten die freie Auswahl gehabt. Ich kenne keinen Mann zwischen Wrangell und Dawson City, der Sie nicht heiraten wollte.«

»Und ich hab den richtigen erwischt, Ed, glauben Sie mir.«

»Royal Flush?«

»So ungefähr.«

Maggie arbeitete bereits an einem neuen Pie, als Kate in die Küche kam. Eines der Dampfschiffe hatte Birnen in einer Kühlkiste mitgebracht, eine willkommene Abwechslung zum traditionellen Apple Pie, den es auch in anderen Lokalen gab.

»Sieht gut aus«, lobte Kate.

»Backe ich zum ersten Mal«, erwiderte Maggie. »Auch in Kansas hatten wir nur Apple Pie oder Pie mit Dosenpfirsichen.« Ihr Lächeln war wie weggewischt, als sie an die gemeinsamen Essen mit ihrem Mann dachte. »Wo mag Bill nur sein, Kate? Ich habe so viele Goldsucher gefragt, und niemand hat ihn gesehen. Manchmal glaube ich, er ist längst tot. Vielleicht hat ihn ein Grizzly angefallen, oder er ist von einem Felsen gestürzt ... Ich habe Angst, Kate!«

»Die Mounties finden ihn«, sagte Kate. »Inspector Primrose sagt, dass er sowieso einige Männer nach Dawson schicken wird. Mach dir keine Sorgen!«

Als hätte Reverend John Pringle gewusst, dass jemand in Kates Restaurant seelischen Beistand brauchte, tauchte er am späten Nachmittag in ihrem Lokal auf. Der hagere Missionar war ein guter Bekannter, auch wenn er Presbyterianer und nicht ihrem katholischen Glauben anhing. Er war vor allem von Kates Fähigkeiten als Krankenschwester überzeugt und hatte sie auch nach Teslin und Atlin geholt. In Atlin war er gerade dabei, ein Krankenhaus zu errichten.

»Reverend!«, begrüßte sie ihn. »Ich wusste gar nicht, dass Sie in der Stadt sind. »Setzen Sie sich! Ich habe noch Wildeintopf von heute Mittag übrig.«

Sie leistete ihm beim Essen Gesellschaft. Als Maggie den Eintopf brachte, stellte Kate sie vor und verriet dem Reverend auch, warum ihre Freundin in den Norden gekommen war. Sie bat Maggie, sich ebenfalls zu setzen. Kate holte frischen Kaffee und ließ sich Zeit, um Pringle die Gelegenheit zu geben, ungestört mit Maggie reden zu können. Er war keiner der Geistlichen, die nur auf die Bibel verwiesen, wenn jemand ihnen sein Leid klagte. Er war auch als Missionar von seiner Kirche zum Yukon geschickt worden, weil er die Fähigkeit besaß, einer Frau wie Maggie ungeteilte Aufmerksamkeit schenken zu können und ihr das Gefühl zu geben, jemanden zu haben, der ihre Gefühle und ihren Schmerz verstand.

Als Kate an den Tisch zurückkehrte, sagte er gerade: »Lassen Sie sich nicht von Ihren Sorgen erdrücken, Maggie! Wenn Gott will, dass Sie Ihren Mann wiederfinden, wird er Ihnen ein Zeichen senden. Wichtig ist, dass Sie nicht den Glauben verlieren, an Gott und an sich selbst. Die meisten von uns müssen in ihrem Leben ein tiefes Tal durchschreiten, denn ohne Schmerz zu erfahren, wären wir auch nicht fähig, Freude zu empfinden. Aber wie viel schöner ist es, ein solches Tal mit einer Frau zu durchschreiten, die zu einem hält! Bei Kate sind Sie richtig, Maggie. Auch sie hat schon Schmerz und Trauer gefühlt.«

Maggie hatte Tränen in den Augen, als sie in die Küche zurückkehrte. Sie schenkte sich einen Kaffee ein, um sie zu vertreiben. »Danke, Reverend«, sagte Kate, als sie sich zu ihm setzte. »Maggie hat geistlichen Beistand verdient. Ich hoffe immer noch, dass sie ihren Mann findet, hab aber leider den Verdacht, dass sie ihn niemals wiedersehen wird. Zwei Jahre ist er schon weg.«

»Sie werden die richtigen Worte finden, Kate.«

»Sie hätte es nicht verdient, zur Witwe zu werden.«

»Und wenn sie es doch wird, ist es gut, eine Freundin wie Sie zur Seite zu haben.«

Kate überging sein Lob und ließ ihn in Ruhe seinen Eintopf essen. Sein zufriedenes Lächeln zeigte ihr, dass es ihm schmeckte. Sie bediente inzwischen einen Mann und seine ängstlich wirkende Ehefrau und ermunterte sie, indem sie betonte, wie rasch die Zivilisation selbst in Dawson auf dem Vormarsch sei, was natürlich maßlos übertrieben war. Die Frau entspannte sich ein wenig.

Als sie zu Reverend Pringle zurückkehrte, war er bereits beim Nachtisch angelangt. Einem Pie konnte kaum jemand in ihrem Restaurant widerstehen.

»Waren Sie schon bei Pater Lefebvre?«, fragte er.

»Dem katholischen Pfarrer? Nein, aber ich habe gehört, dass er seinen nächsten Gottesdienst auf der Main Street abhalten will. In meinem Restaurant ist zu wenig Platz, sonst hätte ich ihn hierher eingeladen. Ich werde ihn heute Abend besuchen und ihm sagen, dass George und ich bald heiraten wollen.«

»Warten Sie nicht zu lange«, warnte Pringle. Er schien ein waches Auge auf sie zu haben. »Gott schätzt es nicht, wenn Paare ohne seinen Segen zusammenleben. Es schickt sich nicht für eine Christin. Ich weiß, er schläft die meiste Zeit in seinem Quartier im Camp, aber denken Sie an das Gerede, das unter den anständigen Bürgern dieser Stadt laut wird, wenn sich die Kunde verbreitet.«

Sie zeigte ihm ihren Ring. »Wir sind verlobt, Reverend.«

»Es war nur ein gut gemeinter Rat, Kate. Die Kirchen und ein Mann wie Henry Woodside, der Herausgeber der

Yukon Sun, setzen sich schon seit einiger Zeit für eine Verbannung der Sünde vom Yukon ein. Aus Sodom und Gomorrha, wie Dawson City und Whitehorse inzwischen genannt werden, sollen ehrbare und zivilisierte Städte werden. In der nächsten Ausgabe der *Yukon Sun* erscheint ein wichtiger Artikel von Henry. Wir setzen uns bei der Regierung in Ottawa dafür ein, Saloons und Spielhöllen aus unseren Siedlungen zu verbannen und weitere Laster schon im Keim zu ersticken. Sie sind eine ehrbare Frau, Kate, und ich möchte nicht, dass schlecht über Sie gesprochen wird.«

»Sie unterschätzen die Menschen, Reverend«, widersprach sie ihm. »Mit Verboten richten Sie wenig gegen das Laster aus. Menschen, die dem Alkohol oder dem Glücksspiel verfallen sind, werden immer einen Weg finden. Und ich bin eine gläubige Katholikin, die einen Ring am Finger trägt. Ich glaube kaum, dass sich irgendjemand daran stört, wie George und ich leben.«

Pringle lächelte schuldbewusst. »Ich weiß, ich nehme es mit der christlichen Lehre sehr genau. Vielleicht habe ich als Missionar zu oft mit uneinsichtigen Zuhörern zu tun. Und in einem Dorf voller Ungläubiger muss man deutliche Worte wählen, um sie vom Christentum zu überzeugen und sie dazu zu bringen, sich taufen zu lassen.« Er räusperte sich verlegen. »Unsere Ältesten haben mir vorgeworfen, in Glenora zu nachsichtig gewesen zu sein. Jemand muss ihnen gesagt haben, ich hätte sündhafte Frauen und Glücksspieler in meinen Gottesdiensten geduldet und sie ihre Sünden nicht bereuen lassen. Unsere Ältesten sind sehr streng.«

»Und ich dachte, meine Katholiken würden es manchmal zu genau nehmen. Erinnern Sie sich noch an Mabel de Luxe? Hat sie Ihnen nicht gezeigt, dass auch Prostituierte ein Herz haben können? Dass sie ihren Körper verkauft, finde ich auch sündhaft, aber gleichzeitig kümmert sie sich um ihre Freundin Ethel, die ehrbar werden wollte, aber nach dem schrecklichen Tod ihres Ehemannes einen Schock erlitten hat und kaum noch ein Wort herausbringt. Mabel de Luxe ist christlicher als viele angeblich so ehrbare Frauen.«

»Und doch lebt sie in Sünde.«

»Und ist in meinem Restaurant immer gern gesehen.«

Kate war in einer religiösen Familie aufgewachsen, streng katholisch wie die meisten Iren; vor zwei Jahren hatte sie noch ähnlich gedacht wie Reverend Pringle. Aber die beiden Jahre in der Wildnis hatten sie toleranter und nachsichtiger gemacht. Abseits der Zivilisation wurde ein Mensch vor allem an seinen Taten gemessen, und was für einen Beruf er ausübte, ob er viel Geld oder einen Doktortitel besaß, war erst einmal nebensächlich. Mabel de Luxe war keine sündhafte Frau, sie war eine Samariterin, die Anerkennung verdiente und beim Gottesdienst eigentlich in der ersten Reihe sitzen musste.

Als Kate zu Ohren kam, dass Mabel in der Stadt war, ließ sie sich von Maggie einen Pear Pie einpacken und überquerte die Schienen. Auf der anderen Seite lagen die Saloons und andere »sündige Häuser«, wie der Reverend sie nennen würde. Mabel hatte angeblich ein Zimmer in einem der zweifelhaften Hotels gemietet und ging dort ihrem Gewerbe nach. Einige der leichten Mädchen, die vor den Häusern, Baracken und Zelten standen und mit ihren Reizen auf sich aufmerksam machten, blickten Kate neugierig nach, als sie zu dem Hotel ging, in dem Mabel wohnen sollte. Ein Schild pries es als »Friendly Home« an.

Es war früh am Abend und immer noch hell, dennoch brannten zu beiden Seiten der Eingangstür rote Laternen. Nahe der Tür wachte ein kräftiger Mann darüber, dass kein unerwünschter oder zu betrunkener Kunde das Hotel betrat. Er war genauso überrascht wie Kate, als plötzlich die Tür aufsprang und Mabel mit einem Mann aus dem Haus kam. Sie hatte ihn am Kragen gepackt und versetzte ihm einen Fußtritt, der ihn der Länge nach in den Dreck fallen ließ.

»Und lass dich hier nicht mehr blicken, du miese Ratte!«, rief sie ihm nach. »Wenn du dich noch mal an meiner Freundin vergreifst, bring ich dich um!«

Der Gescholtene stemmte sich hastig vom Boden hoch und rannte davon, das höhnische Gelächter der anderen leichten Mädchen im Nacken. Ein Mann auf der Straße schoss in die Luft, um ihm Beine zu machen, obwohl er anscheinend so viel Angst vor Mabel hatte, dass er die Anfeuerung nicht brauchte.

Als Mabel auf Kate aufmerksam wurde, entspannte sich ihre Miene. Sie raffte ihr Kleid, rannte auf Kate zu und schloss sie in die Arme. »Gütiger Himmel, Kate! Du bist auch hier? Was suchst du auf der falschen Seite der Schienen?«

»Ich wollte dich und Ethel besuchen«, antwortete Kate. »Irgendjemand hat mir geflüstert, dass ihr in Whitehorse seid. Ich hab euch einen Pie mitgebracht.«

»Genau das Richtige nach dem miesen Champagner, den mir einer der Freier heute aufgezwungen hat. Komm rein, ich zeig dir unsere gute Stube!«

Mabel hatte sich nicht verändert. Ihre Haare waren immer noch rot, ihr Gesicht stark geschminkt, ihr Duftwasser süßlich und aufdringlich, aber wahrscheinlich genau richtig für ihre Kundschaft. Sie trug ein offenherziges Kleid, das viel nackte Haut zeigte und ihre Reize auf übertriebene Weise betonte.

Ihr Zimmer lag im zweiten Stock und war nur mit dem Nötigsten eingerichtet. Ein Bett, ein Waschtisch mit Schüssel und Kanne, ein Schminktisch mit ovalem Spiegel und ein weiteres Bett hinter einem Vorhang waren die einzigen Möbelstücke; in der Mitte des Raumes stand ein kleiner Ofen, neben dem Brennholz aufgestapelt war.

Der Vorhang war zur Seite gezogen und gab den Blick auf Ethel frei. Mabels Freundin saß in einem einfachen Hauskleid auf dem Bettrand, ihre blonden Haare waren zu einem Zopf geflochten. Sie wirkte verkrampft und weinte leise.

Mabel ging zu ihr und setzte sich neben sie. Sie legte ihr einen Arm um die Schultern und drückte mit der freien Hand ihren Kopf an ihre Brust. »Es ist vorbei, Ethel. Ich hab ihn rausgeworfen. Der kommt nicht mehr wieder, und wenn, jag ich ihm eine Kugel in seinen Pelz! Entspann dich, Schätzchen!«

»Da-danke«, brachte Ethel mühsam hervor.

Mabel wartete, bis ihre Freundin sich einigermaßen beruhigt hatte, und deutete auf Kate. »Schau mal, wer hier ist! Die berühmte Klondike Kate! Sie hat ein neues Restaurant eröffnet und uns einen leckeren Pie mitgebracht. Was ist drauf?«

»Birnen«, klärte Kate sie auf, »was ganz Feines.«

Mabel ging zum Ofen und setzte Kaffee auf. Der Zwischenfall mit dem aufdringlichen Freier hatte sie nicht wirklich aus der Ruhe gebracht. »Ethel geht es schon viel besser«, sagte sie. »Ich dachte, sie erholt sich nie vom Tod ihres Mannes. Ich hab gesehen, wie ihn der Grizzly zugerichtet hatte. Aber sie spricht schon mehr als letzten Winter, und ich hoffe, dass es weiter aufwärts geht mit ihr.«

»Und wenn ihr zurück nach Seattle gehen würdet?«

»Ich muss Geld verdienen«, sagte Mabel. »Ich kann Ethel nicht in ein Heim geben oder sich selbst überlassen. Sie braucht meine Hilfe. In ein paar Tagen ziehen wir nach Dawson City weiter, da kann ich den Laden einer Witwe übernehmen, die genug Geld beisammen hat und auf ihre alten Tage ehrbar werden will. Dort hab ich Mädchen, die für mich arbeiten, und kann Ethel so bemuttern, wie sie es verdient. Ich lasse sie erst gehen, wenn sie ganz gesund ist.«

»Dawson … der reinste Sündenpfuhl, sagt der Reverend.«

»Und der beste Ort für uns, um Geld zu verdienen.«

Ein Freier klopfte an die Tür.

»Wir sehen uns«, verabschiedete sich Kate von Mabel und Ethel. »Kommt doch mal im Restaurant vorbei, und lasst uns über die alten Zeiten sprechen!«

»Machen wir«, versprach Mabel und öffnete die Tür.

7

Als George nach zehn Tagen noch immer nicht zurück war und ihr zu Ohren kam, dass es zu einem Scharmützel an der Grenze zwischen Alaska und dem Yukon-Territorium gekommen war, bekam es Kate mit der Angst zu tun. Auch Inspector Primrose, der zum Abendessen ihr Restaurant besuchte, konnte sie nicht beruhigen. »Es ist nicht so schlimm, wie es sich anhört«, sagte er. »Ein Verrückter, der verschwörerische Reden in der Zollstation auf dem Chilkoot Pass gehalten hat, und eine anschließende Festnahme durch meine Männer, weiter nichts. Aber ich möchte nichts riskieren. Was leider bedeutet, dass ...«

»... George noch länger bleiben muss. Wie lange?«

»Eine Woche ... höchstens. Tut mir leid, Kate.«

»Mit solchen Dingen muss man leben, wenn man im Begriff ist, einen Mountie zu heiraten. Wie groß ist die Gefahr, dass es dort zu einer bewaffneten Auseinandersetzung kommt? Muss ich mir Sorgen machen, Sir?«

»Als angehende Ehefrau eines Mounties müssen Sie sich immer Sorgen machen, Ma'am. Es wäre gelogen, wenn ich etwas anderes sagen würde. Aber die Gefahr ist gering. Weder die Amerikaner noch wir Kanadier sind auf einen Krieg aus, wenn sich die Amerikaner den Yukon auch liebend gern einverleiben würden. Es geht hauptsächlich um die Zölle, die beide Seiten erheben.«

»Eine Woche? Nicht länger?«

»Ich brauche meine Männer hier.«

Kate ließ sich ihre Sorgen nicht anmerken. Sie hätte sich vor Maggie geschämt, die schon seit zwei Jahren gegen ihre Angst ankämpfte und über tausend Meilen gereist war, um ihren Mann zu finden. Ihre Aussichten, ihn jemals wiederzusehen, schwanden mit jedem Tag, und dennoch erledigte sie ihre Arbeit mit einem Lächeln. Das Kochen und Backen half ihr, die Angst, ihren Mann für immer zu verlieren, wenigstens für ein paar Stunden zu verdrängen.

Am frühen Abend, als Kates Restaurant bis auf den letzten Platz besetzt war, erhielt sie ungeliebten Besuch. Die Damen der »Temperance League« kündigten sich mit festen Schritten, rhythmischem Trommeln und einem Lied an, das Glücksspiel, Alkohol und Prostitution als Geschenke des Teufels verdammte. Angeführt von Sister Florence, einer hageren Frau in den Vierzigern, die geschworen hatte, so lange Schwarz zu tragen, bis die Regierung diese Laster verbannt hatte, zogen die sieben Frauen in das Restaurant. »Seht an, seht an, da kommen die sieben Todsünden!«, rief jemand, und alle lachten. Doch Sister Florence war nicht gerade für ihre Toleranz bekannt und schlug mit ihrem Regenschirm so fest auf seinen Tisch, dass die Teller, Kaffeebecher und Gläser hüpften.

Gegen die Frauenliga, wie sich die streitbaren Damen auch nannten, war kein Kraut gewachsen, das wusste Kate und ließ sie gewähren. Sie bildeten einen Halbkreis vor dem Tresen und trommelten und sangen noch einige Minuten, bis Sister Florence mit ihrem Schirm auf den Tresen schlug, um die Aufmerksamkeit auf sich zu lenken. Zur Überraschung nicht nur von Kate war sie eine ausgesprochen hübsche Frau und hatte nur wenig mit den Karikaturen gemein, die über sie in Umlauf waren, mit ihrem langen schwarzen Kleid, den streng gekämmten Haaren und der Brille aber wenig dazu beitrug, attraktiv zu wirken.

»Gelobt sei Jesus Christus!«, rief sie, wohl um klarzustellen, in wessen Auftrag sie zu kommen glaubte. »Was würde er wohl tun, wenn er nach Whitehorse oder Dawson City käme?« Sie zeigte wahllos mit ihrem Schirm auf einige Männer. »Habe ich dich nicht betrunken über die Schienen torkeln sehen? Warst du nicht in dem Hotel, in dem die sündhaften Frauen ihren Körper anbieten? Und du, hast du dich nicht dem Glücksspiel hingegeben und unseren Herrn Jesus mit deinen schmutzigen Witzen und deinen Flüchen beleidigt?«

»Woher wissen Sie denn das?«, lästerte einer der Männer.

Sister Florence holte mit ihrem Schirm aus und verfehlte seine Hände nur knapp. Ihre Augen glühten vor Begeisterung. »Selten habe ich so viel Schmutz und Laster gesehen wie in den Siedlungen am Yukon und Klondike. Diese Gotteslästerei muss ein Ende haben. Wir werden mit unseren Aktionen und Briefen an die Regierung dafür sorgen, dass wieder Tugend und Moral bei uns Einzug halten. Schließt die Saloons und Spielhöllen! Verbietet Alkohol, Prostitution und Glücksspiel! Verbietet dem Teufel, sein Unwesen am Yukon River zu treiben, und schickt ihn in die Hölle zurück! Und wehe den Sündern, die sich heimlich mit ihm verbünden und weiterhin die Lehre Satans bei uns verbreiten!«

Die Männer reagierten mit Gelächter und lauten Buhrufen. Die Goldsucher waren gegen die Pläne der Frauenliga, weil es kein Vergnügen mehr gäbe, und die Ladenbesitzer, weil sie um ihren Umsatz fürchteten, wenn die Männer keine Gelegenheit bekamen, bei einem Stadtbesuch ordentlich Dampf abzulassen.

Kate hatte auch nicht viel für Alkohol übrig, und Glücksspiele waren ihr relativ gleichgültig, aber sie verstand auch die Goldsucher, die ein Ventil brauchten, um ihre Freude oder ihren Frust, vor allem aber die Anspannung während der beschwerlichen Arbeit und der endlos erscheinenden Winter zu loszuwerden. Sie nahm Sister Florence den Regenschirm ab und schlug ebenfalls auf den Tresen, sehr zur Freude ihrer Gäste, die vor Begeisterung johlten.

»Und jetzt hören Sie mir mal zu, Sister Florence! Ich bin streng katholisch aufgewachsen und verstehe Sie. Aber ich verstehe nicht, dass Sie sich hier wie eine Rachegöttin aufführen. Diese Männer arbeiten hart, und Sie wissen, wie dunkel und frustrierend die Winter im Norden sein können. Seien Sie nachsichtig! Gönnen Sie ihnen ein wenig Spaß! Männer haben keinen Kaffeeklatsch und keine Strickzirkel wie wir Frauen, sie brauchen was Handfestes. Und solange sich alles im Rahmen bewegt, gibt es doch nichts auszusetzen, oder?«

Doch Sister Florence war in Kampfstimmung. »Wie können Sie es wagen, so etwas zu sagen? Sie versündigen sich, Ma'am! Der Teufel gibt sich nicht mit Halbheiten zufrieden. Ihn muss man zu Boden werfen und bezwingen! Nur wenn wir das Laster vollständig vertreiben, wird der Herr uns allen verzeihen.«

Bevor Kate etwas erwidern konnte, stimmte Sister Florence ein neues Lied an, das Trommeln setzte wieder ein, und die sieben Frauen zogen im Gänsemarsch aus dem Lokal. Die Anführerin stieß ihren Regenschirm wie eine Waffe auf und ab, und die Frauen sangen mit solcher Inbrunst, dass es weithin zu hören war.

Kate lächelte mitleidig. Ihr hatte an ihrer Kirche immer missfallen, dass sie so streng war und ihre Gesetze wie Befehle an die Menschen weiterreichte, ohne besondere Umstände zu berücksichtigen oder Einfühlungsvermögen zu zeigen. Was in der Bibel stand, war in Stein gemeißelt und ließ keine andere Deutung als die der kirchlichen Würdenträger zu. Obwohl sie Frauen selten die Initiative überließ, unterstützte sie Frauenvereine wie die »Temperance League«, um die »Laster des Teufels« endgültig vom Yukon zu verbannen. Mildernde Umstände gab es nicht, was des Teufels war, musste verschwinden.

Doch seit ihrer Begegnung mit Mabel und Ethel wusste Kate, dass es auch bei dieser Auseinandersetzung kein Schwarz und Weiß gab. Sie waren nicht als Prostituierte geboren worden, sondern hatten ihre Körper verkauft, um am Leben zu bleiben. Es war schwierig, vor dieser Arbeit zu fliehen. Einmal gebrandmarkt, war man anscheinend sein Leben lang gezwungen, auf der anderen Seite der Schienen zu bleiben. Ethel war es gelungen, einen verständnisvollen Mann zu finden, der sie aus diesem Teufelskreis befreit hatte – und sie hatte beinahe den Verstand verloren, als Bud vor ihren Augen von einem Grizzly zerfleischt wurde.

Von der Grenze kam keine neue Nachricht, und die streitbaren Damen der »Temperance League« hatten sich wieder in ihre Häuser zurückgezogen, als ein Raddampfer aus St. Michael in Whitehorse anlegte und zahlreiche Menschen zum Ufer strömten, um Verwandte, Bekannte oder lang ersehnte Pakete und Briefe abzuholen oder auch nur den prächtigen Flussdampfer bestaunen wollten.

Kate war auch dort, um eine Lieferung mit besonderen Waren aus Seattle abzuholen, und begegnete Mabel und Ethel, die einen Wagen gemietet hatten und ihr Gepäck auf der Ladefläche transportierten. Sie ließen den Kutscher vor ihr halten, und Mabel sagte: »Wir waren gerade auf dem Weg zu dir. Wir haben eine Passage auf dem Flussdampfer gebucht. Höchste Zeit, dass wir nach Dawson fahren, da ist mehr los, und ich kann bestimmt doppelt so viel verdienen.«

»Wer weiß, wie lange noch. Es sieht ganz so aus, als würde die Regierung auf Sister Florence und ihre Mitstreiterinnen hören und alle Saloons, Tanzhallen und Bordelle schließen. Keine Ahnung, warum sie plötzlich so streng sind. Vielleicht, um die Amerikaner abzuschrecken. Die Mounties wollen eine weitere Einheit nach Dawson schicken, und auch aus den Forts im Süden sollen weitere Männer kommen.«

Mabel schien es nicht zu stören, dass sie mit ihrem Wagen den Verkehr aufhielten. Der Kutscher eines Fuhrwerks fluchte ungeniert. »Dann seht ihr euch kaum. Bleibt denn noch Zeit zum Heiraten, wenn er so viel unterwegs ist?«

»Wir haben es fest vor. Du bist meine Brautjungfer, vergiss das nicht.«

»Schick mir ein Telegramm, wenn es so weit ist. Mit dem Dampfer kann ich in einer Woche bei euch sein. Im Winter wirst du wohl ohne mich auskommen müssen, oder du verlegst dein Restaurant nach Dawson, und ihr heiratet dort.«

»Wer weiß, ob es da einen katholischen Pfarrer gibt.«

»Heiratet vor einem Friedensrichter, dann ist es amtlich.«

»Und meine Eltern kommen und versohlen mir den Hintern.« Kate lachte. »Nein, lieber nicht. Wir sind froh, endlich einen katholischen Priester gefunden zu haben. Leider gibt es hier noch keine Kirche, aber wir finden schon einen Platz.«

Kate umarmte beide Frauen und folgte ihnen zum Ufer. Unterwegs wurde sie von mehreren Stammgästen aufgehalten, die sie für ihr Essen lobten oder wissen wollten, wann wieder ihr guter Wildeintopf auf der Speisekarte stand. Sie antwortete ihnen, dass Coop sicher bald einen Elch schießen würde, der für den ganzen Winter reichen würde. Außerdem hätten sie und Maggie einige neue Gerichte vorbereitet, die mindestens genauso gut schmecken würden.

Ohne ihr freizügiges Kleid, mit dem sie Freier anlockte, unterschied sich Mabel kaum von den ehrbaren Frauen, die mit ihren Männern zur Anlegestelle kamen. Sie trug ein einfaches Hauskleid, das sogar ihre Knöchel bedeckte, eine Mackinaw-Jacke und Schnürstiefel; lediglich der knallrote Hut mit der bunten Feder und ihr stark geschminktes Gesicht erinnerten an ihre Profession.

Mabel und Ethel waren bereits abgestiegen, als Kate die Anlegestelle erreichte. Der Dampfer war schon vertäut, aber der Captain ließ es sich nicht nehmen, die Passagiere und Schaulustigen mit einer einfachen Melodie auf seiner Dampfpfeife zu begrüßen. Aus den Schornsteinen stieg schwarzer Rauch.

Viel zu spät bemerkte Kate die sieben Damen der »Temperance League«, die sich versteckt haben mussten und mit ihrer Trommel und den Transparenten aus dem Nichts aufzutauchen schienen. Sister Florence wie immer vorneweg, ihren Regenschirm wie einen Säbel schwingend. Zum Rhythmus ihrer Trommel sangen sie von den Lastern, die Satan höchstpersönlich zum Yukon gebracht hatte und die erbarmungslos bekämpft werden mussten. »Amen, Amen!«, riefen Reverend Pringle und Pater Lefebvre, der katholische Pfarrer, im Chor.

Sister Florence hatte Mabel und Ethel entdeckt und endlich ein konkretes Ziel für ihren Zorn gefunden. Sie kannte die beiden von einem Protestmarsch auf der anderen Seite der Schienen. Drohend schwang sie ihren Regenschirm und lief mit hochrotem Gesicht auf die Frauen zu. »Da sind sie, die Sünderinnen!«, rief sie aufgebracht. »Die verachtenswerten Frauen, die in dieses Land gekommen sind, um die Lehre des Teufels zu verbreiten! Das schändliche Pack, das Whitehorse und Dawson City in Sodom und Gomorrha verwandelt hat. Seht sie euch an! Sie haben sich als halbwegs ehrbare Frauen verkleidet und tun so, als wären sie nicht darauf aus, mit ihren Körpern die Sünde herauszufordern und den Teufel dazu anzuhalten, unter unseren Seelen zu ernten!«

Mabel hatte ihr geduldig zugehört, stemmte jetzt aber die Hände in die Hüften. »Nun mal halb lang, Schwester! Ethel ist eine respektable Frau, die ihre Vergangenheit längst hinter sich gelassen hat. Nur weil sie nach dem grausamen Tod ihres Mannes sehr krank ist und kaum noch sprechen kann, wohnt sie noch bei mir. Also, lasst sie in Ruhe, oder ihr bekommt es nicht nur mit mir zu tun!«

»Du willst mir drohen?«, fuhr Sister Florence sie an.

»Ganz recht«, nahm Mabel kein Blatt vor den Mund. »Und was mich betrifft – wenn es mich nicht gäbe, würde hier grenzenloses Chaos ausbrechen. Die meisten Männer am Klondike haben keine Frau oder sind seit vielen Monaten von ihrer Frau getrennt. Wo sollen sie denn Dampf ablassen, wenn nicht bei Frauen wie mir? Wollt ihr ihnen denn alles nehmen, was ihnen hilft, die Einsamkeit zu ertragen? Ein Bier im Saloon, ein harmloses Glücksspiel oder eine halbe Stunde mit einer Frau, die ihr sündig nennt. Sie würden sich wundern, wer alles zu mir kommt. Versuchen Sie es auch mal, Schwester, dann werden Sie vielleicht etwas ruhiger. Und anschließend einen Whiskey oder ein Tänzchen …«

Sister Florence hielt sich nicht länger im Zaum. Mit erhobenem Schirm und wildem Kriegsschrei ging sie auf die Prostituierte los. Mabel hatte wohl damit gerechnet, trat einen Schritt zur Seite und schien mühsam ein Grinsen zu unterdrücken, als Sister Florence ins Leere lief und geradewegs in den Yukon stürzte.

Florence versank mit lautem Platschen im Wasser, kam prustend wieder hoch und fuchtelte wild mit den Armen. »Hilfe!«, rief sie. »Ich kann nicht schwimmen! Ich ertrinke!« Sie ging erneut unter, das Signal für einen der jungen Männer, die auf dem Dampfer arbeiteten, ins Wasser zu springen und sie ans Ufer zu ziehen. Sie schüttelte sich wie ein nasser Hund, fand es nicht mal nötig, sich bei ihrem Retter zu bedanken, und stapfte davon, gefolgt von ihren entsetzten Freundinnen. »Das wird ein Nachspiel haben!«, drohte sie und wandte sich noch einmal wütend um, als sie das schadenfrohe Gelächter der vielen Zuschauer vernahm.

Nur die beiden Geistlichen lachten nicht mit. Sie gingen auf Mabel und Ethel zu und wollten ihnen anscheinend ins Gewissen reden, doch Kate stellte sich ihnen rasch in den Weg und begrüßte sie. »Pater Lefebvre, nicht wahr?«

Der Priester war ein ruhiger Mann mit schmalem Gesicht und sorgfältig gescheitelten Haaren. Seine Augen schienen einen ständig zu fixieren und tief in die Seele zu blicken. Er trug eine schwarze Soutane mit weißem Kragen und ein silbernes Kreuz auf der Brust. »Und Sie sind Kate Ryan«, erwiderte er, immer noch verstört. »Reverend Pringle hat mir einiges über Sie erzählt.«

»Auch, dass ich mit Mabel de Luxe befreundet bin?«

»Der gottlosen Prostituierten?«, wunderte er sich.

»Nicht alle Prostituierten sind gottlose Sünderinnen, Pater. Mabel ist eine herzensgute Frau, die mehr für ihre Mitmenschen getan hat als so mancher Christ, der jeden Sonntag in die Kirche geht. Ich hoffe, das hat Ihnen Reverend Pringle auch erzählt. Es stimmt, was sie gesagt hat: Sie muss für ihre kranke Freundin sorgen und braucht jeden Penny. Und sie und die anderen Prostituierten tragen tatsächlich dazu bei, dass viele Männer hier nicht durchdrehen.«

»Sie befürworten Prostitution, Ma'am?«

»Natürlich nicht«, antwortete Kate. »Aber ich behaupte auch nicht, dass alle Prostituierten mit dem Teufel im Bunde sind. Und natürlich sollte ein Mann nicht so viel Alkohol trinken, dass er den Verstand verliert, und ein Mann dem Glücksspiel nicht so rettungslos verfallen, dass er Haus und Hof verspielt. Alles in Maßen, würde ich sagen, und auf den Goldfeldern sollte man noch einen besonderen Maßstab anlegen. Hier oben herrschen andere Gesetze.« Sie lächelte. »Aber was rede ich. Ich habe genug mit meinem Restaurant zu tun.«

Dem Pater war anscheinend daran gelegen, rasch das Thema zu wechseln. Pringle lächelte verstohlen. »Ich hörte, Sie wollen heiraten, Ma'am?«, fragte Lefebvre.

»Das stimmt, Pater.« Sie zeigte ihm den Verlobungsring. »Deshalb war ich so erfreut zu hören, dass es einen katholischen Priester in Whitehorse gibt. Ich bin mit George Chalmers verlobt. Er ist Corporal bei den Mounties und gerade auf einem Einsatz an der Grenze. Ich habe keine Ahnung, wann er zurückkehrt, aber wenn Sie erlauben, werden wir uns bei Ihnen melden, sobald er wieder hier ist.«

»Sehr gern. Sie kommen am Sonntag zum Gottesdienst?«

»Ohne Kirche?«

»Ich werde die Messe hier an der Anlegestelle lesen«, erwiderte er, »und Sie sind herzlich eingeladen. Dort werde ich auch verkünden, dass wir eine Kirche in Whitehorse bauen werden. Wir werden viele Spenden brauchen, Ma'am.«

»Auf mich können Sie zählen.«

Lefebvre lächelte zufrieden. »Für Ihre Hochzeit werden wir noch keine Kirche haben, aber Gott ist überall, und wir können die Zeremonie auch in freier Natur abhalten. Sie sind bekannt hier, und es kommen sicher viele Gäste.«

»Ich weiß nicht, ich bin eigentlich eher für eine stille Hochzeit.«

»Den Bund mit dem Mann, den man sein Leben lang lieben und ehren wird, sollte man ausgiebig feiern, Ma'am. Denken Sie an die Hochzeit von Kana, von der uns die Bibel berichtet. Ich glaube kaum, dass Jesus für uns Wasser in Wein verwandelt, aber auch Christen verstehen zu feiern, Ma'am.«

Kate verkniff sich nur mühsam ein Lächeln. »Sehen Sie?«, sagte sie. »Auch Jesus und seine Jünger hatten gegen ein Gläschen Wein nichts einzuwenden.«

Er lächelte zurück. »Gelobt sei Jesus Christus.«

»In Ewigkeit, Amen«, erwiderte Kate.

8

Der Goldsucher hatte keine Ahnung, wie betroffen Kate reagieren würde, als er sagte: »Haben Sie schon gehört? Am White Pass soll es eine Schießerei zwischen Aufständischen und Mounties gegeben haben. Zwei Mounties seien von Schüssen getroffen worden, heißt es. Die fangen noch einen Krieg an, die Amerikaner.«

Kate war gerade dabei, ihrem Gast frischen Kaffee einzuschenken, und konnte von Glück sagen, dass nichts danebenging. »Zwei Mounties verletzt?«, fragte sie mit zitternder Stimme. »Sind Sie sicher? Kennen Sie Ihre Namen?«

»Keine Ahnung, aber beide sollen noch am Leben sein.«

»Woher haben Sie das?«

Der Goldsucher rührte Zucker in seinen Kaffee. »Hab ich irgendwo aufgeschnappt. Geht wohl gerade rum, die Meldung. Sie wissen ja, wie das ist. Kaum kommt irgendein Gerücht auf, verbreitet es sich wie ein Lauffeuer. Aber die Leute sagen, es würde stimmen. Als ob wir nicht schon genug Sorgen hätten!«

Kate war froh, in die provisorische Küche verschwinden zu können. Sie stützte sich auf den Tisch und atmete heftig. Für einen Augenblick schien alles Blut aus ihren Adern zu weichen, und quälende Schwäche ergriff ihren Körper, doch sie fing sich rasch wieder und griff dankbar nach den Glas Wasser, das Maggie ihr reichte.

»Was ist?«, fragte Maggie besorgt. »Schlechte Nachrichten?«

Kate berichtete ihr, was der Goldsucher gesagt hatte. »Er weiß aber nicht, welche Mounties betroffen sind und wie schwer ihre Verletzungen sind. Namen konnte er auch nicht nennen.« Sie straffte sich. »Wenn es George erwischt hätte ... Ich wüsste nicht, ob ich das ertragen könnte. Er ist dem Tod erst letzten Winter von der Schippe gesprungen. Wie oft kann man solches Glück haben?«

»Mach dich nicht verrückt, Kate!«

»Ich weiß«, sagte Kate, »du lebst schon seit zwei Jahren in dieser Ungewissheit. Und George ist ein Mountie und für den Kampf gegen Verbrecher und Aufständische ausgebildet. Als Frau eines Mounties darf man nicht jammern.«

»Tust du doch nicht. Warum gehst du nicht zu Inspector Primrose und fragst ihn? Er muss doch wissen, wer die verletzten Mounties sind und wie es ihnen geht. Seine Leute haben ihm sicher schon telegrafiert. Geh zu ihm, Kate!«

»Gute Idee«, stimmte Kate ihr zu. Sie band ihre Schürze ab und legte sie über einen Stuhl. »Kannst du so lange die Stellung halten? Ich beeile mich.«

»Keine Sorge, ich komme zurecht.«

Kate lief mit hastigen Schritten zum Camp am Flussufer. Die Wache kannte sie schon und ließ sie passieren. Inspector Primrose hatte sie bereits durch das Fenster kommen sehen und führte sie in sein Büro. »Setzen Sie sich, Kate!«

»Ich kann nicht. Ist George bei den Verletzten?«

»Leider ja«, erwiderte Primrose. Auch er war nervös und hantierte mit einem Zigarillo herum, ohne ihn anzuzünden. »Er und Constable Green. Beide wurden angeschossen, aber die Verletzungen sollen nicht lebensgefährlich sein. Immerhin können sie noch selbst reiten. Sie sind bereits auf dem Weg hierher.«

»Wer hat auf sie geschossen? Ein Amerikaner?«

»Zum Glück nicht, sonst hätten wir jetzt wesentlich mehr Ärger. Sie werden lachen, es war ein Deutscher. Ein Goldsucher, der wochenlang mit dem Schiff von Europa unterwegs war und wütend auf uns ist, weil wir vorschreiben, welche Ausrüstung ein Goldgräber dabeihaben und dass er Steuern zahlen muss, wenn er Gold findet und außer Landes bringen will. Er ließe sich nichts von uns vorschreiben und wolle uns eine Lehre erteilen. Dann eröffnete er das Feuer.«

»Einfach so?«

»Bei einem Fanatiker wie ihm genügt ein Funke, um ihn in Rage zu bringen. Corporal Chalmers und Constable Green wurden getroffen, bevor andere Mounties eingreifen konnten. Die genauen Umstände kenne ich noch nicht.«

»Aber sie sind nicht in Lebensgefahr?«

»Nein, das können wir wohl ausschließen.«

»Haben Ihre Leute den Täter gefasst?«

»Sergeant Major McDonell hat den Mann angeschossen und schwer verletzt. Er hieß Herbert Wagenbrenner und ist kurz darauf gestorben. Ein Wirrkopf, der noch in seinen letzten Minuten auf alles schimpfte, was nicht deutsch ist. An der Grenze taucht viel Gesindel auf, dagegen kann man nicht viel unternehmen. Immerhin hatte der Zwischenfall nichts mit unseren Grenzstreitigkeiten zu tun.

Auch die Amerikaner merken inzwischen, dass wir den Yukon nicht hergeben wollen, und geben sich mit Alaska zufrieden. Die Friedensverhandlungen sind bereits im Gange.«

Kate hörte nur halb hin. »Wann erwarten Sie die Verletzten zurück?«

»In den nächsten Tagen, Ma'am.«

Am liebsten hätte sich Kate ein Pferd gemietet und wäre George entgegengeritten. Er und Constable Green würden mit dem Zug nach Caribou Crossing fahren und anschließend über den Trail kommen, den Kate und Maggie auf ihrem Weg nach Norden genommen hatten. Sie konnte es nicht abwarten, ihn in die Arme zu schließen, und wollte unbedingt in seiner Nähe sein, solange er verletzt war.

»Das bringt doch nichts«, redete ihr Maggie die Idee aus. »Er und der Constable haben sicher einen Sanitäter oder Kameraden dabei, der sich um sie kümmert. Da wärst du nur im Weg. Du kannst noch genug tun, wenn er hier ist.«

Kate band sich ihre Schürze um. »Wahrscheinlich hast du recht. Seitdem George nach dem Blizzard in den Bergen verschollen war, bin ich empfindlicher geworden. Dabei war die Situation damals viel gefährlicher. George wurde angeschossen, das stimmt, aber er kann reiten und schwebt nicht in Lebensgefahr.«

»Du bist verlobt und so gut wie verheiratet«, sagte Maggie.

»Und das macht den Unterschied aus?«

»Irgendwie schon, jedenfalls geht es mir so. Durch den Ring ist man fest mit dem geliebten Menschen verbunden, und wenn irgendjemand oder irgendetwas diese Verbindung zerstört, wäre man nicht mehr vollständig ... so wie ich.«

»Ich hoffe, dein Mann meldet sich bald.«

»Ich frage jeden Gast, bisher leider vergeblich. Vielleicht sollte ich doch nach Dawson fahren und dort nach ihm suchen. Er könnte irgendwo in der Wildnis am Klondike River auf einem Claim sein Lager aufgeschlagen haben.«

»Weißt du, wie groß das Gebiet ist?« Kate schüttelte den Kopf. »Hier in Whitehorse sind wir beide besser aufgehoben. Hier muss jeder durch, der nach Dawson will oder von den Goldfeldern kommt. Es sei denn, Bill hatte Glück und so viel Gold gefunden, dass er den Dampfer über das Beringmeer nehmen kann, aber das glaube ich nicht. Wenn es so wäre, hätte man davon gehört.«

Kate legte ihr eine Hand auf die Schulter. »Ich würde den Mounties vertrauen, Maggie. Sie sind bereits mit einer Einheit in Dawson und würden am ehesten erfahren, wenn dein Mann in der Wildnis lagern würde. Sobald Primrose nicht mehr so viel um die Ohren hat, werde ich ihn bitten, sich noch einmal nach Bill zu erkundigen. Kommt dein Schwager denn auf der Farm zurecht?«

»Joe wäre wahrscheinlich froh, wenn wir überhaupt nicht mehr zurückkämen«, sagte Maggie. »Er träumt davon, Rinder zu züchten, so wie die Texaner, und ein Vermögen damit zu machen. Er würde beide Farmen verkaufen, seine und unsere, und Weideland damit erwerben. Gras haben wir genug in Kansas.«

»Weißt du das sicher?«

»Ich habe gehört, wie Joe es zu seiner Frau gesagt hat. Sie wussten nicht, dass ich hinter der aufgehängten Wäsche stand und sie hören konnte. Natürlich würde er so was niemals sagen, wenn ihn Bill ihn hören kann. Bill hält nicht viel von Ranchern. Er sagt, eher finden sie Öl auf unserem Land, und wir können uns zur Ruhe setzen und unser Geld zählen.« Sie lächelte nachsichtig. »Öl in Kansas ... bei uns gibt es doch kein Öl. Das gibt es nur im Oklahoma Territory.«

»Wozu brauchen wir Öl? Für die neuen Motorwagen?«

»Öl ist wertvoller als Gold, sagen sie in Oklahoma.«

»Nicht am Yukon und am Klondike.«

Im Gastraum rief ein Goldsucher nach Kate, und sie machte sich wieder an die Arbeit. Sie hatte von den Ölfunden im Süden gehört; sie sollten einen ähnlichen Rush ausgelöst haben wie die Goldfunde am Klondike. Aber in Oklahoma sollte es schwül sein, und es gab Tornados, die ganze Städte dem Erdboden gleichmachten. Sie blieb lieber im Norden, selbst wenn sie in Oklahoma mehr Geld verdienen könnte als im nördlichen Kanada. Der Norden war ihre Heimat: Die eisigen Winter, die so unvorstellbar kalt sein konnten, das Land im magischen Nordlicht aber auch in eine fast mythische Märchenlandschaft verwandelten. Und die Sommer, die nur wenige Wochen dauerten, alle Pflanzen in Rekordzeit sprießen ließen und die Bergwiesen mit farbenprächtigen Wildblumen überzogen. Die Moskitos, die im Sommer auf die Jagd gingen, verschwieg man lieber.

Das Warten auf George zerrte an Kates Nerven. In ihrer Vorstellung jagten sich die Bilder, sah sie vor sich, wie er unter dem Einschlag der Kugel zusammenbrach und sich mit einer blutigen Wunde mühsam im Sattel hielt. Konnte er sein Pferd in einen Güterwagen der White Pass & Yukon Railway laden? War er stark genug, um sich auf dem Ritt von Caribou Crossing nach Whitehorse im Sattel halten zu können? Wie lange würde er brauchen, um sich vollkommen von seiner Verletzung zu erholen? Fragen, die sie erst nach seiner Rückkehr beantworten konnte, und deren Antworten einen großen Einfluss auf ihr Leben haben würden.

Sonntags öffnete Kates Restaurant erst am frühen Nachmittag. Den Vormittag nutzten viele Bewohner für den Kirchgang, auch Kate und Maggie, die für ihre Männer auch auf den Beistand Gottes hofften. Während Reverend Pringle seinen Gottesdienst in einem Blockhaus abhielt, das ihm vom Frauenverein zur Verfügung gestellt worden war, las Pater Lefebvre seine katholische Messe auf offener Straße. Er erschien mit einer Glocke auf der Main Street und rief seine Gemeinde zusammen. Für Kranke und Behinderte gab es Stühle.

Seine Predigt begann er mit den Worten: »Liebe Brüder und Schwestern, ich freue mich, dass so viele Gläubige dem Ruf meiner Glocke gefolgt und bereit sind, Gottes Wort unter freiem Himmel zu hören. Auch Jesus predigte seinen Anhängern in freier Natur, geleitet von Gott, dem Allmächtigen, und ermächtigt, ihnen die Sünden zu vergeben. Wir leben in der Wildnis, doch Whitehorse soll sich von einer Zelt- und Barackenstadt in eine lebendige Metropole verwandeln, mit Häusern aus Stein und Straßen, auf denen Motorwagen und Pferdebahnen verkehren, frei von Laster und Verbrechen, wie es schon jetzt in unseren Träumen besteht. Noch lange nach dem Goldrausch soll es ein Anziehungspunkt für wagemutige Menschen werden, die sich entschlossen haben, am mächtigen Yukon River an einer neuen Zukunft zu bauen. Und was darf in einer solchen Stadt nicht fehlen, frage ich euch? Was brauchen wir?«

»Eine Kirche!«, rief jemand. »Eine Kirche brauchen wir!«

Ob der Mann im Auftrag des Priesters geantwortet oder selbst auf die Idee gekommen war, blieb unklar. Lefebvre hatte auf jeden Fall mit der Antwort gerechnet. »Eine Kirche«, nahm er den Vorschlag auf, »eine Kirche, die sich wie ein Mahnmal aus der Siedlung erhebt und uns daran erinnert, wie wichtig die Anwesenheit unseres Herrn gerade in dieser Wildnis ist. Wir werden diese Kirche gemeinsam bauen und sie zu unserem Zuhause machen, sobald sie ihre Pforten für uns öffnet.« Er legte eine kurze Pause ein, um den Anwesenden die Chance zu geben, sich die Kirche vorzustellen, und schob dann die unangenehmen Nachrichten nach. »Aber der Bau kostet Geld, liebe Brüder und Schwestern, und ich bin auf eure Hilfe angewiesen, die Finanzierung der Kirche sicherzustellen. Darum bitte ich heute um eure Spenden, seien sie klein oder groß, um möglichst bald mit dem Bau beginnen zu können. Spendet reichlich, meine Freunde! Spendet für unsere Kirche in Whitehorse!«

Zwei Vertraute des Priesters gingen mit Eimern herum und sammelten die ersten Spenden ein. »Ich weiß, dass die meisten von euch nicht so große Beträge mit sich führen, aber das soll kein Hindernis sein. Ihr findet mich in meinem Zelt neben dem Eisenwarenladen. Ich und meine Mitarbeiter werden heute und auch morgen und übermorgen für euch da sein und die Spenden in Empfang nehmen. Ich danke euch, liebe Gemeinde. Gelobt sei Jesus Christus!«

»In Ewigkeit«, antwortete die Gemeinde.

»Und nun lasset uns singen und jubilieren, liebe Brüder und Schwestern! Gemeinsam mit unserem Solisten, der schon bald einen stimmgewaltigen Chor um sich versammeln wird, singen wie die Hymne *Firmly I Believe and Truly*.«

Kate hielt nur mühsam einen überraschten Ausruf zurück, als Guiseppe di Fortunato in einem feierlichen Umhang aus dem Schatten eines Hauses trat, ein Notenblatt in seinen Händen, und mit seiner klaren Stimme zu singen begann: *Firmly I Believe and Truly, God Is Three and God Is One* ...«

Guiseppe, staunte Kate, ausgerechnet bei der katholischen Kirche muss er landen! Wie hatte er das geschafft? Reverend Pringle kannte den verhinderten Schauspieler und wäre bestimmt nicht auf die Idee gekommen, ihn zu verpflichten. Hatte Guiseppe den katholischen Priester in einem günstigen Augenblick erwischt? Oder hatte er ihn allein mit seiner Stimme überzeugt? Seine ausdrucksstarke Stimme passte hervorragend zu kirchlichen Hymnen und verlieh ihm den seriösen Anstrich, den er als gewöhnlicher Sänger niemals erlangt hätte.

Während seine Stimme die frohe Botschaft des Christentums über die Main Street trug, dachte Kate an George und betete für ihn. »Bitte, mach, dass er und seine Kameraden lebend von ihrem Einsatz zurückkehren«, flüsterte sie. »Halt deine Hand über George, und bring ihn zu mir zurück! Wir sind dazu bestimmt, unser Leben gemeinsam zu führen, und ich kann nicht mehr ohne ihn leben!«

Ob Gott sie hörte, hätte sie nicht zu sagen vermocht. Trotz ihres katholischen Glaubens war sie nicht sicher, ob Gott immer auf der Seite aufrechter und ehrlicher Menschen stand. Hätte er sonst die Gewitter und Schneestürme zugelassen, die so vielen Menschen zum Verhängnis wurden? Hätte er wilden Tieren erlaubt, über hilflose Menschen herzufallen und sie zu töten? Hätte er einer Killerin wie Elsie Maloney gestattet, unschuldige Menschen umzubringen und sich dem Gesetz zu entziehen? Hätte er Maggie den Mann genommen?

Nach dem Gottesdienst ging Kate zu Guiseppe und gratulierte ihm. »Das haben Sie gut gemacht, Guiseppe«, sagte sie. »Anscheinend hat Gott beschlossen, Sie auf die Sonnenseite zu ziehen. Wie sind Sie an den Job gekommen?«

Guiseppe strahlte über das ganze Gesicht. In seinem weißen Umhang sah er wie ein Engel aus, den es auf die Erde verschlagen hatte. »Oh, das war eine göttliche Fügung, Ma'am. Der Herr Pfarrer hat gehört, wie ich ein Trinklied einstudiert habe. Er wollte mir ins Gewissen reden, weil der Text des Liedes, wie soll ich sagen, ziemlich offenherzig war, aber dann ist er stehen geblieben und hat sich alles angehört ... ohne rot zu werden. ›So einen wie Sie kann ich brauchen‹, hat er gesagt. ›Ihre Stimme gehört in die Kirche, nicht in die Gosse.‹«

»Sie haben es sich verdient, Guiseppe. Und die Trinklieder?«

»Muss ich mir verkneifen. Nur Shakespeare ist noch erlaubt.«

Pater Lefebvre tauchte auf und legte eine Hand auf den Rücken des Sängers. »Singt er nicht wunderbar, Ma'am? Allein seinetwegen werden die Menschen in die Kirche kommen. Sobald sie gebaut ist, wird Guiseppe einen stimmgewaltigen Chor für uns zusammenstellen. Er ist auch ein hervorragender Schauspieler, wussten Sie das? Whitehorse wird nicht immer so bleiben, wie es jetzt ist. Die White Pass & Yukon Railway wird diese Stadt nachhaltig verändern. Aus der schmutzigen Zelt- und Barackenstadt wird eine blühende Metropole erwachsen, und ich könnte mir sogar vorstellen, ein Shakespeare-Festival ins Leben zu rufen. Gott hat noch eine Menge mit dieser Stadt vor, da bin ich ganz sicher.«

»Auch nach dem Goldrausch?«

»Whitehorse wird nicht untergehen. Dawson schon eher, dieser Sündenpfuhl ist doch nur entstanden, um die Goldsucher mit sündhaften Angeboten zu verführen. Prostituierte, Alkohol, Glücksspiel … der Teufel spinnt seine Fäden in dieser Stadt und wird verschwinden, sobald der Lockruf des Goldes verstummt. Whitehorse ist anders, hat mit der Eisenbahn und den Dampfschiffen beste Verkehrsverbindungen und das Zeug zur Handelsmetropole. Wenn ich die Augen schließe, sehe ich eine Stadt mit anständigen Bürgern und mittendrin unsere Kirche als besinnlichen Ort der Einkehr und Buße.«

»Aber dann besteht auch die Gefahr der Langeweile, nicht wahr?«

»Der Langeweile kann man entgegentreten, auch ohne mit den Lastern des Teufels zu locken. Was ist mit Kultur? Theatern, Lesungen, Diskussionszirkeln? Brauchen wir denn immer Abenteuer, um uns am Leben zu erfreuen?«

»Ich war immer auf der Suche nach Abenteuern.«

»Und heiraten dennoch und werden bürgerlich.«

»Das mit dem ›bürgerlich‹ möchte ich bezweifeln, Pater.«

Lefebvre hielt ihre Antwort für einen Scherz und lachte. »Aber Sie beteiligen sich doch hoffentlich an meiner Spendenaktion für unsere neue Kirche?«

»Ich bringe Ihnen noch heute einen Scheck vorbei«, versprach sie ihm. »Leider müssen George und ich unsere Hochzeit verschieben. George ist während eines Einsatzes angeschossen worden und braucht sicher einige Zeit, um wieder gesund zu werden. Wer weiß, vielleicht ist die Kirche dann schon fertig.«

Der Pater nickte verständnisvoll. »Ich habe von dem bedauerlichen Zwischenfall gehört. Ich werde für Ihren Verlobten beten und hoffe, dass er bald wieder gesund wird. Wir müssen ihm und seinen Kameraden dankbar sein.«

Kate bedankte sich und kehrte in ihr Restaurant zurück. Maggie stand bereits am Herd und kochte Kartoffeln und Gemüse. »Sunday Special: Feinste Elchsteaks mit Kartoffeln und Gemüse« stand auf dem Schild neben dem Eingang. Coop hatte den jungen Elch geschossen und das Fleisch vorbeigebracht. Angenehmer Duft strömte auf die Straße und lockte die ersten Gäste an.

Kate zögerte, bevor sie ihr Lokal betrat. Ihr Blick strebte an den Schienen entlang nach Süden, in die Richtung, aus der sie George erwartete. »George!«, flüsterte sie. »Ich hätte nicht gedacht, dass ich mich mal so nach einem Mann sehnen würde. Was hast du nur getan, um mir so den Kopf zu verdrehen?«

9

Kate stand am Flussufer, als George, Constable Green und ein Sanitäter von ihrem Einsatz an der Grenze zurückkehrten. »George!«, rief sie so laut, dass sich selbst einige weit entfernt stehende Passanten nach ihr umdrehten. Sie rannte ihm entgegen, stolperte fast über die Schienen, die über den Trail nach Süden führten, und verspürte eine so große Erleichterung, dass sie zu weinen begann.

Die Männer hatten einen anstrengenden Ritt hinter sich und hingen müde in den Sätteln, besonders George, der mit schmerzverzerrtem Gesicht auf sie herabblickte. Trotz seiner Uniformjacke konnte man einen dicken Verband um seine Schulter erkennen. Er hielt sich mit einer Hand am Sattelhorn fest, was er als erfahrener Reiter sonst niemals tat, und brachte nur mühsam ein Lächeln zustande. Constable Green trug einen Kopfverband, war aber guter Dinge.

»George! George!«, sagte sie. »Ist es sehr schlimm?«

George wirkte verkrampft, und das Sprechen fiel ihm schwer. »Wird wohl ein paar Tage dauern, bis ich wieder fit bin.« Auch beim Atmen hatte er Schwierigkeiten. »Mach ... mach dir keine Sorgen! Ich hab ... schon ganz andere Sachen überstanden.« Sein Lächeln kehrte zurück. »Du glaubst nicht, wie froh ich bin ... wie froh ich bin, dich wiederzusehen. Ich ... ich liebe dich, Kate!«

»Der Doc hat eine Kugel aus seiner linken Schulter operiert«, meldete sich der Sanitäter. »Leider hat sich die Wunde während des Rittes entzündet. Der Corporal braucht dringend ärztliche Hilfe, sonst droht eine Blutvergiftung.«

»Unser Sanitäter übertreibt gern«, sagte George, als er Kates erschrockene Miene sah. »Ich habe eine Natur wie ein Grizzly, mich wirft so schnell nichts um. Es tut nur verdammt weh, weil dieser elende Gaul nicht ruhig gehen kann.«

Doc Gillespie wartete bereits auf die beiden Patienten. Der stets schlecht gelaunte Doktor, der zwanzig Jahre als Hausarzt in einem üblen Viertel von Toronto gearbeitet und sich anschließend den Mounties angeschlossen hatte, ließ den Verwundeten ins Krankenrevier bringen, wie die Quartiere ein einfaches Blockhaus, und machte sich an die Arbeit. Constable Green hatte nur eine leichte Gehirnerschütterung und musste sich nach kurzer Untersuchung auf eines der beiden Betten legen.

»Ich bin Krankenschwester«, sagte Kate und betrat hinter den Verwundeten das Blockhaus. »Kate Ryan … George ist mein Verlobter. Ich kann helfen.«

»Hab schon von Ihnen gehört, Ma'am. Klondike Kate, nicht wahr?«

»Kate reicht völlig. Ist es sehr schlimm, Doc?«

Doc Gillespie zog George die Uniformjacke und das Hemd aus und löste den Verband, den der Sanitäter ihm angelegt hatte. Die Wunde war geschwollen und stark gerötet. »Haben Sie starke Schmerzen, Corporal?«, fragte er.

»Die Wunde brennt wie Feuer.«

»Ich gebe Ihnen was gegen die Schmerzen«, sagte der Arzt. Er ließ George etwas Laudanum schlucken. »Eine Firma in Deutschland bietet neuerdings ein Mittel an, das noch wirksamer als Laudanum sein soll, aber es dauert sicher noch zwanzig Jahre, bis es nach Kanada kommt. Aspirin ... soll Wunder wirken.«

»Ein Deutscher hat auf mich geschossen.«

»Dann hätte er das Zeug ja gleich mitbringen können.«

Doc Gillespie drückte leicht gegen die Wunde und zog rasch seine Finger zurück, als George vor Schmerzen aufschrie. »Das Karbol«, sagte er zu Kate, »steht im Wandschrank. Und einen sauberen Lappen brauche ich ... liegt auch im Schrank.«

Kate beobachtete mit angespannter Miene, wie der Doc die Wunde mit Karbolwasser gründlich reinigte. Immer wenn er etwas fester aufdrückte, presste George die Lippen aufeinander. Kate mochte den süßlichen Geruch des Karbolwassers nicht besonders, hatte sich im Krankenhaus aber daran gewöhnt. Es gab nichts Besseres, um eine Wunde zu desinfizieren. Anschließend half sie dem Arzt, einen festen Verband anzulegen. Doc Gillespie brummte nur, als er fertig war.

»Wir müssen unbedingt eine Blutvergiftung vermeiden«, sagte er. »Zurzeit sieht es gut aus, aber bei so einer Wunde kann man nie wissen. Am wichtigsten ist es, die Wunde sauber zu halten und möglichst jeden Tag neu zu verbinden. Aber das wissen Sie sicher, wenn Sie als Krankenschwester gearbeitet haben.«

»Ich habe so ziemlich alles gesehen«, sagte Kate.

»Dann wären Sie bei den Mounties genau richtig.«

»Darf ich George während der nächsten Tage besuchen?«

»Sicher«, sagte Gillespie, »ich nehme nicht an, dass der Inspector was dagegen hat. Wenn Sie wollen, können Sie jeden Morgen kommen und mir bei seiner Behandlung helfen. Verband wechseln, Laudanum geben, Fieber messen ... solche Sachen. Sie wären mir eine große Hilfe.« Er war gar nicht so raubeinig, wie er manchmal tat, konnte sogar lächeln, wenn auch selten und nur sehr kurz.

»Gerne«, erwiderte Kate. Sie beugte sich über George und wollte ihm sagen, wie sehr sie ihn liebte und dass sie dem Arzt helfen würde, ihn gesundzupflegen, aber das Laudanum tat seine Wirkung, und er war bereits eingeschlafen.

Kate und Doc Gillespie kamen besser miteinander aus, als sie gedacht hatte, was vielleicht auch an dem Apple Pie lag, den sie ihm jeden Morgen mitbrachte. Nach einiger Zeit sah er sich die Wunde nur noch an und überließ ihr das Desinfizieren und Verbinden. »Aus Ihnen wäre eine gute Ärztin geworden«, sagte er. »Wenn Sie ein Mann wären, würde ich Sie zwangsverpflichten.«

»Da hab ich ja noch mal Glück gehabt.«

George ging es rasch besser. Die Medizin und die Ruhe taten ihm gut, und die aufmerksame Pflege, die ihm Doc Gillespie und Kate angedeihen ließen, half ihm, die Gefahr einer Blutvergiftung schnell zu vertreiben. Der Arzt hatte Schlimmeres befürchtet. Er nahm an, dass auch Kates Anwesenheit damit zu tun hatte. Sie verbrachte jeden Tag mehrere Stunden an Georges Bett, bemutterte ihn wie ein krankes Kind und erzählte ihm ausführlich, wie sie geholfen hatte, ihren kleinen Bruder zu versorgen, als er mit Ohrenschmerzen im Bett gelegen hatte.

Als Inspector Primrose vier Tage später das Blockhaus

betrat, war George gerade dabei, Kate das Schachspielen beizubringen. »Wie ich sehe, sind Sie auf dem Weg der Besserung«, sagte er. »So gut möchte ich es auch mal haben. Im Bett liegen und von einer schönen Frau bemuttert werden.« Er grinste. »Aber glauben Sie bloß nicht, dass das ewig so weitergeht. Sobald der Doc Sie gesundschreibt, möchte ich, dass Sie wieder Ihren Dienst antreten, verstanden?«

»Ist doch Ehrensache, Sir.«

»Eigentlich hätte er einen Orden verdient, Sir«, sagte Kate. »Die Wunde, die er sich im Dienst für unser Land eingehandelt hat, war ziemlich schmerzhaft.«

»Ich weiß«, sagte Primrose. »Wenn ich könnte, würde ich Ihnen beiden einen Orden anheften. Auch Ihnen, Kate. Nicht nur wegen Ihres Wildeintopfs.«

Am nächsten Morgen wurde George von Doc Gillespie entlassen. Pünktlich zum Wintereinbruch, wie auch Kate feststellte, als sie aus ihrer Baracke trat und die ersten Schneeflocken auf ihrem Gesicht spürte. Der Beginn des Winters war ein bedeutsamer Tag im Kalender des Hohen Nordens. Mit ihm hielten sechs Monate eisige Kälte und arktische Dunkelheit Einzug. Sechs Monate lang würde das Land unter Schnee und Eis erstarren und sich in ein magisches Reich verwandeln, das mit jungfräulicher Schönheit, aber auch tödlichen Gefahren locken würde, wenn man das Leben in dieser anderen Welt nicht gewohnt war. Solange die Eisenbahn nicht bis nach Whitehorse reichte, war auch diese Stadt für ungefähr sechs Monate von der Außenwelt abgeschlossen, von Dawson City und den abgelegenen Siedlungen am Klondike ganz zu schweigen. Nur mit dem Hundeschlitten und auf Schneeschuhen kam man noch vorwärts, eventuell auch mit Pferden, falls die Trails geräumt und die Temperaturen nicht zu streng waren.

Es war noch dunkel, als Kate in ihrem warmen Rock und der Büffelfelljacke zum Camp der Mounties ging, um noch einmal nach George zu sehen, bevor er seinen Dienst antrat. Sie blieb am Ufer des Yukon stehen und blickte zu den fernen Bergen hinüber, die im fahlen Licht des Mondes nur schemenhaft zu erkennen waren. Ein gespenstischer Anblick, der vielen Neuankömmlingen große Angst einjagte, auf Kate aber auch beruhigend wirkte. Die winterliche Stille überdeckte alle störenden Geräusche, ließ selbst den Trubel jenseits der Schienen ersticken. Die grellen Lichter dort wirkten beinahe störend.

Der Fluss war an den Rändern gefroren, und man konnte beinahe zusehen, wie sich das Eis immer weiter ausbreitete und das Wasser unter sich begrub. Kate ging am Ufer entlang zum Camp. Obwohl es schon nach acht war, zeigte sich noch kein heller Streifen am Horizont, und es kam ihr vor, als wäre sie nach Mitternacht unterwegs. Doch im Camp herrschte bereits rege Betriebsamkeit, und am Fahnenmast auf dem Paradeplatz wehte die kanadische Flagge.

Vor dem Blockhaus des Inspectors wartete George. Im Angesicht seiner grinsenden Kameraden begnügten sie sich mit einem flüchtigen Kuss. »Gute Nachrichten«, überraschte er sie. »Wir haben liebe Freunde von dir kommen lassen. Sie können es gar nicht abwarten, dich endlich wieder zu begrüßen.«

»Liebe Freunde?« Sie blickte ihn fragend an.

George führte sie über den Paradeplatz zu einer abgelegenen Hütte mit einem großen Zwinger, in dem die Huskys der NWMP die Nächte verbrachten. Die Freude über den Wintereinbruch war ihnen anzumerken. Endlich durften sie wieder ihrer Lieblingsbeschäftigung nachgehen: nach Herzenslust über verschneite Trails rennen und einen Schlitten durch Schnee und Eis ziehen. Obwohl es noch einige Stunden dauern würde, bis der Schnee hoch genug lag, liefen sie schon aufgeregt in ihrem Zwinger umher, jaulten um die Wette und warteten ungeduldig darauf, dass ein Mountie sie herausließ und ihnen die Geschirre anlegte.

»Buck!«, rief sie erfreut. »Blue! Jasper! Randy! Tex!« Ihre Huskys hätte sie unter tausenden Hunden erkannt. »Was macht ihr denn hier? Warum hast du denn nichts gesagt, George? Ich dachte, du hättest sie letzten Winter verkauft.«

George freute sich mit ihr. »Das hätte ich doch niemals fertiggebracht. Ich hab sie einem Jäger geliehen, der mir einiges schuldig war, natürlich nur unter der Voraussetzung, dass er sie im Winter wiederbringt. Er kam gestern Abend.«

Kate betrat den Zwinger und umarmte ihre Huskys. Buck, ihren kräftigen Leithund, der ihr mit seinem Durchhaltevermögen und seiner Intelligenz schon unschätzbare Dienste geleistet hatte. Blue, ihre anschmiegsame Lady mit den strahlend blauen Augen. Jasper, den lebhaften Burschen, dem solche Zärtlichkeiten immer etwas unangenehm waren. Randy und Tex, die beiden Draufgänger, kräftig genug für selbst schwer beladene Schlitten.

»Keine Angst, sobald der Schnee hoch genug liegt, drehen wir ein paar Runden«, sagte sie, »Nicht, dass ihr mir noch einrostet.« Sie kraulte Buck zwischen den Ohren, wie er es am liebsten hatte, und blickte George an. »Vielleicht an deinem freien Tag? Ich war lange nicht mehr draußen, und wir sollten uns allmählich an den Winter gewöhnen. Oder musst du wieder an die Grenze?«

»An der Grenze herrscht Ruhe«, beruhigte sie Inspector Primrose. Er war unbemerkt zwischen den Häusern hervorgetreten und anscheinend guter Laune. »Mit unserer Versetzung nach Dawson City wird es auch noch einige Zeit dauern. Nur Elsie Maloney kann uns noch einen Strich durch die Rechnung machen. Wenn wir sie nicht bald schnappen, haben wir leider ein Problem.«

»Sie haben noch keine Spur von ihr?«, fragte Kate.

»Seit ihrem letzten Auftauchen nicht mehr. Sie muss indianisches Blut in den Adern haben, so wie sie sich in der Wildnis auskennt und es immer wieder schafft, in den Bergen unterzutauchen. Aber lange wird sie nicht durchhalten, zumal jetzt, wenn der Winter kommt.«

Auch George war sicher. »Wir kriegen sie, Inspector. Ich bin dabei, sobald Sie mir den Befehl geben. Ich liege schon viel zu lange auf der faulen Haut.«

»Sie bleiben erst mal hier und bringen sich wieder in Form«, erwiderte Primrose. »Und heute gebe ich Ihnen frei. Wenn ich mich recht erinnere, wollen Sie heiraten. Machen Sie einen Termin mit dem Pater aus, unternehmen Sie was mit Ihrer Braut, und melden Sie sich morgen früh zum Dienst, einverstanden?«

»Sicher, Inspector. Vielen Dank!«

Primrose wandte sich an Kate. »Und um Ihre Huskys

machen Sie sich keine Sorgen. Wir kümmern uns um sie. Das Futter spendieren Ihnen die Mounties.«

»Anscheinend ist heute mein Glückstag. Danke, Sir!«

Die nächsten zwei Stunden verbrachten Kate und George am Yukon River. Sie folgten dem Ufertrail aus der Stadt und blickten von einer Anhöhe auf den Fluss hinab. Der Yukon River war ein mächtiger Strom, die Lebensader des Hohen Nordens, fast zweitausend Meilen lang und über Jahrhunderte hinweg die einzige Versorgungsroute in diesen abgelegenen Gebieten. Sein Name hatte einen guten Klang, und ihn umgab ein Mythos voller Geheimnisse und Legenden, die von seiner bedeutungsvollen Geschichte erzählten. Wer vom Yukon sprach, dachte an schneebedeckte Berge, riesige Sümpfe, Grizzlys, Elche und Wölfe, jagende Athabasken in ihren Kanus und moderne Schaufelraddampfer.

Kate und George hielten sich umarmt und küssten sich. In der eisigen Kälte fühlte Kate seine Lippen kaum, aber sie sah seine glänzenden Augen und spürte die Wärme, die von seinem Körper ausging. Es tat gut, ihn wieder bei sich zu haben, auch wenn sie das Schicksal von Soldatenbräuten teilte: Kaum, dass man zusammen war, rief wieder die Pflicht, und man war vielleicht monatelang getrennt. Umso mehr genossen sie die Tage, die sie zusammen sein konnten.

»Ich werde dich immer lieben«, sagte Kate, »auch wenn ich mir jedes Mal große Sorgen mache, sobald du zu einem Einsatz aufbrichst. Dieser Ärger an der Grenze … ich dachte immer, um so was müsste sich die Armee kümmern.«

»Wir waren ja nicht im Krieg. Eigentlich ging es nur um Zollgebühren.«

»Und du wärst beinahe gestorben!«

»So schlimm war es nicht ... ein Verrückter.«

»Und Elsie?«, fragte Kate. »Ist die auch verrückt?«

»Schlimmer«, erwiderte George, »verrückt und skrupellos.«

Sie kehrten in die Stadt zurück und tranken Kaffee mit Maggie, die das Restaurant seit Georges Rückkehr fast allein führte, sich aber nicht beklagte und von Kate auch doppelten Lohn erhielt. Sie wirkte etwas angespannt, aber zufrieden, hatte sich besser an den Norden gewöhnt, als sie gedacht hatte.

»Ich bin Maggie«, sagte sie. »Freut mich, dass Sie wieder gesund sind.«

»Hat lange genug gedauert, Ma'am.«

»Nur Maggie. Ich bin keine Ma'am.«

Kate musste lachen. »Ab heute Abend kannst du wieder mit mir rechnen«, versprach sie ihrer Freundin. »Hast du inzwischen von deinem Mann gehört?«

»Nein ... und jeder sagt, dass ich ihn im Winter sowieso nicht finde. Jedenfalls nicht, wenn er in einem abgelegenen Camp überwintern würde. Aber warum sollte er das tun? Er muss doch wissen, dass ich mir Sorgen mache.«

»Vielleicht hat er seinen Namen geändert, das tun hier viele«, bemerkte George.

Maggie blickte den Mountie erstaunt an. »Warum?«

»Dafür kann es viele Gründe geben«, wich George aus. »Manche Männer, die Glück gehabt und Gold gefunden haben, wollen nicht entdeckt werden.«

Bevor Maggie darüber nachdenken konnte, dass es auch Mörder und Diebe gab, die auf diese Weise dem Gesetz entkommen wollten, sagte Kate: »Wir müssen weiter, George. Pater Lefebvre will, dass wir das Aufgebot bei ihm bestellen. Er glaubt wahrscheinlich, dass wir in wilder Ehe zusammenleben.«

George lachte. »Das tun hier doch viele. Und du hast einen Ring.«

Sie hob ihre Hand. »Und was für einen schönen.«

Sie ließen Maggie allein und traten auf die Straße hinaus. Nur wenige Häuser hatten ein Vorbaudach, unter dem man vor Regen und Schnee geschützt war, aber sie trugen beide Anoraks und klappten ihre Kapuzen hoch. Das Schneetreiben war etwas stärker geworden, und die Häuser, Baracken und Zelte waren bereits von einer dünnen Schneeschicht bedeckt. Der Wind frischte zeitweise auf und wehte nasse Schleier über die Straße. Am östlichen Horizont war es etwas heller geworden, und düsteres Zwielicht lag über der Siedlung.

Als sie sich dem Haus von Pater Lefebvre näherten, sahen sie Guiseppe di Fortunato auf die Straße torkeln. Er schaffte es kaum, sich auf den Beinen zu halten. Kates erster Gedanke war, dass er getrunken hatte, doch dann sah sie seine entsetzte Miene und rief: »Guiseppe! Um Gottes willen! Was ist passiert?«

»Pater Lefebvre! Er liegt hinter dem Haus! Er ist bewusstlos!«

»Und Sie? Sind Sie okay?«

»Ich ... ich weiß nicht.«

»Gehen Sie ins Haus, und warten Sie dort auf uns, Guiseppe!«

Kate folgte George hinters Haus und half ihm, den reglosen Pater vom Boden aufzuheben. Sein Herz schlug, aber sein Körper war kalt. Seine Schläfe blutete, anscheinend hatte ihn jemand niedergeschlagen. Er hatte ungefähr eine Viertelstunde in der Kälte gelegen, schätzte sie. Im Schnee waren die Abdrücke von Schlittenkufen und mehreren Huskys zu sehen. »Jemand hat seinen Schlitten gestohlen«, sagte sie, während sie ihn ins Haus trugen. Der Ofen brannte.

»Hatte Pater Lefebvre einen Hundeschlitten?«, fragte Kate Guiseppe.

»Einen Schlitten und sieben Hunde«, antwortete Guiseppe, der sich langsam von seinem Schrecken erholte. »Meinen Sie, jemand hat …« Er erschrak vor seinen eigenen Worten. »Ich bin schuld! Ich hätte früher nach Hause kommen sollen, aber … aber … Ich wollte mir doch nur ein paar Zuckerstangen kaufen.«

»Dann haben Sie nichts gesehen?«

»Nein, Ma'am.«

Sie hatten den Pater auf sein Bett gelegt und warteten ungeduldig darauf, dass er die Augen öffnete. Kate fand Verbandszeug und kümmerte sich um die Wunde; nichts Schlimmes, wie sie gleich erkannte, aber heftig genug, um ihn bewusstlos zu Boden zu werfen. George befreite den Geistlichen von seiner nassen Soutane und hüllte ihn in mehrere Wolldecken. Guiseppe hatte bereits Tee aufgesetzt.

»Wer greift denn einen Pater an?«, fragte Guiseppe bestürzt.

10

Pater Lefebvre erwachte wenige Minuten später. Er griff sich stöhnend an den Hinterkopf und brauchte einige Zeit, um einigermaßen klar sehen zu können. Nur zögernd erkannte er Kate und George, die vor seinem Bett standen und besorgt auf ihn herabblickten. »Was ... was ist passiert?«, stammelte er. »Kate ... wollten Sie zu mir? Und Sie ...« Er blickte George an. »Sie sind bestimmt ihr Verlobter.« Er schloss verwirrt die Augen und öffnete sie wieder, als müsste er sich davon überzeugen, dass er nicht geträumt hatte. »Bin ... bin ich verletzt?«

Guiseppe flößte ihm heißen Tee ein. »Jemand hat Sie bewusstlos geschlagen und Ihren Hundeschlitten gestohlen!«, sagte er. »Kate hat Sie verarztet.«

Lefebvre tastete nach seiner Wunde und zuckte leicht zusammen, als er sie berührte. Der Tee hatte seine Lebensgeister geweckt. »Jetzt erinnere ich mich wieder. Ein Mann ... Nein, eine Frau! Ich hatte die Hunde schon angespannt ... hatte nur noch nach dem Ofen gesehen und kam gerade zurück, da ... Da sah ich sie auf meinem Schlitten stehen. Sie feuerte die Hunde an und schlug mir im Vorbeifahren mit der Faust auf den Hinterkopf. Ich war ... war sofort weggetreten.«

»Sie sind sicher, dass es eine Frau war?«, fragte George.

»Ziemlich sicher«, antwortete der Pater. »Sie war wie ein Mann angezogen, aber als sie auf mich zufuhr, hab ich ihr Gesicht gesehen. Ich hab mich noch gewundert, wollte weglaufen, aber da war sie schon heran und schlug zu.«

»Welche Farbe hatten ihre Augen?«

»Welche Farbe? Blau ... und ungewöhnlich klar.«

»Elsie!«, sagte Kate zu George. »Sie war wieder in der Stadt! Ziemlich dreist von ihr. Die Hexe muss ziemlich von sich überzeugt sein, wenn sie so was wagt. Vielleicht glaubt sie, dass sie aus irgendeinem Grund unsterblich ist.«

»Oder sie hat Freude daran, die Mounties an der Nase rumzuführen.«

»Wissen Sie noch, wann Sie die Hunde angespannt haben?«, fragte George.

Lefebvre blickte auf die Wanduhr. »Vor ungefähr einer Stunde.«

»Dann kann sie noch nicht weit sein. Ich muss sofort zum Inspector und Alarm schlagen. Wir müssen so schnell wie möglich hinter ihr her, bevor der Schnee ihre Spuren verdeckt.« Er nahm Kate in die Arme und küsste sie flüchtig. »Sieht so aus, als müssten wir unsere Hochzeit noch einmal verschieben.« Er blickte den Pater an. »Tut mir leid, Pater, aber ich habe einen Eid geleistet.«

»Dass Sie Ihrer kanadischen Heimat dienen, ihre Bürger gegen jegliche Art von Verbrechen verteidigen und für Recht und Freiheit eintreten, ich weiß. Aber lange sollten Sie nicht mehr warten. Auch Gott verlangt ein Gelübde.«

»Das ich nur zu gern ablegen werde.«

Kate wartete, bis George gegangen war, und wischte sich verstohlen einige Tränen aus den Augen. Sie ahnte bereits, dass er auch diesmal wieder länger unterwegs sein würde. Er würde nicht im Camp bleiben, selbst wenn der Inspector ihm die Wahl überlassen würde. Dass sich Elsie schon zum zweiten Mal nach Whitehorse gewagt hatte, durften die Mounties nicht auf sich beruhen lassen.

Sie wünschte Pater Lefebvre gute Besserung und ließ ihn mit Guiseppe allein. Enttäuscht trat sie auf die Straße hinaus. So hatte sie sich den Besuch bei dem Pater nicht vorgestellt, aber als Braut eines Mounties musste man mit allem rechnen. Was machten ein paar Wochen schon aus? Sie wussten auch ohne göttlichen Segen, dass sie zusammengehörten, und würden die Trauung nachholen, sobald George von seinem Einsatz zurück war. Sie mussten Elsie Maloney so schnell wie möglich erwischen und festnehmen. Mit jedem Überfall schürte sie die Panik unter den Goldsuchern, die in ihr bereits einen bösen Geist sahen, eine Geliebte des Teufels, die keine Gnade mit ihren Opfern kannte.

Noch bevor Kate ihr Restaurant erreicht hatte, kam ihr ein Trupp Mounties entgegen. George ritt an der Spitze und ließ anhalten, als er sie sah. Er hatte sechs Männer bei sich, alle sehr jung und unerfahren. »Wir nehmen die Pferde«, sagte er. »Solange es nicht stärker schneit, kommen wir damit besser voran.«

»Passt gut auf euch auf«, erwiderte Kate. »Diese Frau ist gefährlich.«

»Diesmal erwischen wir sie«, versprach er. Er beugte sich aus dem Sattel und küsste Kate vor seinen Männern auf den Mund. »Ich liebe dich, Kate.«

»Ich liebe dich auch. Viel Glück, George!«

Die Männer galoppierten davon und schlugen die Richtung ein, in der sie Elsie vermuteten. In den Bergen im Osten fühlte sie sich anscheinend am wohlsten, dort hatte

Kate sie ja auch in der Geisterstadt entdeckt. Ob sie eine Blockhütte gefunden hatte? Bei einem Fallensteller untergekrochen war? Sie glaubte an die geheimnisvollen Kräfte, die einige ihr andichteten, und würde es schaffen, jedem Mann ihren Willen aufzuzwingen, mit Gewalt oder ihren Verführungskünsten. Oder war sie bei den Athabasken oder Tlingit untergekrochen? In einer einsam gelegenen Siedlung? Streunte sie rastlos durch die Wälder wie eine einsame Wölfin, die ein Rudel suchte?

Auch um sich abzulenken, stürzte Kate sich in die Arbeit. Der Trubel verdrängte die Bilder, die George und seine Mounties bei der Verfolgung von Elsie Maloney zeigten, einer brutalen Killerin, der jedes Mittel recht war, ihre Verfolger abzuschütteln. Das hatte sie während der letzten Wochen mit ihren abscheulichen Verbrechen bewiesen. Vergeblich versuchte sich Kate einzureden, sieben perfekt ausgebildete Mounties hätten keine Schwierigkeit, eine Frau zu überwältigen, und wenn sie noch so gefährlich war. Sie kannte Elsie Maloney und wusste, wie heimtückisch und gefährlich sie sein konnte.

Kates Restaurant florierte, vor allem, wenn ihr Wildeintopf auf der Speisekarte stand, und es gab so viel zu tun, dass sie während der Arbeit gar nicht dazukam, an etwas anderes zu denken. Maggie war ein Glücksgriff, hatte längst bewiesen, was für eine gute Köchin sie war, und auch ihre Scheu beim Bedienen abgelegt. Bei den Goldgräbern, die vor allem wegen der großen Portionen und des guten Kaffees kamen, blieb einem gar nichts anderes übrig, als die anzüglichen Bemerkungen mit lockeren Sprüchen und Scherzen zu kontern. Sie meinten es nicht böse, hatten nur zu lange unter Männern gelebt und außer leichten Mädchen keine Frau mehr gesehen.

Maggie war das beste Beispiel dafür, wie man sich in einer fremden Umgebung veränderte. Als gottesfürchtiger Farmersfrau, die allein mit ihrem Mann auf einer Farm lebte und nur sonntags in der Kirche andere Frauen traf, wären ihr manche der Antworten, die sie übermütigen Männern gab, früher kaum über die Lippen gekommen. Auch Kate war es so ergangen. Obwohl sie bereits als junges Mädchen davon geträumt hatte, einmal in die Ferne zu ziehen und Abenteuer zu erleben – ein Wunsch, der bei ihren Eltern auf Unverständnis gestoßen war –, war sie in der Wildnis des kanadischen Nordens zu einem anderen Menschen geworden. Sie hatte sich dem Leben abseits der Zivilisation angepasst und vieles über Bord geworfen, was ihr früher wichtig gewesen war. Nur mit einer rauen Schale und der nötigen Robustheit meisterte man dort sein Leben.

Einen Sonntag nahmen sich beide Frauen frei. Gleich nach dem Gottesdienst, der für Kate wieder auf der Straße und für Maggie in einem großen Zelt stattfand, schrieben sie »Sind rechtzeitig zum Dinner zurück, Kate & Maggie« auf die Tafel vor dem Restaurant und starteten einen Ausflug mit dem Hundeschlitten. Sergeant Major McDonell führte am freien Tag des Inspectors das Kommando auf dem Posten und begrüßte sie etwas missmutig, wie es seine Art war. »Leider habe ich noch keine guten Nachrichten. Ihr Mann, Mrs. Stewart, ist leider unauffindbar, ich würde mich langsam mit dem Gedanken abfinden, dass er sich aus dem Staub gemacht haben könnte.« Einfühlungsvermögen und Höflichkeit waren noch nie seine Stärken gewesen. Er wandte sich an Kate. »Und Ihr Mann und seine Kameraden sind noch nicht zurück. Wenn sie diese Hexe bis morgen nicht erwischt haben, werde ich wohl den Hundeschlitten nehmen und selbst aufbrechen müssen. Ich habe gleich gesagt, dass wir mit den Pferden auf die Dauer nicht viel ausrichten können, aber der Inspector meinte, die Verhaftung von Elsie Maloney wäre nur eine Frage der Zeit. Leider ist diese Hexe so raffiniert, dass es noch einige Zeit dauern wird.«

Kate begrüßte ihre Huskys, kraulte jeden zwischen den Ohren oder unter dem Kinn und umarmte Buck besonders herzlich. Er jaulte leise. »Ich hätte mich mehr um euch kümmern sollen, du hast ja recht«, erwiderte sie. »Aber was soll denn Maggie sagen, wenn ich sie ständig die ganze Arbeit machen lasse? Egal, heute legen wir eine Pause ein. Wir gehen auf Tour, okay?«

Die Huskys konnten gar nicht schnell genug in ihre Geschirre kommen und warteten ungeduldig darauf, dass Kate sie antrieb, als sie an der Führungsleine vor dem Schlitten standen. Kate bat Maggie, sich auf die Ladefläche zu setzen, eingehüllt in mehrere Wolldecken, das Gespann mit den Huskys vor Augen.

»Halt dich am Rahmen fest, wenn sie loslegen oder es über einen holprigen Trail geht!«, warnte Kate. Zu den Hunden sagte sie: »Maggie sitzt zum ersten Mal auf einem Hundeschlitten. Also benehmt euch, und seid rücksichtsvoll, habt ihr gehört? Ich möchte nicht, dass ihr zu scharf in eine Kurve geht und sie in den Schnee werft. Keine Angst, Maggie, es gibt keine besseren Huskys.«

Maggie blickte ängstlich nach vorn und hielt sich krampfhaft am Schlitten fest, als Kate auf die Kufen stieg und die Hunde mit einem lauten »Vorwärts!« antrieb. Sie legten sich in die Geschirre und rannten los. Aufgeregt stürmten sie über den Paradeplatz und auf einen Trail, der an der Stadt vorbei in die Wälder im Westen führte. Dort wären sie vor Elsie Maloney sicher. Die Hexe, wie sie inzwischen jeder nannte, zog es sicher nicht zur amerikanischen Grenze. Im scheinbar grenzenlosen kanadischen Inland war sie wesentlich sicherer.

Kate genoss die Fahrt. Sie hatte von einem erfahrenen Fallensteller gelernt, einen Hundeschlitten zu lenken, und auf zahlreichen Fahrten durch die Wildnis genug Erfahrung gesammelt. »Vorwärts! Vorwärts!«, feuerte sie ihre Huskys an. »Zeigt Maggie, was ihr könnt! Jasper, konzentrier dich auf den Trail!«

Unter den Schlittenkufen staubte der Schnee. Die Schneedecke war inzwischen dick genug, selbst für einen schwer beladenen Schlitten, und es sah nicht so aus, als würde der Flockenwirbel bald abklingen. Der Trail war kaum zu erkennen, führte am Waldrand entlang zum Louise Lake, eine Gegend, die sie sich auf einer Landkarte angesehen hatte. Buck war intelligent genug, um den Verlauf des Trails unter dem Schnee zu ahnen; eine Fähigkeit, über die jeder gute Leithund verfügen sollte. Selbst wenn sie durch einen Blizzard vom Trail abkommen würden, könnte ihn ein erfahrener Hund wie Buck wiederfinden.

Es ging bereits auf Mittag zu, und bläuliches Zwielicht hatte die Dunkelheit der langen Nacht abgelöst. Im schwachen Schein der Sonne, die sich hinter dem Horizont versteckt hielt und sich lediglich durch einen orangefarbenen Streifen am Himmel verriet, war es gerade so hell, dass sie ihre nähere Umgebung erkennen konnten. Kate liebte diesen Anblick, fand ihn aufregender als die Sonne in Florida oder der Karibik, die sie allerdings nur von kolorierten Postkarten kannte. Der Winter strahlte etwas Magisches aus, war allerdings erst vollkommen, wenn die vielfarbigen Nordlichter am Himmel erschienen.

Der Louise Lake war zugefroren und lag verlassen zwischen Fichtenwäldern und sanften Hügeln. Auf einem dieser Hügel hielt Kate den Schlitten an. »Gut gemacht!«, rief sie den Huskys zu. »Keine Angst, wir legen nur eine kurze Pause ein, dann geht es weiter.« Sie half Maggie vom Schlitten hoch und reichte ihr die Wasserflasche. Der Tee, den sie eingefüllt hatte, war noch warm.

Maggie hatte wohl einige blaue Flecke abbekommen, wirkte aber fröhlich. »Ich hätte nicht gedacht, dass eine Fahrt mit dem Hundeschlitten so viel Spaß machen kann«, sagte sie. »Ein wunderbares Gefühl, sich den kalten Wind um die Nase wehen zu lassen. Natürlich nur, wenn man sich warm genug angezogen hat.« Auch Maggie trug Wollhosen und eine Jacke aus Waschbärenfell.

»Du solltest für immer im Norden bleiben«, erwiderte Kate. »Den Job bei mir hättest du sicher. Oder du eröffnest dein eigenes Restaurant und machst mir Konkurrenz. Auch nach dem Goldrausch werden hier genug Leute wohnen.«

Maggie war skeptisch. »Bill hätte bestimmt keine Lust, ein Restaurant oder einen Laden aufzumachen. Er arbeitet lieber im Freien. Ein Farmer, der niemals etwas anderes tun würde ... außer Rinder auf einer Ranch züchten. Aber beides ist hier oben schlecht möglich. Dazu sind die Sommer viel zu kurz.«

Kate verschwieg ihr, dass sie nicht mehr an Bill glaubte.

Maggie schien ihre Gedanken zu erraten. »Ich finde ihn ... bestimmt!«

Kate griff nach ihrem Fernglas und beobachtete einige Waldbüffel, die unter dem Schnee nach etwas Essbarem suchten. Mit ihren dunklen Augen und ihrem grimmigen Blick schienen sie jeden wissen zu lassen, dass sie keine Gesellschaft suchten. Majestätische Wesen, die kaum echte Feinde hatten.

Sie reichte ihr Fernglas an Maggie weiter, die sich beeindruckt von den Tieren zeigte. Sie waren nicht so groß wie ihre Artgenossen, die einst in riesigen Herden über die Prärie gezogen waren, wirkten aber angriffslustiger und boshafter. »Bei uns in Kansas gibt es schon lange keine Büffel mehr«, sagte sie.

Sie wollte das Fernglas schon zurückgeben, als sie mitten in der Bewegung innehielt und beinahe flüsterte: »Da drüben ist jemand! Am anderen Ufer!«

Sie reichte das Fernglas an Kate weiter, die schon nach wenigen Augenblicken fündig wurde und eine dunkle Gestalt am anderen Ufer erblickte. Obwohl das Zwielicht inzwischen noch etwas heller geworden war, war sie nur undeutlich zu erkennen. Sie suchte die Umgebung der Gestalt ab und eine Bewegung zwischen den Bäumen. Huskys vor einem Schlitten? »Das ist Elsie!«, sagte sie dann.

»Elsie Maloney?«, erschrak Maggie. »Die Verbrecherin?«

»Ich bin nicht ganz sicher. Sie könnte es zumindest sein.«

Maggie war blass geworden. »Ich dachte, sie wäre nach Osten geflohen! Hier geht es zur Grenze, das ist viel zu gefährlich für sie. An der Grenze würden sie die Mounties abfangen. In Kanada kann sie sich viel besser verstecken.«

»Das dachte ich auch, aber sie ist keine gewöhnliche Verbrecherin.«

»Sie sucht das Risiko?«

»Es macht ihr Freude, die Mounties zum Narren zu halten. Hast du nicht gesehen, wie wütend McDonell war? Die Hexe führt sie an der Nase herum.«

»Was willst du tun?«

»Umkehren und die Mounties alarmieren.«

»Meinst du, sie hat uns gesehen?«

Kate blickte wieder durch ihr Fernglas und sah, dass die Gestalt verschwunden war. »Keine Ahnung«, erwiderte sie. »Sie ist weg. Ich nehme an, sie besitzt auch ein Fernglas, und wir stehen hier oben leider wie auf einem Präsentierteller. Wenn sie uns gesehen hat, fährt sie wahrscheinlich weiter nach Westen. Aber wir haben uns schon mal geirrt. Ich traue der Hexe inzwischen alles zu.«

»Und wenn sie uns erwischt? Ich habe Angst, Kate!«

»Wir fahren«, sagte Kate nur.

Sie wartete, bis Maggie auf den Schlitten gestiegen war, zog den Anker aus dem Schnee und fuhr los. Ihre Befehle rief sie den Huskys mit gedämpfter Stimme zu. In der einsamen Stille war jeder Laut meilenweit zu hören, und sie wollte keinen unnötigen Lärm verursachen. Ihre Huskys schienen zu ahnen, in welcher Gefahr sie schwebten, und gaben sich besondere Mühe, leise zu sein.

Erst als sie einige Hügel hinter sich hatten und durch einen dichten Fichtenwald fuhren, wurde Kate wieder lauter. »Vorwärts! Lauft, ihr Lieben!«, rief sie. »Wir dürfen der Hexe auf keinen Fall in die Hände fallen. Weiter ... lauft!«

Ihre Huskys drehten auf und bewiesen auf eindrucksvolle Weise, wie schnell sie laufen konnten, wenn Gefahr drohte. Kate hätte nicht gedacht, dass sie schon zu Beginn des Winters so gut in Form waren. Sie hatte öfter daran gedacht, sich zwei zusätzliche Hunde zuzulegen wie die meisten Fallensteller, aber ihre Hunde waren auch zu fünft ausdauernd genug, und sie war keine Fallenstellerin, die beinahe jeden Tag mit einem Hundeschlitten unterwegs war.

Das Zwielicht hatte sich noch einmal verstärkt, als sie die Stadt erreichten. Wie geheimnisvoller Nebel, der jedes aufflammende Feuer am Horizont zu ersticken drohte, lag es über den Häusern und Zelten. Das Eis auf dem Yukon reflektierte das schwache Licht und ließ die Bäume am Ufer noch dunkler erscheinen. An manchen Stellen war die Eisdecke schon geschlossen, ein eisiger Panzer, der erst im Frühjahr wieder aufbrechen würde. Der Wind hatte aufgefrischt, brachte eisige Luft mit und trieb lockeren Neuschnee über das Eis.

Sie fuhr zum Camp der NWMP und bremste vor dem Blockhaus des Inspectors. »Sergeant Major McDonell!«, rief sie, doch Inspector Primrose war inzwischen zum Dienst erschienen, und sie kamen beide nach draußen. Die Aufregung in ihrer Stimme hatte ihnen wohl verraten, dass es ein Problem gab.

»Kate!«, rief Primrose nervös. »Was gibt es?«

»Ich habe Elsie Maloney gesehen!«, antwortete sie. »Am Westufer des Louise Lake. Ich könnte es nicht beschwören, aber ich bin so gut wie sicher. Ich habe ihr Gesicht deutlich erkannt. Wenn sie keine Schwester hat, war sie es.«

»Elsie Maloney im Westen? Was will sie denn da?«

»Das habe ich mich auch gefragt«, antwortete Kate. »Ziemlich leichtsinnig von ihr, sich so nah an die Grenze zu wagen … oder besonders raffiniert.«

»Wir kümmern uns um die Dame«, versprach der Inspector. »Diesmal erwischen wir sie. Danke, dass Sie die Augen offengehalten haben. Wie schon öfter gesagt, Kate, Sie würden einen guten Mountie abgeben.« Er wandte sich an seinen Sergeant Major. »Wählen Sie zwei Männer aus, und brechen Sie sofort auf! Ich denke, mit einem kleinen Aufgebot kommen Sie besser voran und sind vor allem beweglicher. Hundeschlitten, keine Pferde! Fangen Sie die Hexe ab, bevor sie über die Grenze entkommen und in Alaska untertauchen kann!«

»In Ordnung, Sir. Bin schon unterwegs.«

»Und wir kümmern uns um die Hunde«, sagte Kate und lenkte den Schlitten zum nahen Zwinger. »Nächstes Mal bleiben wir länger«, versprach sie, als sie die Fressnäpfe ihrer Huskys mit dem Reiseintopf füllte, den die Mounties in der Vorratskammer lagerten. »Und dann begegnen wir keiner Hexe mehr.«

11

Drei Tage vergingen, ohne dass sie von dem Sergeant Major und seinen Männern hörten. Auch im riesigen Grenzgebiet gab es unzählige Möglichkeiten, sich zu verstecken, wenn man in der Lage war, sich selbst zu versorgen. Elsie Maloney konnte mit Schusswaffen umgehen und war sicher in der Lage, Rotwild, Schneehasen oder andere Tiere zu erlegen. Kate traute ihr sogar zu, einen Fallensteller umzubringen und sich in seiner Blockhütte einzunisten.

Auch George und seine Männer waren noch nicht zurückgekehrt. Der Inspector hatte ihnen zwei Constables nachgeschickt, um ihnen zu sagen, wo Kate die Hexe gesehen hatte; dort sollten sie McDonell unterstützen, bis sie mit den Pferden nicht mehr durch den Schnee kamen. Ein Großeinsatz, wie es ihn in der Geschichte der North West Mounted Police selten gegeben hatte. Und eine qualvolle Geduldsprobe für Kate, die sich große Sorgen um ihren Verlobten machte und seine Rückkehr herbeisehnte. Während Maggie im Begriff war, sich an ihre leidvolle Situation zu gewöhnen, wurde Kate immer unruhiger. Selbst die Arbeit in ihrem Restaurant konnte sie nicht mehr ablenken.

Einer ihrer Stammgäste, die beinahe jeden Abend zum Essen kamen, war Norman Macaulay, ein junger Geschäftsmann aus Victoria, der noch vor Kate nach Whitehorse gekommen war und bereits ein Vermögen verdient hatte. Die White Horse Rapids, gefährliche Stromschnellen südlich der Stadt, waren eines der größten Hindernisse für die

Goldsucher, die über Skagway oder Dyea und die Pässe kamen und vom Lake Bennett mit Booten über den Yukon nach Dawson fahren wollten. Macaulay hatte Schienen verlegen lassen und transportierte die Männer und ihre Fracht mit einer Pferdebahn an dem fünf Meilen langen Hindernis vorbei. Außerdem bewirtschaftete er ein Hotel und einen Saloon.

»Sobald die White Pass & Yukon Railway im nächsten Sommer kommt, ist es mit meiner Pferdebahn vorbei«, sagte er, als sich Kate auf einen Kaffee an seinen Tisch setzte. »Aber ich werde noch diesen Winter mein geplantes Hotel in Whitehorse fertigstellen und möchte Ihnen ein Angebot machen, Ma'am.«

»Jetzt bin ich aber gespannt«, erwiderte sie.

»Ich beobachte Sie und Maggie schon seit einiger Zeit und bewundere Sie sehr. Wie Sie und Ihre Freundin es geschafft haben, ein solches Unternehmen aus dem Boden zu stampfen, verdient höchste Anerkennung. Als Frau hatten Sie es sicher schwer, sich in einer Stadt zu behaupten, in der überwiegend Männer leben. Auch in Glenora und Atlin lobt man Sie in den höchsten Tönen.«

»Sie haben sich also über mich erkundigt.«

»Das war nicht schwer, Ma'am.«

»Kate … sagen Sie Kate zu mir. Was wollen Sie mir verkaufen?«

Macaulay lachte. »Sie haben recht, bei dem Angebot, dass ich Ihnen machen möchte, profitiere auch ich. Ich weiß von Ihrer Zusammenarbeit mit Jim Callbreath in Glenora. Haben Sie nicht das Restaurant in seinem Hotel geführt?«

»Ja, das stimmt.« Sie ahnte, was kommen würde.

»Ich möchte Ihnen den gleichen Deal anbieten. Es würde mich sehr freuen, wenn Sie ›Kate's Restaurant‹ in mein Whitehorse Hotel verlegen könnten. Ich würde nur einen geringen Teil der Einnahmen als Pacht verlangen und hätte Ihnen sogar einen Bonus zu bieten. Gegenüber vom Hotel errichte ich einige Häuser für leitende Angestellte und wichtige Gäste. Eines dieser Häuser würde ich Ihnen und Ihrer Freundin kostenlos zur Verfügung stellen. Ein stabiles Haus, das ich auf Stelzen bauen lasse, damit es vor dem Permafrost sicher ist.« Er nippte an seinem Kaffee. »Was sagen Sie zu meinem Angebot?«

»Klingt fast zu gut, um wahr zu sein.«

»Und egoistisch«, sagte er. »Ihr Restaurant und Ihre bloße Anwesenheit werden auch Hotelgäste anziehen. Jeder will die berühmte Klondike Kate sehen.«

»Den Namen mag ich gar nicht.«

»Ich glaube, den werden Sie so schnell nicht mehr los.«

Kate war mehr als angetan von dem Angebot und schlug ein. Macaulay verlangte weniger Prozente als damals Jim Callbreath, und das Wohnhaus war zu verlockend, um noch lange zu überlegen. Sie hatte sich immer ein eigenes Haus gewünscht, hatte lange genug in Baracken und Zelten gelebt. Ein Hotelrestaurant und ein Wohnhaus auf Stelzen wären weitere Schritte in ein neues Leben, wie George und sie es sich erträumt hatten. Mit der Eisenbahn im nächsten Frühling rückte Whitehorse näher an die Zivilisation heran, ohne die Wildnis ganz aufzugeben, und selbst wenn George nach Dawson City versetzt wurde, lagen nur wenige Tage zwischen ihnen. So rechnete man im

Norden, gestand sie sich amüsiert ein, zum nächsten Nachbarn waren es oft mehr als hundert Meilen.

Auch Maggie war angetan von dem Angebot, obwohl sie immer noch hoffte, im Frühjahr ihren Mann zu treffen und es gar nicht mehr annehmen zu müssen. Kate beobachtete zufrieden, wie die Freundin in ihre neue Rolle hineinwuchs, immer selbstständiger wurde und nicht abgeneigt zu sein schien, die Farmarbeit aufzugeben und mit etwas anderem ihr Geld zu verdienen. Sie entfernte sich damit, vielleicht sogar, ohne es zu merken, von dem Bill, den sie von früher kannte, und würde eine andere sein, selbst dann, wenn sie nach Kansas zurückkehrte.

Kates Restaurant wurde immer populärer, und Kate dachte darüber nach, eine weitere Mitarbeiterin einzustellen, als ihr der Zufall eine mögliche Kandidatin über den Weg schickte: Nellie Kimball betrat ihr Restaurant zur Mittagszeit, in einem Mantel aus Waschbärenfell und mit einem mehrfach geflickten Rucksack auf den Schultern. Sie war um die Fünfzig, wirkte sehr rüstig und widerstandsfähig und besaß einen gewöhnungsbedürftigen Humor, den sie wohl ihren britischen Vorfahren zu verdanken hatte. »Ahoi«, grüßte sie, »ich bin Nellie Kimball aus Southampton in England.« Auf dem Kopf trug sie eine Pelzmütze mit zwei Fuchsschwänzen, das Geschenk eines Athabasken, wie Kate erfuhr.

»Freut mich sehr, Nellie. Sie sehen hungrig aus.«

»Ich sehe immer hungrig aus«, sagte sie wohl in Anspielung auf ihre eher üppige Figur. »Aber eigentlich bin ich gekommen, um für Sie zu arbeiten.«

Kate bat sie lächelnd an einen Tisch. »Ich bin Kate Ryan. Kaffee?«

»Tee wäre mir lieber. Mit etwas Milch wie Queen Victoria.«

Kate brachte ihr eine Tasse Tee und ein Kännchen mit Milch und begnügte sich selbst mit Kaffee. Amüsiert beobachtete sie, wie Nellie etwas Milch in den Tee goss und anschließend zwei gehäufte Teelöffel mit Zucker hineinrührte.

»Wie Queen Victoria?«, fragte sie.

»Zuerst die Milch und dann den Tee wäre korrekt, aber wir sind hier nicht bei Hofe, nicht wahr?« Sie nippte an dem Tee. »Wann kann ich anfangen?«

»Kennen Sie sich denn mit unserer Arbeit aus?«

»Meine liebe Kate«, erwiderte sie und betonte ihren britischen Akzent, »ich bin mit dieser Arbeit aufgewachsen. Meine Eltern besaßen ein Restaurant in Southampton, und ich hab dort bis zu meiner Hochzeit geschuftet. Aber mein Mann war ein Abenteurer, und ich zog mit ihm um die halbe Welt. Ich hab in einigen vornehmen Restaurants in Indien und einigen dunklen Spelunken in irgendwelchen Hafenstädten gearbeitet, die würden selbst auf der anderen Seite der Schienen als verrucht gelten. Ich weiß, wie man Männer nehmen muss. Mit fester Hand, derben Scherzen und gutem Essen hältst du sie bei der Stange.«

»Und was führt Sie in den Hohen Norden?«

»Goldfieber, was sonst?« Nellie trank von ihrem Tee. »Wir lagen gerade in Mombasa vor Anker, als die Meldung vom Klondike kam. Ein paar Wochen später waren wir in St. Michael und fuhren mit einem Raddampfer den Yukon hinauf. Ich glaube, ich war die einzige Frau in Dawson

City. Leider starb mein Mann noch vor dem nächsten Winter, irgendwas mit seiner Lunge. Aber ich brauche keinen Hunger zu leiden, nein, Ma'am.« Sie berührte ihren Rucksack. »Ich hab genug Gold, um den Rest meines Lebens davon zehren zu können.«

Kate blickte sie verwundert an. »Und warum wollen Sie dann arbeiten?«

»Weil das Leben sonst furchtbar langweilig wäre. Vor dem nächsten Frühjahr komme ich hier sowieso nicht weg. Soll ich mich so lange in ein Hotelzimmer setzen und darauf warten, dass das Eis auf dem Yukon aufbricht? Nein, meine Liebe, ich muss was tun, und Kochen und Bedienen kann ich wie keine Zweite. Zahlen Sie mir, was Sie für richtig halten, und ich lege sofort los.«

Kate war überzeugt. »Na, wenn das so ist, gehen Sie mal in die Küche und lassen sich von Maggie eine Schürze geben. Haben Sie denn eine Bleibe?«

»Ich schlafe im Hotel«, antwortete Nellie. »Hat was für sich, die Taschen voller Gold zu haben. Obwohl ich das meiste Gold natürlich auf die Bank gebracht habe, ich bin schließlich nicht lebensmüde.« Sie streckte eine Hand aus. »Auf gute Zusammenarbeit, Kate. Sie werden sehen, so wie ich klotzt keine ran.«

Nellie behielt recht. Besonders als Bedienung zeigte sie, was in ihr steckte. So schnell und effektiv arbeitete nur eine Frau, die mit diesem Beruf großgeworden war. Sie hatte immer einen Scherz für die Gäste parat, munterte Männer auf, die mit leeren Händen vom Klondike zurückgekehrt waren, und freute sich mit den wenigen, die wie sie auf reiche Goldvorkommen gestoßen waren. Und als Kollegin war sie ein Schatz. Sie überließ Maggie die Kochtöpfe und war als Bedienung mehr als ausgelastet. Die ganze Stadt wollte bei der berühmten Klondike Kate und ihren Freundinnen essen. Vor allem natürlich wegen des guten Essens, das mit der weitgereisten Nellie noch vielseitiger schmeckte.

Pragmatisch, wie Nellie war, hatte sie den Tod ihres Mannes schon überwunden. Ganz im Gegensatz zu Maggie, die das Foto ihres Mannes jedem Gast zeigte, aber immer noch nicht fündig geworden war, und Kate, die ungeduldig auf die Rückkehr von George wartete. Zumindest bis zu seinem letzten Tag als Mountie wäre es ein ständiges Warten zwischen Hoffen und Bangen, immer im Ungewissen, ob er eine Gefahr meistern und wieder zu ihr zurückkehren würde. Vom ersten Tag an hatte sie gewusst, was sie als Braut eines Mounties erwartete, und was sie ihm zumutete, weil sie sich für eine Karriere als Geschäftsfrau entschieden hatte. Niemals würde sie die Hausfrau sein, die sich die meisten anderen Männer wünschten, sie verzichtete auf Kinder, eigentlich eine Sünde, wenn sie an die Worte ihres Pfarrers im heimatlichen Johnville dachte, und jagte stattdessen dem Abenteuer hinterher. George und sie hatten es beide so gewollt, denn auch bei der Art, wie sie zusammenlebten, überwogen Liebe und Freude, auch wenn ihre Verwandten das niemals verstehen würden.

Vielstimmiger Gesang und rhythmisches Trommeln lockten sie auf den Gehsteig. Die Damen der »Temperance League« waren wieder unterwegs, angeführt von der ganz in Schwarz gekleideten Sister Florence, die drohend ihren Regenschirm schwang und voller Inbrunst sang. Zu Kates Überraschung blieben sie diesmal nicht vor ihrem Restaurant stehen, sondern bogen mit einem lauten »Schwenkt rechts!« zum Amüsierviertel jenseits der Schienen ab. »Lasst uns diese schamlose Person aus ihrem Etablissement holen und mit Teer und Federn schmücken!«, rief die Anführerin laut. »Zur Hölle mit der Sünderin!«

Kate schlüpfte rasch in ihre Büffelfelljacke und wandte sich an einen ihrer Stammgäste: »Laufen Sie zum Camp, und alarmieren Sie Inspector Primrose!«

Die halbe Stadt folgte dem Frauenverein ins Amüsierviertel. In einigen Etablissements, wie man die Bordelle höflich nannte, und Saloons gab es bereits elektrisches Licht, und die meist roten Laternen leuchteten geheimnisvoll im schwindenden Zwielicht. Mabel de Luxe und Ethel, ihre beiden Freundinnen, waren glücklicherweise schon in Dawson City und bekamen den Zorn von Sister Florence nicht mehr zu spüren, aber es gab noch genügend andere Sünderinnen und Sünder jenseits der Schienen, die ihren Zorn zu fürchten hatten.

Vor einem der Saloons, der sich bezeichnenderweise »Red Lantern Saloon« nannte, blieben die Frauen der »Temperance League« stehen. Wie ein militärisches Strafkommando postierten sie sich vor dem Eingang. Sie beendeten die letzte Strophe, in der es um Gottes gerechte Rache ging, und zuckten selbst zusammen, als die Trommel mit einem lauten Doppelschlag verstummte. Nur noch das automatische Klavier aus einem der anderen Saloons war zu hören.

»Kate Rockwell!«, rief Sister Florence. »Zeigen Sie sich, Sünderin!«

»Halt!«, mischte sich Inspector Primrose ein. Er war auf seinem Pferd gekommen und gerade noch rechtzeitig eingetroffen, um zumindest eine peinliche Auseinandersetzung zu verhindern. Er bahnte sich einen Weg durch die Schaulustigen und blieb vor Sister Florence stehen. »Was soll dieser Unsinn?«

»Wir sind gekommen, um einer Sünderin die gerechte Strafe angedeihen zu lassen. Eine schamlose Hure, die sich auf der Bühne auszieht, hat keine Rücksicht verdient. Der Schmied hält bereits Teer für uns bereit, und die Federn holen wir uns aus der Bettwäsche dieser verachtungswürdigen Huren.«

»Sie werden gar nichts tun, Sister Florence!«, erwiderte Primrose. »Das Recht zu protestieren und Ihre Meinung zu sagen, kann ich Ihnen nicht verwehren, aber die Beweisaufnahme und eventuelle Festnahme einer Gesetzesbrecherin müssen Sie der North West Mounted Police überlassen. Um wen geht es denn?«

Sister Florence beugte sich nur widerwillig. »Um eine gewisse Miss Kate Rockwell, Sir. Uns ist zu Ohren gekommen, dass sie sich auf offener Bühne und vor gottlosen Männern ihrer Kleider entledigt. Sperren Sie diese Sünderin ein, Sir!«

Aus dem Saloon drang lautes Johlen. Anscheinend war die Begeisterung so groß, dass man noch gar nicht mitbekommen hatte, dass die Frauen der »Temperance League«, der Inspector der Mounties und die halbe Stadt vor dem Eingang standen. »Okay, Sie bleiben alle, wo Sie sind! Kate Ryan, wo sind Sie?«

Kate arbeitete sich zu dem Inspector durch. »Ich bin hier, Sir.«

»Kennen Sie diese Kate Rockwell?«

»Nie gehört, Sir. Eines der leichten Mädchen offensichtlich.«

»Offensichtlich.« Die ganze Angelegenheit schien dem Inspector wenig zu gefallen. »Wenn sie sich wirklich auf der Bühne auszieht, bleibt mir nichts anderes übrig, als sie zu verhaften, obwohl ...« Er senkte seine Stimme. »Obwohl ich Sister Florence und ihre Getreuen eher für eine Plage halte.«

»Sie treten für Moral und Ordnung ein.«

»Haben wir dafür nicht einen Pfarrer? Und den Reverend? Und diesen Burschen aus Dawson, der in seiner Zeitung ständig gegen das Laster hetzt? Ich bin ein strenger Polizist und sehr dafür, auch in einer Stadt wie Whitehorse für eine bessere Moral einzutreten, aber dieser Auftritt hier erinnert mich eher an die Heilsarmee.« Er seufzte. »Wollen Sie mich in den Saloon begleiten, Kate?«

»Ich? Seit wann bin ich ein Mountie? Und was kann ich schon ausrichten?«

»Mehr, als Sie denken, Ma'am. Ich hielt es für einen klugen Schachzug, eine Frau bei diesem Einsatz mitzunehmen. Sie können sicher besser mit einer solchen Frau umgehen als ein Mann wie ich. Allein der Gedanke, eine nackte Prostituierte festzunehmen und ins Gefängnis abzuführen, erschreckt mich.«

»Also gut, ich komme mit.«

Sie betraten zusammen den Saloon und wurden mit begeistertem Gejohle empfangen, aber der Beifall galt nicht ihnen, sondern der jungen Frau auf der Bühne. Sie konnte noch keine Zwanzig sein, trug einen silbernen Zylinder auf den blonden Haaren, silberne Stiefel und einen silbernen Lendenschurz. Aber auch der fiel und ließ sie im roten Licht stehen, wie Gott sie erschaffen hatte..

Als sie den Inspector erblickte, verdeckte sie ihre Blöße nicht etwa, sondern tanzte mit einem aufreizenden Lächeln über die Bühne und blieb mit ausgebreiteten Armen stehen. Die Klänge einer dreiköpfigen Kapelle begleiteten ihre lasziven Bewegungen und endeten mit einem mehrstimmigen Tusch. Kate Rockwell schleuderte ihren silbernen Zylinder in die Menge, griff erst dann nach ihrem silbernen Mantel und legte ihn sich um die Schultern. »Merci, meine Lieben!«, rief sie ins Publikum und verteilte Küsschen. »Lieben Dank!«

Kate und der Inspector warteten nicht länger. Sie bahnten sich einen Weg durch die begeisterte Menge und kletterten zu ihr auf die Bühne.

Kate Rockwell ließ sich nicht einschüchtern. »Seht an«, rief sie so laut, dass sie alle hören konnten. »Der Mountie-Inspector höchstpersönlich und seine Begleiterin wollen sich aus nächster Nähe von meinen Reizen überzeugen.« Sie lachte. »Bitteschön ... wenn Sie unbedingt wollen!« Sie öffnete ihren Umhang und ließ den Inspector auf ihre Brüste starren. Er lief vor Scham puterrot an.

Das Publikum johlte, hielt das Ganze für eine perfekte Show. Einer pfiff laut:_ »He, Inspector! Warum greifen Sie nicht zu? Also, wenn mir eine schöne Frau so kommen würde, da würde ich keine Sekunde zögern.«

Kate ahnte, was Primrose von ihr erwartete. »Sich vollständig vor Publikum zu entblößen, verstößt nicht nur gegen Sitte und Moral, sondern auch gegen das Gesetz.« Sie band der jungen Frau den Umhang zu, und der Inspector ließ die Handschellen um ihre Gelenke schnappen. »Ich muss Sie leider verhaften, Kate Rockwell!«

Unter Johlen und teilweise lauten Buhrufen führten Kate und der Inspector die Gefangene nach draußen. Kate kam sich mehr als seltsam vor, als wäre sie über Nacht zum Mountie geworden. Aber die verdutzten Blicke der »Temperance League« waren es wert. Die sittsamen Ladys um Sister Florence hatten wohl nicht erwartet, dass ihr Protest eine Verhaftung auslösen würde.

»Sperren Sie die Sünderin ins tiefste Loch!«, rief ihnen Sister Florence nach, als sie an den Schaulustigen vorbei zum Flussufer gingen. »Am besten in eines, aus dem sie nicht mehr herausfindet.« Sie hob ihren Regenschirm und richtete ihren Blick auf ihre Mitstreiterinnen. »Abteilung kehrt, Ladys … ein Lied!«

12

Schon am frühen Morgen drehte Kate ihre Runden mit dem Hundeschlitten. Für Huskys war Bewegung ähnlich wichtig wie nährstoffreiches Futter; die täglichen Touren waren ein Lebenselixier, das sie in Form und bei Laune hielt. Die Vorfreude war ihnen anzumerken, wenn Kate sie aus dem Zwinger holte und vor ihren Schlitten spannte, vor allem der lebhafte Jasper freute sich riesig.

Kate nahm jeden Morgen den gleichen Weg, am Flussufer entlang und einige Meilen durch dichten Mischwald, bevor sie zum Camp der Mounties zurückkehrte. Vielleicht auch, weil sie während der Ausflüge einen guten Ausblick auf den Trail nach Westen hatte, über den George von seinem Einsatz zurückkehren würde. Voller Sorge, wie die Braut eines Soldaten oder Fischers, die auf die Rückkehr ihres Liebsten wartete, der im Krieg war oder in einem Sturm vermisst wurde, blickte sie sehnsüchtig in die Ferne. Vor allem die Erkenntnis, nicht an seiner Seite sein und ihm beistehen zu können, verwirrte sie. Als tatkräftige und unabhängige Frau war sie es nicht gewohnt, so hilflos zu sein.

Die Liebe war etwas Wunderschönes, ein Geschenk des Himmels, das einen beschwingt durchs Leben gehen ließ, hatte sie erkannt, aber sie machte auch verletzlich, weil man sich ohne seinen Partner allein und nicht vollständig fühlte. Hatte man früher seine Unabhängigkeit genossen und sich nur dem eigenen Gewissen verpflichtet gefühlt, bezog man jetzt den Partner in seine Entscheidungen ein und versuchte, nur das Beste für ihn zu wollen. Kein leichtes Unterfangen, wenn man so lange ohne feste Beziehung gelebt hatte wie sie.

Sie schüttelte die Gedanken ab und blickte zum Waldrand. Ein Wolf war zwischen den Bäumen hervorgetreten. Das Zwielicht ließ sein graues Fell fast silbern erscheinen und brachte seine bernsteinfarbenen Augen zum Leuchten.

»Bis du das, Wolf?«, fragte sie. Sie hatte ihm immer noch keinen Namen gegeben, betrachtete ihn als geheimnisvolles Wesen, das es nur in ihren Träumen gab. »Weißt du, wie es George geht? Sag mir, dass es ihm gut geht, Wolf!«

Der Wolf legte den Kopf schief. Anscheinend wusste er es nicht.

»Was bist du für ein Schutzgeist, wenn du meine wichtigste Frage nicht beantworten kannst? Wachst du über ihn? Bringst du ihn gesund zu mir zurück?«

Sie erinnerte sich an die Worte der indianischen Heilerin. Kaw-claa hatte ihr erklärt, dass ein Schutzgeist kein allmächtiges Wesen war, das einen vor Unglück schützte. Auch der Wolf wusste, wie wankelmütig das Schicksal sein konnte. Ein Schutzgeist begleitete seinen Schützling mit seiner Weisheit und ahnte vieles, was in der Zukunft passieren konnte, aber es war ihm nicht gegeben, den Lauf der Geschichte zu verändern. Das konnte nur der Schöpfer, der bei allen Völkern, egal welcher Nation oder Hautfarbe sie waren, anders hieß.

Kate blickte dem Wolf in die Augen. Sie hatte keine Angst vor ihm, im Gegenteil. Sein Charisma, seine Ausstrahlung, oder was immer es war, wirkte beruhigend auf sie. Seine Körpersprache übertrug sich auf sie, die Art, wie er fest auf seinen Beinen stand, scheinbar furchtlos und unantastbar, den Kopf stolz erhoben und das Zwielicht in den Augen. Sein entschlossener Blick versprach ihr, dass sie jede Gefahr und jedes Problem meistern konnte, wenn sie sich nicht aus dem Gleichgewicht bringen ließ und immer ihren Träumen folgte.

»Ich bin stark«, sagte sie zu dem Wolf. »Ich stehe so fest auf der Erde wie du und lasse mich durch nichts aus der Ruhe bringen. Danke, dass du hier bist.«

Sekunden später war der Wolf bereits verschwunden, und sie war wieder allein mit ihren Hunden und dem Wind, der sich in den Baumkronen verfing und frischen Schnee von den Ästen blies. Der Atem des Wintergeists, wie die Einheimischen glaubten, eines geheimnisvollen Wesens, das im Winter die Geschicke leitete, sich meist ausgesprochen friedlich verhielt, aber leicht die Fassung verlor und dann wütend und mit einem Blizzard über dem schneebedeckten Land tobte.

Kate fuhr zum Camp zurück, fühlte sich durch den Anblick des Wolfes bestärkt und wollte nicht mehr klagen und jammern, nicht einmal dann, wenn niemand zuhörte. »So, meine Lieben, das habt ihr gut gemacht«, sagte sie, als sie die Huskys ausspannte. Sie tätschelte ihren Leithund. Von Beginn an war ihr Verhältnis zu Buck vorbildlich gewesen, sie sendeten auf der gleichen Wellenlänge, jeder wusste, was er vom anderen erwarten durfte. Buck war einfach ein Leithund, wie ihn sich jede Musherin wünschte. »Bis morgen früh, ihr Lieben.« Sie schloss die Zwingertür und machte sich auf den Heimweg.

Sie war noch auf dem Paradeplatz, als Inspector Primrose aus seinem Blockhaus trat. Sie winkte ihm zu. »Kann ich Sie sprechen, Ma'am?« Er hatte sich noch immer nicht an die Anrede »Kate« gewöhnt oder wollte nicht in den Verdacht geraten, sie wie eine Tochter zu behandeln. »Am besten in meinem Büro.«

Sie folgte ihm, lehnte dankend den Kaffee ab, den er ihr anbot, und setzte sich auf den Besucherstuhl. »Gibt es Neuigkeiten von den Männern, die Elsie Maloney verfolgen? Ich mache mir Sorgen um George und seine Kameraden.«

»Nein, leider nicht«, erwiderte er, »aber wie gesagt, sobald ich etwas höre, erfahren Sie es als eine der Ersten.« Er zog einen Zigarillo aus einem Behälter auf seinem Schreibtisch, fragte aber höflich, bevor er ihn anzündete. Er zog ein paarmal daran. »Wie ich höre, haben Sie eine neue Mitarbeiterin eingestellt.«

»Nellie Kimball. Sie kommt aus England, aus Southampton, und hat auch dort als Köchin und Bedienung gearbeitet. Ihre Eltern hatten ein Restaurant.«

Primrose blickte dem Rauch nach, den er in die Luft geblasen hatte, und lächelte. »Das trifft sich gut, Ma'am. Dann hätten Sie vielleicht Zeit für die Arbeit, die ich Ihnen anbieten möchte. Eine Arbeit und eine Auszeichnung.«

»Sie machen mich neugierig, Inspector.«

»Ich habe mit der Regierung in Ottawa telegrafiert und mich mit meinen Vorgesetzten im Hauptquartier der North West Mounted Police beraten. Angesichts der Tatsache, dass wir es neuerdings verstärkt mit Prostitution und weiblichen Gesetzesbrechern zu tun haben, sind wir zu der einstimmigen Entscheidung gekommen, einen weiblichen Constable Special zu bestimmen.«

»Soll das heißen ...«

»Und unsere ebenfalls einstimmige Wahl ist auf Sie gefallen, Ma'am. Ich darf Sie als Constable Special und erstes weibliches Mitglied unserer glorreichen Polizeitruppe begrüßen ... natürlich nur, wenn Sie einverstanden sind.«

Kate hatte ungläubig zugehört. »Ich soll Mountie werden?«

»Wie gesagt, nur, wenn Sie wollen. Ich weiß, Sie haben viel zu tun, aber es ginge auch nur darum, und bei der Festnahme von Frauen wie Kate Rockwell zu helfen und mit den Gefangenen ein paar Worte zu wechseln. Das Essen bringt den Häftlingen einer meiner Männer. Mit den meisten Frauen kämen Sie einfach besser zurecht. Einer der Gründe ist, dass wir bei Prostituierten stärker durchgreifen sollen, obwohl wir die meisten nur eine Nacht festhalten können. Wir würden Ihnen zwei Dollar für jeden Tag bezahlen, den Sie für uns arbeiten.«

Kate strahlte. »Ich weiß nicht, was ich sagen soll. Natürlich will ich.«

»Ich hatte nichts anderes erwartet, Ma'am«, zeigte sich der Inspector zufrieden. Er stand auf und griff nach dem dunklen Mantel mit der Armbinde, den er über einen Stuhl gelegt hatte. »Dann freue ich mich, Ihnen den Uniformmantel und den von mir unterschriebenen Ausweis zu überreichen. Darf ich Ihnen den Mantel überziehen? Ich möchte Sie so schnell wie möglich vereidigen. Auf eine Waffe verzichten wir, als Frau gehören Sie ja nicht zur kämpfenden Truppe.«

Kate tauschte ihre Büffelfelljacke gegen den Mantel und betrachtete die Karte, der sie als Constable Special auswies und zu einem Mountie machte. In der linken Tasche des Mantels fand sie Handschellen. Der Schlüssel dafür hing an einem Kettchen. »Natürlich steht es Ihnen jederzeit frei, eines unserer Pferde zu benutzen. Und Ihre Hunde können Sie gern bei uns lassen.«

»Keine scharlachrote Uniformjacke?«

»Die gibt es leider noch nicht für Damen.«

»Schade ... sie würde mir sicher gut stehen.«

Sie postierte sich bei der kanadischen Flagge neben dem Schreibtisch.

»Heben Sie bitte die rechte Hand, und sprechen Sie mir nach«, bat der Inspector und diktierte ihr den Eid der North West Mounted Police: »... schwöre ich feierlich, die Pflichten, die mir von der North West Mounted Police auferlegt wurden, getreu den Vorschriften sorgfältig und unparteiisch zu erledigen.«

»So wahr mir Gott helfe«, endete Kate.

Kate nahm die Glückwünsche des Inspectors entgegen und versprach ihm, die Verpflichtung ernst zu nehmen. Immerhin würde sie als erstes weibliches Mitglied der schon legendären Polizeitruppe in die Geschichte eingehen.

»Als Köchin auf unserem Weg nach Norden und bei der Festnahme von Kate Rockwell haben Sie bereits auf eindrucksvolle Weise bewiesen, dass Sie die einzig richtige Besetzung sind«, sagte er. »Miss Rockwell ist übrigens noch in ihrer Zelle. Heute Morgen hat sie einem Constable das Frühstück ins Gesicht geworfen, und ich habe beschlossen, sie erst morgen früh zu entlassen. Wollen Sie mal versuchen, sie zur Vernunft zu bringen? Mit einem Becher Kaffee vielleicht? Aber ich muss Sie warnen. Die Dame ist so ziemlich das Unangenehmste, was mir in meiner Karriere an weiblichen Straftätern begegnet ist. Sie flucht wie ein Maultiertreiber, wirft mit ordinären Ausdrücken um sich wie eine Hafenhure und scheint nicht die Absicht zu haben, sich an die Gesetze zu halten. Sie provoziert, wo sie kann. Die Vorstellung im Saloon war anscheinend nur eine kleine Kostprobe.«

»Ich werde ihr den Zahn schon ziehen, Inspector«, war Kate sicher.

Sie ließ sich vom Constable im Vorraum einen Becher Kaffee geben und überquerte den Paradeplatz zum Gefängnis. In dem Uniformmantel kam sie sich seltsam vor, und sie war nicht sicher, wie ihre Eltern auf die Nachricht von ihrer Anstellung reagieren würden. Oder ihr Bruder James, der als Polizist in Minneapolis arbeitete. Sie empfand die Anstellung als Auszeichnung und würde versuchen, die North West Mounted Police würdig zu vertreten. Die Energie und das nötige Selbstvertrauen besaß sie. Und im Restaurant hatte sie inzwischen tatkräftige Hilfe. Maggie und Nellie waren mehr als bloße Angestellte.

Das Gefängnis von Whitehorse war ein Blockhaus wie jedes andere, nur dass es statt Zimmern eine große und vier kleine vergitterte Zellen aufwies. Auch die Fenster waren vergittert, und vor dem Eingang stand ein Constable und hielt Wache. »Guten Morgen, Ma'am«, begrüßte er sie verwundert.

»Da staunen Sie, was?« Er war bei dem Trupp gewesen,

für den Kate auf dem Stikine Trail gekocht hatte. »Ich gehöre jetzt auch dazu. Der Inspector hat mich als Constable Special eingestellt. Geben Sie mir bitte den Schlüssel zur Zelle unserer Sünderin? Ich soll mich um weibliche Gefangene kümmern.«

»Sie wollen zu ihr rein?«

»Sie ist eine Tänzerin, Constable, keine Mörderin.«

»Aber wild wie eine Raubkatze.«

»Keine Angst, ich komme schon mit ihr klar«, sagte Kate.

Der Constable reichte ihr den Schlüssel, und sie betrat das Blockhaus. Kate Rockwell lief wie ein gereizter Tiger in ihrer Zelle auf und ab und schien mit dem linken Fuß zuerst aufgestanden zu sein. Sie trug ein einfaches Baumwollkleid, das ihr eine Kollegin aus dem Saloon gebracht hatte, und flache Schuhe. Lediglich die verbliebene Schminke und ihre roten Lippen erinnerten noch an die Tänzerin, die im Saloon eine ganze Horde von Männern begeistert hatte.

»Was wollen Sie denn hier?«, fragte sie erstaunt.

»Ich bin Constable Special Kate Ryan ...«, begann Kate.

Weiter kam sie nicht. Die Gefangene erhob sich von der Pritsche, auf der sie gesessen hatte, und bekam einen Lachanfall, der ihr die Tränen aus den Augen trieb. »Constable Special ... ist das Ihr Ernst? Die Mounties stellen neuerdings Frauen ein?« Sie lachte unentwegt, bekam sich kaum in den Griff. »Das ist der beste Witz, den ich seit Wochen gehört habe. Ist das Ihr Ernst, Süße?«

»Ich bin alles, nur nicht Ihre Süße«, erwiderte Kate.

Kate Rockwell wischte sich die Tränen aus den Augen.

Ihre Stimme klang plötzlich feindselig. »Sie waren gestern dabei, als die mich verhaftet haben!«

»Aber nicht in offizieller Mission.«

»He ... gehören Sie etwa auch zu den verknöcherten Jungfrauen dieser Sister Florence, die mit einem Gesicht wie drei Tage Regenwetter durch die Stadt läuft und gegen alles kämpft, was Spaß macht? Alkohol, Glücksspiel, Tänzerinnen? Sind Sie etwa genauso prüde wie diese Tugendwächterinnen?«

Kate ließ sich nicht aus der Ruhe bringen. »Mir gehört ein Restaurant an der Main Street, und wenn ich diesen Mantel trage, bin ich im Auftrag der North West Mounted Police unterwegs. Unser Auftrag ist es, für die Einhaltung der Gesetze zu sorgen. Um die Moral soll sich der Pfarrer kümmern. Im Gesetzbuch steht, dass es verboten ist, seinen Körper in der Öffentlichkeit zu entblößen. Reicht es nicht, wenn Sie in einem dünnen Fetzen über die Bühne tanzen?«

»Die Männer lieben meinen Körper, Süße. Haben Sie denn nicht gesehen, was die für Stielaugen machen, wenn ich meine Hüllen fallen lasse? Was meinen Sie, wie das den Umsatz hochtreibt! Der Wirt, für den ich mich krumm mache, verdient das Doppelte, seit ich meinen Prachtkörper zur Schau stelle.« Sie grinste frech. »Mehr ist nicht drin, sonst werden die Kerle zudringlich.«

»Es ist unanständig, Miss. Nur Tiere zeigen sich nackt.«

»Haben Sie eine Ahnung, Süße!«

Kate besann sich auf ihre eigentliche Aufgabe und setzte eine strenge Miene auf. »Ich bin auch gekommen, um Ihnen zu sagen, dass wir Sie leider erst morgen früh entlassen können. Sie haben einem Constable das Frühstück ins Gesicht geworfen. Eigentlich müssten Sie noch eine ganze Woche hierbleiben.«

Statt eines Wutanfalls baute sich die Gefangene dicht vor Kate auf und blickte ihr grimmig in die Augen. »Jetzt hör mir mal gut zu, Süße. Ich hab dem Mistkerl das Frühstück ins Gesicht geworfen, weil die Biscuits halb verbrannt waren, und ich denke gar nicht daran, deswegen noch länger in diesem schmutzigen Loch zu bleiben. Ich bin keine Verbrecherin wie diese Elsie Maloney.«

»Darf ich reinkommen?«, fragte Kate.

»Sie sollen mich rauslassen, verdammt!«

Kate scherte sich nicht um den Protest der Tänzerin, schloss die vergitterte Tür auf und betrat die Zelle. »Hier … Ich hab Ihnen einen Kaffee mitgebracht.«

»So ein Spülwasser wie heute Morgen?«

»Der hier kommt aus dem Büro des Inspektors.«

Die Gefangene trank einen Schluck, spuckte angewidert aus und warf den Becher mit dem restlichen Kaffee gegen die Wand. Kate hatte mit etwas Ähnlichem gerechnet und stieß sie auf die Pritsche. Das hölzerne Gestell ächzte selbst unter einem Leichtgewicht wie der jungen Frau. Sie schlug mit dem Kopf gegen die Wand, fuhr wütend hoch und sank wieder zurück, als der Schmerz einsetzte.

»Miststück! Machen Sie, dass Sie wegkommen!«

Der Constable hatte das Scheppern des Bechers gehört und streckte seinen Kopf zur Tür herein. »Alles in Ordnung, Constable?«, rief er besorgt.

»Alles okay«, antwortete Kate.

»Scheiß Mounties!«, schimpfte Kate Rockwell.

»Beruhigen Sie sich, Miss! Seien Sie froh, dass ich nicht den Inspector rufe, sonst müssten Sie noch länger bleiben.« Sie hob den Becher auf und rief den Constable herein. »Tun Sie mir einen Gefallen, und holen Sie mir einen Kaffee aus dem Büro des Inspectors … Mir ist der Becher aus der Hand gerutscht.«

»Wird gemacht, Constable«, erwiderte er.

Kate wartete, bis er gegangen war, und setzte sich auf den einzigen Stuhl. »Warum machen Sie sich das Leben schwer?«, fragte sie. »Müssen Sie denn unbedingt nackt auftreten? Ein kleines Stück Stoff würde doch reichen, um wenigstens notdürftig den Anstand zu wahren. Ich verstehe nicht viel von Ihrem Business, aber wenn Sie sich nicht ganz ausziehen, würden Sie den Männern doch etwas Raum für Fantasie lassen. Das würde auch den Umsatz fördern.«

»Klugscheißerin.« Kate Rockwell lachte verächtlich. »Warum soll ich meine besten Stellen verstecken? Ich sehe passabel aus und habe eine gute Figur. Für die Goldsucher bin ich ein Engel. Die meisten dieser armen Kerle sind doch seit Monaten von ihren Frauen getrennt, die wollen was sehen für ihr Geld.«

Kate dachte an Mabel de Luxe. Ihre Freundin zog sich nicht nur aus, sondern ging sogar mit diesen hungrigen Männern ins Bett. Von ihr hatte sie gelernt, dass eine Prostituierte auch half, den sozialen Frieden zu sichern. In einer Stadt, deren Bevölkerung zu neunzig Prozent aus Männern bestand, war Prostitution ein notwendiges Übel. Eine Meinung, mit der sie in ihrem Heimatort für einen Skandal gesorgt hätte, aber in einer Goldgräbersiedlung galten andere Gesetze. Auch die Mounties verhafteten nicht jede Frau, die mit ihrem Körper hausieren ging.

»Vielleicht haben Sie recht, aber man kann alles übertreiben.«

»Ich sag's ja«, murrte Kate Rockwell, »Sie sind auch nicht besser als diese verknöcherten alten Jungfern. Die denken alle, sie hätten die Moral gepachtet. Was würden die wohl sagen, wenn sie wüssten, was ihre Männer so treiben?«

Der Constable brachte den Kaffee. Er musterte die Frauen neugierig und zog sich wieder nach draußen zurück. Die Gefangene riss sich zusammen und trank einigermaßen gesittet aus ihrem Becher. Ihre Wut war anscheinend verraucht.

»Reißen Sie sich zusammen, Miss! Morgen früh sind Sie draußen!«

»Ich scheiß auf Ihre guten Ratschläge!«

»Auch gut, Miss. Solange Sie die Gesetze befolgen, können Sie machen, was Sie wollen. Aber wenn Sie sich noch einmal danebenbenehmen, informiere ich den Inspector, und Sie bleiben vier Wochen in dieser Zelle. Haben Sie mich verstanden?« Kate blieb stehen. »Ob Sie mich verstanden haben?«

»Machen Sie, dass Sie rauskommen!«

Kate verschloss die Zellentür von außen und verließ das Blockhaus. »Die Lady hat heute leider nicht ihren besten Tag!«, sagte sie zu dem Constable. Mit gemischten Gefühlen ging sie zum Inspector, um ihm Bericht zu erstatten.

13

Am nächsten Morgen war Kate bei der Entlassung von Kate Rockwell dabei. Eine der Kolleginnen aus dem Saloon hatte ihr eines ihrer freizügigen Kleider, einen Pelzmantel, den sie offen trug, um ihre Reize besser zur Schau stellen zu können, und hochhackige Schuhe mitgebracht. Ihr Gesicht war gepudert, und ihre Lippen leuchteten rot, als Kate sie aus der Zelle entließ und nach draußen führte.

Aus der Stadt waren schaulustige Männer gekommen, winkten der Tänzerin zu und riefen anzügliche Kommentare, die Kate Rockwell in vollen Zügen zu genießen schien. »Übertreiben Sie es nicht!«, warnte Kate, als sie die Gefangene in die Freiheit entließ. »Nächstes Mal bleiben Sie doppelt so lange.«

Die Tänzerin hatte ihre Arroganz nicht verloren und stöckelte erhobenen Hauptes davon. Den Schaulustigen zeigte sie ein verführerisches Lächeln und hob ihr Kleid so weit an, dass man ihre nackten Knie sehen konnte. Anerkennende Pfiffe folgten ihr bis über die Straße. »Bis heute Abend!«, rief jemand.

»Sie will uns provozieren«, sagte Kate zum Inspector. »Immerhin hat sie fast alle Männer der Stadt hinter sich, wenn ich an die Gentlemen denke, die ich im Saloon gesehen habe. Einer sah dem Apotheker ähnlich, und ein anderer, der sich verkriechen wollte, als wir kamen, sah wie der Bruder von Sister Florence aus. Wenn die Regierung wirklich die Saloons im Goldgebiet schließen will, gibt's wahrscheinlich einen Aufstand.« Sie blickte Kate Rockwell hinterher, bis diese zwischen den Häusern verschwunden war. »Immerhin ist sie keine Prostituierte, sondern Tänzerin. Ich glaube nicht, dass sie ihren Körper verkauft.«

»Weiß man's? Nirgendwo kann man mit Prostitution so leicht Geld verdienen wie in einer Goldgräberstadt. Wo es Nachfrage gibt, entstehen auch Angebote. Das Spielchen funktioniert immer. Und Kate Rockwell beherrscht die Regeln wie keine Zweite. Sie versteht es, die Männer in Wallung zu bringen.«

»Wenn wir die Saloons verbieten, geschieht es heimlich.«

»Mag sein«, sagte der Inspector, »aber wir müssen mit eisernem Besen kehren, wenn wir wollen, dass Recht und Ordnung auch in Städten wie Dawson City und Whitehorse oder irgendwelchen Dörfern die Oberhand behalten.«

»Natürlich, Sir. Noch immer keine Nachricht von Ihren Männern?«

»Bis jetzt noch nicht. Sie müssen Geduld haben, Constable.«

Kate musste lächeln. Sie fand es komisch, mit ihrem Dienstgrad angeredet zu werden. Auf ihrer langen Fahrt von der Ostküste zur Westküste und weiter nach Norden hatte sie weder einen weiblichen Constable noch eine andere Würdenträgerin getroffen. Ob sie die Einzige blieb oder es irgendwann ganz normal für Frauen sein würde, einen solchen Beruf zu ergreifen, vermochte sie nicht zu sagen. Wie sollten sich Frauen gegen gefährliche Verbrecher durchsetzen?

Selbst als Besitzerin eines Restaurants erregte sie Aufsehen. Als erste Frau, die über den beschwerlichen Stikine Trail nach Norden gezogen war und es in Glenora sogar mit Banditen wie Paddy O'Leary zu tun bekommen hatte, war sie ohnehin keine Unbekannte mehr. Sogar im angesehenen *Seattle Post-Intelligencer* war ihr Abenteuer erwähnt worden. »Kanadische Farmerstochter reist quer durch Nordamerika und zieht über den gefährlichen Stikine Trail nach Norden«, stand dort. »In der Wildnis wird Kates Restaurant zur Institution.« Unerwähnt blieben ihre Ausbildung und ihr Einsatz als Krankenschwester. Meist hatte es nicht mal einen Arzt gegeben, und sie hatte, soweit ihr das möglich war, auch dessen Pflichten übernehmen müssen. Und das mit großem Erfolg.

In der Küche waren Maggie und Nellie dabei, frisches Gemüse für einen Auflauf mit Käse zu schneiden. »Ein Rezept meiner Großmutter«, berichtete Maggie. »Sie wurde von Cheyenne entführt, als ich noch klein war. Wir haben nie wieder etwas von ihr gehört. Alles, was wir von ihr noch haben, sind ihre handgeschriebenen Rezepte und ein Paar schwarze Schnürschuhe.«

Kate schnitt einige der Würste in Scheiben, die das letzte Dampfschiff gebracht hatte und die so würzig waren, dass man den Auflauf kaum noch salzen musste. Sie hatte kein schlechtes Gewissen mehr, zu selten im Restaurant zu sein, zahlte sie doch beiden Freundinnen inzwischen einen üppigen Lohn, der ihre zusätzliche Arbeit mehr als ausglich. Auch das Trinkgeld durften sie behalten. Falls sie jemals Whitehorse verließ, würde sie ihnen das Lokal vermachen.

Guiseppe di Fortunato besuchte ihr Restaurant an jedem Montag, wenn die Haushälterin des Pfarrers ihren freien Tag hatte. Sie gehörte zur »Temperance League« von Sister Florence und hatte nichts als ihre Mission im Sinn, kochte aber jeden Tag für den Pfarrer. Sie war keine besonders gute Köchin, aber ihr Essen war kostenlos, und Pater Lefebvre hatte nichts dagegen, dass Guiseppe mitaß. Montag war ein Festtag für Guiseppe, da ging er zu Frühstück, Lunch und Dinner in Kates Restaurant und ließ sich ihre Spezialitäten schmecken.

»Hat Pater Lefebvre schon genug Geld für die Kirche beisammen?«, fragte Kate, als sie sich auf einen Kaffee zu ihm setzte. Sie wusste, dass einige Gemeindemitglieder große Summen gespendet hatten. Auch auf ihrem Scheck hatte ein ordentlicher Betrag gestanden. »Wann beginnt er mit dem Bau?«

»In spätestens zwei Wochen, Ma'am«, sagte er. »Gestern ist eine größere anonyme Spende eingegangen, die deckt einen großen Teil der Kosten ab.«

»Gold?«

»Ein ganzer Sack mit Nuggets. Ich hab ihn selbst gesehen.«

Kate hatte einen gewissen Verdacht, von wem die Spende gekommen sein könnte, sagte aber nichts. Der Spender hatte sicher einen triftigen Grund, warum er seinen Namen nicht genannt hatte. »Dann können George und ich vielleicht schon in der Kirche heiraten«, freute sie sich. »Das wäre ja wunderbar!«

»Er ist immer noch unterwegs?«

»Er und einige andere Mounties«, erwiderte sie. »Sie suchen fieberhaft nach der Hexe, leider bisher ohne Erfolg.

Sie scheint mit bösen Mächten im Bunde zu sein und entwischt ihnen immer wieder. Aber ich bin sicher, George wird ihr das Handwerk legen. Es wäre schlecht für uns alle, wenn sie auf freiem Fuß bliebe.«

Guiseppe wärmte seine Hände an dem Kaffeebecher. Seit er eine feste Anstellung hatte, wirkte er selbstsicherer und ausgeruhter. »Ich habe von ihr geträumt«, gestand er. »Sie trieb mich in einen Blizzard, aus dem ich nicht mehr herauskam. Da fällt mir eine Szene aus Shakespeares ›Der Sturm‹ ein …«

»Nächstes Mal«, schnitt ihm Kate das Wort ab. »Ich hab leider im Augenblick gar keine Zeit. Bis heute Abend gibt es noch einiges zu tun für mich.«

»Dann leben Sie wohl, Ma'am. Bis nächsten Freitag.«

Guiseppe liebte dramatische Abgänge. Für ihn war das ganze Leben ein Shakespeare-Stück, und ohne übertriebene Gesten kam er selten aus. Kate war sehr erleichtert, dass er bei Pater Lefebvre endlich eine Anstellung gefunden hatte, die ihn befriedigte, ihm genug Freiraum ließ und das nötige Geld zum Leben einbrachte. Noch vor wenigen Wochen hätte sie keinen Penny auf ihn gesetzt.

Seltsame Kunde kam von einem der Männer, die nach Kate Rockwells Freilassung in ihrem Saloon gewesen waren. »Haben Sie schon gehört, Ma'am?«, sagte er, als sie ihm Kaffee nachschenkte. »Kate Rockwell hat sich einen raffinierten Trick ausgedacht, um nicht mehr eingebuchtet zu werden. Ich wette ein Frühstück, dass Sie nicht wissen, wie man nackt sein kann, ohne sich auszuziehen.«

»Sagen Sie's mir.«

Der Goldsucher, ein stämmiger Mann mit platter Nase,

der sicher keiner Auseinandersetzung aus dem Weg ging, schien Gefallen an seiner Wette zu finden. »Wenn sie jetzt tanzt, hat sie immer ein paar Stofffetzen vor ihren … na, Sie wissen schon. Danach kommt sie in eine Decke gehüllt zum Verbeugen auf die Bühne zurück und schwups, rutscht ihr die Decke zu Boden. ›Uuups … ich lass heute aber auch alles fallen‹, entschuldigt sie sich dann. Zumindest hat sie das gestern getan, als ich im Saloon war.« Er grinste. »Geschickt, was?«

»Und was haben Sie davon, wenn Sie die Dame nackt sehen?«

»Nun ja …« Er wurde rot und hüstelte verlegen. »Ich hab seit anderthalb Jahren keine nackte Frau mehr zu Gesicht bekommen und wollte mal sehen, wie sie aussieht. Zu Prostituierten geh ich nicht, die sind mir zu teuer. Ich heb mein Geld lieber für Ihren Wildeintopf auf. Sie sind sogar angezogen schöner als diese Täubchen.«

»Das ist ja mal ein nettes Kompliment«, erwiderte Kate.

Sie war dennoch froh, als er wieder gegangen war und sie die schlüpfrige Unterhaltung beenden konnte. Nachdem die meisten Gäste fort waren, trat sie mit Maggie und Nellie vor den Eingang und blickte in die Dunkelheit hinaus. Wie überall in diesen Breiten gab es keine vollkommene Dunkelheit. In der Stadt ohnehin nicht, da flackerten altmodische Petroleumlampen, und vor allem in den Etablissements jenseits der Schienen auch elektrisches Licht, und wenn man die Stadt verließ, wie Kate, wenn sie morgens mit den Huskys unterwegs war, reflektierte der Schnee das Licht, das von Mond und Sternen kam.

Maggie blickte Nellie an. »Denkst du oft an deinen Mann?«

»Immer wenn ich zum Himmel hinaufblicke«, antwortete Nellie. »Mein Mann hat kurz vor seinem Tod gesagt: ›Mach dir keine Sorgen, mein Schatz. Wenn ich tot bin, sitze ich auf einem der Sterne da oben und warte auf dich. Und irgendwann setzen wir das fort, was wir auf der Erde begonnen haben. Wir geben diesem verdammten Stern die Sporen und rasen quer durch die Galaxis.‹ Zwei Tage später war er tot. Er starb mit einem Lächeln auf den Lippen.«

»Ich weiß nicht mal, ob mein Mann noch lebt«, erwiderte Maggie. Der kalte Wind verhinderte, dass sie weinte. »Er hätte sich doch längst bei mir gemeldet.« Sie schwieg eine Weile und blickte zu den Sternen empor, als wollte sie herausfinden, ob ihr Mann ebenfalls dort oben auf sie wartete. »Ich weiß, was die meisten Leute denken. Dass er ums Leben gekommen oder mit einer anderen Frau durchgebrannt ist. Aber das stimmt nicht! Das kann nicht sein, Nellie.«

»Die Mounties suchen nach ihm«, sagte Kate.

Maggie nickte schwach. »Du heiratest den richtigen Mann. Mounties werden für das Leben in der Wildnis ausgebildet. Sie wissen, wie man abseits der Städte zurechtkommt, wie man einen Blizzard überlebt und sich gegen wilde Tiere verteidigt. Und George ist einer der besten, nicht wahr?« Sie klang niedergeschlagen, als sie fortfuhr. »Mein Bill weiß, wie man einen Acker pflügt, wie man Weizen oder Kartoffeln erntet und Kühe melkt. Er ist stark und kann einigermaßen mit einer Waffe umgehen, das stimmt schon, aber in dieser Wildnis hat er es schwer. Hier warten Gefahren, an die er in Kansas nicht mal gedacht hat. Ich hab die *Yukon Sun* gelesen, die Berichte von Goldsuchern, die in der Wildnis umgekommen sind. Die so von dem Gold geblendet waren, dass sie nicht mehr klar denken konnten und beraubt oder hintergangen wurden.« Sie schien schon zu resignieren.

»George kann das nicht passieren. Ihr passt beide hierher. Du hast von Fallenstellern und Indianern erzählt, die dir in Glenora geholfen haben. Sie haben dir beigebracht, im Norden zu überleben.«

Kate dachte an Leonard Baxter, den langhaarigen Fallensteller, der sie gelehrt hatte, einen Hundeschlitten zu führen. An James Callbreath, den Unternehmer, der sie in Glenora tatkräftig unterstützt hatte, und seine indianische Frau Tasho, die ihr die Kultur ihres Volkes nahegebracht und ihr wirksame Heilkräuter gezeigt hatte. An Inspector Philip Primrose, Reverend Pringle und Kaw-claa, die Medizinfrau der Tlingit, und die vielen anderen Menschen, die ihr geholfen hatten, ihren großen Traum vom Abenteuer zu verwirklichen.

»Alles wird gut«, sagte Kate. »Die Menschen in der Wildnis halten zusammen. Ihr habt recht, hier am Yukon lauern Gefahren, und an die eisigen Winter muss man sich erst gewöhnen, aber der Zusammenhalt der meisten Leute ist größer als in Vancouver oder Seattle. Hier draußen ist man auf andere Menschen angewiesen, und keiner würde einem anderen die Hilfe verweigern.«

»So wie du uns geholfen hast.«

»Ohne euch gäbe es mein Restaurant längst nicht mehr.«

Zu den Männern, die Kate vor allem in Atlin geholfen hatten, gehörte Coop. Schon in der Stadt am Seeufer hatte er als Jäger für sie gearbeitet und ihr Restaurant mit Fleisch versorgt. Als er ihr im Zwielicht eines Nachmittags das Fleisch eines jungen Elchs vorbeibrachte, begrüßte Kate ihn erfreut und lud ihn zu einem verfrühten Dinner mit Wildeintopf und Kaffee ein, nicht zu vergessen ein Stück von dem Apple Pie, den Maggie gebacken hatte, mit extra viel Schlagsahne.

»Sie waren lange unterwegs, Coop«, sagte sie.

»Ich war einige Tage bei einer Athabasken-Familie, die ich von früher kenne. Sadzi hat vor einem Jahr ihren Mann verloren, und ich kümmere mich ein wenig um sie und ihre beiden Söhne. Normalerweise tun das ihre indianischen Verwandten, aber der Schamane in ihrem Dorf behauptet, an ihr würde ein Fluch kleben, und man dürfte sie nicht unterstützen. Die Wahrheit ist, dass er ein Auge auf Sadzi geworfen hat und wütend ist, weil sie mich lieber mag.«

Kate blickte ihn erstaunt an. »Sie sind mit Sadzi verheiratet?«

»Noch nicht«, antwortete er. »Gebranntes Kind scheut das Feuer. Oder haben Sie vergessen, dass mir meine zweite Frau den Laufpass gegeben hat? Sie war auch Athabaskin und hatte mir hoch und heilig ewige Liebe geschworen. Nee, ich warte lieber noch ein paar Monate, bis wir uns trauen lassen ... von einem Schamanen, versteht sich. Die Kirchenmänner sind auf Mischehen schlecht zu sprechen, es sei denn, die Indianerin ist von ihnen christlich getauft worden.«

»Sie wollen in der Wildnis mit ihr leben?«

»Die Wildnis ist ihr Zuhause ... und meins.«

Coop verschlang seinen Apple Pie und bekam auch noch ein zweites Stück, als Kate seinen sehnsuchtsvollen Blick zur Küche erkannte. »Da fällt mir ein ...«, meldete er sich kauend. Er wischte sich die Sahne von der Oberlippe und leckte seinen Finger ab. »Wollten Sie sich nicht zwei neue Huskys für Ihr Gespann zulegen?«

»Sicher ... und Sie wollten sich umhören.«

»Ich hab sie dabei«, sagte Coop. Er stopfte einen weiteren Bissen in sich hinein und bat Kate, ihm Kaffee nachzuschenken. Vor lauter Aufregung hatte sie vergessen, nach der Kanne zu greifen. »Hab sie einem Jäger im Dorf von Sadzi abgekauft. Zwei kräftige Hunde, die es gewohnt sind, einen Schlitten zu ziehen. Ich hab sie vor meinen Schlitten gespannt. Wenn Sie wollen, können Sie die Burschen gleich haben. Hab einen Sonderpreis bezahlt.« Er nannte einen Betrag, mit dem sie leben konnte. »Ich hab die beiden Charly und Fox genannt.«

»Charly und Fox?«

»Der eine sieht wie ein Charly aus, und der andere ist schlau wie ein Fuchs.«

Kate folgte dem Jäger nach draußen und betrachtete die Hunde aus der Nähe. Charly war kräftig, hatte starke Muskeln und einen Blick, der Herzen erweichen konnte. Fox sah schnell aus, wirkte listig und ein wenig verschlagen. Zwei gute Huskys, mit denen ihr Gespann auf sieben Hunde anwachsen würde.

»Deal«, schlug Kate ein.

Kate zog ihren Uniformmantel an und führte ihre neuen

Huskys zum Camp der Mounties. Buck und die anderen begrüßten die Neuen mit dem üblichen Jaulkonzert. Jasper reagierte aggressiv wie immer, wenn fremde Hunde auftauchten, und auch Randy und Tex schienen nicht gerade erfreut über die beiden Neuankömmlinge zu sein. Randy schnappte sogar nach Fox, dachte wohl, er wäre ihm überlegen, und zuckte erschrocken zurück, als der sich auf ihn stürzte.

Kate brachte die Streithähne auseinander. »Immer mit der Ruhe, ihr Lieben! Ich will, dass ihr euch vertragt, hört ihr? Charly und Fox gehören jetzt zu uns. Sie werden euch helfen, den Schlitten zu ziehen. Ihr werdet euch vertragen, da bin ich ganz sicher. Wie wär's, sollen wir das gleich mal ausprobieren?«

Sie verstanden die Nachricht natürlich nicht, spürten aber an ihrem Tonfall, was sie vorhatte. Und als sie den Schlitten auf die Kufen stellte und die Führungsleine auslegte, war die schlechte Laune, die manche gezeigt hatten, schon wieder vergessen. Charly und Fox klinkte sie hinter Buck, ihrem Leithund, und Jasper und Blue an die Leine, vor den beiden Kraftpaketen Randy und Tex, die direkt vor dem Schlitten liefen. »Wir kriegen das schon hin, ihr Lieben. Gleich geht's los!«

Einige Mounties winkten ihr zu, als sie ihre Huskys mit einem lauten »Vorwärts! Lauft! Lauft!« über den Paradeplatz trieb und am Flussufer entlang nach Westen fuhr. »Charly, bleib im Takt! Fox, nicht so schnell! Bleibt im Takt!«

Als sie den Mischwald erreichten, hatten sich beide Neuankömmlinge an ihr neues Gespann gewöhnt. Kate spürte, wie sie es ihr und den anderen Hunden leichter machten und dafür sorgten, dass der Schlitten noch schneller und geschmeidiger fuhr. Sieben Huskys waren besser als fünf, manche Musher fuhren sogar mit noch mehr Hunden. Für ihre Zwecke war ein Siebenergespann ideal.

Mit ihrem neuen Gespann würde Kate die täglichen Ausflüge noch mehr genießen. Huskys brauchten viel Bewegung und mussten den eisigen Wind in ihren Augen spüren, um sich wohlzufühlen. Kate brauchte einen Ausgleich für die langen Stunden in ihrem Restaurant. Auch Maggie und Nellie würde sie wieder mitnehmen, sobald sich ihr erweitertes Gespann bewährt hatte.

Diese Fahrten waren einer der Gründe, warum sie sich in der Wildnis am Yukon River so wohlfühlte. Die grandiose Natur, im Winter beinahe noch eindrucksvoller als im Sommer, das Gefühl, endlich frei zu sein, auch wenn es Verbindlichkeiten und Pflichten gab, die Nähe zur Natur und zu Tieren und dieses erhebende Gefühl, mit ihren Huskys ein unschlagbares Team zu bilden.

Als sie nach etwas mehr als einer Stunde zum Flussufer zurückkehrten, war das Zwielicht in der Dunkelheit aufgegangen, und in der Stadt, die sich vor ihr ausbreitete, flackerten unzählige Lichter. Vor den Blockhäusern des Camps brannten Fackeln. In ihrem Schein tauchten etliche Reiter und drei Männer mit Hundeschlitten auf dem Paradeplatz auf. Sie blickte durch ihr Fernglas.

»George!«, flüsterte sie.

14

Kate fuhr auf den Paradeplatz, sprang vom Schlitten und entdeckte George bei den Männern, die Elsie Maloney zum Gefängnis führten. Die Gefangene war an den Hand- und Fußgelenken gefesselt und kam nur tippelnd voran. Ihr Gesicht war eine starre Maske. Ihre dunkelblonden Haare hingen in einem Zopf bis auf ihre Schultern hinab, einige Haare hatten sich aber gelöst und flatterten im Wind. Sie trug eine Mackinaw-Jacke und wollene Hosen unter ihrem braunen Rock.

Mehrere Mounties brachten sie ins Gefängnis. Kate hörte, wie die Zellentür ins Schloss fiel, und einer der Männer rief: »Das war's für Sie, Elsie Maloney!«

Von ihr kam keine Antwort. Die Männer kehrten nach draußen zurück, und Sergeant Major McDonell teilte zwei von ihnen zur Wache ein. Die restlichen Mounties wurden angewiesen, ihre Pferde und Hunde zu versorgen. »Corporal Chalmers, Sie haben die Hexe eingefangen, und wie ich sehe, werden Sie schon sehnlichst erwartet. Sonderurlaub bis morgen früh um sieben. Wegtreten!«

Kate spürte, wie ihr Herz schneller schlug, als George auf sie zukam und sie sich in die Arme fielen. Obwohl er keine zwei Wochen unterwegs gewesen war, hatte sie das Gefühl, ihn eine halbe Ewigkeit nicht gesehen zu haben. Sein Kuss schmeckte nach dem Rauch der Feuer, die die Männer unterwegs angezündet hatten, und der kalte Wind hatte seine Haut rauer gemacht. Die Verfolgung von Elsie

Maloney war anstrengend gewesen; er wäre ohne sie bestimmt in sein Quartier gegangen und müde in seine Koje gesunken. Aber wenn sie sich umarmten, fühlten sie beide keine Müdigkeit. Dann hatten sie nur den Wunsch, dem anderen so nahe wie möglich zu sein und ihn nie mehr loslassen zu müssen.

»Ich bin froh, dass du wieder hier bist«, sagte sie. »Ich hätte nie gedacht, dass ich mich mal so verlieben könnte. Was hast du nur mit mir gemacht?«

»Das Gleiche, was du mit mir gemacht hast. Was meinst du, an wen ich gedacht habe, wenn ich abends in einer Hütte oder an einem Lagerfeuer saß?«

Sie löste sich von ihm. »Pater Lefebvre wird langsam ungeduldig.«

»Er muss sich wohl noch eine Weile gedulden. Auf die Schnelle, nur um Gottes Segen zu bekommen, will ich nicht heiraten. Es soll schon ein wenig festlich sein. Aber solange wir Elsie Maloney nicht nach Dawson vors Gericht gebracht haben, sind wir in Alarmbereitschaft und dürfen unsere Einheit nicht verlassen. Ist schon ein Wunder, dass mir McDonell den Tag Sonderurlaub gegeben hat.«

»Dann sollten wir ihn nutzen«, sagte Kate. »Aber vorher sollte ich bei der Gefangenen vorbeisehen. Hab ich dir schon gesagt, dass ich jetzt auch zu den Mounties gehöre? Der Inspector hat mich zum Constable Special ernannt.«

Sie trat einen Schritt zurück, und er wurde zum ersten Mal auf ihren Uniformmantel aufmerksam. »Primrose hat eine Frau eingestellt? Aber dann ...«

»Ich bin der erste weibliche Constable der North West

Mounted Police. Ich soll mich um weibliche Gefangene kümmern. Neulich hatten wir eine Kate Rockwell hier, ein Jammer, dass sie auch Kate heißt. Sie ist nackt in einem Saloon aufgetreten. Der Inspector hatte Hemmungen, einen Mann zu schicken.«

»Du hast eine Tänzerin verhaftet?« Er konnte noch immer nicht fassen, sie in einem Uniformmantel zu sehen. »Warum hast du dich auf einen so gefährlichen Job eingelassen? Ich dachte, dein Restaurant macht genug Arbeit.«

»Maggie und Nellie sind jeden Penny wert, den sie mich kosten«, antwortete sie, »und sie sind mir eine unschätzbare Hilfe. Mir geht es wohl ähnlich wie dir. Es ist mir eine Ehre, der North West Mounted Police zu dienen.«

»Natürlich, aber ... Ich habe Angst um dich.«

»Und ich habe Angst um dich. Ist das was anderes?«

»Wahrscheinlich nicht, wenn man so fortschrittlich ist wie du. Wer allein über den Stikine Trail gekommen ist und einen Winter in der Wildnis überlebt hat, ist auch stark genug, ein Mountie zu sein. Na, ich werde mich daran gewöhnen. Ich schätze, wir Männer wollten zu lange nicht wahrhaben, dass es auch Frauen gibt, die einen anderen Job als Lehrerin oder Krankenschwester erledigen können.« Er schien erst jetzt zu kapieren. »Du willst nach Elsie Maloney sehen?«

»Warum denn nicht? Sie ist in Handschellen und hinter Gittern.«

»Ich weiß nicht ... Du solltest erst mit dem Inspector sprechen.«

Als hätte er gehört, was George gesagt hatte, kam Inspector Primrose über den Paradeplatz gelaufen. »Corporal

Chalmers, das war gute Arbeit! Ich hab schon gehört, dass Sie Elsie Maloney fast im Alleingang aufgespürt haben.«

»Wer sagt das? Sergeant Major McDonell? Dann übertreibt er maßlos, Inspector. Ich bin zufällig auf das Feuer der Hexe gestoßen und hab sie mit meinem Revolver in Schach gehalten, bis die anderen kamen. Sie hat mich ausgelacht und mir geschworen, dass sie freikommen und mir irgendwann die Kehle durchschneiden würde, aber ich hab mich nicht provozieren lassen. Sie ist eine eiskalte Mörderin, Sir, schön wie ein Engel, aber mit rabenschwarzer Seele.«

»Sie haben richtig gehandelt, Corporal.«

Kate wandte sich an den Inspector. »Ich würde gern zu ihr gehen und ihr einige Fragen stellen«, sagte Kate. »Als Frau hab ich es sicher leichter, zu ihr durchzukommen. Ich würde zu gern wissen, warum sie zur Mörderin wurde.«

»Zu gefährlich«, wehrte Primrose ab.

»Aber deswegen haben Sie mich doch eingestellt, Sir. Ich soll mich um weibliche Gefangene kümmern. Sie sitzt in einer Zelle, Sir. Es kann doch gar nichts passieren. Ich werde den nötigen Abstand zur Gefangenen halten. Und wer weiß, vielleicht finde ich ja heraus, wo sie das geraubte Gold versteckt hat.«

Der Inspector überlegte einige Zeit. »Also gut, Constable. Aber das Essen bringt ihr einer von den Männern, und zwei weitere halten sie dabei in Schach.«

»In Ordnung, Sir. Ich bringe den Schlitten und die Hunde zurück und gehe danach gleich zu ihr. Anschließend erstatte ich Ihnen Bericht. Einverstanden?«

»Einverstanden«, erwiderte er. »Und dann will ich Sie

beide bis morgen früh nicht mehr sehen! Höchste Zeit, dass Sie mal wieder an sich selbst denken.«

Kate brachte den Schlitten zurück und spannte die Huskys aus. »Sorry«, sagte sie zu ihnen, »es gab noch Einiges mit George und dem Inspector zu klären.« Sie tätschelte jeden Hund und nahm Charly und Fox nacheinander in den Arm. »Willkommen im Team, ihr beiden! Ihr habt euch wacker gehalten. Keine Bange, morgen kommt ihr noch besser miteinander aus.«

»Zwei neue Huskys?«, fragte George, der inzwischen sein Pferd versorgt hatte. »Du hast einen guten Blick für Hunde. Zwei prächtige Burschen, die perfekt in dein Team passen. Der Schlanke sieht wie ein guter Sprinter aus.«

»Schnell wie der Blitz und schlau wie ein Fuchs.« Sie lachte. »Deshalb heißt er auch Fox. Der andere ist Charly, der ist noch stärker als Randy.« Sie schloss die Zwingertür. »Wartest du hier auf mich? Eine halbe Stunde? Wenn die Hexe mir überhaupt so lange Zeit lässt. Sie scheint ein ziemliches Ekel zu sein.«

»Das ist wahr«, erwiderte er. »Du glaubst nicht, was sie für Schimpfwörter auf Lager hat. Nicht mal ein Maultiertreiber würde die in den Mund nehmen. Komm ihr bloß nicht zu nahe! Die Dame ist eiskalt und brandgefährlich.«

»Ich weiß, George. Ich hab gesehen, wozu sie fähig ist.«

Mit gemischten Gefühlen näherte sie sich dem Gefängnis. Die beiden Wachen wussten Bescheid und ließen sie passieren. Sie holte tief Luft, bevor sie die Tür öffnete, den Raum betrat und sich bemühte, Selbstbewusstsein auszustrahlen. Nicht eine Spur von Angst zu zeigen, um Elsie

Maloney nicht die Genugtuung zu geben, ihr trotz der dicken Gitterstäbe noch überlegen zu sein.

»Elsie Maloney?«, sagte sie zu der Gefangenen.

Elsie Maloney bestätigte, was Kate schon nach ihrer ersten Begegnung über sie gesagt hatte. Für eine Frau, die mehrere Monate abseits jeder Siedlung verbracht und zeitweise wie eine Wölfin gelebt hatte, war sie ausgesprochen hübsch. Ihre Schönheit hatte sie geerbt. Während ihrer Raubzüge und auf ihrer Flucht hatte sie eher Raubbau an ihrem Körper getrieben, und es war ihr sicherlich egal gewesen, wie sie aussah. Ihre langen blonden Haare waren verfilzt, und in ihrem Zopf hatten sich Zweige verfangen. Ihre dunkle Seele war nur in ihren Augen sichtbar, blaugrün wie ein Gletscher und eisig kalt.

Sie blickte auf. »Wer will das wissen?«

»Constable Special Kate Ryan«, antwortete Kate.

»Eine Mountie-Frau?« Die Gefangene lachte plötzlich, ohne dass ihre Augen den eisigen Glanz verloren. »Seit wann gibt es Weiber bei den Mounties? Treibst du's mit der ganzen Truppe? Bist du die Kompaniehure, Schätzchen?«

Kate war auf Beleidigungen vorbereitet und verzog keine Miene. »Ich erledige meine Arbeit, Elsie, und frage mich schon die ganze Zeit, was Sie antreibt. Was hat Sie zur Diebin und Mörderin gemacht? Die Leute sagen, dass Sie eine Hexe sind, aber selbst die würde nicht so gnadenlos vorgehen wie Sie.«

»Mir egal, was die Leute sagen.«

»Warum haben Sie Männer umgebracht, die gar nicht wussten, wer Sie sind? Warum haben Sie die Huskys von Pierre Chartier getötet? Sie müssten inzwischen doch genug Gold zusammen haben. Warum sind Sie nicht damit verschwunden, als noch Zeit dafür war? Jetzt wartet der Galgen auf Sie, Elsie.«

»Die hängen keine Frauen.«

»Sie schon, wenn Sie keine mildernden Umstände zu bieten haben.«

»Scheiß drauf, dann hängen sie mich halt.«

»Warum sind Sie so grausam ... auch zu sich selbst?«

»Das geht Sie nichts an, ich tu's halt«, sagte Elsie. Sie saß immer noch auf der Pritsche. »Ich könnte Ihnen eine herzzerreißende Geschichte von einem Vater erzählen, der mich ständig vergewaltigt hat, oder von einer Mutter, die mich grün und blau geschlagen hat, wenn ich nicht so wollte wie sie, aber das wäre gelogen. Ich bin in die Wildnis gegangen, weil ich da hingehöre, Schätzchen.«

Kate war nicht sicher, ob die Geschichte von den grausamen Eltern gelogen war. »Dann morden Sie, weil es Ihnen Spaß macht? Schießen Goldsucher über den Haufen, weil sie Ihnen im Weg stehen? Schlitzen Hunden die Kehlen auf, weil sie zu laut jaulen oder Ihnen sonst wie lästig geworden sind? Ich habe die ermordeten Huskys gesehen, Elsie. Wie bringen Sie so was fertig? Haben Sie kein Herz?«

»Scheiß auf die Hunde!«

»Sie sind böse, Elsie. Warum tun Sie das alles?«

»Warum nicht?«

»Haben Ihnen das Ihre Eltern beigebracht? Oder Ihr Ex-Mann? Den hatten Sie doch auf Ihren ersten Raubzügen dabei. Hat er Sie zu allem angestiftet?«

»Dass ich nicht lache!« Elsie war aufgestanden und trat an die Gitterstäbe heran. Im Licht der einzigen Petroleumlampe, die in der Blockhütte brannte, strahlte ihre Schönheit etwas Dämonisches aus. »Davy bekam doch schon weiche Knie, wenn irgendwo ein Hund bellte oder in der Nähe ein Schuss fiel.«

Kate wich unwillkürlich einen Schritt zurück, als sich Elsies Hände um die Gitterstäbe schlossen. »Haben Sie ihn geopfert, als Sie mit den Mounties aneinandergeraten sind? War er Ihnen lästig geworden, Elsie? Haben Sie ihn erschossen?«

»Meinen Ex? Der rannte vor lauter Schiss davon und fing sich eine Mountie-Kugel ein. Ich hab den Burschen, der ihn erschossen hat, verletzt und bin verschwunden. Angeblich hat er überlebt, aber das kann sich schnell ändern.«

»Und Paddy war Ihr Ersatzmann?«

»Paddy O'Leary?« Wieder leistete sie sich ein kurzes Lächeln. »Er war noch dümmer als Davy. Ich hab ihn nur behalten, weil er mir die ganze Drecksarbeit abnahm. Auf die Jagd gehen, Beute ausnehmen, Kochen, Waschen, so was.«

»So eine Art Sklave?«

»Gut beobachtet, Schätzchen. Er hat oft von Ihnen erzählt und behauptet, dass Sie aus demselben Nest kommen und er Sie eines Tages heiraten würde. Ich hab ihm gesagt, er soll sich das abschminken. Er würde irgendwann im Gefängnis verrotten oder am Galgen enden. Sie mochten den armseligen Scheißer nicht, was?«

»Er hatte wenigstens Skrupel.«

»Die kann ich mir nicht leisten.«

»Sie hätten mit dem Morden aufhören können«, sagte Kate

»Hätte ich.«

»Warum haben Sie's nicht getan?«

»Keine Ahnung. Weil es irgendwie dazugehört, nehme ich an.«

»Wozu?«

»Zu mir«, sagte Elsie. »Warum wollen Sie das alles wissen? Warum stellen Sie mir blöde Fragen, wenn sowieso klar ist, dass ich an den Galgen komme?«

»Ich bin neugierig. Waren Sie hinter mir her, Elsie?«

»Und wenn? Sie haben mich genervt.«

»Weil ich Ihnen so nahe war?«

»Wenn ich's nicht so eilig gehabt hätte, wären Sie längst tot.«

Kate lief es eiskalt den Rücken herunter. Auch wenn kein Wort über Elsies Lippen gekommen wäre, hätte Kate in ihrer Nähe gefroren. Die Gefangene strahlte eine Kälte aus, die an eine eisige Nacht im äußersten Norden erinnerte.

»Sie sind verrückt, Elsie.«

»Meinen Sie?«

»Warum sind Sie neulich in Whitehorse aufgetaucht?«

Wieder dieses kalte Lächeln. »Sie haben mich gesehen, was?«

»Das war ziemlich leichtsinnig von Ihnen.«

»Ich hab keine Angst, Schätzchen. Auch jetzt nicht.«

Kate wusste immer weniger, was sie von Elsie Maloney halten sollte. »Sie haben keine Angst vor dem Galgen? So eine Hinrichtung soll nicht gerade angenehm sein. Wenn Sie Ihre Sünden bereuen, kommen Sie vielleicht drum rum.«

»Dass ich hängen soll, ist doch längst beschlossen.«

»Sie sollten beichten, Elsie. Um Ihrer Seele willen.«

»Warum denn?«, fragte Elsie. »Ich bin in ein paar Tagen wieder frei, und ein zweites Mal erwischen mich die Mounties bestimmt nicht. Und jetzt lassen Sie mich allein. War nett, mit Ihnen zu plaudern, aber Ihre Fragen werden langsam lästig, und ich kann für nichts mehr garantieren, wenn Sie mir weiterhin auf die Nerven gehen.« Sie blickte zur Tür. »Gibt's in dem Loch hier eigentlich nichts zu essen?«

»Sie denken wirklich, Sie kommen hier raus?«

»Es gibt immer Mittel und Wege, Schätzchen.«

»Und dann? Nehmen Sie Ihr Gold und verschwinden?«

»Weiß ich noch nicht.«

»Oder lassen Sie es in Ihrem Versteck liegen und hoffen, dass es kein anderer findet? Warum tragen Sie Ihre Beute nicht am Körper? Und warum haben Sie sich nicht abgesetzt, als noch Zeit war? Sie sind ziemlich leichtsinnig, Elsie.«

Ihr spöttischer Tonfall erzielte die gewünschte Wirkung. Eine Gefangene, die immer noch arrogant genug war, um an eine erfolgreiche Flucht zu glauben, obwohl sie strenger als die meisten anderen bewacht wurde, konnte es nicht ertragen, wenn man an ihrer Intelligenz zweifelte. »Wenn ich so dumm gewesen wäre, meine Beute in den Schlittensack zu stopfen, hätten Sie jetzt das Gold. Und mir fehlten noch ein paar Nuggets, um das Land zu verlassen. Dass Sie mich einkassiert haben, bedeutet nichts. Ich bin schneller wieder frei, als Sie sich vorstellen können.« Elsie grinste frech. »Wer weiß? Vielleicht führe ich Sie noch ein bisschen an der Nase herum, bevor ich für immer verschwinde?

Ich könnte Ihnen eine Kugel verpassen oder Sie aufschlitzen.«

»Sie halten sich für schlau, nicht wahr? Selbst unter dem Galgen, mit der Schlinge um den Hals, würden Sie noch glauben, dass Sie entkommen können.«

»Mag sein, Schätzchen. Aber mein Gold finden Sie nie.«

»So sicher ist kein Versteck.«

»Haben Sie eine Ahnung!«

»Haben Sie das Gold auf die Bank gebracht?«, fragte Kate. Sie hoffte, Elsie wenigstens einen kleinen Hinweis zu entlocken. »Haben Sie es vergraben? Sie wollen mir doch nicht weismachen, dass Sie es schon außer Landes gebracht haben.«

»Sehe ich so dumm aus?«

»Im Gegenteil«, erwiderte Kate. »Sie haben ein hübsches Engelsgesicht. Auf so was fallen Männer am liebsten rein. Haben Sie wieder einen Dummen gefunden? Einen Dummen wie Paddy, der Ihnen wie ein folgsames Hündchen nachläuft und die Beute bewacht? Der zur Belohnung eine Kugel bekommt?«

»Sie wollen mir das Versteck entlocken? Vergessen Sie es, Schätzchen!«

Kate resignierte. Elsie würde ihr das Versteck nicht verraten, dazu war sie noch viel zu selbstsicher. Dennoch versuchte sie es noch einmal: »Ich kann nichts versprechen, Elsie, aber wenn Sie das Versteck verraten, haben Sie vielleicht noch eine Chance, dem Galgen zu entkommen. Geben Sie sich einen Ruck, Elsie!«

»Verpissen Sie sich!«

Elsie ließ sie stehen, und Kate blieb nichts anderes übrig, als das Gefängnis zu verlassen. Sie verharrte einen Augenblick auf dem Paradeplatz, atmete die frische Luft ein und ging zum Haus des Inspectors. George wartete in seinem Büro, er beendete gerade seinen Bericht über die erfolgreiche Jagd auf Elsie.

»Corporal«, unterbrach ihn Primrose und blickte Kate an. »Haben Sie mit der Gefangenen gesprochen? Sie wirkte nicht besonders mitteilsam auf mich.«

Kate berichtete, was Elsie Maloney gesagt hatte. »Sie bereut ihre Taten nicht, im Gegenteil, sie hat Spaß am Morden und würde weiter töten, wenn sie freikäme. Und sie ist fest davon überzeugt, dass sie freikommt. Ich habe selten so viel Arroganz bei einer Frau erlebt, Sir. Bei ihr ist kein Durchkommen.«

»Und ihr Versteck hat sie auch nicht verraten, nehme ich an.«

»Nur, dass es sicher wäre und wir es nie finden würden. Aber das Gold ist auf jeden Fall noch im Lande. Soll ich es morgen noch mal versuchen, Sir?«

»Nein, Corporal, dabei käme doch nichts heraus.« Er lächelte. »Nehmen Sie Ihren Verlobten, und genießen Sie Ihren Urlaubstag. Worauf warten Sie noch?«

»Aye, Sir. Wir gehen ja schon.«

15

An diesem Abend war alles anders. Sobald die Zimmertür hinter ihnen ins Schloss fiel, waren sie in ihrer eigenen Welt. Die Hütte hinter dem Restaurant war nur eine notdürftige Bleibe, in ihren Augen jedoch der perfekte Raum, um das zu tun, was nach den strengen Regeln ihrer Kirche erst nach der Hochzeit erlaubt war. Doch selbst der Kirche blieb unter den veränderten Bedingungen, die im kanadischen Norden herrschten, kaum etwas anderes übrig, als sich anzupassen und beide Augen zuzudrücken, wenn sich zwei Liebende in dieser Abgeschiedenheit fanden.

Nichts geschah hastig in diesen aufregenden Minuten, keine ihrer Bewegungen war von Gier getrieben. Sie folgten ihren Gefühlen, als sie einander halfen, sich von ihren Kleidern zu befreien, empfanden keine Scham oder Scheu, obwohl das Mondlicht zum Fenster hereinfiel und sie mit sanftem Licht überzog. Keine Berührung oder Geste war geplant, keiner musste etwas sagen, alles geschah so, als würde ihre Liebe schon seit vielen Jahren bestehen und sie wären auch in dieser Hinsicht ein eingespieltes Paar.

Sie verstanden sich schon jetzt blind, sanken auf ihr Bett und erlebten ihre erste wirkliche Liebesnacht wie in einem Rausch, der sie alles um sich herum vergessen und nur noch den anderen spüren ließ. Überrascht von der Lust, die sie dabei empfanden, brauchten sie nach dem glücklichen Seufzen, mit dem Kate ihren Höhepunkt erlebte, einige Zeit, um ihre Gefühle zu verarbeiten und wieder zu sich selbst zu finden.

»Ich liebe dich noch mehr, als ich gedacht habe«, sagte Kate.

»Es war ... Du bist wunderbar. Du ... du bereust doch nichts?«

Sie strahlte. »Nein ... Ich bin sicher, Gott hat nichts dagegen, dass wir die Hochzeitsnacht vorweggenommen haben, sonst hätte er uns nicht diese wunderbaren Gefühle geschenkt. Ich wusste nicht, dass es so schön sein kann.«

»Es wird immer so sein, Kate. Das verspreche ich dir.«

»Und du wirst immer von deinen Einsätzen zurückkommen?«

»Ganz bestimmt, mit dir in Gedanken bin ich unbesiegbar.«

»Und es macht dir nichts aus, dass ich keine gewöhnliche Frau bin und ordentlich Flausen im Kopf habe, wie meine Mutter sagt? Dass ich ein Restaurant besitze, nebenbei als Mountie arbeite und in Goldminen investiere?«

»Du investierst in Goldminen?«

Sie küsste ihn auf die Nasenspitze. »Nur in solche, die Profit bringen. In einem Restaurant erfährst du alles, was am Klondike geschieht. Und ich verstehe inzwischen einiges, was man über Goldminen wissen muss. Ich hab schon über tausend Dollar mit solchen Investitionen verdient. Liegt alles auf der Bank.«

»Dann muss ich mich aber ranhalten. Ich kenne Männer, die würden toben, wenn ihre Frauen solche Geschäfte betreiben und sich nicht um Haushalt und Kinder kümmern. Du hast Glück, dass ich anders bin. Ich bin sicher, irgendwann haben Frauen genauso viel zu sagen wie wir Männer. Weil sie schlauer und ausgeschlafener sind als wir. Und meine Frau geht vorneweg!«

»Und ich habe Hochachtung vor Männern, die den roten Rock anziehen und für einen kargen Lohn ihr Leben für andere Menschen riskieren. Als Mountie gehörst du zu den angesehensten Männern in Kanada, und darauf bin ich stolz.«

George lachte. »Du meinst, wir sind beide toll?«

»Und ob«, erwiderte sie.

Sie liebten sich noch einmal in dieser Nacht, dieses Mal noch gefühlvoller und behutsamer, und hatten beide das Gefühl, gerade erst eingeschlafen zu sein, als sie durch aufgeregte Rufe von der Straße geweckt wurden. Kate öffnete ungeachtet der eisigen Kälte die Tür und hörte einen Mann rufen: »Habt ihr gehört? Die Hexe ist ausgebrochen! Sie hat einen Mountie umgebracht!«

Sie zogen sich in Windeseile an und liefen zum Flussufer. Vor dem Camp standen einige Neugierige und beschimpften den jungen Mountie, der abgestellt worden war, um sie in Schach zu halten. »Ich dachte, ihr habt die Hexe eingesperrt! Habt ihr sie denn nicht gefesselt?«, rief ein wütender Mann, und ein anderer tönte: »Und ihr wollt der Stolz des Nordens sein? Wie könnt ihr euch von dieser Hexe reinlegen lassen? Jetzt geht der Tanz von vorne los!«

George trug seine Uniform, und niemand hielt sie auf. Auch Kate hatte ihren Uniformmantel angezogen. Sie liefen zum Gefängnis und erschraken, als sie einen jungen Mountie im Schnee liegen sahen. Doc Gillespie hatte ihn gerade untersucht und blickte enttäuscht zu Inspector

Primrose, Sergeant McDonell und einigen Mounties auf, die ebenfalls um den Mountie herumstanden.

»Er ist tot«, sagte Doc Gillespie ernst. »Sie hat ihm die Kehle durchgeschnitten. Sie muss ihn überrascht haben, sonst wäre der Schnitt niemals so glatt.«

»Wie konnte das passieren?«, fragte Primrose.

»Ich hatte nur Constable Pratt für die zweite Wache eingeteilt«, antwortete der Sergeant Major. »Bis zum Wachwechsel um Mitternacht hatten wir zwei Männer dort. Ich dachte, nachts wäre die Gefangene sicher. Die Zellentür war fest geschlossen, ich hab mich selbst überzeugt. Und die Hexe war gefesselt.«

»Jetzt nicht mehr«, sagte Doc Gillespie. Er hielt einen kleinen Schlüssel hoch. »Der lag neben Constable Pratt im Schnee. Wie ist sie an den rangekommen? Und wie hat sie den Constable dazu gebracht, die Zellentür zu öffnen?«

Fragen, die alle Mounties beschäftigen.

»Elsie Maloney sieht hübsch aus und kann sehr charmant sein«, mischte sich Kate ein. »Ich habe mit ihr gesprochen. Niemand, der sie nicht kennt oder von ihr gehört hat, würde sie für eine eiskalte Killerin halten. Wenn sie ihre blonden Haare aufbauscht und schöntut, verführt sie viele Männer, vor allem, wenn sie so jung sind wie Constable Pratt. Sie muss ihm schöne Augen gemacht haben.«

»Gut möglich«, stimmte ihr der Sergeant Major zu. »Wenn sie ihn dicht genug an die Gitterstäbe lockt, ihn durch die Stäbe umklammert und ihm mit einem versteckten Messer die Kehle durchschneidet, ist es eine Kleinigkeit, ihm den Schlüssel abzunehmen und die Zellentür zu öffnen. Und den Schlüssel für die Handschellen hatte er in der Hosentasche. Ich hätte daran denken müssen.«

»Hat sie seine Waffen mitgenommen?«, fragte Primrose.

»Fehlen beide … Gewehr und Revolver … und Munition.«

»Aber warum liegt er hier draußen?«

George sah die Blutflecken im Schnee. »Er muss noch ein paar Sekunden gelebt haben. Ein Reflex … Schreien konnte er mit durchschnittener Kehle nicht mehr. Hier draußen ist er dann zusammengebrochen.«

Zwei Mounties kamen vom Ufer herbeigerannt. »Sie hat einen Hundeschlitten gestohlen und Vorräte mitgenommen«, sagte einer. »Die Spuren führen nach Westen und verlieren sich dann. Wird verteufelt schwer, sie zu finden.«

»Okay«, entschied der Inspector. »Wenn sie kurz nach dem Wachwechsel aktiv geworden ist, hat sie einen Vorsprung von ungefähr fünf Stunden. Das ist verdammt viel, wenn man bedenkt, dass es heute kräftig schneien soll und wir große Mühe haben werden, ihre Spuren zu verfolgen. Um bei der Verfolgung möglichst beweglich und effektiv zu sein, schlage ich einen Suchtrupp mit sechs Männern auf drei Hundeschlitten vor; so können sie in Schichten fahren.«

»Die Huskys halten nicht ewig durch«, gab George zu bedenken.

»Aber länger als unsere Männer. Sergeant Major McDonell wird den Suchtrupp anführen. Ich brauche fünf Freiwillige, die ihn bei der Suche unterstützen.«

»Ich bin dabei«, meldete sich George sofort. Ein schneller Blick auf Kate gab ihm die Gewissheit, dass er richtig entschieden hatte. »Ich war bei der Verhaftung der Hexe dabei und werde alles dafür geben, ihr noch mal das Handwerk zu legen.«

»Sind Sie sicher, Corporal?«, hakte Primrose nach.

»George ist sich sicher«, bestätigte Kate.

Ihr Abschied fiel vor den vielen Männern eher nüchtern aus. Sie küssten und umarmten sich, ohne dass sich jemand eine dumme Bemerkung erlaubte, und sie flüsterte ihm ins Ohr: »Denk daran, du hast mir versprochen, von jedem Einsatz heil zurückzukommen. Ich liebe dich, George! Und ich weiß, dass du mich nicht enttäuschen wirst. Zeig dieser Hexe, wozu ein Mountie fähig ist!«

Sie blieb im Camp, bis die Männer aufgebrochen waren und in östlicher Richtung aus dem Camp fuhren. Im Schein der Fackeln, die inzwischen vor den Blockhütten brannten, waren ihre Schatten noch zu sehen, als sie ihren Blicken bereits entschwunden waren. Voller Unruhe kehrte Kate in die Stadt zurück. Der Anblick des ermordeten Constable hatte sie sehr getroffen, mehr als sie gedacht hätte.

Zu Hause warteten Maggie und Nellie auf sie. Sie waren ebenfalls aufgewacht und hatten ungeduldig auf sie gewartet. Als sie hörten, was passiert war, seufzte Maggie, und Nellie fluchte: »Diese Hexe geht mir langsam auf die Nerven! Würde mich nicht wundern, wenn sie plötzlich im Restaurant auftaucht.«

»Weil sie mich nicht leiden kann und glaubt, dass ich etwas mit ihrer Verhaftung zu tun habe? Bevor sie im Gefängnis war, vielleicht. Jetzt nicht mehr. Sie tut nur noch großspurig, weiß aber ganz genau, dass sie knapp am Galgen vorbeigeschrammt ist und einige der besten Mounties im Nacken hat. Ihr bleibt auch keine Zeit mehr, ihr Gold zu holen. Die Beute wäre sowieso zu schwer, wenn sie verfolgt wird. Sie wird nach Alaska fliehen. Skagway ist eine wilde Stadt, da kann man leicht untertauchen. Und im Frühling kommt sie zurück und holt ihr Gold. So würde ich es jedenfalls machen, wenn ich sie wäre.«

»Hauptsache, sie bleibt uns vom Hals«, sagte Nellie.

»Und George passiert nichts«, fügte Maggie hinzu.

Auf ihre beiden Mitarbeiterinnen konnte sich Kate verlassen. Sie gewöhnten sich immer besser an die Bedingungen im kanadischen Norden und sprachen nur selten über ihre eigenen Probleme. Maggie zeigte noch immer ihre Fotografie herum und fragte nach ihrem Mann, den aber offenbar niemand gesehen hatte, und Nellie war höchstens unzufrieden, weil sie nicht mehr so viel unterwegs sein konnte wie früher mit ihrem Mann. Wer mit Dampfschiffen um die halbe Welt gefahren war, tat sich schwer, an einem Ort zu bleiben. Insgeheim vermisste sie ihren verstorbenen Mann wohl mehr, als sie zugeben wollte, glaubte Kate. Mit ihrem Arbeitseifer und ihrem Humor überspielte sie ihre Gefühle.

Kate reagierte ähnlich und verbarg ihre Gefühle vor Maggie und Nellie, vor allem aber vor den Besuchern ihres Restaurants. Es fiel ihr schwer, zu lächeln, wenn sie nur mühsam die Tränen zurückhalten konnte, auch wenn sie sich jeden Tag klarzumachen versuchte, dass der Sergeant Major, George und die anderen vier Mounties in der Überzahl waren und über so viel Erfahrung verfügten, dass sie Elsie Maloney nicht auf den Leim gehen würden. Sie würden die Hexe in Ketten zurückbringen und sie nicht mehr aus den Augen lassen.

Als Kate zwei Tage später von ihrer morgendlichen Tour zurückkehrte, begegnete sie Pater Lefebvre, der inzwischen einen Bauplatz für seine Kirche gefunden hatte und mit einigen Zimmerleuten die Pläne studierte. Sie bremste den Schlitten und begrüßte ihn freundlich. »Wann soll es denn losgehen, Pater?«

»Die Zimmerleute sind bereits dabei, die Balken zurechtzuschneiden«, antwortete er. »Mit dem eigentlichen Bau beginnen wir in ungefähr zwei Monaten, wenn das Eis aufbricht.« Er kam ein paar Schritte näher. »Ich habe Sie letzte Woche gar nicht in der Messe gesehen, Kate. War Ihr Restaurant geöffnet?«

»Ich war verhindert, Pater«, flunkerte sie. »Ein wichtiger Termin.« Tatsächlich war sie mit ihrem Hundeschlitten unterwegs gewesen. »Sie wissen doch, dass ich mein Restaurant an Sonntagen erst nach dem Gottesdienst öffne.«

»Das will ich doch hoffen.« Er schwieg eine Weile, schien zu überlegen und blickte sie wie ein strenger Vater an. »Ich mache mir Sorgen um Sie, Kate.«

»Brauchen Sie nicht. Die Mounties werden Elsie fassen.«

»Das meine ich nicht«, erwiderte er. »Aber mir kam es so vor, als hätten George und Sie die Nacht, in der Elsie Maloney floh, gemeinsam verbracht.«

»Spricht etwas dagegen, Pater?«

»Nein, aber ich war früh auf und habe Sie und George gemeinsam aus Ihrem Haus kommen sehen. Schläft George denn nicht im Camp der Mounties?«

Ihre Augen wurden schmal. »Spionieren Sie mir nach, Pater?«

»Es war reiner Zufall, dass ich Sie gesehen habe.«
»Und?«
»Nun ...« Jetzt wurde er doch ein wenig unsicher. »Ich fände es schade, wenn Sie und George zusammenleben würden, bevor Sie Gottes Segen erhalten haben. Ich weiß, Sie hatten noch keine Zeit, den heiligen Bund der Ehe einzugehen und sich vor Gott zu erklären, aber konnten Sie denn nicht warten?«

Kate hielt ihm ihre Hand mit dem Verlobungsring hin. »Wir haben uns bereits ein Eheversprechen gegeben, Pater. Auch vor Gott haben wir uns erklärt, und wir werden diesen Schwur vor den Menschen wiederholen, sobald George zurückkommt.«

»Das haben Sie schon einmal gesagt, Kate.«

»Es sind turbulente Zeiten an einem besonderen Ort, und wir haben beide viel zu tun. Ich leite ein Restaurant, und George ist wie alle Mounties täglich für unser Wohlergehen und unsere Sicherheit im Einsatz. Wir wollen keine Hochzeit zwischen Tür und Angel, nur damit die katholische Kirche und Sie zufrieden sind. Wir wollen eine feierliche Hochzeit. Vielleicht warten wir, bis die Kirche fertig ist, das wäre ein passender Rahmen für unsere Trauung.«

»Ich verstehe.« Er wirkte ein wenig beleidigt.

»Das will ich doch hoffen, Pater. Von einem Missionar wie Ihnen würde ich auch nichts anderes erwarten. Sie tragen unseren Glauben zu Menschen in abgelegenen Dörfern, Fallenstellern und Goldsuchern. Ohne die Gesetze der Kirche etwas lockerer auszulegen, würden Sie keine einzige Seele gewinnen.«

»Es fällt mir schwer, Ma'am.«

»Sie sind ein guter Missionar. Leben Sie wohl, Pater.«

Kate brachte ihren Schlitten ins Camp zurück und redete eine Weile mit ihren Huskys. Sie nahmen das Leben, wie es kam, und beklagten sich nur selten. Solange sie laufen konnten und ihr Fressen bekamen, war die Welt für sie in Ordnung. Beides hatten sie an diesem Morgen bereits hinter sich. Gegen die leckere Mohrrübe, die sie ihnen spendierte, hatten sie aber nichts einzuwenden.

Sie kraulte ihren Leithund unter dem Kinn. »Ihr seid ganz allein, Buck«, sagte sie. »Die Mounties sind mit den anderen Hunden auf Verbrecherjagd. Die Hexe hat einen Mountie umgebracht und ist spurlos verschwunden. Ich glaube nicht, dass sie noch in der Nähe ist, dann wäre sie schön dumm, aber bei ihr weiß man nie. Sie hält sich für die Größte und will uns vielleicht an der Nase herumführen. Passt gut auf euch auf und jault laut, falls sie hier auftaucht!«

Charly und Fox hatten sich gut eingeführt und harmonisierten inzwischen perfekt mit den anderen Hunden. Dem kräftigen Charly sah man an, wie stolz er darauf war, ein Teil des Gespanns zu sein. Fox gab sich geheimnisvoller, und seine hellen Augen erinnerten an einen Wolf, auch wenn sie nicht bernsteinfarben oder gelb wie die eines Wolfes leuchteten. Kate vermutete, dass einer seiner Vorfahren ein Wolf gewesen war und ihm einige seiner Fähigkeiten vererbt hatte. Er schien die Nähe einer drohenden Gefahr eher zu spüren.

»Vielleicht bist du mit meinem Schutzgeist verwandt«, sagte Kate. Sie dachte oft an den Wolf, der ihr schon mehrmals erschienen war. Ein Geheimnis, das sie nur George verraten hatte. Ob man so lebhaft träumen konnte, dass einem ein Erlebnis oder eine Begegnung aus einem Traum beinahe realistischer als die Wirklichkeit vorkam? Sie lächelte Fox an. »Du weißt es, nicht wahr?«

Randy fühlte sich durch Charly herausgefordert und tat so, als würde er ihn gar nicht beachten. Tex benahm sich wesentlich ruhiger. »Stell dich nicht so an, Randy«, sagte Kate. »Ihr seid im selben Team, also benehmt euch auch so.« Immerhin verhielten sich die beiden auf dem Trail ausgesprochen professionell. Sie ergänzten sich sogar und spornten sich gegenseitig an. Vor allem ihretwegen schaffte es das Gespann, den Schlitten noch kraftvoller zu ziehen und sich im Augenblick von Gefahr besser zu wehren oder aus dem Staub zu machen. Anders als Blue, die pfeilschnell war, es auch wusste und sich manchmal wie eine Diva benahm, oder der stets fröhlich gelaunte und aktive Jasper.

Es war immer noch tiefer Winter, auch wenn das Zwielicht jetzt morgens und abends etwas früher einsetzte. Der Yukon River schlief unter einer festen Eisdecke. In den Saloons und Tanzhallen jenseits der Schienen wurde ausgiebig gefeiert, man betrank seinen Erfolg oder Misserfolg, tröstete sich mit den leichten Mädchen oder vergnügte sich an einem der zahlreichen Spieltische.

Auch um sich nicht ständig um George sorgen zu müssen, stürzte sich Kate in die Arbeit. Im Restaurant gab es genug zu tun. Ihre größte Herausforderung war, Gemüse und Obst so einzuteilen, dass die Vorräte ausreichen, bis das Eis brach und der erste Dampfer mit neuen Vorräten anlegte. Fleisch hatte sie genug. Coop war ein guter Jäger, der mehr als sein Soll erfüllte, und wenn die Kartoffeln zur Neige gingen, hatte sie noch genug Nudeln in der Vorratskammer. Für ihr Brot profitierte sie von dem Sauerteig, den sie angesetzt hatte, und Kaffee aus Seattle hatte sie für die nächsten paar Jahre eingelagert.

George und der Suchtrupp waren noch keine Woche unterwegs, als Ed Cheney das Restaurant betrat. Der Spieler freute sich anscheinend, Kate wiederzusehen, und begrüßte sie mit einem überschwänglichen »Full House!«

»Full House?« Sie kapierte nur langsam.

»Ich hab Wyatt Earp mit einem Full House geschlagen! Drei Asse und zwei Zehner, dagegen kam er selbst mit einem Straight Flush nicht an. Ich würde beinahe so gut wie damals Doc Holliday spielen, sagt er.« Er blickte in die Küche und winkte Maggie und Nellie zu. »Haben Sie noch Wildeintopf übrig?«

»Für Sie immer«, erwiderte Kate. »Wie lange sind Sie schon hier?«

»Bin gerade angekommen. Ein Fallensteller aus Dawson hat mich mitgenommen. Hat mich einen Teil meines Gewinns gekostet, aber ich wollte unbedingt bei Ihnen feiern. Wildeintopf und Kaffee, was Besseres gibt's doch nicht.«

»Dann setzen Sie sich, Ihr Essen kommt gleich.«

Auf dem Weg zu seinem Tisch ging Ed an dem Balken vorbei, an den Maggie ihre Suchanzeige geheftet hatte, und betrachtete die Fotografie. »He«, sagte er zu Kate, »den kenne ich!«

16

Maggie hatte so lange auf eine solche Nachricht gewartet, dass sie beinahe den Teller mit dem Wildeintopf fallen ließ, als Kate sie bat, sich zu dem Spieler und ihr an den Tisch zu setzen, und Ed auch ihr sagte: »Ich kenne den Mann.«

»Sie haben Bill gesehen?«, erwiderte Maggie. Sie reichte ihm den Teller und sank auf einen Stuhl. »Wo ist er? Ist er hier in der Stadt? Sagen Sie schon!«

»Nein, Ma'am. Ich weiß nicht genau, wo er ist.«

»Aber Sie haben doch gesagt ...«

» ... dass ich ihn gesehen habe, richtig. Ist schon eine ganze Weile her. Im Hinterzimmer des Northern Saloon in Dawson City. Da wurde Poker mit den höchsten Einsätzen gespielt. Er saß am selben Tisch wie ich ... Ihr Ehemann?«

»Bill Spencer ... Aber er ist kein Spieler. Er hat nie gespielt.«

»Und das konnte man leider sehen, Ma'am. Ich weiß nicht, wie ich's Ihnen beibringen soll, aber er hat ziemlich viel Gold verloren. Da oben spielt man nur mit Gold. Als er aufhören musste, hatte er nur noch etwas Goldstaub übrig und jede Menge Schulden. So dumm wie er stellen sich leider viele Männer an. War ein hoher Betrag. Gold im Wert von mehreren Tausend Dollar, hab ich gehört. Ich hab auch gehört, dass sein Claim nichts wert war und er seine Schulden niemals zurückzahlen könnte. Aber das erfuhr ich erst am nächsten Morgen.«

»Mein Bill würde niemals pokern ... niemals!«, sagte sie.

»In Dawson tun die Menschen viele Dinge, die sie sonst nicht tun würden, Ma'am. Das Gold macht sie verrückt. Ihr Mann hatte die ersten drei Spiele gewonnen und dachte wohl, das ginge so weiter. Aber das war Anfängerglück. Nachdem er alles wieder verloren hatte, begann er, Schuldscheine zu schreiben. Einer der Saloonbesitzer, ein finsterer Bursche, der sein Geld vor allem mit leichten Mädchen verdient hat, lieh ihm einen großen Betrag, mit zwanzig Prozent Zinsen, versteht sich, und einer der Pokerspieler tat das Gleiche. Leider hatte er einen Royal Flush, als Ihr Mann schon dachte, er hätte gewonnen. Einen Royal Flush hat man nur alle Jubeljahre mal.« Er blickte Kate an. »Könnte ich einen Nachschlag haben? Der Eintopf schmeckt wieder mal großartig.«

»Und Sie wissen nicht, wo sich Bill aufhält?«

»Nachdem er verloren hatte, hab ich ihn nicht mehr gesehen«, sagte Ed. »Er wollte am nächsten Morgen seine Schulden bezahlen, tauchte aber nicht auf. Der Saloonbesitzer, ein gewisser Louis Ward, und der Pokerspieler waren ziemlich wütend, das können Sie sich ja vorstellen.« Er sah die Tränen in Maggies Augen. »Tut mir leid, Ma'am. Sein Claim lag am Cache Creek, einem schmalen Fluss ungefähr vierzig Meilen südöstlich von Dawson, vielleicht hält er sich dort versteckt. Man müsste die Männer fragen, die dort nach Gold graben.«

Maggie wollte aufspringen. »Ich muss sofort los! Ich muss zu ihm!«

»Und wie willst du das anstellen?«, hielt Kate sie zurück. »Wir haben Winter, und du kommst nur mit dem Hundeschlitten nach Dawson. Ich hab eine bessere Idee. Ich fahre nach Dawson, sage den Mounties dort Bescheid und suche zusammen mit ihnen nach deinem Mann. Wenn alles stimmt, was Ed über ihn erfahren hat, wird er wohl nicht um eine Strafe herumkommen, aber ich werde dir helfen, einen Kredit bei der Bank aufzunehmen, dann kannst du wenigstens die Schulden zurückzahlen. Vielleicht ist es ja gar nicht so viel.«

»Das würdest du tun?«, fragte Maggie ungläubig.

»Wenn ihr inzwischen allein zurechtkommt?« Kate blickte auch Nellie an, die neben ihrem Tisch stehen geblieben war und die letzten Sätze mitgehört hatte.

»Kein Problem«, antwortete Maggie. »Oder, Nellie?«

»Wir kommen klar, Kate.«

»Dann breche ich morgen früh auf. Noch Kaffee, Ed?«

Kate fiel es beinahe so schwer wie Maggie, sich an diesem Nachmittag auf die Arbeit zu konzentrieren. Sie verließ Whitehorse nur ungern, solange George noch unterwegs war. Der Gedanke, in Dawson City und den Goldfeldern am Klondike zu sein, während er nach Whitehorse zurückkehrte, ließ sie an ihrer Entscheidung zweifeln, doch ihre Sorge um Maggie war ebenso groß. Sie hoffte, dass es bei den Spielschulden geblieben war und er mit ein paar Monaten oder wenigen Jahren Gefängnis davonkam. In Dawson war alles möglich.

Am frühen Abend war Kate bereits dabei, den Proviant für ihre Huskys in einen Blechbehälter zu packen, als sie seltenen Besuch bekam. Sister Florence, im gewohnten Schwarz, aber ohne ihren Regenschirm, betrat das Restaurant und blickte sie mit strenger Miene an. »Ich möchte mich beschweren, Constable. Sie sind doch Constable? Wenn ich mir auch nicht vorstellen kann, warum.«

»Constable Special«, verbesserte Kate. »Um was geht es denn, Sister?«

»Um dieselbe Dame wie letztes Mal. Ich verlange, dass Sie die Sünderin verhaften. Nicht genug, dass sie das Verbot, sich auf der Bühne zu entkleiden, mit heimtückischen Tricks umgehen soll. Zu allem Übel hat eine meiner Damen sie dabei gesehen, wie sie Arm in Arm mit einer Frau in ihrem Saloon verschwunden ist. Ich wage kaum, diese Worte in den Mund zu nehmen, aber ist es möglich, dass sie und diese andere Frau gemeinsam gesündigt haben?«

»Ich habe keine Ahnung, Sister«, erwiderte Kate. »Genauso gut wäre es doch möglich, dass sie mit zwei Männern gemeinsam gesündigt haben. Oder dass sie nur Freundinnen sind und im selben Saloon auftraten. Oder dass sie ...«

»So wie diese beiden zeigen sich nur Frauen, die vorhaben, dem Teufel zu Gefallen zu sein und eine schwere Sünde zu begehen. Mir wird schon übel, wenn ich nur daran denke, was die beiden Sünderinnen im Schilde führten.«

»Darf ich fragen, wie Ihre Mitstreiterin dazu kam, die beiden Sünderinnen zu beobachten? Sie wird doch wohl kaum freiwillig jenseits der Schienen gewesen sein.«

»Sie war *undercover* unterwegs.«

»Eine verdeckte Ermittlung? Wie bei der Polizei?«

»Wenn wir uns nur auf die Mounties verlassen würden, kämen wir nicht weit. Deshalb stellen wir unsere eigenen

Ermittlungen an, um aus erster Hand zu erfahren, welche Sünden in den Saloons und Spielhallen begangen werden.«

»Sie verkleiden sich als … leichte Mädchen?«

»Wo denken Sie hin?«, erwiderte Sister Florence entsetzt. »Wir ziehen uns Männerkleidung an und halten uns im Schatten der Häuser und Zelte auf.« Sie wurde ungeduldig. »Werden Sie nun etwas gegen Kate Rockwell unternehmen?«

»Ich werde mal nach dem Rechten sehen«, versprach Kate.

»Ich verlange, dass diese Sünderin ins Gefängnis kommt!«

»Das kann nur ein Richter entscheiden, Sister Florence. Aber bevor ich irgendetwas unternehme, möchte ich, dass Sie Mitstreiterinnen, die sich als Männer verkleidet jenseits der Schienen aufhalten, sofort anweisen, sich zurückzuziehen und ihre gewohnte Kleidung zu tragen. Wer sich als Mann verkleidet, läuft Gefahr, wie ein Mann behandelt zu werden, und das wollen Sie bestimmt nicht. Stellen Sie sich vor, eine Ihrer Damen gerät in eine Schlägerei?«

»Wir sind gerne bereit, Opfer zu bringen, wenn wir so dazu beitragen können, die teuflischen Laster in die Schranken zu weisen«, sagte Sister Florence.

»Mit einer gebrochenen Nase wären Sie bestimmt anderer Meinung.«

Sister Florence zögerte eine Weile. »Nun gut, vielleicht haben Sie recht«, räumte sie widerwillig ein. »Ich ziehe meine Damen wieder ab. In spätestens einer halben Stunde haben Sie freie Bahn. Ich kann mich auf Sie verlassen?«

»Ich tue immer meine Pflicht, auch wenn Sie mir nicht

ins Gewissen reden. Ich habe mich nicht nach den Moralvorstellungen der christlichen oder irgendeiner anderen Kirche oder der Ihrer ›Temperance League‹ zu richten, sondern allein nach dem Gesetz. Wenn Kate Rockwell knapp bekleidet ist, kann ich nichts machen. Warum auch? Die Goldsucher brauchen etwas Ablenkung.«

»Sie unterstützen Laster und Sünde? Pfui Teufel!«

»Ich unterstütze das Gesetz, wie es sich für einen Mountie gehört.«

»Das wird auch höchste Zeit«, sagte Sister Florence.

Kate war versucht, sich auf eine längere Diskussion mit der streitlustigen Dame einzulassen, hielt sich aber zurück und war sogar froh, als Florence verschwunden war. Bei einer Fanatikerin wie ihr wäre sowieso jedes Wort vergeblich gewesen. In einer Stadt wie Whitehorse, in der fast ausschließlich Männer wohnten, gab es kein Schwarz oder Weiß, kein Gut oder Böse, war die Moral eine andere als in einer zivilisierten Siedlung mit Familien und einem geregelten Leben. Gerade die Mounties wussten, dass mit Verboten und Strenge nicht alles zu erreichen war. Die meisten Betrunkenen und leichten Mädchen, die im Arrest landeten, waren am nächsten Morgen wieder auf freiem Fuß.

Dennoch folgte Kate dem Wunsch von Sister Florence. Gegen Mitternacht überquerte sie in ihrem Uniformmantel und der dunkelblauen Wollmütze, die sie ebenfalls von Inspector Primrose bekommen hatte, die Schienen. Im Vergnügungsviertel war das Leben bereits in vollem Gange. Vor den großen Saloons und Tanzhallen brannten elektrische Lichter, die mechanischen Klaviere klimperten um die Wette, und trotz der arktischen Kälte torkelten Betrunkene über die vereiste und stellenweise mit Sägespänen gestreute Straße. Die leichten Mädchen blieben im Warmen, lehnten hinter den Fenstern und lockten die Männer mit ihren Reizen. Von den Blockhütten tönte Huskygeheul herüber.

Kate war sicher, dass ihre Namensvetterin nicht die einzige Tänzerin in Whitehorse war, die sich unverhüllt auf der Bühne zeigte, aber Kate Rockwell war zu einer Art Galionsfigur für die sündigen Frauen des Viertels geworden und gab den Ton an. Im Gegensatz zu den meisten Tänzerinnen und leichten Mädchen hatte sie weder einen Zuhälter noch einen Manager und folgte allein ihrem Gefühl. Eine entschlossene Frau, die sich nichts vormachen ließ und nur den einen Gedanken hatte, so schnell wie möglich reich und berühmt zu werden.

Kate blieb im Schatten eines Hauses stehen und beobachtete den Saloon, in dem Kate Rockwell tanzte. Noch zehn Minuten bis Mitternacht, die beste Zeit, um die Einhaltung der Gesetze in Whitehorse zu überprüfen. Pünktlich um Mitternacht mussten sämtliche Etablissements schließen, darauf legte die von den christlichen Kirchen beeinflusste North West Mounted Police großen Wert. Ansonsten drohten hohe Geldstrafen, und natürlich war kurz vor Toresschluss die Chance am größten, dass eine Tänzerin wie Kate Rockwell über die Stränge schlug. Kate hatte nicht vor, sie wieder ins Gefängnis zu sperren. Sie wollte sie lediglich dazu bringen, ihre Provokationen zu unterlassen und sich nicht mit Sister Florence und den Damen von der »Temperance League« anzulegen. Diese Organisation war mächtiger, als viele dachten, und hatte großen Einfluss auf die Gesetzgebung des Landes.

Kate drängte sich gerade rechtzeitig in den überfüllten Raum, um zu beobachten, wie Kate Rockwell den Trick anwandte, von dem ein Goldsucher erzählt hatte. Sie erschien nach ihrer Zugabe in eine Decke gehüllt auf der Bühne, ließ sie scheinbar unabsichtlich fallen und bückte sich mit einem lauten »Uuups!« danach. Tosender Beifall brandete auf, als sie sich die Decke kichernd und betont langsam wieder umlegte. Unter begeisterten »Zugabe! Zugabe!«- Rufen verschwand sie von der Bühne, und gleich darauf erloschen die elektrischen Lampen am Bühnenrand, und der christliche Sonntag begann.

Auch die anderen Etablissements machten pünktlich Feierabend. Von einer Sekunde auf die andere waren nur noch die Goldsucher zu hören, die fluchend, singend oder krakeelend zu ihren Unterkünften zurückkehrten. Der vergnügungsfreie Sonntag war seit vielen Jahren ein eisernes Gesetz in Kanada, und nicht einmal die übelsten Kreaturen wagten dagegen aufzumucken.

Kate folgte der Tänzerin bis in ihr Zimmer und sagte: »Sie haben doch sicher nichts dagegen, dass ich kurz mit reinkomme. Es dauert nicht lange.«

»Sie schon wieder? Ich hab nichts Unrechtes getan.«

»Nein, aber geschickt getrickst.«

»Ist es etwa strafbar, wenn mir die Decke von den Schultern rutscht?«

»Wenn es jeden Abend passiert, ist es zumindest sonderbar«, sagte Kate. Sie folgte der Tänzerin unaufgefordert in ihr Zimmer und blieb in der Mitte des Raumes stehen. Auch hier gab es elektrisches Licht. Im Schein der Lampe waren ein Eisenbett, ein Schrank, ein Schminktisch und zwei Sessel und ein Tisch zu sehen. Auf einer Anrichte standen eine Kanne und eine Waschschüssel aus Porzellan. Der bullige Ofen neben der Tür strahlte angenehme Wärme aus. »Entweder sind Sie extrem ungeschickt oder mit allen Wassern gewaschen.«

Kate Rockwell warf die Decke aufs Bett, streifte ihre hochhackigen Schuhe von den Füßen und zog sich einen Morgenmantel über. Sie wirkte ungeduldig und angespannt, ihr Bühnenlächeln war wie weggewischt. »Was wollen Sie?«

»Ihnen ins Gewissen reden, Miss.«

»Das haben schon andere versucht, Süße.«

»Ich bin nicht Ihre Süße.«

Sie grinste. »Ich weiß.«

»Und ich weiß, was Sie denken«, fuhr Kate ungerührt fort. »Sie denken, Sie wären relativ sicher, weil Sie die Mehrzahl der Männer auf Ihrer Seite hätten und es einen Aufstand geben würde, wenn wir Sie länger einsperren. Aber so ist es nicht. Die meisten Männer würden doch den Kopf einziehen und vorgeben, Sie nicht zu kennen, bevor sie sich für eine Tänzerin einsetzen.«

»Sie unterschätzen mich, Süße.«

»Miss Kate oder Constable«, verbesserte Kate.

»Wie auch immer.« Die Tänzerin ließ sich in einen der Sessel fallen, zog eine Zigarette aus dem Behälter, der neben ihr auf einem Beistelltisch stand, und zündete sie an. »Warum sind Sie eigentlich hinter mir her? Soweit ich weiß, leben Sie mit einem Mann in wilder Ehe zusammen, oder irre ich mich?«

Kate errötete gegen ihren Willen. »Mir geht es nicht um

Moral. Wenn es erlaubt wäre, könnten Sie meinetwegen nackt durch die Stadt laufen und ein Dutzend Männer zu sich einladen, aber das duldet unsere Regierung nicht. Genauso wenig wie das Entblößen des Körpers auf offener Bühne. Bisher haben wir Ihnen den Trick mit der Decke durchgehen lassen, aber jetzt ist Schluss, Miss!«

»Sie wollen mich festnehmen, weil mir die Decke weggerutscht ist?«

»Ich möchte Ihnen raten, sich nicht mehr unverhüllt zu zeigen und sich vor allem nicht mit Sister Florence und der ›Temperance League‹ anzulegen. Sie mögen die streitbaren Damen belächeln, aber sie sind Teil einer großen Bewegung, die dafür kämpft, dass Recht und Ordnung in Whitehorse, Dawson City und überall auf den Goldfeldern einziehen. Mag sein, dass Sie zur Zeit noch Erfolg mit Ihren Auftritten haben, aber ewig wird der Goldrausch nicht dauern, und das Auftauchen von eifernden Damen wie Sister Florence ist immer ein Zeichen dafür, dass es auch mit dem Trubel ein Ende hat. Fahren Sie nach Hause oder verkriechen Sie sich irgendwo, bis der Frühling kommt und Sie mit dem Dampfschiff bis nach Hause fahren können.«

Kate Rockwell drückte ihre Zigarette auf einem Teller aus. »Solange ich mich an Recht und Gesetz halte, können Sie mir gar nichts befehlen und Sister Florence und ihre Jungfrauen erst recht nicht. Also schön, der Trick mit der Decke wird sowieso langweilig. Aber sonst gibt es nichts, was Sie oder diese Sister Florence aufregen könnte. Ich bin Tänzerin, keine Prostituierte. Ich habe ›die Erotik zur Kunst erhoben‹, hat mal jemand geschrieben. Nein, ich werde mich nicht verstecken, und ich werde auch nicht nach Hause fahren. Und wenn ich hier in Whitehorse nicht länger erwünscht bin, ziehe ich nach Dawson. Dort weiß man meine Kunst sicherlich mehr zu schätzen als in diesem Kaff hier.«

»Wenn Sie so weitermachen wie bisher, wird es Ihnen dort auch nicht besser ergehen«, erwiderte Kate. »Auch dort sind Mounties stationiert, und ich gehe jede Wette ein, dass es auch eine streitlustige Frau wie Sister Florence gibt, die Ihnen das Leben schwermachen wird. Aber das soll nicht meine Sorge sein.«

»In Dawson komme ich groß raus, Süße. Warten Sie's ab!«

Kate verabschiedete sich und kehrte auf die Straße zurück. Dichte Wolken verdeckten den Mond und die Sterne, und es hatte wieder zu schneien begonnen. Der Wind trieb den Schnee über die Schienen und kroch unter ihren Mantel. In den meisten Häusern, auch in ihrem Restaurant, waren bereits die Lichter erloschen. Nach der Sperrstunde wirkte die Stadt manchmal wie ausgestorben.

Mit gesenktem Kopf überquerte sie die Main Street. Als sie durch ihr Restaurant zu ihrer Blockhütte gehen wollte, sah sie Maggie weinend im Halbdunkel sitzen. Sie saß neben dem Ofen, der nur noch zaghaft brannte, und hielt den Kopf in beide Hände gestützt. Sie blickte erst auf, als Kate direkt vor ihr stand.

»Mein Mann ist kein Betrüger!«, sagte sie. Sie schniefte nach jedem zweiten Wort und hielt sich mit beiden Händen an dem Kaffeebecher fest. »Er hat noch nie betrogen, nicht mal beim Wiegen des Saatguts. So was tut mein Bill nicht!«

»Jetzt warte doch erst mal ab«, erwiderte Kate und legte ihr einen Arm um die Schultern. »Wahrscheinlich handelt es sich nur um ein Missverständnis, und es war alles ganz anders. Auf den Goldfeldern wird viel getratscht, und manche Männer haben nichts Besseres zu tun, als irgendwelche Schauergeschichten zu erfinden. Wir holen deinen Mann zurück, und dann sehen wir weiter.«

»Meinst du wirklich?« Maggies Tränen versiegten nur langsam.

»Ganz bestimmt. Und jetzt geh schlafen, wir haben alle einen anstrengenden Tag vor uns und müssen morgen früh ausgeruht sein.« Kate half der Freundin hoch und führte sie in ihr Zimmer. »Schlaf gut, Maggie!«, sagte sie, als sie zur Tür ging. »Und mach dir keine Sorgen, bald hast du deinen Bill wieder.«

17

Am frühen Morgen schneite es immer noch. Kate trug ihre Wollhosen, nicht gerade attraktiv, ihre festen Stiefel und die Büffelfelljacke, alles andere hätte sie beim Lenken des Hundeschlittens nur behindert. Den Uniformmantel nahm sie für ihren Besuch bei den Mounties mit. Den Behälter mit dem Proviant für die Huskys, ihren eigenen Proviant und die Ausrüstung für eine längere Tour würde sie später abholen und auf den Schlitten laden, unter anderem den Erste-Hilfe-Kasten, ein kleines Zelt, Wolldecken, Schlafsack, eine Axt, einige Lederriemen, Extra-Kleidung und Schneeschuhe. Ebenfalls im Schlittensack würde sie ihren Revolver unterbringen, obwohl sie nicht mal wusste, ob sie es jemals schaffen würde, den Abzug zu betätigen. Bei einem Menschen überhaupt nicht, war sie beinahe sicher, und bei einem Tier nur in allerhöchster Not.

Mit ihrer neuen Mountie-Wollmütze ging sie zum Camp am Flussufer und spannte ihre Huskys an. »Heute gehen wir auf große Tour«, begrüßte sie ihre Hunde. »Stellt euch vor, wir fahren nach Dawson City. Drei, vier Tage, das reicht, um sich mal richtig auszutoben. Wir suchen nach Maggies Ehemann. Wird nicht einfach, aber solange ich mich auf euch verlassen kann, habe ich keine Angst. Na, was sagt ihr dazu? Habt ihr Lust?«

Die Huskys spürten, was sie sagte, und schienen aufgeregter als sonst. Besonders Jasper drehte sich ein paar Mal im Kreis, bevor es Kate endlich schaffte, ihm das Geschirr anzulegen. Randy und Tex waren fröhlich wie immer, und auch Charly und Fox schienen sich auf die Tour zu freuen. Lediglich Buck, der als Leithund die Übersicht behalten musste, und Blue, die wieder mal die Diva herauskehrte und auf die anderen Huskys herabsah, benahmen sich ruhiger.

Inspector Primrose war bereits in seinem Büro und hatte sich Kaffee bringen lassen. »Guten Morgen, Constable. Auch einen Kaffee?« Und als sie den Kopf schüttelte: »Sie wollen sicher wissen, ob ich schon von den Suchtrupps gehört habe. Leider nein, aber ich bin zuversichtlich, dass sie die Hexe verhaften.«

»Elsie Maloney muss längere Zeit in der Wildnis verbracht haben«, sagte Kate. »Ich schätze, sie hat bei Indianern gelebt, sonst könnte sie uns nicht ständig entkommen. Wann erwarten Sie die Männer zurück, Sir?«

»Sie haben noch Proviant für zehn Tage.«

»Sie kommen erst, wenn sie Elsie haben. Wie ich George kenne, würde er nicht noch einmal vor der Hexe klein beigeben. Er hat langsam genug von ihr.«

»Das haben wir alle, Constable. Sie gehen auf Ihre Morgentour?«

»Nein, Sir. Ich fahre nach Dawson City.« Sie berichtete von den Gerüchten, die sich um das Verschwinden von Bill Spencer rankten, und dass sie Maggie versprochen hätte, am Cache Creek nach ihm zu suchen. »Wenn Sie erlauben, Sir, würde ich gern bei den Mounties in Dawson vorbeisehen und sie um Rat und Hilfe bitten. Die Männer dort kennen sich auf den Goldfeldern aus.«

»Erlaubnis erteilt, Constable«, erwiderte er. »Allerdings

werden wir Bill Spencer festnehmen müssen, falls sich die Gerüchte um seine Schulden und Diebstähle bewahrheiten. Wir sind am Yukon, um dem Gesetz zu dienen.«

»Natürlich, Sir. Ich bin ganz Ihrer Meinung, hoffe aber immer noch, dass es sich nur um Klatsch und Tratsch handelt. Maggie glaubt nicht, dass ihr Mann zu so etwas fähig wäre. Aber das hat man auch über andere rechtschaffene Männer gesagt, die am Klondike auf die schiefe Bahn gerieten. Gold scheint eine seltsame Wirkung auf manche Menschen auszuüben. Es macht sie verrückt. Ich hoffe, dass Bill nicht dazugehört, aber es sieht nicht gut aus.«

»Ich werde dem Superintendent telegrafieren und Ihren Besuch ankündigen. Aber erwarten Sie nicht zu viel. Ob er einen Mann für Sie abstellen kann, hängt sicher davon ab, ob Bill Spencer inzwischen auf seiner Fahndungsliste steht.«

»Ich komme auch allein zurecht, Sir. Mit Kate Rockwell, der Tänzerin, die wir neulich festgenommen haben, sollten Sie übrigens keine Schwierigkeiten mehr haben. Ich habe ihr gestern Abend ins Gewissen geredet und glaube, dass sie so bald wie möglich nach Dawson weiterzieht oder ganz aufgibt.« Sie grinste schwach. »Ich hab ihr ordentlich Angst eingejagt.« Sie berichtete ihm von dem Trick mit der Wolldecke. »Darauf muss man erst mal kommen, Sir.«

»Der Teufel kennt die besten Tricks ... leider.«

Kate verabschiedete sich und fuhr in die Stadt zurück. Maggie und Nellie halfen ihr beim Aufladen und versprachen, das Restaurant in ihrem Sinne zu führen, solange sie unterwegs war. Sie hatte ihren Freundinnen einen fetten Bonus versprochen und vertraute ihnen grenzenlos. Eine bessere Wahl hätte sie nicht treffen können. Es gab wenige Frauen, die so anpackten.

»Bring meinen Bill zurück!«, bat Maggie. »Ich brauche ihn!«

»Ich tu, was ich kann«, versprach Kate noch einmal.

Sie trieb die Huskys an und lenkte den Schlitten zum Flussufer zurück. Über einen schmalen Trail fuhr sie auf das feste Eis des Yukon River, das auf zahlreichen Abschnitten ein besonders rasches Vorankommen erlaubte. Ein Teil der dunklen Wolken war weitergezogen, und der Mond und die Sterne spiegelten sich auf dem teilweise blanken Eis. Am nördlichen Himmel flackerte grünes Polarlicht so unruhig, als wäre es dem auffrischenden Wind ausgesetzt.

Schon als die Stadt hinter der Biegung des Yukon verschwand, war Kate mit der Wildnis allein. Sie hatte keine Angst, spürte nicht einmal Unbehagen, während sie nach Norden fuhr. Von der langen Nacht, den blitzenden Sternen und dem Polarlicht umgeben, wähnte sie sich meilenweit von der Zivilisation entfernt in einem magischen Reich, das nicht zu dieser Welt zu gehören schien. Allein der Anblick des Polarlichts, das mit zunehmender Dauer auch in mehreren Farben leuchtete und den ganzen Himmel auszufüllen schien, ließ sie angenehm erschauern. Kaum vorstellbar, dass in dieser zauberhaften Welt auch Gefahren lauerten: wilde Tiere, die kein Mitleid kannten, wenn man sie nicht verstand und ihnen zu nahe kam, und Hexen wie Elsie Maloney, die Killerin.

Auf dem Lake Laberge, eigentlich nur eine Verbreiterung des Yukon River, beschleunigte Kate ihr Tempo. Die

Huskys hatten freie Bahn, und sie waren allein auf dem dreißig Meilen langen See. Sie hatte den Ehrgeiz, noch vor dem Abend die Five Finger Rapids zu erreichen, im Sommer gefährliche Stromschnellen, die schon mehreren Goldsuchern zum Verhängnis geworden waren. Abseits der Stromschnellen, ungefähr fünf Meilen östlich des Flusses, gab es eine Blockhütte, in der vor dem Goldrausch ein Fallensteller gewohnt hatte. Als der Trubel immer größer geworden war, hatte er sich tiefer in die Berge abgesetzt.

Kate genoss die Fahrt. Während der zahlreichen Touren im letzten Winter hatte sie gelernt, mit Huskys umzugehen und einen Schlitten zu beherrschen. Noch war sie keine Expertin, dafür musste man mehrere Jahre in der Wildnis zugebracht haben, aber sie war begierig zu lernen und wurde mit jedem Tag besser. Für sie gab es inzwischen nichts Schöneres, als sich fernab der Zivilisation den Wind um die Nase wehen zu lassen, ungeachtet der Gefahren, die sie dort erwarteten. Auch in ihrer Heimat, an der kanadischen Ostküste, war das Land wild und einsam gewesen, aber die Zivilisation war dort schon bedrohlich nahe, und hier war die Natur noch großartiger und majestätischer, und die Zivilisation würde in hundert Jahren nicht zum Yukon und zum Klondike vordringen, selbst wenn es dort schon Straßen und Telegrafenlinien gab und die Eisenbahn im Begriff war, bis Whitehorse zu fahren.

Unterwegs legte sie nur eine längere und zwei kurze Pausen ein, um kleine Happen an die Huskys zu verteilen und auch selbst etwas zu essen und zu trinken. Wenn es nach den Hunden gegangen wäre, hätten sie überhaupt nicht anhalten müssen. Für sie gab es nichts Schöneres, als zu laufen, bei Wind und Wetter und zu jeder Tages- und Nachtzeit, und wenn es sein musste, bis ans Ende der Welt. Charly und Fox hatten sich gut eingelebt und harmonierten mit den restlichen Hunden, die in einem gleichmäßigen Rhythmus über das Eis liefen, der sie bewundernd auf den Kufen stehen ließ. »So ist es gut!«, rief sie ihnen zu. »Weiter so, ihr Lieben! Bald haben wir es geschafft!«

Die letzten Meilen zu der Blockhütte waren noch einmal eine Herausforderung. Der Trail war kaum befahren, und der Schnee lag teilweise so hoch, dass sie von den Kufen steigen und den Hunden helfen musste. Erst auf einem abschüssigen Hang, der durch ein Dickicht von Schwarzfichten führte, kam sie wieder schneller voran. Das Zwielicht, das um die Mittagszeit aufgeflackert war, hatte sich längst wieder verflüchtigt, und sie war von düsterer Nacht umgeben. Erst als sie den Wald hinter sich ließ, wurde es wieder heller. Der Schnee in dem weiten Tal vor ihr glänzte im Farbenspiel des Polarlichts und der funkelnden Sterne.

In der Blockhütte, die am Ufer eines schmalen Baches lag, flackerte Licht, und als sie sich ihr näherte, begannen Huskys zu jaulen. Im Mondlicht erkannte sie einen Schlitten und sieben Huskys, die in ihren Geschirren im tiefen Schnee lagen und neugierig aufsprangen, als Kate in angemessener Entfernung hielt.

»Hallo im Haus!«, meldete sich Kate mit den Worten, die man in der Wildnis sagte, um den Bewohnern eines Anwesens mitzuteilen, dass man in friedlicher Absicht kam. »Ich bin Kate Ryan und suche einen Platz für die Nacht.«

Zwei Männer traten aus dem Haus. Beide wirkten abgemagert und ausgezehrt, schienen lange nichts mehr gegessen zu haben. »Kate Ryan ... eine Frau?«, sagte der Ältere. Er trug einen Vollbart. »Kommen Sie rein, Ma'am!«

»Zuerst die Hunde«, erwiderte sie. »Gibt's einen Ofen in der Hütte?«

»Haben ihn schon gefüttert«, sagte Vollbart.

Die Männer flohen vor der Kälte ins Haus zurück. Kate spannte die Huskys aus und band sie in einiger Entfernung vom Gespann der Männer an Bäume. Sie waren nervös wie immer, wenn andere Hunde in der Nähe waren. Den Schlitten verankerte sie im festen Schnee. »Gleich gibt's was zu fressen«, versprach sie den Huskys. »Ich muss euren Eintopf nur noch aufwärmen. Es gibt leckeren Reis und Lachs, euer Lieblingsfressen. Ich bin gleich zurück, okay?«

Kate schleppte ihren Schlittensack in die Hütte und stellte das Fressen für die Huskys auf den Ofen. Die beiden Männer beobachteten sie neugierig. Der Bärtige hatte sich als Simpson vorgestellt, der andere als Dobbs. Sie saßen am Tisch und knabberten an alten Biscuits. Anders als in zahlreichen Jagdhütten gab es keine Vorräte, lediglich einen Stapel Brennholz neben dem Ofen. Wahllos auf dem Boden verteilt lagen fünf zerfledderte Matratzen mit Wolldecken.

»Kate Ryan«, sagte Simpson. »Sind Sie etwa Klondike Kate?«

»Manche Leute nennen mich so«, erwiderte sie.

»Die berühmte Klondike Kate, die als einzige Frau zu Fuß über den Stikine Trail nach Norden gekommen ist? Wir haben eine Menge über Sie gehört, Ma'am, weiß Gott, das haben wir. Dobbs und ich, wir hatten uns geschworen, in Ihrem Restaurant zu feiern, falls wir am Klondike genug Gold verdienen.«

»Leider haben wir kaum was gefunden«, sagte Dobbs. »Nur ein paar Goldkörner, damit kommen wir nicht weit. Jetzt wollen wir es am Twoya Creek nördlich von Glenora versuchen, da soll es noch versteckte Goldadern geben.«

Kate glaubte nicht, dass es am Twoya Creek noch verstecktes Gold gab, sagte aber nichts. Die meisten Goldsucher hatten geglaubt, am Klondike reich zu werden, und mussten erkennen, dass nicht jeder zu den Glücklichen gehören konnte. Von Goldgier verblendet und auch aus Angst, mit leeren Händen nach Hause zurückzukehren, klammerten sie sich an die Hoffnung, in einer anderen Gegend des Yukon einen Goldschatz zu finden, obwohl die meisten Gerüchte über einen neuen Goldrausch lediglich der Fantasie entsprangen.

Als Kate sah, wie Simpson und Dobbs an den Biscuits knabberten und sehnsüchtig auf den kochenden Eintopf für die Huskys blickten, zeigte sie ein Erbarmen. »Wie wär's, wenn Sie Tee aufsetzen? Ich spendiere Schinken und Brot, und wenn ich mich recht entsinne, hab ich auch etwas Schokolade eingepackt.«

»Sie sind ein Engel!«, freute sich Simpson.

Kate ging nach draußen und fütterte die Huskys. Sie fraßen gierig und hätten sicher auch die doppelte oder dreifache Menge geschafft, wenn sie noch mehr Eintopf aufgewärmt hätte. Aber auch so waren sie zufrieden. Kate hatte das Fressen mit etwas geschmolzenem Schnee angereichert, um sicherzustellen, dass die Huskys genug Flüssigkeit bekamen. Auch während der Pausen auf dem Trail knabberten sie Schnee. Kein Musher konnte so viel Wasser mitnehmen, dass es für eine lange Tour reichte, und den Hunden schadete es nicht. Ihre Huskys waren keine verwöhnten Stadthunde, die gleich Bauchweh bekamen.

Simpson und Dobbs stürzten sich beinahe so gierig auf den Schinken und das Sauerteigbrot wie die Huskys auf ihren Lachseintopf. »So ein gutes Essen hatten wir schon lange nicht mehr«, schwärmte Simpson. »Sie glauben ja nicht, was die in Dawson für Preise nehmen. Das können sich nur Millionäre leisten.«

»Wir hätten gar nicht herkommen dürfen«, sagte Dobbs mit vollem Mund. Er kaute eine Weile und spülte den Bissen mit Tee hinunter. »Wir kommen aus der Nähe von Calgary, wissen Sie, von einer Ranch. Ein guter Job, wenn wir im Winter auch meist arbeitslos waren. Aber wir Volltrottel müssen ja auf den Artikel im *Herald* reinfallen. Am Klondike bräuchte man die Nuggets nur vom Boden aufzuheben, so viel Gold gäbe es dort. Eine verdammte Lüge war das!«

»Wir waren zu spät dran, das ist alles«, erwiderte Simpson. »Als wir kamen, waren die besten Claims schon weg, und viel Ahnung hatten wir auch nicht vom Goldsuchen. Jetzt kommst du nur noch an Gold, wenn du dich wie ein Maulwurf in die Erde gräbst. Ich würde am liebsten nach Hause fahren.«

»Mitten im Winter?«

»Meinst du, am Twoya Creek haben wir mehr Glück?«

»Schokolade?«, fragte Kate nach dem Essen.

»Immer«, antworteten beide im Chor.

Kate opferte eine halbe Tafel für die Männer und ließ sie

auch den restlichen Schinken und einige Scheiben von dem Sauerteigbrot einpacken. Sie hatte Mitleid mit ihnen, auch wenn sie sich ihre Misere wie fast alle Goldsucher am Klondike selbst zuzuschreiben hatten. Sie bedankten sich überschwänglich und fragten höflich, ob sie rauchen durften, bevor sie sich Zigaretten drehten.

»Und Sie sind Cowboys?«, fragte Kate, nachdem sie einige ihrer neugierigen Fragen beantwortet hatte. Fast alle Männer, mit denen sie ins Gespräch kam, wollten wissen, was eine Frau dazu bewog, in die Wildnis zu ziehen, und alle bekamen große Augen, wenn sie antwortete: »Nichts ist schlimmer für mich als Langeweile. Ein eintöniges Leben ist nichts für mich, ich will etwas erleben. Und ich suche Herausforderungen, die ich meistern kann. Warum sollen Abenteuer nur Männern vorbehalten sein? Wir Frauen sind auf dem Vormarsch.« Dann kam meist die Frage, ob sie zu diesen Amazonen gehöre, die gleiches Recht für Frauen forderten, worauf sie antwortete: »Gleiches Recht für alle ist doch nichts Schlechtes, oder? Aber ich bin keine Amazone.«

Die beiden Männer hatten bei diesen Antworten nur gegrinst und antworteten jetzt auf ihre Frage: »Natürlich, Ma'am, wir sind waschechte Cowboys und lieben unsere Jobs, obwohl wir mit Rinderhüten wohl niemals reich werden.«

»Wo haben Sie denn nach Gold gesucht? Am Klondike?«

»An einem Nebenfluss des Klondike«, erwiderte Simpson, »das heißt, eigentlich war es ein Bach.« Er blickte seinen Partner an. »Wie hieß der noch?«

»Cache Creek«, antwortete Dobbs.

»Richtig ... Cache Creek. Ziemlich ungemütliche Gegend.«

»Zu einsam? Wilde Tiere?«, fragte Kate.

Simpson schüttelte den Kopf. »Gesetzlose. Mörder, Diebe, Betrüger ... die ganze Palette. Die Gegend um den Bach ist so abgelegen, dass sich selbst die Mounties kaum dort blicken lassen. Die Banditen haben freie Bahn. Wenn es auf unserem Claim mehr Gold gegeben hätte, wären wir wahrscheinlich auch dran gewesen. Einen unserer Nachbarn hätte es beinahe erwischt. Ein Dieb jagte ihm eine Kugel ins Bein und wollte sich gerade mit seinem Gold davonmachen, als die Freunde des Verwundeten auftauchten und den Mann vertreiben konnten. Erwischt haben sie ihn leider nicht. Keiner weiß, wer es war. Vielleicht derselbe, der Proviant aus einem der Zeltlager gestohlen hat. Und ein Mann aus Calgary, der eines Abends an unserem Lagerfeuer saß, wusste von einem Mord, ungefähr zehn Meilen von unserem Claim entfernt. Ein Indianer war aus dem Hinterhalt erschossen worden. Die Mounties gingen der Sache nach, konnten aber nichts ausrichten. Der Mörder hatte keine Spuren hinterlassen. Auch ein Indianer, nahmen sie an und machten sich wieder aus dem Staub. Ungemütliche Gegend, da am Cache Creek. Wir sind jedenfalls froh, dass wir weg sind, obwohl ich nichts dagegen hätte, die Taschen voller Gold zu haben.«

Kate war stutzig geworden. »Kennen Sie einen Bill Spencer?«, fragte sie. »Der soll dort auch einen Claim gehabt haben ... Ein Farmer aus Kansas.«

»Bill Spencer?« Er wandte sich an seinen Partner. »War das nicht der Rumtreiber, den sie von seinem Claim gejagt haben, weil er Vorräte und etwas Gold von anderen Goldsuchern gestohlen hatte? Sie haben ihn erwischt, als er gerade einen Hundeschlitten stehlen wollte, und mächtig verprügelt. Er konnte von Glück sagen, dass er nicht mit einem Strick um den Hals an einem Ast gelandet ist. Die Mounties suchten eine Weile nach ihm, konnten ihn aber nicht finden.«

»Meinen Sie, er ist immer noch in der Gegend?«

Simpson paffte an seiner Zigarette. »Viel Auswahl hat er nicht. In Dawson oder einem Goldgräberlager würden sie ihn doch sofort entdecken. Ich nehme an, er hält sich in einem Indianerdorf versteckt. Kennen Sie den Burschen?«

»Der Ehemann einer guten Freundin.«

»Ehemann?«, reagierte Simpson erstaunt. »Wie ein Ehemann hat sich dieser Spencer aber nicht benommen. Solange er noch Gold hatte, soll er bei einem leichten Mädchen aus der Paradise Alley gewohnt haben. Ich hab ihn selbst mit der Dame gesehen, als wir in Dawson waren. Sagen Sie Ihrer Freundin, sie soll den Burschen vergessen, wenn er es überhaupt jemals nach Hause schafft.«

»Danke für die Warnung«, sagte Kate.

18

Kate war viel zu aufgeregt, um gleich einzuschlafen. Ihre Unruhe hatte freilich nichts mit den beiden Cowboys zu tun, die auf Matratzen hinter dem Ofen lagen. Obwohl sie im selben Raum mit ihr schliefen, versuchten sie nicht, sich ihr zu nähern, ließen sich nicht einmal zu Zweideutigkeiten oder anzüglichen Bemerkungen hinreißen, wie es viele andere Männer getan hätten. Sie unterhielten sich eine Weile, rauchten jeder noch eine Zigarette und begannen zu schnarchen.

Sie hatte sich die Matratze unter dem Fenster ausgesucht und nur ihre Büffelfelljacke und ihre Stiefel ausgezogen. In der Wildnis musste man gewisse Abstriche machen, was die Hygiene betraf. Auch wenn sie den beiden Männern durchaus traute, hatte sie ihren Schlittensack in Reichweite neben sich stehen und hätte im Notfall sofort nach dem Revolver greifen können. Ein seltsamer Gedanke, wie sie sich eingestehen musste, doch alles andere als abwegig, wenn man allein in der Wildnis unterwegs war, zumal als Frau. Nur gegen einen Grizzly wäre ein Revolver wirkungslos gewesen, doch der hielt Winterschlaf.

Eigentlich hatte sie davon geträumt, zusammen mit George auf Tour zu gehen, aber ihr Verlobter lenkte seinen Hundeschlitten viele Meilen von ihr entfernt durch Eis und Schnee, und er und seine Kameraden würden wohl noch einige Zeit brauchen, um Elsie Maloney zu verhaften. Nie zuvor hatte sie von einer so dreisten Verbrecherin gehört. Im Wilden Westen hatte es eine Postkutschenräuberin und eine Viehdiebin gegeben, die man sogar an einem Baum aufgeknüpft hatte, aber so kaltblütig wie die Hexe war keine dieser Frauen gewesen. Sie schien den Vorteil gegenüber den meisten Mounties zu haben, das Land am Yukon River genau zu kennen und ihnen immer wieder ausweichen zu können. Und sie würde auch nicht zögern, auf einen Polizisten zu schießen.

Kate blickte zu den Sternen empor, die durch das Fenster zu sehen waren. Aber was war ihre Angst um George gegen die Verzweiflung, die Maggie heimsuchen würde, falls die Meldungen über ihren Ehemann stimmten! Was tat eine Frau, die über tausend Meilen gefahren war, um ihren verschollenen Mann zu suchen, wenn sie am Ende feststellen musste, dass er mit einem leichten Mädchen zusammengelebt hatte und zum Dieb geworden war? Dass er hohe Schulden bei einem Saloonbesitzer hatte und seine einzige Hoffnung darauf zu setzen schien, den Mounties entkommen zu können und am Twoya Creek etwas Gold zu finden.

Allein der Gedanke, seine Verhaftung selbst vornehmen zu müssen, jagte ihr Angst ein. In Gedanken sah sie sich bereits mit Bill Spencer nach Whitehorse zurückkehren und Maggie die schlimme Nachricht überbringen. Die Angst blieb in einem wirren Traum, der sie mehrmals in dieser Nacht hochschrecken und sofort wieder weiterträumen ließ, wenn sie die Augen schloss. Überlagert wurde ihre Furcht nur noch von ihrer Sorge um George, die immer dann größer wurde, wenn sie zu viel Zeit zum Nachdenken bekam. Auch wenn sie inzwischen selbst zu den

Mounties gehörte und wusste, wie professionell sie vorgingen, blieb die Angst bis in den frühen Morgen.

Simpson und Dobbs schliefen noch, als sie aufstand. Sie schob zwei Holzscheite in den Ofen, zog ihre Büffelfelljacke und ihre Stiefel an und fütterte die Huskys. Die Hunde zuerst, lautete ein ungeschriebenes Gesetz von Mushern und Fallenstellern. Den Hunden der Cowboys schien es gar nicht zu gefallen, dass sie noch nicht an der Reihe waren; sie veranstalteten ein lautes Jaulkonzert, das auch die beiden Männer aus dem Schlaf riss und nach draußen trieb.

»Sie sind früh auf, Ma'am«, sagte Simpson, nachdem er ihr einen guten Morgen gewünscht hatte. »So früh sind nicht mal Cowboys wie wir munter.«

»Meine Huskys lassen mich nicht länger schlafen.«

»Fahren Sie nach Norden?«

»Dawson«, antwortete sie knapp.

»Dobbs und ich versuchen unser Glück am Twoya Creek«, erwiderte er, »und sobald das Eis aufbricht, fahren wir nach Hause, mit oder ohne Gold.«

Dobbs strahlte. »Und unseren Freunden erzählen wir, dass wir die berühmte Klondike Kate getroffen haben. Die werden mächtig neidisch auf uns sein.«

»In Montana? Da kennt man mich doch gar nicht!«

»Haben Sie eine Ahnung, Ma'am. Sie sind in ganz Amerika bekannt. Stand doch in allen Zeitungen, dass Sie allein zu den Goldfeldern gezogen sind.«

Es war noch dunkel, als Kate sich von den Männern verabschiedete, ihnen viel Glück wünschte und durch den Wald zum Yukon zurückfuhr. Der Himmel war von wenigen Wolken bedeckt, und der Mond und die Sterne verbreiteten genug Licht und ließen den Schnee glitzern. Es schneite nicht mehr. Besonders zwischen den Fichten war sie von tiefer Stille umgeben, in der selbst das Scharren der Schlittenkufen störend wirkte. Ihr ganzer Körper schien sich in dieser friedlichen Stimmung zu entspannen, ohne dass ihre Aufmerksamkeit und ihre Konzentration nachließen. »Lauft, ihr Lieben!«, rief sie in die Stille hinein.

Ungefähr zwei Meilen vom Flussufer entfernt hatte sie plötzlich das Gefühl, beobachtet zu werden. Sie hatte in der Wildnis eine Art sechsten Sinn entwickelt, der sie selten im Stich ließ. Auch ihre Huskys schienen etwas zu spüren und benahmen sich wachsamer als sonst. Sie ließ sich wenig anmerken, suchte die Gegend ab, ohne sich durch eine zu auffällige Bewegung zu verraten, immer darauf gefasst, von der Hexe oder einem Strauchdieb überrascht zu werden – bis sie die gelben Augen zwischen den Schwarzfichten sah und erkannte, dass ihr Schutzgeist gekommen war. Oder träumte sie wieder?

»Whoaa!«, rief sie den Huskys zu und hielt mitten auf dem Trail.

Sie blickte in den Wald und sah, dass der Wolf ebenfalls stehen geblieben war. Seine gelben Augen verharrten auf der Stelle. Bei den meisten Menschen hätten sie Angst und Schrecken verbreitet, aber Kate kannte sich inzwischen mit Wölfen aus und wäre ruhig geblieben, auch wenn sie ihn nicht als ihren Schutzgeist erkannt hätte. Wie sie ihn in der morgendlichen Dunkelheit von anderen Wölfen unterscheiden konnte, war ihr selbst nicht klar. Sie wusste es einfach.

»Was willst du?«, rief sie. »Willst du mich warnen?«

Ihr Schutzgeist sprach äußerst selten, gab ihr meist durch seine Körpersprache zu verstehen, was er mitteilen wollte. Im Unterholz des Waldes war selbst das schwierig. Sie erkannte nur seine Augen, die sich plötzlich wieder bewegten und sie zum Weiterfahren aufforderten. Sie folgte seinem Ruf und trieb die Hunde an. Die Augen blieben in ihrer Nähe, als sie den Wald durchquerte, und verschwanden erst, als sie einige schneeverwehte Hügel erreichte.

Dort erloschen die Augen, und sie sah nur noch einen dunklen Schatten, der einen der Hügel erklomm, sich unterwegs noch einmal umdrehte und oben wartete, bis er sicher sein konnte, dass Kate ihn verstanden hatte und ihm auf den Hügelkamm folgte. Sie folgte ihm mit den Hunden und kämpfte sich den Hang hinauf, nur um festzustellen, dass der Schatten verschwunden war. War sie auf den Kufen eingeschlafen? Viele Musher dösten während einer langen Fahrt und erlebten Abenteuer in einem Traum, die sie später nicht einordnen konnten.

Sie verankerte den Schlitten, zog ihr Fernglas aus dem Schlittensack und blickte auf den Yukon River und die umliegenden Wälder und Ebenen hinab. Irgendetwas musste der Wolf gesehen haben, sonst hätte er sie nicht auf diesen Hügel geführt. Konzentriert bewegte sie das Fernglas und versuchte, etwas in dem orangefarbenen Zwielicht auszumachen, das über die Berge im Osten gekrochen kam. Der vereiste Fluss und die verschneiten Hänge und Täler leuchteten im Licht der aufgehenden Sonne. Ein magischer Anblick, der ihr trotz der überall drohenden Gefahren ein Lächeln ins Gesicht zauberte.

Doch so gründlich sie die Gegend auch absuchte, sie konnte nichts entdecken. Keine verdächtige Bewegung, die ihr verraten hätte, dass sich irgendjemand in dieser Weite aufhielt. Absolut nichts. Sie setzte das Fernglas ab und dachte eine Weile nach. Eisiger Wind umfing sie und zerzauste ihre Haare, die unter ihrer Wollmütze hervorlugten. Die einzige Bewegung, die sie entdeckte, stammte von einem Fuchs, der eilig zwischen Bäumen verschwand.

Sie stützte sich mit beiden Unterarmen auf die Haltestange und versuchte, ihre Gedanken zu ordnen. Selbst die Huskys schwiegen und zerrten nicht ungeduldig an den Leinen. Kate hob noch einmal das Fernglas an die Augen, konnte aber wieder keine Bewegung entdecken, nicht einmal einen Fuchs. Bis ihr auffiel, dass sie ständig nach Westen blickte. Dort drüben, jenseits des White River und keine siebzig Meilen entfernt, lag die Grenze nach Alaska.

War Bill Spencer nach Alaska unterwegs?

Wollte sich die Hexe über die Grenze absetzen?

Warum beschränkte sich der Wolf auf eine Andeutung und überließ es ihr, sich einen Reim darauf zu machen? Oder hatten die Angst um George und die Sorge um Maggie, wenn sie erfuhr, was ihr Ehemann angestellt hatte, schon ihre Gedanken vernebelt? Die Mounties würden sie auslachen, wenn sie ihnen sagte, dass sie einem indianischen Schutzgeist gefolgt war und ihr Wissen allein von ihm bezogen hatte. Verlor man in der Wildnis denn jeglichen Realitätssinn?

Sie schüttelte die Gedanken ab und fuhr auf den Trail zurück. »Sorry für den kleinen Umweg!«, entschuldigte sie sich bei ihren Huskys. »Könnte sein, dass ich mal kurz weggenickt bin, obwohl mir das selten passiert. Stimmt doch?«

Die Huskys machten sich nichts aus ihrer Entschuldigung und zeigten auf den nächsten Meilen, was in ihnen steckte. Der Trail führte parallel zum Flussufer nach Norden, weit genug von den gefährlichen Stromschnellen entfernt, die auf den Landkarten als »Five Fingers Rapids« bezeichnet wurden. Dort hatten es die Huskys wesentlich schwerer als auf dem Eis des Yukon River. Der Trail führte über bewaldete Berghänge und durch verschneite Täler, in denen der Wind hohe Schneewehen aufgeworfen hatte. Immer wieder musste Kate von den Kufen springen und den Hunden helfen, und einmal war sie sogar gezwungen, ihre Schneeschuhe anzuschnallen, um durch den Tiefschnee eines langen Tales zu kommen.

Sie rastete im Schutz einiger Bäume, verteilte einige Happen an die Huskys und aß ein paar Scheiben von dem Speck und ein Biscuit. Die Huskys waren gut in Form und hätten am liebsten auf die Pause verzichtet, wollten sich das Leckerli aber nicht entgehen lassen. Umso schneller rannten sie nach der Rast, ungeachtet der Dunkelheit, die sich schneller als sonst auf das Land zu senken schien.

Nördlich der Stromschnellen, auf der immer noch festen Eisdecke des Yukon River, hatten die Hunde wieder freie Bahn und konnten sich nach Herzenslust austoben. Eiskalter Wind schlug Kate entgegen und zwang sie, den Kragen ihrer Jacke aufzustellen und ihren Schal bis über die Nase zu ziehen. Mit einem Leithund wie Buck war sie auf der sicheren Seite, er hätte sie sofort vor einem drohenden Hindernis gewarnt und ihr geholfen, nach einem Ausweg zu suchen.

Erst gegen Abend, als die ersten Polarlichter am Himmel leuchteten, erreichte sie Fort Selkirk. In der Siedlung befanden sich eine anglikanische Mission, der Handelsposten von Arthur Harper mit mehreren Lagerhäusern und das Camp der North West Mounted Police, das ähnlich wie in Whitehorse aus vier Blockhäusern bestand, die um den Fahnenmast mit der kanadischen Flagge gruppiert waren. Nur in zweien der Blockhäuser brannte Licht.

Kate hielt mit ihrem Schlitten vor dem Haus des Inspectors und klopfte, bevor sie eintrat. Der stämmige Mann mit den buschigen Augenbrauen erhob sich hinter seinem Schreibtisch, als sie ihre Mütze abnahm und ihr die langen Haare auf die Schultern fielen. »Ma'am«, wunderte er sich, »kann ich Ihnen helfen?«

»Constable Special Kate Ryan, Sir.«

»Constable Special …« Der Inspector blickte sie mit großen Augen an, bevor ihm ein Licht aufging. »Oh … die legendäre Klondike Kate aus Whitehorse. Ich habe schon von Ihnen gehört, Ma'am. Setzen Sie sich.« Er deutete auf die Kanne auf seinem Ofen. »Ein Becher Tee? Ich hab ihn gerade erst gebraut.«

»Sehr gern, vielen Dank«, erwiderte sie.

Sie setzte sich, und er brachte ihr den Tee. »Herzlichen Glückwunsch, Ma'am … Constable Special. Primrose muss große Stücke auf Sie halten. Soweit ich weiß, ist man auch in Ottawa sehr stolz auf Sie.« Er trank einen Schluck und wischte mit dem Handrücken über seinen schmalen Schnurrbart. »Was bringt Sie nach Fort Selkirk? Sind Sie auf dem Weg nach Dawson City, um dort mit der Sünde aufzuräumen?« Er lächelte. »Auf Sie hören die leichten Mädchen vielleicht. Meine Männer haben leider gerade Wichtigeres zu tun.«

»Haben Sie schon mal von einem Bill Spencer gehört?«

»Der Name kommt mir bekannt vor.«

»Der Ehemann einer guten Freundin, die mit mir das Restaurant betreibt. Angeblich soll er zeitweise mit einer Prostituierten zusammengelebt und mehrere Diebstähle begangen haben. Außerdem hat er hohe Schulden in Dawson.«

Der Inspector nickte. »Ja, den kenne ich. Nur ein Name auf unserer Liste mit Verbrechern und Betrügern, die von dem Goldrausch profitieren wollen, ohne sich anstrengen zu müssen. Was glauben Sie, warum ich kaum noch Männer habe? Sie haben alle Hände voll in Dawson und auf den Goldfeldern zu tun. Obwohl Superintendent Steele dort mit eisernem Besen gekehrt hat, haben zu viele Gesetzlose noch das Sagen am Klondike. Bill Spencer ist einer der kleineren Fische, da gibt es andere, die wesentlich mehr auf dem Kerbholz haben.«

»Mir geht es nur um Bill Spencer. Ich will ihn nach Whitehorse mitnehmen und dort einsperren lassen, falls man ihn verurteilt. Das bin ich Maggie … seiner Frau schuldig. Sie haben niemanden, der mich dabei unterstützen kann?«

»Nein, Ma'am. Wie gesagt, die meisten meiner Männer sind auf den Goldfeldern im Einsatz. Gut möglich, dass sie ihn erwischen, aber unser vorrangiges Interesse gilt Elsie Maloney. Sie haben von der Hexe gehört, nehme ich an.«

»Wer nicht? Ich habe sie sogar gesehen.«

»Die Hexe?«

Kate berichtete ihm von ihren Begegnungen mit der Verbrecherin und fügte hinzu: »Ich glaube, dass sie über die Grenze nach Alaska fliehen will und erst im Frühjahr zurückkommt, um ihren Goldschatz zu holen. Sie muss ihre Beute irgendwo vergraben haben, die ist viel zu schwer und würde sie auf der Flucht nur behindern. In Skagway ist es für sie leichter, sich zu verstecken.«

»Woher wollen Sie das alles wissen?«

Kate dachte nicht daran, ihm von ihrem Schutzgeist zu erzählen. Der Inspector hätte sie bloß ausgelacht und Primrose empfohlen, sie schleunigst von ihren Pflichten zu entbinden. »Nur eine Vermutung, Sir. Genauso gut kann sie sich in einem abgelegenen Indianerdorf verkrochen haben. Ich traue dieser Hexe alles zu.«

»In Dawson ist vielleicht noch mehr los als in Skagway«, erwiderte der Inspector. »Auch dort könnte sie in einer Verkleidung untertauchen. Wir ziehen alle Möglichkeiten in Betracht.« Er dachte eine Weile nach. »An Ihrer Stelle würde ich mich von Dawson fernhalten. Das ist keine Stadt für eine Frau, auch wenn Sie Constable Special bei unserer Truppe sind. Es mag in Ihren Augen etwas altmodisch klingen, aber ich bin der Meinung, eine Frau sollte sich nicht solchen Gefahren aussetzen. Nicht einmal für ihre beste Freundin.«

»Ich passe auf mich auf, Inspector. Kann ich im Camp übernachten?«

»Nehmen Sie die Blockhütte nebenan«, schlug er vor. »Die Männer, die dort wohnen, sind alle im Einsatz. Wir haben schon gegessen, aber unser Koch wärmt Ihnen gerne einen Teller mit Eintopf auf, falls Sie Hunger haben.«

»Vielen Dank, ich habe alles, was ich brauche, Sir.«

Kate wusste zuvorkommende Männer und Kavaliere zu schätzen, wollte aber auch nicht den Eindruck einer hilflosen Frau erwecken, die außerhalb in ihrer Küche überall auf männliche Hilfe angewiesen war. Sie brachte ihren Schlittensack in die Blockhütte und zündete ein Feuer im Ofen an, versorgte die Huskys mit aufgewärmtem Eintopf und begnügte sich selbst mit heißem Tee, Brot und Schinken.

Die Wärme fühlte sich angenehm an, und das Knistern der Flammen erinnerte sie an gemütliche Winterabende im heimatlichen Farmhaus, wenn sie eine erfolgreiche Ernte mit einem Festessen gefeiert hatten. Nur war der Himmel hier noch weiter und endloser und so klar, dass man sich mit seinem Blick im endlosen Universum verlieren konnte. Nach dem Essen ging sie zum Fenster und blickte in das Tal, das sich vor ihr ausbreitete und bis zu einigen Bergen im Westen reichte. Der Schnee leuchtete geheimnisvoll im Glanz der Sterne.

»George!«, flüsterte sie, als das Polarlicht im Westen aufflackerte.

Sie schlief gut und fest und wurde nur einmal durch das Jaulen ihrer Huskys geweckt, dachte sich aber nichts dabei und schlief gleich wieder ein. Anscheinend war ein Mountie mit seinem Hundeschlitten zurückgekommen. Im Unterbewusstsein konzentrierte sie ihre Gedanken auf George, den sie wieder in ihre Arme schließen würde, sobald er von seinem Einsatz zurückkehrte. Diesmal würden sie die

Hochzeit nicht mehr auf die lange Bank schieben und selbst in einem Saloon heiraten, falls die Kirche von Pater Lefebvre noch nicht fertig war.

Als sie sich am nächsten Morgen um ihre Huskys kümmerte, erschien der Inspector und wunderte sich, dass sie schon wieder auf den Beinen war. »Wenn Sie so weitermachen, wird man Sie bald zum Sergeant befördern, Ma'am«, sagte er. »Erlauben Sie mir jedoch eine Frage: Sind Sie mit einem Corporal George Chalmers verlobt?«

Sie richtete sich auf und blickte ihn ängstlich an. »Ja, Sir.«

»Corporal Winston ist heute Nacht aus Dawson zurückgekehrt und hat mir ein Telegramm von Inspector Primrose mitgebracht. Es ist an Sie gerichtet.«

Sie öffnete den Umschlag, den er ihr reichte, und begann zu lesen: »GEORGE LEICHT VERLETZT – STOPP – KEIN GRUND ZUR SORGE – LIEGT BEIM ARZT IN TAGISH – BIS IN EINER WOCHE ZURÜCK – ELSIE MALONEY FLIEHT RICHTUNG WESTEN – GRUSS PRIMROSE.«

»Schlechte Nachrichten?«, fragte der Inspector.

Sie hielt ihm das Telegramm hin. »Lesen Sie selbst!«

»Das wird nur ein Kratzer sein, Ma'am. Nach Tagish zu fahren, dauert länger als eine Woche. Aber ich würde nicht zu lange in Dawson bleiben. Überlassen Sie diesen Bill Spencer meinen Männern. Wir kümmern uns um ihn.«

»Ich habe es Maggie versprochen«, sagte sie.

19

Kate hatte die Huskys scharf angetrieben, um sich eine Übernachtung im Freien zu ersparen, und erreichte Dawson City am frühen Nachmittag. Die Stadt war trotz der eisigen Temperaturen voller Leben und erstrahlte im Glanz von elektrischen Lichtern, die entlang der breiten Front Street am Ufer des Yukon leuchteten. Nach einem Feuer im vergangenen April, das zahlreiche Gebäude im Business District zerstört hatte, säumten Holzbauten, teilweise mit falschen Fronten, die ein zweites Stockwerk vortäuschten, die Front Street, und in den Außenbezirken waren mehr Baracken und Zelte zu sehen als in Whitehorse.

In der Stadt kam Kate nur langsam voran. Auf der Front Street, an der die meisten Geschäfte, Saloons und Tanzhallen lagen, herrschte ein kontrolliertes Chaos. Pferdefuhrwerke, Hundeschlitten und scheinbar ziellos durch die Stadt streunende Männer waren sich gegenseitig im Weg, und vor den Restaurants versuchten Marktschreier, die Leute an ihre Tische zu locken. Auf den Tafeln neben dem Eingang lockten sie auf Schildern mit exotischen Speisen wie Austern und Kaviar, zu horrenden Preisen, versteht sich, wie überall in der Stadt. Die Metzgereien, Bäckereien und Lebensmittelgeschäfte, die an der Front Street lagen, waren nicht viel billiger. Für eine Orange oder Zitrone, hatte Kate gehört, zahlte man dort bis zu einem Dollar. Ein Haarschnitt bei einem der Friseure, sah sie im Vorbeifahren, kostete stattliche ein Dollar fünfzig.

Fort Herchmer, wie der Stützpunkt der North West Mountain Police hieß, bestand aus mehreren, teilweise zweistöckigen Blockhäusern an der Mündung des Klondike River in den Yukon. Auch diesmal wechselte Kate nicht in ihren Uniformmantel, schon wegen der strengen Kälte, aber Commissioner Ogilvie hatte ein Telegramm von Primrose erhalten und war auf ihren Besuch vorbereitet. Er trug einen Vollbart und wirkte überaus korrekt, als er sie in sein Büro bat und einen Adjutanten beauftragte, ihr Tee zu servieren. Von Primrose wusste Kate, dass Ogilvie die kanadische Grenze am Chilkoot Pass und Dawson City vermessen hatte, die Stadt hatte er nach seinem damaligen Vorgesetzten benannt.

»Ja, von Bill Spencer haben wir gehört«, sagte er, nachdem sie einige Höflichkeiten ausgetauscht hatten. »Nach ihm wird gefahndet, aber wir konzentrieren uns im Augenblick auf Gesetzlose, die weitaus mehr auf dem Kerbholz haben. Spencer ist nur ein kleiner Fisch. Er hat dreitausend Dollar Schulden bei Louis Ward, dem Besitzer des Bonanza Saloons, und einem Pokerspieler, der seinen Schuldschein aber an Ward verkauft und Dawson längst verlassen hat. Dreitausend Dollar mögen Ihnen viel erscheinen, sind aber nur eine unbedeutende Summe, wenn man sie mit den horrenden Beträgen vergleicht, die in Dawson sonst im Umlauf sind. Einige Männer schulden fünfstellige Summen. Auch deshalb sehen wir Glücksspiel als größtes Problem hier. Wenn es nach mir ginge, würde ich es ganz verbieten. Es bringt nur Unglück. Nur weil wir ständig im Einsatz sind, sind Mord und Totschlag nicht an der Tagesordnung.«

»Welche Strafe erwartet Spencer, falls Sie ihn erwischen?«

»Ein paar Monate, würde ich sagen. Er ist ein Taugenichts und ein Dieb, das stimmt schon, und er gehört hinter Gitter, aber wir haben eine lange Liste mit Männern, die wesentlich mehr verbrochen haben. Spencer hat ein paar Nuggets, vor allem aber Vorräte gestohlen. Wollen Sie wirklich nach ihm suchen, Ma'am?«

»Ich will meine Freundin nicht enttäuschen.«

Ogilvie hatte wohl eine solche Antwort erwartet. »Die Gegend, in der er sich aufhalten soll, ist nicht ungefährlich. Vor zwei Wochen haben wir einen Engländer festgenommen, der seine Hunde auf eine Gruppe von irischen Goldsuchern gehetzt hatte. In den Wäldern beim Fluss kann man sich gut verstecken.«

»Ich habe gelernt, auf mich aufzupassen, Sir.« Sie trank einen Schluck von dem heißen Tee, leider ohne Milch. »Sucht der Saloonbesitzer nach Spencer?«

»Louis Ward? Der ist nicht der Typ für lange Schlittentouren.«

»Was ist an dem Gerücht dran, dass Bill Spencer mit einer Prostituierten zusammengelebt haben soll? Einen ganzen Winter, habe ich mir sagen lassen.«

»Babe Stanley«, erwiderte der Commissioner. »Ihren richtigen Namen kenne ich nicht. Sie arbeitet in einem Bordell in Lousetown. So nennen wir den Rotlichtbezirk am anderen Ufer des Klondike. Sie kommt aus Afrika, aus dem Kongo, und verdreht den Männern reihenweise den Kopf. Anscheinend beherrscht sie Techniken ... sorry, Ma'am, ich möchte nicht ins Detail gehen.«

»Das muss ihn doch ein Vermögen gekostet haben.«

»Er hat ihr alles gegeben, was er hatte. Das Gold hatte er einem anderen Goldsucher gestohlen. Wo sollte er es nach seiner Pleite beim Pokern auch sonst herhaben? Um die Schulden drückte er sich immer noch. Als er endgültig bankrott war, warf ihn Babe Stanley raus. Ganz Dawson lachte damals über ihn. Danach verkaufte er seine Ausrüstung und verlegte sich wieder aufs Glücksspiel und kleine Gaunereien.« Er schüttelte den Kopf. »Wenn Sie Ihrer Freundin einen Gefallen tun wollen, lassen Sie ihn hier, Ma'am. Ich bezweifle auch, dass sie ihn nach dem, was ich Ihnen gerade erzählt habe, noch haben will.«

Kate musste zugeben, dass er recht hatte. »Falls ich ihn finde, werde ich ihn nach Whitehorse mitnehmen und dort vor Gericht stellen. Dann kann meine Freundin immer noch entscheiden, was sie tun soll. Sie ist mit ihm verheiratet.«

»Tut mir leid, dass ich keine Männer entbehren kann, Ma'am. Aber Sie können während Ihres Aufenthalts in einem der Blockhäuser am Ufer wohnen. Seitdem die Soldaten der Yukon Field Force abgezogen sind, haben wir genügend Platz.« Er kam um seinen Schreibtisch herum, um sich zu verabschieden, und erlaubte sich ein Lächeln. »Nennt man Sie wirklich Klondike Kate?«

»Gegen meinen Willen, Sir. Ich mag den Namen nicht besonders.«

»Ich frage nur, weil es in Dawson noch eine Klondike Kate gibt.«

Kate war ebenfalls aufgestanden. »Das höre ich zum ersten Mal.«

»Eine Tänzerin«, erklärte Ogilvie. »Sie tritt im Grand Palace an der Front Street auf. Angeblich soll sie früher in weniger respektablen Etablissements aufgetreten sein. Einige behaupten sogar, sie hätte als Prostituierte gearbeitet.«

»Kate Rockwell!«, flüsterte Kate entsetzt.

»Sie kennen die Dame?«

»Ich habe Inspector Primrose geholfen, Sie festzunehmen. Sie hatte sich während ihres Auftritts entblößt und saß bei uns eine Nacht hinter Gittern. Wir haben ihr empfohlen, Whitehorse zu verlassen. Ich dachte, sie fährt nach Hause.«

»Hier hat sie sich bisher nichts zuschulden kommen lassen«, sagte Ogilvie.

»Sie ist ein raffiniertes Biest.«

Kate richtete sich häuslich in dem Blockhaus ein und band die Huskys an einige Pfosten. An den langen Leinen hatten sie genügend Spielraum, konnten sich aber auch nicht mit anderen Hunden anlegen. »Keine Bange«, tröstete sie ihr Gespann. »Ich spreche nur mit ein paar Leuten. Ich brauche nicht lange, okay?«

Bis zum Bonanza Saloon waren es nur ein paar Minuten. Auf dem Gehsteig ging sie an einer Wäscherei, einem Restaurant, einem Eisenwarenladen, einer Zahnarztpraxis, einer Bank und einem Hotel vorbei. In Dawson war für alles gesorgt. Sie atmete tief ein, bevor sie die Tür zum Bonanza Saloon öffnete.

Ein Schwall von Zigarren- und Zigarettenrauch schlug ihr entgegen. Die Männer standen am langen Tresen oder bevölkerten die runden Tische, unterhielten sich laut, spielten Karten oder flirteten mit den Tanzhallenmädchen. Ein Klavierspieler kämpfte mit schrägen Tönen gegen den Stimmenlärm und das Gläserklirren an. Ein Betrunkener nahm einen großen Schluck aus der Flasche und fiel dann vom Stuhl.

In ihrer Heimat, eigentlich im Rest von Kanada und den USA, wäre es unmöglich, zumindest aber höchst unpassend für eine anständige Frau gewesen, ein solches Etablissement zu betreten, aber in Dawson galten nun mal andere Gesetze. Dennoch musterten einige Gäste sie überrascht, als sie erkannten, dass sie es mit einer Frau zu tun hatten. Sie kümmerte sich nicht darum und trat an den Tresen. »Ich würde gern Mister Louis Ward sprechen«, bat sie den Barkeeper.

»Er stellt keine Tanzhallenmädchen mehr ein«, erwiderte er.

Sie reagierte mit einem strengen Blick. »Deswegen möchte ich ihn auch nicht sprechen. Ich bin Constable bei der North West Mounted Police und in einer anderen Angelegenheit hier. Constable Special Ryan aus Whitehorse.«

»Oh!« Er errötete. »Dort hinten … die grüne Tür.«

Kate bedankte sich und ging an den verdutzten Männern am Tresen vorbei. Die Unterhaltungen waren verstummt, selbst der Klavierspieler legte eine kurze Pause ein. Eines der Tanzhallenmädchen kicherte. Kate tat so, als würde sie die Blicke nicht bemerken, und klopfte an die Tür mit der Aufschrift »Privat«.

»Herein!«, rief eine Männerstimme.

Louis Ward war um die Vierzig, hatte gefettete, sauber gescheitelte Haare und einen schmalen Oberlippenbart.

Nach seiner exklusiven Kleidung zu schließen, dem bestickten Wildlederanzug, der Brokatweste und der kostbaren Nadel in seiner Krawatte, schien er sehr wohlhabend zu sein. An einem Finger seiner linken Hand trug er einen funkelnden Ring, vermutlich ein Diamant.

»Constable Special Kate Ryan von der NWMP«, stellte sie sich vor.

Der Saloonbesitzer war noch überraschter als sein Barkeeper. »Eine Frau bei den Mounties? Soll das ein Scherz sein? Sie suchen sicher einen Job.«

»Kein Scherz«, erwiderte sie und setzte sich ungefragt. »Zugegeben, ich bin die erste Frau bei den Mounties und kann Ihre Überraschung verstehen, aber ich nehme meinen Job sehr ernst. Ich bin auf der Suche nach Bill Spencer.«

Er stützte sich auf seinen Schreibtisch. »Die schicken eine Frau, um diesen Halunken zu fangen? Warum nicht eine Horde Kinder? Was soll das, Ma'am?«

Sie überhörte seine Lästereien. »Wenn man mich richtig unterrichtet hat, sind Sie ein Geschädigter dieses Mannes. Wie viel Geld schuldet er Ihnen?«

»Dreitausend Dollar.« Er setzte sich schlecht gelaunt aufrecht hin. »Aber das hab ich den Mounties doch längst erzählt. Einer war sogar dabei, als Spencer den Schuldschein unterschrieben hat. Leider haben sie nie etwas gegen ihn unternommen. Sie hätten nicht genug Männer, um die Gegend am Cache Creek abzusuchen.«

»Haben Sie keine Männer, die sich auf eine solche Jagd verstehen?«

»Sicher, und glauben Sie bloß nicht, dass ich untätig geblieben wäre. Wir haben die ganze Gegend bis zu den Bergen durchkämmt, sogar in einigen Indianerdörfern waren wir, aber der Kerl ist nicht zu finden. Ich hab inzwischen den Verdacht, dass er längst tot ist. Vielleicht haben ihn die Wölfe erwischt.«

»Dann haben Sie das Gold abgeschrieben?«

»Wäre ein Wunder, wenn ich's noch wiederkriegen würde. Schon die Genugtuung, dass er für den Betrug hinter Gitter muss, wäre mir recht. Ich hab tausend Dollar Belohnung auf ihn ausgesetzt, Ma'am ... tot oder lebendig.«

»Selbstjustiz ist keine Lösung.«

»Aber besser, als die Sache ruhen zu lassen.«

»Wo haben Sie zuletzt nach ihm gesucht?«

»Am Oberlauf des Cache Creek. Sie wollen ihn tatsächlich suchen?«

»Ich will es zumindest versuchen«, sagte sie. Sie hütete sich, ihm die wahren Beweggründe für ihre Suche zu verraten. »Und meine männlichen Kollegen suchen ebenfalls nach ihm. Leider haben wir zu wenige Mounties in Dawson.«

»Möchte wissen, was die Regierung mit unseren Steuern macht«, lästerte er. »Dieser Steele hat noch ordentlich durchgegriffen, aber Ogilvie ist mir viel zu zahm. Dem ist es wichtiger, die Spielhallen zu schließen und unsinnige Alkoholgesetze zu erlassen. Man könnte meinen, er wäre einer dieser Pfaffen.«

»Versündigen Sie sich nicht, Mister Ward.«

Kate hatte genug gehört und machte sich auf den Weg nach Lousetown. Sie wollte versuchen, so viele Informationen wie möglich über Spencer zu sammeln, bevor sie zum

Cache Creek fuhr. Der Weg ins Rotlichtviertel, das offiziell Klondike City hieß, führte über eine schmale Holzbrücke, die schon so manchem Betrunkenen, der spätnachts nach Dawson zurückgekehrt war, zu schaffen gemacht hatte. Die Planken knarrten unter ihren Stiefeln, und die Brücke schwankte bedenklich, als sie den immer noch vereisten Yukon überquerte.

Lousetown bot ein Sammelsurium von Blockhäusern und Bretterbuden und eine schmale Gasse mit Baracken, in denen Bordelle und andere zweifelhafte Etablissements untergebracht waren. Die meisten Prostituierten ließen ihre Reize durchs Fenster bestaunen, nur einige wenige standen in bodenlange Pelzmäntel gehüllt auf den schmalen Gehsteigen. Sie musterten Kate grinsend. Eine rief: »Na, meine Hübsche, auf ein Abenteuer aus?« Eine andere kicherte anzüglich und sagte: »Bring einen Kerl mit, Süße, über einen Dreier lässt sich reden.«

Stattdessen fragte Kate: »Wo kann ich Babe Stanley finden?«

»Stehst wohl auf Schwarze«, antwortete eine Rothaarige, die gerade einen Freier verabschiedete, der sich hastig davonmachte. »Die Hütte gegenüber.«

Auf ihr Klopfen öffnete die dunkelhäutige Afrikanerin, etwas älter und fülliger als die anderen, aber mit einer gewaltigen Oberweite und großen Augen. »Ich mach's nicht mit Frauen«, sagte sie, bevor Kate etwas fragen konnte.

Kate stemmte sich gegen die Tür und hinderte Babe Stanley daran, sie ihr vor der Nase zuzuschlagen. »Ich hab nur ein paar Fragen, Babe.« Sie hielt ihr einen Geldschein hin. »Keine Angst, ich bin nicht hier, um Sie zu verhaften.«

»Meinetwegen«, erwiderte die Afrikanerin. »Kommen Sie rein.«

Sie riss Kate den Geldschein aus den Händen und führte sie zu einem runden Tischchen mit zwei Stühlen. Es war lediglich durch einen Vorhang von ihrem Schlafzimmer abgetrennt und war wohl dem Geschäftlichen vorbehalten.

»Was gibt's?«, fragte Babe. »Ich hab nicht viel Zeit.«

»Sie waren mit Bill Spencer zusammen?«

»Bis ihm das Gold ausging. Warum?«

»Er ist der Ehemann einer Freundin.«

Babe zeigte ihre blütenweißen Zähne. »Fast alle meine Kunden sind verheiratet. Wenn Sie ein Mann wären, würden Sie es auch nicht ohne eine Frau aushalten, wenn Sie ein paar Monate von Ihrer Süßen getrennt wären. Hat seine Frau Sie geschickt? Sollen Sie mir einheizen? Sollen Sie das Gold zurückholen? Den Zahn kann ich Ihnen gleich ziehen, Schätzchen. Die Kohle hab ich längst angelegt. Für meine Leute in Afrika, wenn Sie's genau wissen wollen.«

»Immer mit der Ruhe«, sagte Kate. »Ich mach Ihnen doch keine Vorwürfe, und seine Frau hat nicht die geringste Ahnung von seinen Extratouren. Aber er wird vermisst, und sie hat mich gebeten, ihn zu finden und zurückzuholen.«

»Vermisst? Dass ich nicht lache! Auf der Flucht ist er! Er schuldet einem Saloonbesitzer ein paar Tausend Dollar, und wenn ihn die Mounties erwischen, wandert er noch wegen einigen anderen Schweinereien in den Knast. Sogar mir wollte er was klauen, als er keine Kohle mehr hatte. Sagen Sie seiner Frau, sie soll froh sein, dass sie ihn los ist. Im Bett war er auch eine Niete, sogar bei mir.«

»Wo kann er sein?«, fragte Kate. »Hat er gesagt, wohin er gehen würde, als Sie ihn rausgeworfen haben? Hat er was angedeutet? Überlegen Sie, Babe!«

Babe brauchte nicht lange nachzudenken. »Nein, der ist einfach gegangen und war froh, dass ich Mark nicht gerufen habe, als ich ihn erwischt habe, wie er mich beklauen wollte. Mark hätte ihn windelweich geschlagen, wissen Sie?«

»Mark?«

»Mark passt auf uns auf. Auf einige von uns.«

»Keine Idee, wo Spencer sein könnte?«

»Nein ... Das heißt, einmal hat er was von einer Indianerin gefaselt, die in einem der Dörfer auf ihn warten würde. Er nannte sie Mary. Sie wär auf eine Missionsschule gegangen und würde besser Englisch sprechen als er. Er fand das lustig. Und sie wär die Enkelin von Chief Alex. Er steht auf Farbige, wissen Sie? Er hat gesagt, bei uns ginge es wilder zu. Einmal hat er verlangt, dass ich im Baströckchen zu ihm ins Bett steige. Ich hab ihm was gehustet. Wenn er damals nicht noch so gut bei Kasse gewesen wäre, hätte ich ihn rausgeworfen.«

»An mehr können Sie sich nicht erinnern? Wo liegt das Dorf?«

»Das müssen Sie schon selbst rausfinden. War das alles?«

»Sicher ... außer ...«

»Ich muss Geld verdienen, Schätzchen.«

»Wissen Sie, wo ich Mabel de Luxe finden kann?«

»Sie kennen Mabel?«

»Sie ist eine gute Freundin von mir«, erwiderte Kate. »Wir haben uns auf dem Schiff nach Wrangell kennengelernt. Sie und Ethel wollten nach Dawson.«

Babe Stanley lächelte. Anscheinend konnte sie Mabel und Ethel gut leiden. »Mabel ist die Einzige in Lousetown, der man wirklich vertrauen kann. Ihr gehört die neue Baracke am Ende der Straße, die mit den roten Vorhängen.«

»Danke, Babe ... und viel Glück!«

»Hey«, sagte Babe lachend. »Sie sind gar nicht so übel.«

»Sie auch nicht. Passen Sie gut auf sich auf!«

»Ich hab einen Achtunddreißiger, falls es mal ernst werden sollte.«

Kate verabschiedete sich von der Afrikanerin und trat auf den Gehsteig hinaus. Inzwischen war es noch kälter geworden, und es hatte begonnen zu schneien. Sie klappte den Kragen ihrer Jacke hoch und ging die dunkle Straße hinab.

20

Mabel de Luxe öffnete sofort auf ihr Klopfen und empfing sie mit einem strahlenden Lächeln. »Constable Special Kate Ryan!«, freute sie sich. »Ich hab schon gehört, dass du jetzt bei den Mounties bist. Willst du mich verhaften?«

»Mabel! Hast du einen heißen Tee für mich?«

»Und ein Stück Kuchen, wenn du willst. Komm rein!«

Kate folgte ihr in den Empfangsraum, in dem eine etwas mollige Dame in weißer Unterwäsche saß und in einem Versandhauskatalog blätterte. »Mimi, eines meiner beiden Vögelchen«, stellte Mabel vor. »Rose ist mit einem ausdauernden Freier zugange.« Sie deutete auf die Treppe in den ersten Stock.

Im Wohnzimmer waren sie unter sich. Mit der bequemen Couch, den Sesseln und einem Schrank, einer Kommode und dem orientalischen Teppich hätte es auch in einen gutbürgerlichen Haushalt gepasst. Bewundernd blickte Kate auf das Blumenmuster der Tapete, eine Seltenheit in einer Goldgräberstadt. »Wow! Gemütlich hast du's hier!«, staunte sie.

Mabel nahm ihr Jacke und Mütze ab und holte die Kanne mit dem Tee vom Ofen. Statt in Bechern, wie in Kates Restaurant, servierte sie ihn in Tassen, die zumindest kostbar aussahen. Milch und Zucker kamen in Porzellanbehältern.

»Ich hab's geschafft, Kate!«, sagte sie. »Vorbei die anstrengenden Nächte in schmutzigen Absteigen. Ich hab jetzt meinen eigenen Laden und bin nur noch für das Ambiente zuständig. Jetzt sind die Jungen dran. Mit Mimi und Rose hab ich zwei richtig gute Vögelchen erwischt, die wissen, was Männer wollen.«

»Wie geht es Ethel?«, fragte Kate.

»Nicht so gut«, antwortete Mabel. »Eine Zeitlang dachte ich, sie wär über den Berg, aber seit ein paar Tagen bläst sie wieder Trübsal. Sie schläft den halben Tag und isst kaum was. Wenn ich's nicht besser wüsste, würde ich sagen, sie nimmt Laudanum oder raucht Opium. Na ja, sie hat ihren Mann sehr geliebt.«

»Meinst du, sie wird wieder?«

»Ich tue, was ich kann. Bin ständig für sie da, halte Händchen und versuche, ihr jeden Wunsch von den Augen abzulesen. Vielleicht liegt's nur am Winter. Die Dunkelheit verträgt nicht jeder.«

»Wärt ihr lieber in der Stadt drüben?«

Mabel trank von ihrem Tee. »Wenn es nach Ethel ginge, ganz bestimmt. Hier in Lousetown hat sie kaum Abwechslung. Aber die Leute mögen es nicht besonders, wenn angemalte Frauen, wie sie uns nennen, in die Stadt kommen.«

»Ethel ist kein leichtes Mädchen mehr.«

»Sagst du«, erwiderte Mabel. »Solange sie bei mir wohnt, ist sie eines. Aber ich kann hier nicht weg, und fürs Geschäft ist es auch besser. Hier sind die Sünder unter sich, obwohl ich mal einen Pfaffen hatte. Einen der jungen Kerle, die auf der Mission in Tagish arbeiten und noch kein Gelübde abgelegt haben. Häng das bloß nicht an die große Glocke!«

»Ich werde mich hüten. Sonst kommt das Verbot eher, als du denkst.«

»Das ist erst mal vom Tisch«, erwiderte Mabel. »Hab ich aus verlässlicher Quelle. Wenn sie die Saloons und Spielhallen schließen, frühestens nächstes Jahr.« Sie gönnte sich ein Stück Kuchen und animierte Kate, sich ebenfalls eins zu nehmen. »Hat Mimi gebacken, die kann so was.« Sie kaute genüsslich und trank etwas Tee dazu. »Und du? Du hast doch nicht ohne mich geheiratet?«

Kate blickte auf ihren Verlobungsring. »Nein, ich bin immer noch verlobt. Solange George Elsie Maloney jagt, gibt es keine Hochzeit. Wir wollen keine hastige Zeremonie in einem Hinterzimmer. Es soll schon ein bisschen festlich werden, in einer Kirche und mit lieben Freunden.«

»Gibt's denn überhaupt schon eine Kirche?«

»Die wird gerade gebaut.«

»Und Pater Lefebvre ist nicht sauer, weil ihr in Sünde lebt?«

»Oh, er hat mir schon ins Gewissen geredet, aber was sollen wir machen? George kann sich seine Befehle nicht aussuchen, und ich hab auch ständig zu tun. Ist nicht einfach, einen Termin zu finden. Aber mach du mal einem Pater wie Lefebvre klar, dass du als Frau genauso arbeiten willst wie dein Mann.«

»Als Missionar sollte er es besser wissen. Die Indianerfrauen arbeiten auch, und nicht zu knapp.«

»Und werden nicht gerade zimperlich von der Kirche behandelt.«

Mabel musste lachen. »Nur gut, dass du in der Wildnis lebst und nicht in einem vornehmen Stadtteil von Toronto oder Ottawa. Da verziehen sie angeekelt das Gesicht, wenn du arbeitest und dich nicht deinem Mann unterwirfst.«

»Dass sie mich zum Mountie gemacht haben, ist vielleicht ein Anfang.«

»Ich dachte, du bist keine Frauenrechtlerin.«

»Nicht so wie Sister Florence.«

Mabel lachte wieder. »Und was machst du hier in Dawson?«

Kate tupfte sich den Mund mit ihrer Serviette ab und zog die Fotografie von Bill Spencer, die Maggie ihr gegeben hatte, aus der Tasche. »Ich suche diesen Mann, einen gewissen Bill Spencer. Hast du eine Ahnung, wo er sein könnte?«

»Der hat eine ganze Weile bei Babe Stanley gewohnt. Steht auf Schwarze und Indianerinnen, von Mimi und Rose wollte der nichts wissen. Was ist mit ihm?«

»Bill Spencer ist Maggies Ehemann«, erklärte Kate. »Seinetwegen ist sie von Kansas zum Yukon gekommen. Sie dachte, ihm sei was zugestoßen, aber dann kamen erste Gerüchte auf, dass er ein ziemlich schlimmer Finger ist und hohe Schulden hat. Von der Sache mit Babe weiß sie noch gar nichts. Sie ist auch so schon ziemlich fertig und wollte selbst herkommen, aber das hab ich nicht zugelassen. Viel zu gefährlich, wenn man noch nie allein in der Wildnis unterwegs war. Ich hab ihr versprochen, nach ihm zu suchen.«

»Sind die Mounties nicht hinter ihm her?«

»Die haben gerade andere Sorgen. Die Hexe ist immer noch frei.«

»Du bist auch ein Mountie.«

»Stimmt, aber ich soll nur auf weibliche Gefangene aufpassen und irgendwann auch Steuern eintreiben. Nach Spencer suche ich nur Maggie zuliebe. Wenn sie schon durch halb Amerika fährt, um ihren Mann zu finden, soll sie ihn wenigstens zur Rede stellen dürfen, bevor er eingesperrt wird.«

»Hat er nicht Schulden bei Louis Ward?«

»Ein paar tausend Dollar«, bestätigte Kate. »Und auf so eine Summe will auch ein reicher Mann wie Ward nicht verzichten. Er hat tausend Dollar Belohnung auf Bills Ergreifung ausgesetzt – tot oder lebendig. Angeblich soll sich Spencer am Cache Creek aufhalten. Seine Männer hätten die ganze Gegend abgesucht, sagt Ward, ihn aber nicht gefunden. Ich war vorhin bei ihm.«

»Und Babe Stanley? Warst du bei der auch?«

»Bevor ich zu dir kam«, erwiderte Kate. »Sie sagt, er hätte mal von einer Indianerin gesprochen, einer gewissen Mary, und von Chief Alex, ihrem Grandpa.«

»Er hält sich in einem Indianerdorf versteckt?«, wunderte sich Mabel.

»Könnte sein. Schon mal von Chief Alex gehört?«

Mabel schüttelte den Kopf. »Nein, aber du findest bestimmt einen Goldsucher, der weiß, wo sein Dorf liegt.« Sie schenkte Tee nach. »Willst du wirklich allein nach dem Kerl suchen?«

»Das bin ich Maggie schuldig.«

»Sei vorsichtig!«, mahnte Mabel. »George braucht dich!«

»Und ich brauche George. Keine Sorge!«

Sie standen auf und verabschiedeten sich gerade voneinander, als es klopfte und die Tür aufging. Mimi erschien aufgeregt im Türrahmen und sagte: »Ethel ist verschwunden! Ich wollte gerade nach ihr sehen. Sie ist weg!«

»Wie bitte?«, erwiderte Mabel entsetzt.

Sie stürmte in Ethels Zimmer, das ebenfalls im Erdgeschoss lag, und fluchte ungeniert. Kate folgte ihr und blickte ebenso verwirrt auf das leere Bett und das geöffnete Fenster. Eisige Luft strömte von draußen herein, auf dem Holzboden vor dem Fenster schmolzen Schneeflocken. Das Feuer im Ofen kam kaum noch gegen die plötzliche Kälte im Zimmer an. Keine Spur von Ethel.

»Sie ist weggelaufen!«, rief Mabel in aufkommender Panik. Sie lief zum Fenster und blickte in die Nacht hinaus. Jenseits des Klondike brannten die Lichter von Dawson City. »Warum hab ich nicht besser auf sie aufgepasst?«

Kate trat neben sie und deutete auf die frischen Fußspuren im Schnee. »Die stammen von Hausschuhen. Sie muss in Panik gewesen sein. Bei der Eiseskälte mit Hausschuhen durch den Schnee, das hält man nicht lange durch.«

Mabel suchte das Zimmer ab und sah, dass Ethels Kleider noch über dem Stuhl neben ihrem Bett lagen. Sie lief zum Schrank und fand das Kleid, das Ethel als Prostituierte getragen hatte, ihre wenigen Blusen und ihre Unterwäsche. Als sie den leeren Haken neben der Tür sah, atmete sie erleichtert auf. »Wenigstens hat sie ihren Mantel mitgenommen. Was hat sie bloß vor? Warum tut sie das?«

»Sie ist verzweifelt, Mabel. Sie ahnt, dass sie nie mehr in ein normales Leben zurückfinden wird, und hat die Nerven verloren. Was sie vorhat, weiß ich leider nicht. Ich weiß nur, dass wir sie so schnell wie möglich finden müssen.«

Mabel schlüpfte in ihren langen Pelzmantel und stieg hastig in ihre Stiefel. Kate zog ihre Mackinaw-Jacke an und stülpte sich die Wollmütze über die Haare. »Pass auf den Laden auf!«, rief Mabel der jungen Mimi zu, griff nach einer Kerosinlampe, lief auf die Straße und durch eine Gasse hinters Haus.

Die Spurensuche brachte nicht viel. Ethels Fußabdrücke führten zwei Häuser weiter in die Gasse zurück und verloren sich dort schon nach wenigen Schritten im aufgewühlten Schnee. Es war unmöglich, sie wiederzufinden. Sie wussten nicht einmal, in welche Richtung Ethel gelaufen war. Sie versuchten es mit Süden. Wer in panischer Angst davonlief, schlug sicher den einfachsten Weg ein, und zum Ende der Gasse war es nicht weit. Einige Freier sprangen erschrocken zur Seite, als ihnen die Frauen über den Gehsteig entgegenkamen.

Sie folgten ihrer Eingebung, liefen an einem Lagerhaus vorbei, in dessen Hof sich Baumstämme stapelten, und stiegen an einigen Hütten vorbei einen Hang hinauf. Doch auch hier gab es zu viele Spuren, um Ethels Fußabdrücke wiederzufinden. »Ethel!«, riefen sie immer wieder. »Ethel! Ethel! Wo bist du?«

Südlich von Lousetown erreichten sie nach wenigen Minuten den Trail Creek und sahen zuerst den Mantel, den Ethel anscheinend abgestreift hatte, und gleich darauf eine reglose Gestalt im Schnee liegen. »Ethel!«, schrie Mabel.

Sie rannten zu der Gestalt, die gekrümmt und wie erstarrt am Ufer lag und teilweise von Schnee bedeckt war. Ein Anblick, der beide erschütterte, doch als gelernte Krankenschwester behielt Kate die Nerven und ging genauso vor, wie man es auch im Krankenhaus von ihr verlangt hatte. Alle Emotionen beiseiteschieben und auf die Behandlung konzentrieren.

Sie kniete neben Ethel und fühlte ihren Puls. Das Herz schlug, wenn auch sehr schwach. »Sie lebt!«, sagte sie. »Aber sie braucht dringend einen Arzt! Hier draußen kann ich wenig machen. Gibt es ein Krankenhaus in Dawson?«

»Das Good Samaritan am Südende der Stadt.«

»Okay, du hältst sie warm, und ich hole einen Arzt.«

»Beeil dich, Kate!«

Kate lief, so schnell sie konnte. Das Krankenhaus war nicht weit entfernt, aber der Schnee lag teilweise hoch, und sie musste über die Holzbrücke am Klondike River laufen. Schwer atmend erreichte sie das Good Samaritan, ein lang gestrecktes Blockhaus, in dem glücklicherweise mehrere Lichter brannten.

Sie riss die Eingangstür auf und lief einer Schwester in die Arme. »Schwester!«, rief sie. »Ich brauche dringend einen Arzt! Eine Verletzte … halb erfroren … an der Mündung des Trail Creek! Ich bin selbst Krankenschwester, aber sie braucht unbedingt einen Arzt! Ihr Puls ist schwach! Wir haben kaum noch Zeit!«

Die Schwester reagierte professionell und kehrte wenig später mit einem Arzt zurück. Er hatte bereits Jacke, Stiefel und Handschuhe angezogen und hielt seine Arzttasche in einer Hand. »Schicken Sie einen Sanitäter mit dem Hundeschlitten zum Trail Creek!«, rief er der Schwester zu, während sie aus dem Haus und zu der Verletzten liefen. »Doc Halloway«, stellte er sich im Laufen vor. »Kate Ryan«, erwiderte sie. »Ich bin Krankenschwester, aber …«

»Sie haben richtig gehandelt, Kate. Klondike Kate?«

»Nur Kate«, verbesserte sie ihn.

Mabel wartete bereits ungeduldig. Sie hatte die halb erfrorene Ethel mit ihrem Pelzmantel zugedeckt und fror nun selbst erbärmlich. Kate lieh ihr ihre Jacke, bis der Sanitäter mit dem Hundeschlitten und einem Stapel Wolldecken kam.

»Wie lange liegt sie hier schon?«, fragte der Arzt.

»Keine Ahnung«, antwortete Mabel. »Eine halbe Stunde, schätze ich.«

Er untersuchte Ethel und zog eine bedenkliche Miene. »Sie muss dringend in einen warmen Raum«, entschied er. »Helfen Sie mir, die Verletzte auf den Schlitten zu legen. Vorsichtig … keinen zu festen Druck auf sie ausüben!«

Sie wickelten Ethel in mehrere Wolldecken und hoben sie auf die Ladefläche. Sie war bewusstlos und stöhnte nicht mal. Die Huskys jaulten nervös. »Machen Sie Ethel wieder gesund!«, bat Mabel den Arzt. »Sie darf nicht sterben! Sie soll die beste Behandlung bekommen. Ich übernehme alle Kosten!«

Doc Halloway setzte sich zu der Verletzten auf den Schlitten und gab dem Sanitäter das Signal loszufahren. »Zur Notaufnahme, so schnell wie möglich!«

»Wir kommen nach!«, rief Kate dem Schlitten hinterher, der sich schnell entfernte.

Kate und Mabel liefen zum Krankenhaus und erregten einiges Aufsehen, als sie den Empfangsraum betraten. Zwei Schwestern, die sich angeregt unterhalten hatten, verstummten wie auf Kommando und starrten Mabel de Luxe wie ein Wesen von einem anderen Stern an. Ihre rote

Mähne und ihr geschminktes Gesicht schienen sie zu verunsichern. Mabel machte sich nichts daraus, grinste lediglich kaum merkbar und sagte: »Wir gehören zu Ethel … der jungen Frau, die Doc Halloway gerade gebracht hat. Können wir irgendwo auf ihn warten?«

Eine der beiden Schwestern gab sich einen Ruck. »Warten?«, erwiderte sie, immer noch verwirrt. »Sicher. Kommen Sie, ich bringe Sie ins Wartezimmer.«

In dem Raum gab es lediglich ein paar Stühle und einen kleinen Tisch, auf dem einige Zeitschriften aus dem letzten Jahrhundert lagen. An den Wänden hingen Bilder mit gezeichneten Husky-Porträts. Die Tür blieb offen, damit die Wärme vom Ofen im Empfangsraum hereinziehen konnte. »Es kann etwas dauern«, sagte die Schwester. »Auf dem Ofen steht frischer Kaffee, wenn Sie wollen.«

Doch die Freundinnen waren viel zu aufgeregt, um an Kaffee zu denken. Sie setzten sich nicht mal, liefen unruhig im Raum auf und ab und gaben erst nach, als ihnen bewusst wurde, dass es tatsächlich einige Zeit dauern würde, bis Doc Halloway ihnen etwas Genaues sagen könnte. Als sie bei einer Schwester nachfragten, die aus dem Behandlungszimmer kam, sagte sie: »Sie müssen Geduld haben, meine Damen. Der Doktor tut, was er kann. Aber die Verletzte hat sehr lange in der Kälte gelegen, und die Behandlung der Erfrierungen ist schwierig.«

Niedergeschlagen kehrten sie ins Wartezimmer zurück und schwiegen betreten. Beiden war klar, dass Ethel mit dem Tod rang. Ein befreundeter Fallensteller hatte Kate erklärt, dass man so gut wie tot war, wenn man in dieser Kälte ohne passende Kleidung länger als eine Viertelstunde im Schnee lag. Wenn die Körpertemperatur zu tief sank, versagten wichtige Organe, oder es bildeten sich Blutgerinnsel, und dann bestand kaum noch Hoffnung. Ethel war wesentlich länger als eine Viertelstunde draußen gewesen, nur in Unterwäsche, Mantel und Hausschuhen.

Die Minuten tickten dahin, ohne dass etwas geschah. Eine Schwester schob einen älteren Mann im Rollstuhl am Wartezimmer vorbei, zwei Ärzte schimpften über die niedrigen Temperaturen, die alles noch viel schlimmer machten. Aus einem der Nachbarzimmer drangen die Schreie eines Patienten herüber. Dann war lange Zeit gar nichts zu hören, und sie kamen sich vor, als wären sie allein im Krankenhaus. Die Kerosinlampe auf dem Tischchen flackerte schwach.

Mitternacht war schon vorbei, als Doc Halloway im Wartezimmer erschien. Er wirkte erschöpft, und seine enttäuschte Miene verriet ihnen bereits, dass er schlechte Nachrichten brachte. »Tut mir leid«, sagte er, »Ihre Freundin hat es nicht geschafft. Sie hat wohl zu lange in der Kälte gelegen. Wir haben alles versucht, aber ihre Körpertemperatur wollte nicht mehr steigen, und am Ende versagte ein Organ nach dem anderen. Das passiert häufig in solchen Fällen.«

»Danke für Ihre Mühe«, brachte Mabel leise hervor.

»Kennen Sie ihre Eltern? Andere Angehörige?«

»Keine Ahnung, Doc. Ich bin nicht mal sicher, ob sie noch am Leben sind. Als sie zu mir kam, hatte sie keine Papiere dabei. Ihre leiblichen Eltern kannte sie nicht, das weiß ich. Sie ist in einem Heim aufgewachsen. Ihren Nachnamen hatte sie wohl erfunden. Aber keine Angst, wir kümmern uns um sie.«

»Wissen Sie, warum sie weggelaufen ist?«

»Das Leben hat ihr übel mitgespielt«, sagte Mabel. »Unter meinen Fittichen fühlte sie sich einigermaßen wohl, aber als sie anständig werden wollte, wurde ihr Mann von einem Grizzly getötet, und sie konnte monatelang nicht sprechen. Ich hab alles versucht, Doc, das müssen Sie mir glauben, und ich mache mir Vorwürfe, nicht besser auf sie aufgepasst zu haben. Aber ich denke, ihr war nicht mehr zu helfen. Ich hoffe nur, es geht ihr besser, wo immer sie jetzt ist.«

»Kümmern Sie sich um den Bestatter?«

»Sicher ... und um Ihre Rechnung.«

Kate und Mabel verließen das Krankenhaus und blieben vor dem Eingang stehen. Der frische Nachtwind und die Schneeflocken, die ihnen ins Gesicht bliesen, machten ihnen nichts aus. Beide hatten eine gute Freundin verloren, auch Kate, obwohl sie Ethel gar nicht so gut gekannt hatte. Sie hätte der jungen Frau, die fast noch ein Mädchen gewesen war und das Leben einer Prostituierten erfolgreich hinter sich gelassen hatte, ein längeres Leben gegönnt. Die Qual, ihren Mann unter so schrecklichen Umständen verloren zu haben, war zu viel für sie gewesen.

»Sie war eine gute Frau«, sagte Mabel.

»Die froh sein konnte, dass du sie aufgenommen hast. Ohne dich wäre sie noch viel früher gestorben. Auch du bist eine gute Frau, Mabel de Luxe.«

»Amen«, erwiderte Mabel lächelnd.

21

Obwohl sie todmüde war, nahm sich Kate Zeit für ihre Huskys. Sie gab ihnen von dem Eintopf, den sie über dem Ofen erhitzt hatte, sprach mit jedem Einzelnen und streichelte sie oder gab ihnen einen liebevollen Klaps. »Morgen früh geht es wieder los«, sagte sie zu Buck. »Wir sehen uns am Cache Creek nach Maggies Ehemann um. Keine Ahnung, ob wir ihn finden. Ich bin eher skeptisch, aber wir müssen es wenigstens versuchen. Wenn ich dem Saloonbesitzer verspreche, dass er seine Schulden bezahlen wird, lassen ihn die Mounties vielleicht nach Whitehorse mitgehen. Er soll Maggie selbst erzählen, was er verbrochen hat. Wenn er Glück hat, kommt er ungeschoren davon und Maggie verzeiht ihm, obwohl … Ich weiß nicht, ob ich ihn zurücknehmen würde.«

Buck war noch dabei, seinen Futternapf auszulecken, und hörte ihr sicher nur widerwillig zu, aber Kate redete dennoch weiter. »Der Goldrausch hat ihn zu einem fiesen Burschen gemacht. So reagieren manche Menschen, wenn eine Menge Gold im Spiel ist. Sie wollen ein immer größeres Stück von dem Kuchen haben und schrecken irgendwann nicht mehr davor zurück, es sich mit Gewalt zu nehmen. Ich bin sicher, in Kansas war er ein anderer Mann. Aber was mit ihm geschieht, können nur die Mounties oder Maggie entscheiden.« Sie lächelte still. »Und euch kann das egal sein. Ihr seid schon zufrieden, wenn ihr euch auf dem Trail austoben könnt, stimmt's? Morgen bekommt ihr reichlich Gelegenheit dazu, das verspreche ich euch. Gute Nacht, ihr Lieben.«

Kate war der Appetit nach dem tragischen Tod von Ethel vergangen; sie begnügte sich mit einem Becher heißen Tee. Zumindest ein anständiges Begräbnis würde Ethel bekommen, dafür würde Mabel schon sorgen. Ihre junge Freundin war freiwillig in den Tod gegangen, das stand für sie fest. Sie war zu schwach gewesen, um ihr Leben länger zu ertragen. Eines von vielen tragischen Schicksalen, die mit dem Goldrausch am Klondike und dem Leben in der Wildnis zusammenhingen. Nur ein unerfahrener Mann wie Bud Kilkenny ließ sich von einem Grizzly überraschen. »Arme Ethel«, flüsterte sie.

Am nächsten Morgen war Kate früh auf. Nachdem sie sich um die Hunde gekümmert und den Schlitten bepackt hatte, verließ sie ihre Blockhütte und lief Commissioner Ogilvie in die Arme. »Guten Morgen, Constable Special«, begrüßte er sie standesgemäß, »ich wollte eigentlich schon gestern Abend mit Ihnen sprechen, aber Sie waren nicht zu Hause. Sie haben Louis Ward aufgesucht?«

»Unter anderem«, antwortete sie. »Ein unangenehmer Bursche. Er hat eine Belohnung auf Spencer ausgesetzt und würde ihn am liebsten aufhängen.«

»Dann landet er wegen Lynchjustiz im Gefängnis.«

»Vielleicht kann ich ihn überreden, von einer Anzeige abzusehen, falls ich Spencer finde und für ihn bürge. Ich habe einiges Geld in florierende Minen investiert und könnte den Spencers das Geld leihen, falls sie keine Ersparnisse haben. Ich würde das nicht für ihn tun, sondern für Maggie. Falls sie ihn lieber im Gefängnis sieht, lasse ich ihn einsperren, und ich bringe ihn mit dem ersten Dampfer nach Dawson zurück, sobald das Eis im Yukon aufgebrochen ist.«

»Sie scheinen große Stücke auf diese Maggie zu halten.«

»Sie hat einen Mann wie Bill Spencer nicht verdient.«

»Und dennoch wollen Sie ihren Mann vor dem Gefängnis retten?«

»Nur wenn Sie ihm keine anderen Verbrechen nachweisen können«, sagte Kate. »Ich würde niemals das Gesetz übergehen. Wenn die Gerüchte, die ich über ihn gehört habe, alle stimmen, gehört er geteert und gefedert. Er hat wochenlang mit einer Prostituierten zusammengelebt und ihr alles Gold gegeben, das er noch in den Taschen hatte, das muss man sich mal vorstellen. Er dachte wohl, es ginge immer so weiter mit den Gaunereien. Er ist ein mieser Bursche, und es widerstrebt mir, ihn nach Whitehorse zu bringen, aber wie gesagt, Maggie ist eine gute Freundin, und ich will, dass sie noch mal mit ihm spricht.«

»Wenn Sie ihn finden. Warum sollten Sie mehr Glück haben als andere?«

»Das weiß ich auch nicht, Sir. Falls ich ihn nicht finde, fahre ich mit leeren Händen nach Whitehorse zurück. Auch ich habe einen Mann, den ich so bald wie möglich in die Arme schließen und mit dem ich Hochzeit feiern will. Wenn ich morgen oder übermorgen aufbreche, komme ich zur gleichen Zeit wie er dort an.«

»Passen Sie gut auf sich auf, Constable Special.«

»Aye, Sir.«

Kate stieg auf die Kufen ihres Schlittens und feuerte die

Hunde an. Mit einem seltsamen Gefühl im Magen lenkte sie ihren Schlitten über die Böschung auf den gefrorenen Klondike River hinab. An jedem Fluss oder Bach, der in ihn mündete, lag ein Claim neben dem anderen, warteten die Goldsucher ungeduldig auf den »Break-up«, das Aufbrechen des Eises. Erst im Sommer konnten sie weiter nach Gold schürfen oder in den Minen arbeiten. Die meisten Männer scheuten die winterliche Kälte und blieben in ihren Hütten und Zelten; nur wenige wagten sich auf den vereisten Fluss, über den Kate nach Osten fuhr.

Über den Bäumen ließen sich helle Streifen am Himmel blicken. Im März war der Winter bereits auf dem Rückzug, auch wenn die Temperaturen noch immer weit unter dem Gefrierpunkt lagen und der Winter das Land noch fest in den Klauen hielt. Eisiger Dunst hing über dem Klondike und vermischte sich mit dem orangefarbenen Glanz der ersten Sonnenstrahlen zu einem magischen Licht, das nicht von dieser Welt zu sein schien. Die Natur hielt Wunder bereit, die sie in einer Stadt und selbst im heimatlichen Johnville niemals erlebt hätte.

Nach ihrem Schutzgeist hielt sie vergeblich Ausschau. Der Wolf hätte gut in diese Szenerie gepasst, ein mythisches Wesen in einer unwirklichen Welt. Oder war er doch ein lebendiges Wesen? Verfolgte sie der Wolf durch die Wildnis, nur um auf sie zu achten oder ihr gute Ratschläge zu geben? Eine Frage, die sie seltsamerweise nicht beantworten konnte. Zumindest benahm er sich so, wie es ihr die Schamanin in Atlin erklärt hatte: Er blieb nicht in ihrer Nähe, um sie in jeder Situation vor Schaden zu bewahren, mischte sich oftmals nicht mal ein, wenn sie in großer Gefahr war. Er war ein wankelmütiger, launischer Bursche, der spontan handelte.

Während ihrer Fahrt über den Klondike River ließ er sich nicht blicken. Kate war allein auf dem zugefrorenen Fluss und erfreute sich an der Einsamkeit und der Stille, die nur durch das Scharren der Kufen gestört wurde. Während der wenigen Pausen, die sie einlegte, war die Stille beinahe vollkommen. Selbst Kate, die in einer winzigen Siedlung in New Brunswick im Osten von Kanada aufgewachsen war, hatte einige Zeit gebraucht, um sich an diese Stille zu gewöhnen. Sobald es wärmer wurde und die Goldsucher aus ihren Zelten kämen, würde es auch in dieser, ehemals so abgelegenen Gegend, mit der Stille vorbei sein.

Sie hatte eine Karte der Klondike-Region mitgenommen. Das Gebiet war während des Goldrauschs sehr detailliert kartografiert worden. Sie war ziemlich sicher, den Cache Creek erreicht zu haben, als sie die Mündung zwischen einigen verkrüppelten Schwarzfichten entdeckte. Sie nützte eine weitere Rast, um ihre Büffelfelljacke gegen ihren Uniformmantel zu tauschen, sodass sie schon durch ihr Äußeres zeigen konnte, dass sie für die North West Mounted Police arbeitete. Anschließend lenkte sie ihr Gespann auf den verschneiten Ufertrail nach Norden.

Nach der ersten Biegung erreichte sie ein Goldsucherlager mit mehreren Zelten, die geschützt unter einigen Bäumen lagen. Als sie sich dem Lager näherte, traten drei Männer aus den Zelten und empfingen sie mit schussbereiten Gewehren. »Anhalten!«, warnte einer. »Und die Hände hübsch oben lassen!«

Kate gehorchte und stieg langsam vom Schlitten. »Constable Special Ryan von der North West Mounted Police«, stellte sie sich vor. »Nehmen Sie die Waffe runter!«

Der Goldsucher, ein stämmiger Mann mit groben Gesichtszügen, sicherte überrascht sein Gewehr. »Eine Frau im Mountie-Mantel?«, reagierte er ungläubig. Dann fügte er mit lauter Stimme hinzu: »Das müsst ihr euch ansehen, Leute! Ob ihr's glaubt oder nicht, hier steht 'ne Mountie-Frau. Und eine hübsche noch dazu.«

Vier weitere Männer krochen aus den Zelten und staunten genauso sehr wie der Mann mit dem Gewehr. Kate verkniff sich ein amüsiertes Lächeln. »Sie sind nicht die Ersten, die mich so überrascht ansehen. Um ehrlich zu sein, ich bin bisher die einzige Frau bei den Mounties und eigentlich nur für weibliche Gefangene zuständig, aber ich suche den Ehemann einer guten Freundin, der am Cache Creek gesehen wurde. Ein gewisser Bill Spencer. Angeblich soll er auf die schiefe Bahn geraten sein und mehrere Diebstähle begangen haben.«

Die Männer blickten einander betroffen an. »Den kennen wir«, sagte einer, »und wenn mich nicht alles täuscht, ist er auch der Schweinehund, der unser Gold klauen wollte und Pete eine verpasst hat. Wenn wir nicht in der Überzahl gewesen wären, hätte er ihn wohl umgebracht.«

Kate kramte die Fotografie aus ihrer Tasche. »Dieser Mann hier?«

Die Männer sahen sich das Foto an. »Ja, der war's.«
»Ist Ihr Freund schwer verletzt?«, fragte Kate.
»Nur ein Kratzer.«

»Kann ich ihn mir ansehen? Ich war mal Krankenschwester.«

Wie sich herausstellte, hatte Pete doch etwas mehr als einen Kratzer abbekommen. Die Kugel hatte sein rechtes Bein durchschlagen, und er hatte viel Blut verloren. Er lag auf einigen Decken und konnte kaum die Augen offen halten. Ein Zustand, den Kate oft bei Patienten im Krankenhaus gesehen hatte.

»Ich bin Kate Ryan«, sagte sie. »Wie fühlen Sie sich?«

»Ich bin schlapp, und mir ist schwindlig.«

»Das ist ganz normal, wenn man Blut verloren hat, aber wir kriegen das hin. Ich reinige Ihre Wunde und lege Ihnen einen festen Verband an. Okay, Pete?«

»Sicher.«

»Wie lange ist das her mit dem Überfall?«, fragte Kate, nachdem sie ihren Erste-Hilfe-Kasten geholt hatte und dabei war, die Wunde zu reinigen und den Verband anzulegen.

Pete überlegte. »Ungefähr eine Stunde. Was meinst du, Al?«

Der Mann mit dem Gewehr nickte. »Eine Stunde, das kommt hin.«

Kate sicherte den Verband mit einem Knoten. »Dann haben Sie nichts zu befürchten, Pete. Sie haben großes Glück gehabt. Etwas weiter oben, und Sie wären in ernsthaften Schwierigkeiten. Wenn Sie sich in den nächsten zwei Wochen etwas Ruhe gönnen, kommt alles wieder in Ordnung. Also, treiben Sie es nicht zu toll!«

»Bei der Kälte bleibt mir sowieso nichts anderes übrig.«

Kate verstaute ihren Erste-Hilfe-Kasten und lehnte das Angebot, heißen Tee mit den Männern zu trinken, dankend ab. »Ich hab leider wenig Zeit. Sagen Sie ... Haben Sie mal was von einem Chief Alex und seiner Tochter Mary gehört?«

»Indianer?«, fragte Al.

»Spencer soll mit Mary zusammen gewesen sein.«

»Keine Ahnung«, sagte Al, »aber weiter nördlich von hier gibt es einige Indianerdörfer. Sie glauben, dieser Spencer ist bei Indianern untergekrochen?«

»Es gibt Gerüchte, die das behaupten.«

»Wollen Sie etwa allein hinter Spencer her?«, wunderte sich Al. »Der Kerl ist gefährlich. Er hat aus dem Hinterhalt auf Pete geschossen; dachte wohl, er wäre allein unterwegs und hätte Gold bei sich. Zum Glück waren wir in der Nähe und konnten ihn vertreiben. Aber erwischt haben wir ihn nicht.«

»Keine Angst, ich fange keine Schießerei mit ihm an.«

»Aber er vielleicht mit Ihnen. Wir könnten Sie begleiten.«

»Und Pete?« Sie schüttelte den Kopf und gab sich zuversichtlicher, als sie wirklich war. »Nicht nötig, Al. Meine männlichen Kollegen suchen ebenfalls nach Spencer, und ich möchte nur herausfinden, wo er sich versteckt hält.«

»Wär gut, wenn Sie ihn erwischen würden.«

Kate winkte den Goldsuchern zum Abschied und trieb die Huskys an. Die Hunde waren nicht sehr erfreut über die erzwungene Pause gewesen und erleichtert, endlich weiterlaufen zu dürfen. Nur Jasper beklagte sich noch ein wenig, bis er den Rhythmus verlor und von Buck und den anderen Hunden zur Ordnung gerufen wurde. Charly schien ebenfalls aufgebracht, schwieg aber.

Je weiter es nach Norden ging, desto hügeliger wurde das Land. Der Trail führte vom Fluss weg durch lichten Mischwald und jenseits einer Senke einen steilen Hang zu einem Hügelkamm hinauf, von dem aus sie sicher eine gute Aussicht auf das unter ihr liegende Land haben würde. Inzwischen war es heller geworden, und die Sonne zeigte sich am östlichen Horizont. Vielleicht würde es ihr gelingen, die Indianerdörfer durch ihr Fernglas auszumachen und einen geeigneten Trail zu finden. Noch hatten sich die Sonnenstrahlen nicht endgültig gegen das bläuliche Zwielicht und den Nebel durchgesetzt.

Bill Spencer bereitete ihr Kopfschmerzen. Der Überfall auf Al und seine Freunde war ein eindeutiger Beweis dafür, dass die Gerüchte über ihn zutrafen. Er war am Klondike zu einem gewalttätigen Verbrecher geworden, der nicht davor zurückschreckte, einen Mann wegen seines Goldes aus dem Hinterhalt zu erschießen. Sicher hatte er auch alle anderen Diebstähle begangen, die man ihm vorwarf. Allein der Mordversuch an Pete reichte aus, um ihn einige Jahre hinter Gitter zu bringen. Was hatte er sich nur dabei gedacht?

Maggie würde ihren Mann nicht wiedererkennen und konnte froh sein, dass er ins Gefängnis kam. Sie hatte etwas Besseres verdient. Natürlich würde es einige Wochen dauern, bis sie den Schmerz und die Enttäuschung überwunden hatte, aber irgendwann wäre sie erleichtert, ihn nicht mehr wiedersehen zu müssen. Sie war jung und hübsch genug, um einen besseren Mann zu finden. Wenn Kate daran dachte, wie viele Männer sie um eine Verabredung gebeten hatten, machte sie sich keine Sorgen.

Mit lauten Anfeuerungsrufen trieb Kate die Huskys den steilen Hang hinauf. Der Wind hatte den Neuschnee vom Trail geweht, und sie musste nicht einmal von den Kufen springen, um den Hügel zu erklimmen. Oben angekommen, bremste sie und blickte in das Tal hinab, das sich vor ihr ausbreitete. Bewaldete Hügel, kleinere Flüsse und Seen, weite Ebenen und westlich von ihr der kegelförmige Midnight Dome und der Yukon River, den nichts in seiner Ruhe stören konnte.

Sie griff nach ihrem Fernglas und machte einige Goldsucherlager am Ufer der Flüsse und Bäche aus. Die Hütten an einem der schmalen Zuflüsse des Yukon, jenseits der Goldfelder und unterhalb eines steilen Berghangs, mochten ein Indianerdorf sein, aber genau ließ sich das nicht sagen. Sie entdeckte einen Trail, der durch das Tal führte, allerdings nur über ein Schneefeld zu erreichen war, das man auf Schneeschuhen überqueren und auf dem man den Huskys helfen musste.

Als sie sich gerade nach vorn beugte, um ihr Fernglas im Schlittensack zu verstauen, hörte sie den lauten Knall eines Schusses und sein vielfaches Echo zwischen den Hügeln. Gleichzeitig verspürte sie einen heftigen Schlag gegen ihre Hüfte, der sie von den Beinen riss und von den Kufen schleuderte. Mit einem Aufschrei fiel sie in den Schnee und stürzte den steilen Abhang hinunter. Nur die dichte Schneedecke schützte sie gegen die kantigen Steine auf dem Abhang, konnte aber nicht verhindern, dass sie gegen eine Schwarzfichte stieß und benommen und mit dem Gesicht nach oben im Schnee liegen blieb.

Der Schmerz, der bald darauf einsetzte, war beinahe unerträglich. Ihr ganzer Körper brannte, und sie fühlte, wie das Blut unter ihrer Hose aus der Wunde sickerte. Bill Spencer hatte auf sie geschossen! Wer sollte es sonst gewesen sein? Er hatte sie für einen der Goldsucher gehalten und versucht, sie aus dem Weg zu räumen. Hatte er gemerkt, dass er sie nicht tödlich getroffen hatte? Würde er zurückkehren, nach ihr sehen und sein finsteres Vorhaben beenden?

Kate verharrte minutenlang im kalten Schnee, ohne sich zu bewegen, aber nichts geschah. Er hielt sie offenbar für tot und war weitergezogen. Ein gemeiner Verbrecher, der auch vor einem Mord nicht zurückschreckte und keinerlei Reue zeigte. Ein einfacher Farmer, der am Klondike zum Killer geworden war.

Sie tastete nach ihrer Wunde und spürte warmes Blut. Eine ähnliche Wunde wie bei Pete, die dringend versorgt werden musste, wenn sie nicht das Bewusstsein verlieren und qualvoll erfrieren wollte. Ein Durchschuss, unter normalen Bedingungen nicht gefährlich, wenn rasche Hilfe kam und man einen festen Verband anlegte. Hier draußen in der verschneiten Wildnis jedoch war so etwas lebensgefährlich.

Sie hob den Kopf und blickte den Hügel hinauf. Durch den Nebel, der sich vor ihren Augen ausbreitete, erkannte sie, dass ihre Huskys noch auf dem Hügelkamm standen und auf sie warteten. Wenn sie es schaffte, den Hang hinaufzuklettern und an ihren Erste-Hilfe-Kasten im Schlittensack zu kommen, hatte sie vielleicht eine Chance. Aber der Weg war weit und steil. Zwanzig Schritte? Dreißig

Schritte? Für eine Verletzte wie sie beinahe unmöglich zu schaffen.

Sie versuchte es dennoch. Was blieb ihr auch anderes übrig? Auf allen Vieren kroch sie den Hang hinauf, bei jeder Bewegung von stechendem Schmerz geplagt und kaum zu einem klaren Gedanken fähig. Ihre Hüfte blutete und brannte, und die Versuchung, einfach die Augen zu schließen und der stärker werdenden Müdigkeit nachzugeben, wurde immer größer. Doch sie machte weiter, ignorierte den Schmerz und gab auch dann nicht auf, als ihr schwarz vor Augen wurde und sie für einen Augenblick das Bewusstsein zu verlieren schien. Nach einigen Atemzügen ging es weiter, immer weiter.

Sie hatte schon fast den Hügelkamm erreicht, als sie den Halt verlor und wieder nach unten rutschte. Mit ihren Händen und Füßen suchte sie verzweifelt nach einem Halt und wurde erneut von der einsamen Schwarzfichte aufgehalten. Alle Anstrengung war umsonst gewesen, sie stand wieder am Anfang.

Ohne lange nachzudenken, begann sie den Aufstieg von Neuem. Wenn sie es diesmal nicht schaffte, erkannte sie, würde sie sterben. Doch ihre Kräfte schwanden immer schneller, ihre Muskeln erlahmten, bis sie ins Leere zu greifen schien und es nicht mehr schaffte, sich gegen die wachsende Müdigkeit zu wehren. Sie schloss die Augen, blieb reglos vor Erschöpfung im Schnee liegen und empfand die dunklen Nebel, in denen sie versank, beinahe als Erlösung.

22

Als Kate zu sich kam, blickte sie in die dunklen Augen einer älteren Frau. Sie wusste nicht, wer sie war und wo sie sich befand. Im Jenseits? In einer Welt zwischen Leben und Tod? Sie hatte weder Schmerzen, noch schien sie irgendetwas zu empfinden. Sie wusste nicht mal, ob sie noch existierte. Als sie etwas sagen wollte, versagte ihr die Stimme, und als sie eine Hand bewegen wollte, regte sich nichts. Sie war gefangen in einer Welt, die sie nicht verstand, aber ihr Geist arbeitete noch, und das war mehr als in jenem Augenblick auf dem steilen Hang, als sie bewusstlos im Schnee zusammengebrochen war.

Nur ganz allmählich wichen die dunklen Schatten, die sie immer noch umfangen hielten, und sie begann wieder klarer zu sehen. Sie lag in einem Blockhaus, auf einem Lager aus mehreren Fellen, es duftete nach Salbei und einigen anderen Kräutern, und die dunklen Augen gehörten zu einer hageren Frau in einem Kleid aus perlenverziertem Elchleder. Ein Karibugeweih ragte über ihrer Fellkappe als Kopfschmuck empor. Als sie sah, dass Kate die Augen öffnete, begann sie zu singen und vor ihrem Lager gebückt zu tanzen.

Kates Angst wich der Erkenntnis, dass sie eine Medizinfrau vor sich hatte. Eine Schamanin wie Kaw-claa, die heilige Frau der Tlingit, die ihr in Atlin geholfen und sie gelehrt hatte, dass hinter dem »indianischen Hokuspokus«, wie manche Weiße es verächtlich nannten, wesentlich mehr steckte. Die Frau hielt eine Trommel in der linken Hand und schlug einen schnellen Rhythmus, stieß einen wilden Schrei aus, der Begeisterung, aber auch Wut und Entschlossenheit ausdrücken konnte, und verstummte erst, als die Tür aufging und ein junger Mann, der wie ein Weißer gekleidet war, das Blockhaus betrat.

»Ich bin Norman«, stellte er sich vor. Seine Stimme klang freundlich, und sein Lächeln schien echt zu sein. Kate hatte keine Vorurteile gegenüber Indianern, sie war in Glenora mit einer Athabaskin befreundet gewesen und auch mit den Tlingit in der Nähe von Teslin gut ausgekommen. »Du bist im Dorf von Chief Paul. Mein Vater hat mich geschickt. Ich habe deine Sprache auf der Missionsschule gelernt und soll dir sagen, was passiert ist.« Er sprach Englisch ohne einen erkennbaren Akzent. »Unsere Medizinfrau heißt Ariana. Sie tanzt und singt für dich, damit die bösen Geister aus deinem Körper verschwinden.«

»Du glaubst an Geister, obwohl du auf der Missionsschule warst?«

Norman lächelte kaum merklich. »Alle Bewohner unseres Dorfes sind getauft. Sie glauben an euren Gott, auch wenn sich sein Sohn ans Kreuz nageln lassen musste, um gegen das Böse zu siegen. Deshalb glauben wir auch an unsere Geister. Sie sollen eurem Gott helfen, uns vor Unglück zu bewahren.«

Kate versuchte sich aufzusetzen, sank aber gleich wieder zurück. Die plötzlichen Schmerzen erinnerten sie daran, dass Spencer sie mit seinem Gewehr erwischt hatte. Sie verzog das Gesicht und griff sich stöhnend an die Hüfte. Errötend erkannte sie, dass man sie vollständig entkleidet

und in einen Umhang aus Wildleder gewickelt hatte.
»Ihr ... ihr habt mir die Kleider ausgezogen?«

Norman lächelte immer noch. »Meine Mutter hat dich ausgezogen. Sobald du wieder gesund bist, bekommst du Unterwäsche und ein Kleid von ihr.«

»Das ist sehr großzügig von ihr, vielen Dank.« Sie tastete vorsichtig nach ihrer Wunde und spürte einen festen Verband. Jemand hatte sie fachgerecht verbunden und ihr anscheinend auch ein Mittel gegen die Schmerzen gegeben. »Wer hat mich verbunden? Wer auch immer es war, muss sich mit Krankenpflege auskennen.«

»Das war meine Tante. Sie hat als Schwester im Krankenhaus der Mission gearbeitet und kennt sich besser damit aus als mancher weiße Arzt.« Er bemerkte anscheinend, dass Ariana ihm böse Blicke zuwarf, und fügte schnell hinzu: »Aber ohne die heiligen Lieder von Ariana hätte es noch länger gedauert, bis du wieder gesund geworden wärst. Sie besitzt übernatürliche Kräfte.«

»Das glaube ich gern. Wie lange habe ich geschlafen?«

»Wir haben dich vor drei Tagen gefunden.«

»Vor drei Tagen?«, erschrak sie. »Es ist drei Tage her, dass dieser Verbrecher auf mich geschossen hat? War ich denn die ganze Zeit bewusstlos?«

»Du hast viel geschlafen. Wenn du wach warst, hast du gelallt. Meine Tante hat dir von dem Laudanum gegeben, das sie aus dem Krankenhaus mitgenommen hat.« Er glaubte anscheinend, dass sie es gestohlen hatte, und deutete ein Grinsen an. »Es wird noch einige Tage dauern, bis du wieder ganz gesund bist.«

»Aber mein Schlitten! Meine Huskys!«

»Wir haben nur ihre Spuren gesehen«, sagte er. »Ich bin sicher, sie sind nach Hause gelaufen. So würden fast alle Huskys reagieren, wenn ihre Musherin verschwunden ist.« Er nahm eine Kanne mit heißem Tee vom Ofen, füllte einen Becher und reichte ihn ihr. »Ich war bei den Jägern, die dich gefunden haben. Nur weil es nicht geschneit hatte, waren deine Spuren zu sehen, und wir sahen dich im Schnee liegen. Zum Glück war dein Körper noch warm. Eine Viertelstunde länger, und du hättest nicht mehr geatmet. Du musst einen guten Schutzgeist haben.« Er ließ seine Worte wirken. »Du weißt, was ein Schutzgeist ist?«

Kate lächelte zum ersten Mal, seit sie aufgewacht war. »Natürlich weiß ich das. Ich gehöre zum Wolfsclan, mein Schutzgeist ist ein Wolf. Das hat mir Kaw-claa verraten, eine Medizinfrau der Tlingit, die ich sehr schätze. Sie hat mir aber auch gesagt, dass ich mich nicht auf die Hilfe des Wolfs verlassen sollte.«

»Du hattest Glück«, erwiderte Norman, »dein Schutzgeist war guter Laune. Und Ariana hat ihn mit ihren Liedern belohnt. Es waren sehr starke Lieder.«

»Habt ihr Spencer gesehen? Den Mann, der auf mich geschossen hat?«

»Nein, aber ich kenne seinen Namen. Er hat in einem Dorf nicht weit von hier gewohnt und wollte Mary heiraten, die Enkelin von Chief Alex. Einige Goldgräber haben Frauen unseres Volkes geheiratet. Aber wenige Tage, bevor die Zeremonie stattfinden sollte, war er plötzlich verschwunden. Er hatte Mary und die Gastfreundschaft der Dorfbewohner ausgenutzt. Ein böser Mann!«

»Und ein Verbrecher«, fügte Kate hinzu. »Er hat auch

weiße Männer bestohlen und seine Frau betrogen. Maggie lebt in Whitehorse und ist eine meiner besten Freundinnen. Ich habe vor allem ihretwegen nach ihm gesucht. Ich hoffe, die Mounties erwischen ihn und sperren ihn ins Gefängnis. Er hat es verdient.«

Die Tür öffnete sich erneut, und vier weitere Athabasken betraten den Raum: ein älterer Mann mit weißen Zöpfen und traditioneller Kleidung aus Karibuleder, ein Mann, der Norman ähnlich sah und Nietenhosen trug, und zwei Frauen, beide wie weiße Frauen gekleidet. »Mein Großvater, mein Vater, meine Mutter und meine Tante«, stellte Norman sie vor. Er redete eine Weile in seiner Sprache mit ihnen und wandte sich dann wieder an Kate. »Sobald du ganz gesund bist, bringe ich dich zu den Mounties nach Dawson City zurück.«

»Woher wisst ihr, dass ich für die Mounties arbeite?«

»Dein Uniformmantel«, antwortete Norman grinsend. »Außerdem haben wir gehört, dass eine tapfere weiße Frau von den Mounties verpflichtet wurde.«

»Es hat sich anscheinend herumgesprochen.«

Das Grinsen verschwand aus Normans Gesicht. »Der Mann, den du Spencer nennst, hat aus einem Hinterhalt auf dich geschossen. Wir haben seine Spuren gefunden. Er fährt einen Hundeschlitten, den er Chief Alex gestohlen hat. Zwei unserer Männer haben ihn verfolgt, aber schon einen Tag später aus den Augen verloren. Wir wissen nicht, wo er sich versteckt hält. Wenn es keinen Termin für die Hochzeit gegeben hätte, wäre er sicher noch bei ihr.«

»Mary muss sehr wütend auf ihn sein.«

»Wie ich sie kenne, hat sie alle bösen Geister und den

Teufel aus der Bibel auf ihn gehetzt, um sich an ihm zu rächen. Sie kann sehr nachtragend sein.«

»Woher willst du das wissen?«

»Sie war mit mir auf der Missionsschule.«

Kate hütete sich, noch weiter zu bohren. Sie war schon wieder müde und wünschte sich eigentlich nichts sehnlicher, als schlafen zu dürfen. Sie sank auf die Decken zurück und spürte, wie ihre Lider schwer wurden. »Danke, dass du mich verbunden hast«, sagte sie zu der Tante, bevor sie die Augen schloss. »Du hast ...« Weiter kam sie nicht.

Im Traum kehrte der dunkle Nebel zurück, und sie irrte ziellos durch ein Labyrinth, das mitten in einem verschneiten Wald lag und keinen Ausgang hatte, so sehr sie auch danach suchte. Immer wieder kehrte sie an ihren Startpunkt zurück. Ihr Kopf dröhnte, und ihre blutende Hüfte brannte wie Feuer.

In einem der Gänge wartete ihr Schutzgeist auf sie. Er wirkte größer als sonst, und seine Miene war ernst. »Du bist einen weiten Weg gegangen«, las sie in seinen Augen, »aber du bist noch lange nicht am Ziel. Du musst tapfer sein, wenn dein Traum von einem gemeinsamen Leben mit George in Erfüllung gehen soll. Du hast es Chief Paul und seinen Leuten zu verdanken, dass du leben und hoffen darfst. Aber noch sind Elsie Maloney und Bill Spencer in Freiheit, und im Kampf gegen sie bist du manchmal ganz allein.«

Kate wusste nicht, wie es der Wolf schaffte, ihr seine Warnung verständlich zu machen, aber er war nun mal ein Geistwolf und verfügte über besondere Fähigkeiten. »Die

Mounties kümmern sich um die Hexe und Maggies Mann«, sagte sie. »Ich bin zu schwach, um gegen Verbrecher wie sie zu kämpfen, und ein solcher Kampf gehört nicht zu meinen Aufgaben. Auch dann nicht, wenn ich den Uniformmantel der Mounties trage. Es gibt viele tapfere Männer bei der North West Mounted Police, sie werden die beiden stellen und vor Gericht bringen.«

Der Wolf blieb ernst. »Sie sind der Hexe schon lange auf der Spur und haben es noch immer nicht geschafft, sie festzunehmen. Auch George musste erkennen, dass sich alle bösen Mächte in ihr vereinen und ihr ungeahnte Kräfte verleihen. Es gibt nur wenige Mittel, sie zur Strecke zu bringen, und eine Schusswaffe gehört nicht dazu. Du wirst dich gegen die Hexe stellen, denn nur dich hat der Schöpfer aller Dinge auserwählt, diese Aufgabe zu übernehmen.«

»Ich?«, erwiderte sie entsetzt. »Wie soll ich gegen sie ankommen, wenn es nicht mal unsere besten Mounties schaffen? Ich bin verletzt und brauche noch einige Tage oder Wochen, bis ich wieder im Vollbesitz meiner Kräfte bin. Und selbst dann bin ich nicht stark genug, um gegen eine so grausame und gnadenlose Verbrecherin bestehen zu können. Warum sollte ausgerechnet ich gegen die Hexe antreten? Du musst dich irren, Wolf! Ich will nur noch nach Hause.«

»Ich irre mich nicht«, schien er zu sagen. »Manchmal müssen wir etwas tun, woran wir früher nicht mal gedacht haben. Du bist stark, Kate! Du bist viel stärker, als du denkst! Hättest du es sonst allein über den Trail geschafft?«

»Das war etwas anderes.«

»Hab Vertrauen in deine Stärke, nur dann bist du bereit!«

Der Wolf kam langsam näher und verwandelte sich in Normans Tante. Sie trug ihre schwarzen Haare schulterlang und hatte eine Schürze umgebunden, die sie wohl als Schwester im Krankenhaus getragen hatte. Ihr freundliches Lächeln ließ Kate den seltsamen Traum vergessen. »Mein Name ist Tillie«, sagte sie in dem korrekten, etwas gestelzten Englisch, das man auf er Missionsschule lernte. »Ich war Krankenschwester im Missionskrankenhaus.«

»Dann haben wir etwas gemeinsam«, erwiderte Kate. »Auch ich habe als Schwester in einem Krankenhaus gearbeitet. Danke, dass du dich um mich kümmerst. Es geht mir schon viel besser. Du hast mir Laudanum gegeben?«

»Nur die ersten Tage. Ich kenne Leute, die danach süchtig wurden.«

Kate nickte zufrieden. »Ich habe kaum noch Schmerzen. Nur wenn ich mich zu stark bewege.« Sie tastete behutsam nach ihrer Wunde und spürte einen frischen Verband. Es duftete nach Kräutern. »Wo hast du das Laudanum und das Verbandszeug her? Aus dem Krankenhaus? Sie haben es euch geschenkt?«

»Nein, wir müssen dafür bezahlen, aber wir haben etwas Gold und geben es gern für Medizin aus. Die Weißen haben uns viele Krankheiten gebracht, die wir vorher gar nicht kannten, und wir wollen vorbereitet sein, wenn es wieder geschieht. Vor vielen Jahren schleppten weiße Händler die Pocken bei uns ein, und einige Jahre später bekamen viele von uns Nervenfieber und starben. Wir haben die Hälfte unseres Volkes verloren. Auf der Mission habe ich den Mann gefragt, den der Bischof zu uns geschickt hat. Er sagt, Gott würde uns lieben und über uns wachen, aber wir müssten für die vielen Sünden büßen, die wir vor der Ankunft der Weißen begangen hätten, sonst könnte er uns nicht vergeben und müsste uns den Eintritt in sein Paradies verwehren. Welche Sünden meint er? Dass unsere Männer mehrere Frauen haben durften? Das geschah doch nur, weil viele Männer starben und die Frauen versorgt sein mussten!«

»Es tut mir leid, Tillie. Es ist viel falsch gelaufen zwischen unseren Völkern. Auf dem Weg nach Westen habe ich einen alten Krieger der Lakota getroffen. Er musste betteln, um zu überleben. Weiße Jäger haben viele tausend Büffel getötet und ihm alles genommen, was er zum Leben brauchte.« Sie blickte in Gedanken auf den Krieger zurück, der zum einst stolzesten Volk des amerikanischen Westens gehört hatte. Umso mehr war sie Tillie und den anderen Dorfbewohnern für ihre Hilfe dankbar. »Hat Ariana mich schon aufgegeben?«

Tillie lächelte verstohlen. »Sie ist müde.«

»Kann ich mir vorstellen. Ich könnte nicht so lange tanzen.«

»Sie glaubt an die Macht der Geister. Die Missionare sagen, es gäbe keine Geister, aber hast du schon mal dem Flüstern des Windes gelauscht? Dem Rauschen eines Baches? Dem Grollen des Donners, wenn er wütend über die Berge kommt? Unsere Vorfahren haben sich nicht geirrt. Warum sollte euer Gott der Einzige sein? Der Pater, den ich nach den Geistern gefragt habe, wollte davon nichts wissen. Er sagte, ich würde mich versündigen, wenn ich an Geister glaube.«

»Es gibt vieles, was wir nicht verstehen. Warum gibt es

so viel Leid auf der Welt? Warum bringt eine Hexe wahllos Menschen um? Warum hindert Gott sie nicht daran? Warum lässt er so viel Unglück zu? Warum können Weiße und Indianer nicht in Frieden zusammenleben? Ist die Welt nicht groß genug?«

Tillie hatte einen Topf mit Wildbrühe auf dem Ofen stehen und füllte einen Becher für Kate. Die Brühe weckte ihre Lebensgeister. Durch das lange Liegen waren ihre Muskeln geschrumpft, und sie hatte an Kraft verloren. Sie musste unbedingt etwas dagegen tun. George war vielleicht schon zu Hause, und sie wollte so schnell wie möglich zu ihm. Ihre Liebe zu ihm war durch die lange Trennung nur noch stärker geworden, und sie konnte es nicht erwarten, endlich wieder in ihr normales Leben zurückzukehren und ihn in den Armen zu halten.

Sie hätte auf Commissioner Ogilvie hören und umkehren sollen. Es war leichtsinnig von ihr gewesen, einen Verbrecher wie Bill Spencer zu verfolgen, aber wer wäre auf die Idee gekommen, dass er selbst zu einem feigen Mord aus dem Hinterhalt bereit wäre? Maggie würde es vielleicht niemals glauben, selbst wenn er sich schuldig bekennen und hinter Gittern enden würde. Warum veränderte die Goldgier manche Menschen so stark, dass sie den Verstand verloren und etwas taten, wozu sie normalerweise nie fähig gewesen wären?

Nach dem Essen ließ Tillie ihre Patientin zum ersten Mal aufstehen. Es dauerte eine ganze Weile, bis Kate ihr Gleichgewicht wiedergefunden hatte und einen Fuß vor den anderen setzen konnte. Die Wunde verheilte jedoch erstaunlich schnell. Die Kugel hatte ihre Hüfte am äußersten Rand durchschlagen und genug Gewebe herausgerissen, um eine starke Blutung zur Folge zu haben, aber keine Organe verletzt. Die einzige Gefahr war gewesen, dass sie zu viel Blut verloren und zu lange in der Kälte gelegen hatte. Mit ihren Kräutern, die sie vor dem Auflegen zerkaut und mit Speichel angereichert hatte, war es Tillie gelungen, eine Entzündung zu vermeiden und verletztes Gewebe schneller nachwachsen zu lassen, als es ein Arzt gekonnt hätte. Einen großen Teil trug Kate auch selbst zur Genesung bei, indem sie den festen Willen zeigte, schnell wieder gesund zu werden und angestrengt an sich zu arbeiten, um schon bald wieder einen Schlitten steuern zu können.

Sie lief in der Hütte auf und ab, machte Übungen, die sie aus dem Krankenhaus in Seattle in Erinnerung hatte, und vertraute Tillie, die ebenso viel Ahnung von Krankenpflege hatte wie sie. Normans Tante entschied auch, wann sie die Hütte zum ersten Training im Schnee verlassen durfte. In der Kleidung, die Tillie ihr gegeben hatte, aber in ihren eigenen Stiefeln, die längst getrocknet waren, stapfte Kate durch das winzige Dorf, wechselte einige Worte mit Erwachsenen und winkte spielenden Kindern zu, und besuchte die Huskys der Bewohner. Sie fauchten und knurrten aggressiv, als sie sich ihnen näherte, wurden aber ruhiger, als sie mit sanfter Stimme auf sie einredete. Ob ihre eigenen Huskys wirklich nach Dawson gelaufen waren? Wenn sie ohne ihre Musherin ins Camp kamen, würden die Mounties wissen, dass ihr etwas passiert war.

Als Chief Paul sie zum Essen in seine Hütte einlud, nahm sie dankend an. Seine Frau servierte einen Wildeintopf, der besser schmeckte als ihr eigener, und nach dem Essen saß die ganze Familie um den bullernden Ofen herum, die Männer und sogar die Großmutter zündeten ihre Pfeifen an, und man erzählte sich Geschichten.

»Warum sind die Weißen so verrückt nach Gold?«, fragte Chief Paul.

»Weil es so wertvoll ist«, antwortete Kate.

»Ich sehe nur gelbe Steine«, sagte Chief Paul. »Bevor die Weißen kamen, hätten sich nicht mal unsere Kinder danach gebückt. Die Weißen sind seltsam. Ich habe mehr als achtzig Winter gesehen und werde sie wohl nie verstehen.«

»Das denken viele Weiße auch von euch«, sagte Kate.

Als sie nachmittags zu ihrer Hütte zurückkehrte, glaubte sie, ein seltsames Vibrieren in der Luft zu spüren. Waren das die Geister, die versuchten, sich ihr verständlich zu machen? Nur der Wind, der sich in den Kronen der Bäume verfing? Ein Elch, der im Unterholz nach etwas Essbarem suchte? Nahani, der geheimnisvolle Waldgeist, von dem Ariana erzählt hatte? Giye, sein streitlustiger Bruder?

Sie blieb stehen und blickte mit klopfendem Herzen zum Waldrand.

23

An seinem befreiten Lächeln erkannte sie ihn schon von Weitem. »George!«, rief sie. »Ich bin hier, George!« Sie lief mit ausgebreiteten Armen auf ihn zu, sah, wie er vom Schlitten sprang und ebenfalls die Arme ausbreitete, hörte ihn »Kate! Kate!« rufen, und dann waren sie so dicht beieinander, wie es nur irgendwie ging, und sie wussten nicht, was sie zuerst tun sollten: einander in die Augen blicken, sich küssen oder einfach nur fest umarmen und den Augenblick genießen. »Gott sei Dank, Kate! Du lebst! Ich hatte solche Angst um dich!«

Sie hielten sich eng umschlungen und genossen ihr Wiedersehen. Kate lachte und weinte zugleich, merkte wieder einmal, wie erhebend es war, einen Menschen zu haben, den man bedingungslos lieben konnte, einen Mann, der mit einer Frau wie ihr zurechtkam. Dass sie ein gütiges Schicksal oder Gott oder die Geister der Indianer zusammengeführt hatten, empfand sie als Geschenk, das ihr nach den langen Nächten im Indianerdorf besonders wertvoll erschien.

»Du hast mich gefunden, George. Und ich dachte schon …«

»Ogilvie hat mir verraten, wo du sein könntest.«

Ein vertrautes Jaulen lenkte ihren Blick auf die Huskys vor seinem Schlitten. Sie löste sich von ihm und ging freudestrahlend auf die Hunde zu. »Hey, das sind ja meine Hunde! Buck, mein Lieber! Wie geht es dir? Und ich dachte schon, ich sehe dich nie wieder!« Sie ging in die Hocke und umarmte ihren Leithund, ging dann von einem Hund zum anderen und schloss jeden Einzelnen in die Arme. »Blue! Ich hab deine blauen Augen vermisst! Jasper, du wilder Bursche! Wann wirst du endlich erwachsen? Randy, Tex, schön, dass ihr hier seid! Charly, Fox, kaum dabei, und schon geht es rund. Was für ein Glück, dass wenigstens ihr dem Strauchdieb entkommen seid.« Sie kraulte Charly und Fox, ihre beiden Neuen, und hatte Tränen in den Augen, als sie wieder aufstand.

»Sie waren plötzlich weg, George«, sagte sie. »Ein paar Minuten, nachdem der Schuss gefallen war und ich hilflos auf dem Hang lag.« Sie schmiegte sich an ihn und berichtete von dem Zwischenfall auf dem Hügelkamm. »Bill Spencer! Maggies Mann! Ein gemeiner Verbrecher, der sogar auf Menschen schießt, um dem Gefängnis zu entgehen. Wer hätte das gedacht. Mit dem Farmer, der er mal war, hat er nichts mehr zu tun. Wie kann man sich so verändern?«

»Das Gold hat viele Männer verdorben«, erwiderte George. »Du hättest nicht nach ihm suchen sollen. Männer, die in Panik geraten, sind gefährlich.«

»Ich weiß, George. Ich wollte Maggie einen Gefallen tun.«

»Die arme Frau. Wie wird sie wohl reagieren?«

»Maggie ist stark. Sie schafft es auch allein.« Sie blickte ihm in die Augen und sah das vertraute Blitzen. »Oder sie hat Glück und trifft einen Mann wie dich.« Sie zog ihn an sich. »Oh, George! Ich bin froh, dass du gekommen bist. Ich liebe dich, George!«

»Ich liebe dich auch, Kate!«

George verankerte den Schlitten, und sie gingen zum Ufer des kleinen Sees. Es würde nicht mehr lange dauern, bis das Eis aufbrach und der Sommer für wenige Monate die Dunkelheit vom Yukon vertreiben würde. Aber noch war das verräterische Knacken im Eis nicht zu hören. Bläuliches Zwielicht hing wie feiner Nebel über dem gefrorenen See und verfing sich in den Baumkronen.

»Wie geht es dir, George?«, fragte sie. »In dem Telegramm von Inspector Primrose stand, dass du nur leicht verletzt wärst. Du würdest bei einem Arzt in Tagish liegen.« Sie blieb stehen. »Hat Elsie Maloney auf dich geschossen?«

»Sieht ganz so aus«, erwiderte er. »Wir haben ihre Spuren im Schnee gefunden und sind ihr eine Weile gefolgt, aber die Dame ist gerissen und hatte Glück, dass es während ihrer Flucht zu schneien begann und der Schnee alle Spuren verschwinden ließ. Sie hatte uns aufgelauert. Einige Raben stiegen aus einem Gebüsch auf und verrieten uns ihren Hinterhalt, aber ich hatte zu wenig Deckung, und sie erwischte mich am Oberschenkel. War zum Glück nicht gefährlich, tat nur höllisch weh. Primrose war sauer, weil wir sie laufen ließen, aber es ist wie verhext: Immer wenn wir glauben, sie in der Zange zu haben, gelingt es ihr, uns zu entwischen. Manchmal glaube ich, sie ist mit den bösen Geistern im Bunde. Wir haben keine Ahnung, wo sie steckt.«

»Wir dachten, sie würde nach Westen fliehen.«

»Es sah eine ganze Weile danach aus, aber ich würde nicht darauf wetten. Diese Hexe scheint sich überall und nirgends herumzutreiben. Aber irgendwann erwischen wir sie.« Er legte vorsichtig eine Hand auf ihre Hüfte. »Spencer hat dich an der Hüfte erwischt? Wir hatten beide Glück im Unglück.«

»Die Leute hier haben mich gesundgepflegt«, erwiderte sie. Sie drehte sich nach der Hütte um, in der Chief Paul und seine Verwandten wohnten. Norman stand vor der Tür und blickte zu ihnen herüber. »Ich glaube, sie warten auf uns.«

George ging zum Schlitten und nahm etwas aus dem Schlittensack, bevor sie das Blockhaus betraten. Sie sah, dass er sein verletztes Bein leicht nachzog. In der Hütte erwarteten sie die Bewohner. Chief Paul stellte sich und seine Verwandten vor, und George brach das Eis, indem er Rang und Namen nannte und dem Chief ein Päckchen Tabak überreichte. Eine Geste, die bei den Athabasken als besonders höflich erachtet wurde und deutlich machte, dass man den anderen schätzte. Tabak galt als heilige Pflanze.

»Du bist willkommen bei uns«, sagte Chief Paul sichtlich erfreut. Sein Englisch war wesentlich schlechter als das von Norman und Tillie. »Raucht und esst mit uns, bevor ihr nach Hause fahrt. So ist es Sitte unter guten Freunden.«

Auch bei den Bewohnern dieses Dorfes war Rauchen eine heilige Zeremonie. Chief Paul ließ sich von seiner Frau eine besondere Pfeife reichen, stopfte sie mit dem Tabak, den George gebracht hatte, und setzte ihn mit einem Holzspan in Brand. Indem er den Rauch nach oben blies, zeigte er seine Verbundenheit mit dem Schöpfer. Der Osten war die Richtung, in der alles Neue begann. »Dies ist der Beginn einer neuen Freundschaft«, sagte er. »Wir freuen uns, dass George und seine Frau den Weg in unser Dorf gefunden haben. Möge der Schöpfer euch auf eurem Weg in eine gemeinsame Zukunft beschützen.«

Auch Kate und George durften an der Pfeife ziehen. Der Tabak war scharf und brachte Kate zum Husten. »Und ich bedanke mich noch einmal, dass ihr mir das Leben gerettet und mich gesundgepflegt habt«, sagte sie. »Ich würde mir wünschen, dass alle Weißen und Indianer so gut miteinander auskommen.«

Nach der Rauchzeremonie teilten sie sich mit der Familie den restlichen Wildeintopf und tranken heißen Tee. Chief Paul berichtete von seiner heldenhaften Tat, als er einen angreifenden Grizzly getötet hatte, und George musste von seinen Erlebnissen mit den Mounties erzählen. Er war kein so guter Geschichtenerzähler wie Chief Paul, der sicher maßlos übertrieb, schaffte es aber, die Familie zu unterhalten und zum Lachen zu bringen, als er schilderte, wie er von aufgebrachten Huskys über den Haufen gerannt wurde und bis zum Hals im Schnee versank.

Chief Paul und seine Leute hätten sie wohl am liebsten bis in den späten Abend dabehalten, aber Kate und George wollten so schnell wie möglich nach Dawson und Commissioner Ogilvie berichten. »Die Pflicht ruft«, sagte George, als sie aufbrachen. Kate, die in Decken gehüllt auf der Ladefläche saß, winkte den Dorfbewohnern noch einmal zum Abschied zu, bevor sie in den nahen Wald fuhren.

Als sie den Klondike erreichten, kamen sie trotz des düsteren Zwielichts zügig voran. Kate wäre am liebsten selbst gefahren, aber wollte nicht das Risiko eingehen, dass sich ihre Verletzung verschlimmerte, und fühlte sich auch auf ihrem Deckenlager wohl. George spürte kaum noch Schmerzen. Lediglich wenn der Schlitten über eine Bodenwelle polterte, spürte er seine Wunde und fluchte manchmal.

Kate hatte sich bei den Indianern wohlgefühlt. Chief Paul und seine Verwandten waren freundliche Leute, ausgenommen die Medizinfrau, die ständig schlechte Laune zu haben schien und vor allem auf Tillie eifersüchtig war, die mit den Fähigkeiten, die sie sich als Krankenschwester angeeignet hatte, mehr Erfolg bei Kranken hatte. Das Neue und das Bewährte standen sich überall im Weg, auch bei den Athabasken. Ein Dilemma, mit dem vor allem die Missionare zu kämpfen hatten, die dabei nicht immer geschickt vorgingen.

Sie legten unterwegs nur zwei kurze Pausen ein und erreichten Dawson City, bevor die letzte Helligkeit am westlichen Horizont verschwand. Auf der Front Street flackerten die elektrischen Lichter, als George die Huskys durch die Stadt trieb. Obwohl der Goldrausch langsam nachließ, lebten immer noch über achttausend Menschen in der Stadt. Dreißigtausend waren es bei Beginn des Goldrauschs vor zwei Jahren gewesen. Unvorstellbar für eine Siedlung in der Wildnis, die vor knapp vier Jahren noch gar nicht existiert hatte.

Vor dem Palace Grand Theater, dem Gebäude mit der eindrucksvollsten Fassade der Stadt, erlebte Kate eine Überraschung. An der breiten Veranda prangte ein riesiges Banner mit der Aufschrift »Klondike Kate«, und zu beiden Seiten des Eingangs hingen Plakate mit einem Porträt, das ihr freilich überhaupt nicht ähnlich sah, und der Ankündigung: »Heute Abend! Die legendäre Klondike Kate mit ihrem berühmten Flame Dance!«

Kate Rockwell, natürlich! Als Kate ihre hübsche Namensvetterin an einem der oberen Fenster entdeckte, bat sie George anzuhalten und stieg von der Ladefläche. In ihrer Büffelfelljacke und dem Wildlederkleid, das bis über ihre Stiefel reichte, bot sie ein ungewohntes Bild. Auch ihre Wollmütze hatte den Sturz überlebt. »Gib mir einen Moment!«, sagte sie zu ihrem Verlobten. »Ich bin gleich wieder zurück.«

George ahnte, was sie vorhatte. »Das bringt doch nichts, Kate!«

»Ich kann nicht anders«, erwiderte sie.

Mit entschlossenen Schritten ging sie an einigen Männern vorbei, die sich gerade das Plakat ansahen, und betrat den Vorraum des Theaters. Links vom Eingang führte eine Treppe in den ersten Stock hinauf. Sie fand zwei leere Zimmer vor, bevor sie die richtige Tür erwischte und Kate am Fenster stehen sah. Die Tänzerin drehte sich zu ihr um und begrüßte sie mit einem spöttischen Lächeln.

»Willkommen in Dawson!« Kate Rockwell hatte sich bereits für die erste Show umgezogen. Sie trug ein rüschenbesetztes weißes Kleid mit einem tiefen Ausschnitt, mit blitzenden Edelsteinen besetzte Stiefel und einen breitkrempigen, mit künstlichen Blumen geschmückten Hut. Auch ohne ihr Bühnen-Make-up, das sie wohl erst kurz vor der Show auflegen würde, wirkte sie ungemein attraktiv, das musste ihr der Neid lassen.

»Ich hatte schon so eine Ahnung, dass Sie mir irgendwann über den Weg laufen würden«, sagte sie. Der spöttische Ausdruck in ihren Augen war nicht zu übersehen. »Sie sehen verärgert aus, meine Liebe. Was ist denn los?«

»Das ist los!«, fauchte Kate zurück und deutete auf das Plakat, das auch in diesem Raum an der Wand hing. »Sie haben meinen Namen gestohlen!«

Kate Rockwell blieb unbeeindruckt. Sicher hatte sie nur auf diesen Vorwurf gewartet. »Ach ja?«, fragte sie schnippisch. »Ich wusste gar nicht, dass man sich einen Namen reservieren kann. Wenn es so wäre, dürfte ich sie auch nicht ›Süße‹ nennen. Was meinen Sie, wie viele Süße in Dawson rumlaufen?«

»Und wir heißen beide Kate, ich weiß. Aber das ist was anderes.«

»Sind Sie eifersüchtig, Süße?«

»Wie kommen Sie denn darauf? Sie werden lachen, mir liegt gar nichts an dem Namen, aber viele Leute nennen mich schon seit zwei Jahren so und kämen nur durcheinander, wenn sie der falschen Klondike Kate in die Arme liefen.«

Kate Rockwell lachte kurz und trocken. »Ah, so ist das. Sie haben Angst, in denselben Topf geworfen zu werden wie eine unmoralische Nacktänzerin, ein angeblich leichtes Mädchen. Sie wollen nicht mit einer Schlampe verwechselt werden.«

»Sie verwechseln mich mit Sister Florence. Ich finde es billig, sich mit nackter Haut bei den Männern anzubiedern, das stimmt, aber mir ist egal, was Sie tun, solange Sie auf Ihrer Seite der Schienen bleiben. Es stimmt, ich will nicht mit Ihnen verwechselt werden. Ich komme aus einer streng katholischen Familie und bekäme eine Menge Probleme, wenn man denken würde, ich hätte auf einer Bühne die Hüllen fallen lassen. Legen Sie sich einen anderen Namen zu!«

Kate Rockwell schien ihre Freude an der Auseinandersetzung zu haben. Sie ließ ihr silberhelles Lachen erklingen, das ebenfalls zu ihrem Markenzeichen geworden war. »In Dawson gibt es keine Schienen, Süße, und wenn Sie Lousetown meinen … Da gehöre ich schon lange nicht mehr hin. Ich bin jetzt eine respektable Künstlerin. Ich trete im bekanntesten Theater der Stadt an der Front Street auf und bin über die Landesgrenzen hinaus bekannt. Ich bin die Attraktion in dieser Stadt! Wenn überhaupt eine das Recht hat, sich Klondike Kate zu nennen, dann wohl ich. Habe ich mich klar genug ausgedrückt, Süße?«

Kate erkannte, dass sie nicht gegen ihre Namensvetterin ankam, und bereute längst, sie aufgesucht zu haben. Die Tänzerin hatte ja recht, niemand besaß das alleinige Recht auf einen Namen, und vielleicht fürchtete sie sich tatsächlich nur davor, mit einer ehemaligen Prostituierten und erotischen Tänzerin verwechselt zu werden. Und schließlich, wie sollten ihre Verwandten jemals davon erfahren? Schaffte es Kate Rockwell, jemals so berühmt zu werden, dass ihr Name in Zeitungen an der Ostküste auftauchte? Würde sie jemals auf große Tour durch ganz Kanada gehen und in den Theatern bedeutender Städte auftreten?

»Sie wollen ein großer Star werden?«, fragte Kate.

»Ich *bin* ein großer Star, Süße!«, antwortete Kate Rockwell.

Kate sah ein, dass jede weitere Diskussion sinnlos war, kehrte zu George zurück und setzte sich auf den Schlitten. »Nichts wie weg hier!«, sagte sie. »Du hattest recht, ich hätte mich nicht mit der Dame anlegen sollen.«

»Du magst den Namen doch sowieso nicht.«

»Ich will nicht mehr darüber reden, George.«

Nur wenige Minuten später erreichten sie Fort Herchner und hielten vor dem Blockhaus von Commissioner Ogilvie.

»Wir hatten uns schon Sorgen um Sie gemacht, Ma'am ... Constable Special. Es war leichtsinnig von Ihnen, allein nach Bill Spencer zu suchen. Sie hatten Glück, das wissen Sie hoffentlich.«

»Ja, Sir. Wenn die Indianer nicht gewesen wären ...«

Sie berichtete ihm in wenigen Worten, was passiert war. Der Commissioner hörte aufmerksam zu, kraulte nur ein paar Mal seinen dichten Vollbart und brummte etwas Unverständliches, als sie von dem heimtückischen Schuss erzählte. Die Indianer, vor allem Norman und Tilly, lobte sie in höchsten Tönen.

»Auf Sie zu schießen, Ma'am, war ein großer Fehler«, sagte Ogilvie. »Ich nehme an, Spencer gerät langsam in Panik und will so schnell wie möglich hier weg. Leider haben wir keine Ahnung, wo er sich gerade aufhält. Allerdings ist er nicht so raffiniert wie Elsie Maloney, die indianisches Blut in den Adern hat und weiß, wo man sich am besten verstecken kann. Er hat sich monatelang nur auf den Goldfeldern rumgetrieben und hat keine Ahnung, welche Gefahren in der Wildnis auf ihn warten. Ich bin sicher, wir werden ihn sehr bald schnappen.«

»Er hatte sich in einem Indianerdorf versteckt.«

»Der Trick zieht nicht mehr, Constable Special.«

»Und wie will er hier wegkommen?«, fragte sie.

Der Commissioner hatte bereits darüber nachgedacht. »Auf den ersten Dampfer nach Norden zu warten, dauert zu lange«, sagte er. »Und auf dem Trail nach Whitehorse patrouillieren unsere Männer. In Whitehorse würden wir ihn auch schnappen. Ich denke, er wird versuchen, auf Umwegen nach Süden oder über die Grenze nach Skagway zu kommen. Die Grenze ist zu lang, um jeden Zoll überwachen zu können, und die Amerikaner interessieren sich bisher nicht für ihn. Ich bin sicher, die Hexe denkt ähnlich. Nur traue ich ihr eher zu, ihren Plan in die Tat umzusetzen. Sie kann sich auch abseits der Trails behaupten. Die Dame bereitet uns echte Schwierigkeiten und schwächt unser Ansehen.«

»Wir kriegen sie!«, erwiderte George. Es klang trotzig.

Der Commissioner blätterte in einigen Papieren, anscheinend nur, um seine Gedanken zu ordnen, und musterte beide. Er lächelte selten und wirkte ernster, als er wirklich war. »Und Sie wollen nach Whitehorse zurück?«, fragte er.

»Kate … Constable Special Ryan wird in ihrem Restaurant gebraucht und muss sich von ihrer Verletzung erholen, und ich werde mich bei Inspector Primrose melden und ihn bitten, weiter nach Elsie Maloney suchen zu dürfen.«

»Ihre Verletzung ist auskuriert?«

»Ja, Sir.«

»In Ordnung, aber heute Nacht schlafen Sie hier. Constable, Sie können dieselbe Hütte wie letztes Mal benutzen.

Und Sie, Corporal, können sich eines der leeren Zimmer in den Mannschaftsquartieren aussuchen.« Er blickte auf Kates Verlobungsring. »Ich weiß, Sie beide wollen heiraten, aber als North West Mounted Police können wir es uns nicht erlauben, Sie in derselben Blockhütte übernachten zu lassen. Wir haben schon genug schlechte Publicity wegen der Hexe. Ich hoffe, Sie beide haben Verständnis für diese Entscheidung.«

»Natürlich, Sir«, erklärte George.

»Sicher«, erwiderte Kate.

Doch niemand verbot ihnen, gemeinsam spazieren zu gehen, und so schlenderten sie abends trotz der eisigen Kälte über den Pfad, der zwischen den Häusern auf die Front Street führte, und küssten sich im Schatten einer alten Fichte.

»Ich komme mir wie ein Mädchen vor, das sich heimlich aus dem Haus geschlichen hat, um ihren Liebsten zu treffen. Ich glaube, mein Vater würde mir heute noch eine Ohrfeige verpassen, wenn er wüsste, was wie hier gerade tun.«

»In der Liebe ist alles erlaubt«, sagte George.

»Sagt wer?«

»Corporal George Chalmers«, erwiderte er und küsste sie noch einmal.

24

Am nächsten Morgen stand Kate früh auf und kümmerte sich um ihre Huskys. Sie hatte die Hunde vermisst und freute sich riesig, sie wieder bei sich zu haben. Beim Frühstück mit den anderen Mounties zog sie neugierige Blicke auf sich, vor allem, als sich herumsprach, dass sie die berühmte Klondike Kate war und als Constable Special zu ihrer Truppe gehörte. Noch verwechselte sie keiner mit Kate Rockwell.

Sie beantwortete alle neugierigen Fragen der Mounties, die an ihrem Tisch saßen, und amüsierte sich über die Begeisterung mancher Männer. Die meisten hielten sie für eine Heldin. Eine Frau, die allein über den beschwerlichen Stikine Trail nach Norden gekommen war, mit einem Hundeschlitten allein durch die Wildnis fuhr und sich mit einem Verbrecher angelegt hatte! Sie spielte ihre Rolle eher herunter, legte keinen Wert darauf, berühmt zu werden. Aber sie war nicht darauf angewiesen, ebenso wenig wie auf den ungeliebten Spitznamen »Klondike Kate«.

Nach dem Frühstück machten sie sich auf den Weg, nicht ohne beim öffentlichen Friedhof vorbeizufahren. Kate wollte Mabel zu so früher Stunde nicht stören und hoffte, dort Ethels Grab zu finden. Zu ihrer Überraschung sah sie ihre Freundin vor einem der neueren Gräber stehen. Sie ging zu ihr und sah Ethels Namen auf dem Grabstein. »Mabel! So früh schon hier?«

»Jeden Morgen«, antwortete Mabel. Sie schien seit ihrer

letzten Begegnung gealtert zu sein. »Das bin ich ihr schuldig. Sie soll wissen, dass ich an sie denke. Seit ich sie verloren habe, ist die Welt leer. Sie hatte ihren Tod nicht verdient.«

»Vielleicht trifft sie Bud dort, wo sie hingegangen ist.«
»Das hoffe ich auch. Sie hätten es beide verdient.«
»War es schwer, einen Platz auf dem Friedhof zu bekommen?«

»Du meinst, weil jeder sie für ein leichtes Mädchen hielt?« Mabel grinste kaum merklich. »Sagen wir mal so: Es hat mich einiges von meinem schwer verdienten Geld gekostet, sie neben all diesen anständigen Leuten zu begraben.« Der Spott in ihrer Stimme war unüberhörbar. »Jeder hat die Hand aufgehalten, sogar der Pfarrer, der die Grabrede hielt. Dabei hatte er kein einziges Wort selbst geschrieben. Bis er das Geld hatte, musste ich mir seine Beschimpfungen anhören. Auf dem Friedhof wäre kein Platz für eine Sünderin aus Lousetown.«

»Schade, dass ich nicht dabei sein konnte.«
»Du bist verletzt?«
»Woher weißt du …«
»Du siehst so aus, als hättest du was an der Hüfte«, sagte Mabel.

»Nur ein Streifschuss.« Kate erzählte auch Mabel von ihren Erlebnissen am Klondike River und im Dorf der Athabasken. »Die Indianer haben mich rechtzeitig gefunden, sonst wäre ich erfroren. Sie haben mir das Leben gerettet.«

George war ebenfalls gekommen. »Hallo, Mabel.«
»Hallo, George. Lange nicht gesehen.«

»Die Hexe macht uns zu schaffen.«

»Wann steigt die Hochzeit? Ich hab Lust auf Torte.«

»Kriegst du«, versprach Kate lachend. »Ich lasse Maggie eine extra große Torte mit viel Sahne backen, und du bekommst das zweitgrößte Stück. Okay?«

»Und wer bekommt das größte?«

»Das kriegt George, er ist ein Süßer.«

Sie wandten sich dem Grab zu und schwiegen eine Weile. Selbst Mabel, die nicht besonders viel von der Kirche hielt, faltete die Hände. Kate dachte an die Freude in Ethels Gesicht, als sie von ihrer bevorstehenden Heirat mit Bud Kilkenny berichtet hatte, und dem Entsetzen, das sie nach seinem grausamen Tod empfunden haben musste. Ethel hatte viel Gewalt und Leid in ihrem Leben gesehen, doch der Angriff des wütenden Grizzlys war zu viel für sie gewesen. Mit eigenen Augen hatte sie mit ansehen müssen, wie er Bud zerfleischte.

»Könnte sein, dass ich in die Hölle komme und wir uns niemals wiedersehen«, sagte Mabel schließlich zu Ethel. »Leg im Himmel ein gutes Wort für mich ein! Nichts gegen die Hölle und den Spaß, den man dort vielleicht haben könnte, aber ich bin lieber mit dir zusammen.«

Düsteres Zwielicht hing über dem Yukon River, als sie die Heimreise antraten. Leichtes Schneetreiben vernebelte die Sicht und ließ sie den Waldrand am jenseitigen Ufer nur schemenhaft erkennen. Ein letztes Aufbäumen des Winters, bevor die Sonne ihn endgültig vertreiben und für neues Leben sorgen würde. Nirgendwo war der Kreislauf des Lebens so deutlich zu erkennen wie in der Wildnis, wenn die Bären im Frühjahr aus ihren Höhlen gekrochen kamen und ihre Jungen die ersten Gehversuche machten. Einige Monate später würden die Lachse in die Flüsse wandern, um ihre Eier abzulegen, und den Bären als willkommene Beute dienen. Die Elche würden sich über das Laub an den Flussufern hermachen, und die Wölfe gingen auf die Jagd und teilten sich reichhaltige Beute. Verlockende Bilder, die Kate gerade jetzt vor Augen hatte, als der Wintergeist der Indianer noch einmal zuschlug.

Mit wachsender Besorgnis beobachtete sie die dunklen Wolken, die bedrohlich über den Bergen hingen. »Wir hätten warten sollen«, rief sie George zu. »Siehst du die Wolken? Die sehen nicht gut aus. Nicht, dass uns das Gleiche passiert wie dir letztes Jahr. Du wärst beinahe umgekommen in dem Blizzard.«

»Das war ein Jahrhundertsturm.«

»Die Stürme hier oben sollen auch nicht ohne sein.«

»An der Mündung des Stewart River gibt es eine Handelsstation, da können wir unterkriechen, falls es schlimmer wird. Und heißen Tee haben die auch.«

Die dunklen Wolken schienen ihnen zu folgen und kamen immer näher. Wie der böse Wintergeist saßen sie ihnen dicht im Nacken und schickten sich an, nach ihnen zu greifen und sie mit ihrem eisigen Atem zu ersticken. Sogar die Huskys spürten die Bedrohung und rannten schneller als sonst. Ein Blizzard konnte auch ihnen gefährlich werden, obwohl ihnen die eisige Kälte nichts ausmachte und sie einiges gewohnt waren. Doch die Wucht, die ein solcher Sturm entwickeln konnte, war schon manchen Hunden zum Verhängnis geworden.

Kate hielt sich mit beiden Händen am Schlitten fest. Sie war es nicht gewohnt, auf der Ladefläche mitzufahren, und hätte viel lieber auf den Kufen gestanden. Zu gefährlich, nur wenige Tage nach einer Verletzung. Wenn die Wunde aufbrach, würde sie erneut Blut verlieren und wertvolle Kraft einbüßen. Warum das Risiko eingehen, wenn George bei ihr war? Seinen eigenen Schlitten hatte er bei den Mounties in Dawson City gelassen. Mit zwei Schlitten wäre die Fahrt nach Whitehorse noch beschwerlicher und gefährlicher geworden.

Kate drehte sich nach den dunklen Wolken um. Bis zum Stewart River würden sie selbst bei diesem Tempo über drei Stunden brauchen: zu lange, wenn die Wolken sie weiter verfolgten und der Wind plötzlich zum Sturm wurde.

»Ich fürchte, es wird doch ein Blizzard!«, rief George. »So ging es vor einem Jahr auch los. Wir sollten uns einen sicheren Unterschlupf suchen, bevor es zu spät ist. Eine Viertelmeile flussabwärts, das Steilufer auf der anderen Seite, das könnte was sein.«

George verließ den Trail und trieb die Hunde quer über den Fluss. Kate hielt sich mit beiden Händen fest. In der Mitte des Flusses hatte stetiger Wind das Eis aufgeworfen, und es gab keinen eingefahrenen Trail. Ihre Fahrt führte über knirschendes Eis und verlief so holprig, dass der Schlitten ein paar Mal umzukippen drohte. Kate spürte ihre Hüftwunde, hütete sich aber, etwas zu sagen.

Schon während sie den Fluss überquerten, frischte der Wind auf. Er wurde schnell stärker und nahm ihnen mit wirbelnden Schneeflocken und winzigen Eiskörnern die

Sicht. Die dunklen Wolken standen schon fast über ihnen. »Vorwärts, Buck! Lauft! Lauft! Wir haben nicht mehr viel Zeit!«, rief George.

Die Huskys wussten auch ohne ihn, was ihnen drohte, und mobilisierten alle Kräfte, um das jenseitige Ufer möglichst schnell zu erreichen. Als sie es endlich geschafft hatten, fuhren sie weiter nach Süden, bis sie an eine Stelle kamen, an der überhängendes Eis und eine entwurzelte Schwarzfichte so weit über den Fluss hingen, dass sie einigermaßen Schutz boten. »Whoaa!«, bremste George den Schlitten. Er rammte den Anker in den festen Schnee am Ufer und rief Kate zu: »Beeil dich, Kate! In Deckung, bevor uns der Blizzard vom Eis weht!«

Kate stieg von der Ladefläche, schnappte sich einige Wolldecken und kroch zu George unter das Eisdach. Keine Sekunde zu früh: Kaum hatten sie sich in die Decken gehüllt, entluden sich die dunklen Wolken, und der Blizzard brach los, als wäre er wütend darüber, dass sie sich noch rechtzeitig in Sicherheit gebracht hatten. Der Wind begann zu stürmen und zu heulen, und der wirbelnde Schnee fiel so dicht, dass man keine drei Schritte weit sah. In einem solchen Inferno hätte man auf dem vereisten Fluss leicht die Orientierung verlieren, vielleicht sogar vom Schlitten stürzen können.

Kate drängte sich dicht an George, um besser gegen den Sturm geschützt zu sein. Obwohl sie die Decke bis über die Nase gezogen hatte, traf der Schnee sie im Gesicht und zwang sie, die Augen zu schließen. Mit ihm drang eisige Kälte in ihren Unterschlupf und kroch bis auf die Haut. Die Kälte brannte und erinnerte sie daran, wie sie den steilen Hang hinabgestürzt war, als die Kugel sie getroffen hatte. Nachdem das Adrenalin seine Wirkung verloren hatte, waren der heftige Schmerz und die Kälte gekommen.

Die Huskys machten sich nicht viel aus dem Sturm, weder aus dem tosenden Wind, der ihnen so dicht am Ufer kaum etwas anhaben konnte, noch aus der Kälte, die es niemals schaffen würde, unter ihr dichtes Fell zu dringen. Sie lagen eingerollt im Schnee und warteten geduldig darauf, dass der Blizzard nachließ und sie wieder laufen konnten. Ihr Instinkt würde ihnen verraten, wann der Wintergeist genug hatte und von ihnen abließ. Kate und George würdigten sie keines Blickes. Sie wussten, dass die beiden in Sicherheit waren.

Nur eine Stunde tobte der Blizzard, dann ließ der Wind plötzlich nach, und sie konnten sich aus ihrem Unterschlupf wagen. Sie umarmten sich und küssten sich flüchtig, obwohl man die Lippen des anderen bei diesen Temperaturen kaum spürte. Beide waren froh, den Sturm unbeschadet überstanden zu haben.

Kate klopfte sich den Schnee aus den Kleidern und ging zu den Huskys. »Hey, das war gerade noch rechtzeitig, was?«, sagte sie zu ihnen. Sie ging von einem zum anderen und drückte sie. »Obwohl ich sicher bin, dass ihr euch auch im Blizzard nicht verirrt hättet. Großartig, wie ihr über den Fluss gerannt seid!«

Sie schüttelte die Wolldecken aus, legte sie auf den Schlitten und stieg selbst auf. Auch George war schon bereit. »Jetzt wird's aber Zeit, dass wir ein paar Meilen machen, sonst müssen wir im Zelt übernachten. Eine warme

Blockhütte in Fort Selkirk wäre mir, ehrlich gesagt, lieber. Bereit?«

»Kann losgehen«, erwiderte Kate.

George feuerte die Huskys an und trieb sie quer über den Fluss. Dichte Schneewehen, vom Blizzard angehäuft, erhoben sich wie Dünen über dem Eis und erschwerten ihnen das Vorwärtskommen. Der Schlitten ächzte, die Kufen scharrten über das teilweise blanke Eis. Die Huskys ließen sich von den zahlreichen Hindernissen nicht entmutigen und behielten das Ufer fest im Blick.

In dem düsteren Licht, das noch immer über dem Fluss hing, sah Kate die vertrauten Augen erst spät. Ihr Schutzgeist? Oder hatte der Blizzard ihre Wahrnehmung getrübt? Sie schärfte ihren Blick und beugte sich etwas nach vorn, sodass sie das schattenhafte Wesen auf der Böschung stehen sah. Es wartete nur so lange, bis es Kates Blick auf sich spürte, lief davon, kehrte wieder zurück. Anscheinend forderte er sie auf, ihm zu folgen. Dann verschwand er endgültig im Dunst.

Sie drehte sich zu George um. »Fahr mal die Böschung hinauf! Ich glaube, ich hab da was gesehen. Keine Ahnung, was es war. Lass uns mal nachsehen!«

»Wird ein Fuchs oder so was gewesen sein«, sagte er.

»Egal … Ich will mich selbst überzeugen.«

»Meinetwegen«, gab er nach. Er trieb die Huskys über die Uferböschung, die am westlichen Ufer wesentlich niedriger war, lenkte den Schlitten durch den angehäuften Schnee und bremste abseits einer weiten Ebene, die teilweise mit Buschwerk bewachsen war und unterhalb eines bewaldeten Hügels endete.

Kate ließ sich ihr Fernglas aus dem Schlittensack reichen und blickte hindurch. Geduldig suchte sie die Ebene und den Waldrand ab. Der Wolf war nicht zu sehen, das hatte sie auch nicht erwartet, aber was hatte er ihr zeigen wollen?

»Nichts«, sagte George. »Du hast dir was eingebildet.«

»Hab ich nicht«, erwiderte sie. Sie vermied es, ihm von dem Wolf zu erzählen, wollte nicht von ihm ausgelacht werden. »Hier muss irgendwas sein.«

Auch die Huskys waren jetzt unruhig geworden, jaulten aufgeregt und sprangen auf der Stelle, als hätten sie etwas Ungewöhnliches bemerkt. Buck stand als Einziger still, blickte aber nach Westen. Hatte er etwas entdeckt?

»Vielleicht hast du recht«, sagte George, als er Buck beobachtete.

Kate blickte in die Richtung, die Buck anvisiert hatte, und sah etwas Dunkles aus einer Schneewehe ragen. Der Oberkörper eines Mannes! Noch weiter westlich, am nahen Waldrand, konnte sie einen Hundeschlitten ausmachen.

»Da drüben! Bei der Schneewehe!«, rief sie aufgeregt.

George ließ die Hunde laufen und bremste neben der Schneewehe. Kate stieg vom Schlitten und lief zu dem Mann, erkannte aber schon von Weitem, dass er tot war. Nur um sicherzugehen, legte sie zwei Finger an seinen Hals.

Als sie in sein Gesicht blickte, erschrak sie. »Das ist Bill Spencer«, sagte sie. »Der Mann, der auf mich geschossen hat, Maggies Ehemann. Der Blizzard muss ihn überrascht und vom Schlitten geworfen haben. Kein schöner Tod.«

Als sie den Toten genauer untersuchte, entdeckte sie ein Einschussloch an seiner Schläfe. »Nicht der Blizzard«, korrigierte sie sich. »Jemand hat ihm eine Kugel in den Kopf geschossen!« Sie zeigte George die Stelle. »Wer kann das gewesen sein? Ein Mountie hätte ihn doch nicht liegen lassen. Und jemand, der die Belohnung für ihn einstreichen wollte, auch nicht.«

»Keine Ahnung«, erwiderte George. »Bist du sicher, dass es Spencer ist?«

»Kein Zweifel.« Sie zeigte ihm die Fotografie.

»Okay«, sagte er. »Wir laden ihn auf seinen Schlitten und bringen ihn nach Fort Selkirk. Dort müssen wir ohnehin Bericht erstatten. Ich fahre seinen Schlitten, und du fährst deinen. Meinst du, du stehst das mit der Wunde durch?«

»Es geht schon wieder«, versicherte sie ihm.

George holte Spencers Schlitten vom Waldrand und kehrte mit ihm zurück. Er tat sich noch etwas schwer mit den fremden Hunden, die sich nur zu gern auf Buck und und Kates andere Hunde gestürzt hätten. »Immer mit der Ruhe!«, ermahnte er sie. Den Schlitten hatte er in sicherer Entfernung verankert. »Auf Buck und seine Kollegen lasse ich nichts kommen.«

Nur weil Kate lange in einem Krankenhaus gearbeitet hatte und den Anblick von Schwerverletzten und Toten gewohnt war, wurde ihr beim Aufladen der Leiche nicht übel. Bill war steif gefroren, und sie konnte nur hoffen, dass sein Tod so schnell gekommen war, wie es den Anschein hatte. Sie banden den Toten auf der Ladefläche fest, legten eine Decke über ihn und fuhren weiter.

George übernahm die Führung und hielt einigen Abstand zu Kate, damit sich die Hunde nicht ins Gehege kamen. Obwohl es heller geworden und der Wind kaum noch zu spüren war, kamen sie mit den schwer beladenen Schlitten nur langsam voran. Schwer waren auch die Gedanken, die der Tote in ihnen ausgelöst hatte. Wer hatte ihn erschossen? Louis Ward, der sein Geld wiederhaben wollte? Einer seiner Männer? Ein Goldsucher, den Spencer bestohlen hatte? Eine rachsüchtige Prostituierte?

Sie erreichten Fort Selkirk am frühen Abend. Der Inspector hatte sich bereits zurückgezogen, war aber schnell zur Stelle, als die Kunde von dem erschossenen Verbrecher die Runde machte. »Constable Special Ryan«, begrüßte er sie, während er seine Mackinaw-Jacke zuknöpfte. »Und Corporal Chalmers, nehme ich an? Inspector Wood. Das ist Spencer, nicht wahr? Haben Sie ihn erschossen?«

»Nein, Sir. Er war schon tot, als wir ihn fanden.«

»Wo war das?«

»Ungefähr zwanzig Meilen nördlich der Stewart-Mündung, Sir.«

»In Ordnung.« Er wies einige Männer an, den Toten in einen Schuppen zu legen, und lud Kate und George in sein Büro ein. »Der Tee ist leider schon kalt, aber Sie können die Hütte vom letzten Mal haben, Ma'am, und George ...« Er lachte. »Ach was, nehmen Sie beide die Hütte. Sie heiraten sowieso bald.«

George errötete. »Sehr freundlich, Sir.«

»Schildern Sie mir, was passiert ist, Corporal!«

George tat, was von ihm verlangt wurde, und fügte hinzu, dass sie keine Ahnung hatten, wer Bill Spencer erschossen haben könnte. »Vielleicht war es Selbstjustiz, Sir.«

»Am Cache Creek hat er aus dem Hinterhalt auf mich geschossen«, berichtete Kate der Vollständigkeit halber. »Ihn konnte keiner leiden, nicht mal die Prostituierte, mit der er in Lousetown zusammenlebte.« Sie seufzte kaum hörbar. »Wenn ich nur wüsste, was ich meiner Freundin Maggie erzählen soll. Sie war mit ihm verheiratet und kennt ihn nur so, wie er vor zwei Jahren war.«

Inspector Wood ging nicht darauf ein. »Es gibt noch eine andere Möglichkeit«, gab er zu bedenken. »Elsie Maloney könnte auf ihn geschossen haben.«

»Die Hexe?«, riefen Kate und George gleichzeitig.

Der Inspector nickte. »Zwei meiner Männer waren gestern auf Patrouille am Stewart River und bildeten sich ein, ihre Spuren gefunden zu haben. Vielleicht kam Spencer der Hexe in die Quere, und sie hat ihn kaltblütig erschossen.«

»Die Hexe hinterlässt keine Spuren«, behauptete Kate.

»Aber möglich wäre es«, sagte der Inspector.

25

Die restliche Fahrt nach Whitehorse verlief ohne Zwischenfälle. Noch hatte das Tauwetter nicht eingesetzt, aber es wurde langsam wärmer, und der Frühling, der am Yukon beinahe nahtlos in den Sommer überging, war nicht mehr fern. Am östlichen Horizont zeigte sich die Sonne, längst bereit, den Winter zu vertreiben und die Natur für wenige Monate in ihrem Glanz erblühen zu lassen.

Kate war noch einige Meilen selbst gefahren, saß aber wieder in Decken gehüllt auf der Ladefläche, als sie die Stadt am frühen Nachmittag erreichten. Sie fuhren zum Camp der North West Mounted Police und meldeten sich bei Inspector Primrose, der bereits ein Telegramm von seinem Kollegen in Fort Selkirk erhalten hatte und über die neuesten Entwicklungen informiert war. Er ließ heißen Tee bringen, lehnte sich in seinem Stuhl zurück und hörte sich ihre Berichte an.

»Zumindest Bill Spencer bereitet uns keine Sorgen mehr«, sagte er an Kate gewandt, »obwohl ich Sie nicht um Ihr Treffen mit seiner Witwe beneide. So wie ich sie kennengelernt habe, wird sie seinen Tod nur schwer akzeptieren.«

Kate war der gleichen Meinung. »Sie wird einige Tage brauchen, um die ganze Wahrheit zu verkraften, da haben Sie recht. Aber mit solchen Situationen hatte ich als Krankenschwester öfter zu tun, und ich kenne Maggie gut genug, um es ihr möglichst schonend beizubringen. Sie ist eine starke Frau und wird darüber hinwegkommen. Wer weiß, vielleicht bleibt sie für immer im Norden.«

»Inspector Wood glaubt, Elsie Maloney könnte auf Spencer geschossen haben«, sagte George. »Zwei seiner Männer wollen ihre Spur gefunden haben.«

Primrose nickte. »Das hat er mir auch telegrafiert. Durchaus möglich, obwohl die Spuren nicht besonders aussagekräftig gewesen sein sollen. Die Überreste eines Lagerfeuers mit einer leeren Konservendose. Tomaten, angeblich eine ihrer Lieblingsspeisen. Sehr selten am Yukon, könnte aber dennoch nur ein Zufall sein. Wood hat bereits einige Männer losgeschickt, um nach weiteren Spuren zu suchen, und Sergeant Major McDonell ist auch wieder unterwegs. Wenn wir dieser Hexe nicht bald das Handwerk legen, bekommen wir ein echtes Problem. Die Regierung in Ottawa hat uns bereits telegrafiert.«

»Die haben keine Ahnung, wie raffiniert diese Hexe ist.«

»Das ist keine Entschuldigung, Corporal. Wir sind Mounties und haben einen Ruf zu verteidigen. Wir wurden für den Dienst in der Wildnis ausgebildet. Wenn die Regierung und vor allem die Bürger das Vertrauen in uns verlieren, streicht man uns dringend benötigte Mittel oder, was noch viel schlimmer wäre, man löst die North West Mounted Police auf. Darüber wurde schon öfter in Ottawa diskutiert. Wir gehören ins vergangene Jahrhundert, sagen manche.«

»Wir kriegen sie«, wurde George nicht müde zu betonen.

»Immerhin wissen wir inzwischen, dass sie tatsächlich zur amerikanischen Grenze will«, sagte Primrose. »Leider ist die so lang, dass man sie unmöglich vollständig überwachen kann. Wer sich in der Wildnis auskennt und keine Angst vor Tiefschnee und hohen Bergen hat, kann es schaffen, sie ungesehen zu überqueren. Wir tun, was wir können, aber uns geht es wie General Crook im Krieg gegen die Apachen. Haben Sie vom Krieg gegen die Indianer an der mexikanischen Grenze gehört? Dort hatte eine kleine Gruppe von Kriegern unter ihrem Anführer Geronimo eine Übermacht der US-Armee jahrelang an der Nase herumgeführt, bis man sie endlich zum Aufgeben überreden konnte. Nur mit dem Einsatz von indianischen Scouts, die sich gegen ihre eigenen Leute wandten, war es möglich, die feindlichen Krieger in Mexiko aufzuspüren.«

»Wollen Sie, dass ich mich auch wieder an der Suche beteilige, Sir?«, fragte George. »Meine Verletzung war nicht so schlimm, ich spüre sie kaum noch.«

Der Inspector erlaubte sich ein Lächeln. »Sie bleiben erst mal hier und heiraten, Corporal Chalmers. Pater Lefebvre war schon zwei Mal hier und hat mich gedrängt, Ihnen ins Gewissen zu reden. Es würde sich nicht schicken, schon gar nicht für einen Corporal der North West Mounted Police, die Ehe ohne den Segen der katholischen Kirche zu vollziehen, und ich bin es langsam leid, immer die Hexe als Entschuldigung vorzuschieben. Gehen Sie es endlich an!« Er blickte beide an. »Oder haben Sie plötzlich kalte Füße bekommen?«

»Natürlich nicht«, antworteten beide im Chor.

»Ich hatte keine andere Antwort erwartet, Corporal. Wir werden mit allen verfügbaren Männern ein Spalier bilden, wenn Sie die Kirche verlassen.«

»Und wir müssen genügend Pies für alle backen«, sagte Kate.

Pater Lefebvre war hocherfreut, als sie gemeinsam in seiner neuen Kirche erschienen. Es war keine besondere Kirche, eher ein gewöhnliches Blockhaus, nur größer und mit einem weißen Kreuz über dem Eingang. Bei ihrer Ankunft hatten sie das neue Gebäude gar nicht bemerkt, so unscheinbar wirkte es. Einen Kirchturm hatte man sich gespart, da es ohnehin noch keine Glocke gab. Als Altar diente ein gewöhnlicher Tisch mit einem Kruzifix und einer Statue der Mutter Maria, statt Bänken waren bunt zusammengewürfelte Stühle im Raum verteilt, und als Kanzel diente ein erhöhtes Podest mit einem schmucklosen Geländer.

Pater Lefebvre hatte in der Bibel gelesen, als Kate und George die Kirche betraten, und legte sie auf den Altar, als er seine Besucher bemerkte. »Ich hab schon gehört, dass Sie in der Stadt sind«, sagte er, nachdem sie sich begrüßt hatten. »Ich nehme an, Sie wollen einen Hochzeitstermin mit mir vereinbaren.«

»Sie haben wohl nicht geglaubt, dass wir wirklich heiraten wollen.«

Lefebvre lächelte schuldbewusst. »O doch, Corporal. Ich werde nur etwas nervös, wenn meine Schäfchen zu lange auf gefährlichen Pfaden wandeln. Ich hoffe, Sie verzeihen mir. Aber lassen Sie uns die Einzelheiten besprechen …«

Kate hätte nicht gedacht, dass es so viel Zeit in Anspruch nehmen würde, das Aufgebot zu bestellen. Pater Lefebvre wollte alles über sie wissen, vor allem, ob sie gewillt waren, ihre Kinder nach katholischem Glauben zu erziehen. Er klärte ab, ob seine neue Haushälterin, eine ältere Dame namens Henrietta, auf ihrem Harmonium spielen und Guiseppe di Fortunato singen sollte und ob er zu der anschließenden Feier in Kates Restaurant eingeladen war. Die Antworten lauteten drei Mal »Ja, natürlich!«. Damit war alles bereit. Nur die Ausstellung der Marriage License, der offiziellen Erlaubnis, heiraten zu dürfen, würde einige Zeit in Anspruch nehmen.

»Dann sehen wir uns am Sonntag in drei Wochen«, zeigte sich der Pater höchst zufrieden und äußerte die Hoffnung, dass beide auch in der Zwischenzeit zum regulären Gottesdienst erscheinen würden. »Jetzt, wo wir endlich ein Gotteshaus haben ...« Die beiden Brautleute versprachen, ihr Bestes zu tun.

Erst nach der Besprechung mit dem Pater kehrte Kate in ihr Restaurant zurück. Die Stammgäste begrüßten sie mit lautem Hallo. Nellie war allein und hatte alle Hände voll zu tun. »Wir wissen schon Bescheid«, sagte Nellie, nachdem sie sich umarmt hatten. »Ein Jammer, das mit Maggies Mann. Es hat sie schwer getroffen. Am besten siehst du mal nach ihr. Sie ist in ihrem Zimmer.«

Kate ging durch das Lokal, schüttelte einige Hände, und verließ es durch die Hintertür. Nach kurzem Zögern betrat sie das Blockhaus, in dem sie mit ihren Freundinnen wohnte. »Maggie! Bist du zu Hause? Ich komm rein, okay?«

Sie betrat Maggies Zimmer und sah sie mit verweintem Gesicht auf dem Bettrand sitzen. Maggie trug ihre Schürze und blickte nicht einmal auf, als Kate sich neben sie setzte. Sie brauchte einige Zeit, um die richtigen Worte zu finden. »Es tut mir furchtbar leid, Maggie. Dein Mann … Er wurde erschossen.«

»Wer hat ihn umgebracht?«, fragte Maggie mit tonloser Stimme.

»Das wissen wir nicht. Möglicherweise die Hexe.«

Maggie hob den Kopf. »Die Hexe? Wieso das denn?«

»Er könnte ihr zufällig in die Arme gelaufen sein. Elsie Maloney zögert nicht lange, wenn sie einen unerwünschten Zeugen in ihrer Nähe weiß. Er … dein Mann … Er hat auf mich geschossen, Maggie. Am Cache Creek, aus dem Hinterhalt. Tut mir leid, dass ich das sagen muss, aber er war sicher nicht mehr derselbe Mann, den du kennengelernt hast. Er war … Er war ein Verbrecher.«

Maggie schluchzte leise. »Wie kann man sich so verändern, Kate?«

»Das Gold … daran ist das Gold schuld.«

»Aber er hat sich nie etwas zuschulden kommen lassen. Niemals!«

»Ich weiß, Maggie. Aber die Beweise sind eindeutig.«

»Er wäre ins Gefängnis gekommen?«

»Für mehrere Jahre«, sagte Kate.

Maggie schien resigniert zu haben, sie hatte wohl längst geahnt, was mit ihrem Mann passieren würde, und starrte eine Weile stumm auf den Boden. Dann griff sie nach dem Taschentuch, das Kate ihr reichte, und tupfte sich die Tränen aus den Augen. »Ich komme darüber hinweg«, sagte sie. »Ich bin stark. Ich schaffe das!« Sie ballte die Hände zu Fäusten. Erneut sammelten sich Tränen in ihren Augen. »Musste er lange leiden, Kate?«, fragte sie nach einigem Nachdenken.

»Nein, er muss sofort tot gewesen sein.«

»Ich will ihn sehen, Kate!«

»Das ist keine gute Idee. Er liegt in Fort Selkirk und ...«

»Ich will ihn sehen!«

Kate blieb ruhig. »Behalte ihn so in Erinnerung, wie du ihn gekannt hast, Maggie. Ist besser so, glaub mir. Niemand, der von einer Kugel in die Schläfe getroffen wurde und stundenlang im eisigen Tiefschnee lag, sieht gut aus.«

»Lass mich allein.« Maggie klang trotzig.

»Wie bitte?«

»Du sollst mich allein lassen, Kate!«

»Schon gut, Maggie! Kurier dich gründlich aus! Nimm Urlaub, solange du willst, und komm erst wieder zur Arbeit, wenn du dich stark genug fühlst.« Sie legte Maggie einen Arm um die Schultern und drückte sie fest, dann verließ sie das Zimmer und ging zu Nellie in die Küche. »Maggie wird wieder«, sagte sie. »Kann eine Weile dauern, aber sie wird wieder. Wie kann ich dir helfen?«

Sie arbeiteten bis spät in die Nacht hinein. An diesem Abend war besonders viel los, und der Andrang wurde noch größer, als sich herumgesprochen hatte, dass Klondike Kate wieder in der Stadt war. So nannten sie inzwischen fast alle, obwohl sie viel dafür gegeben hätte, den Namen loszuwerden.

Gegen Mitternacht sank Kate erschöpft in ihr Bett, nicht ohne vorher bei Maggie vorbeizusehen, die allerdings fest zu schlafen schien und sich nur leise stöhnend auf die andere Seite drehte, als Licht auf ihr Gesicht fiel. Kate sorgte sich um ihre Freundin, auch wenn man Farmersfrauen nachsagte, dass sie besonders widerstandsfähig waren, bei der Arbeit auf den Feldern und bei der Hausarbeit, die auf einer einsamen Farm ebenfalls kein Zuckerschlecken war. Jeden Morgen der besorgte Blick aus dem Fenster, ob es genug Regen für eine gute Ernte geben würde, der Kampf gegen die Armut und die Einsamkeit, der Wind, der auf der Prärie zur Plage werden konnte … Das alles kannte sie auch.

Spätnachts wurde Kate durch ein leises Geräusch geweckt. In der Wildnis hatte sie gelernt, selbst im Schlaf hellhörig zu sein und sofort hochzuschrecken, wenn etwas Unerwartetes geschah. Oft entschieden Sekundenbruchteile, wenn eine Gefahr drohte. Sie setzte sich auf und lauschte angestrengt. Wieder dieses Geräusch. Es kam von draußen, war bei dem geschlossenen Fenster kaum zu hören. Dann jaulten die Huskys, auch sie fühlten sich anscheinend in ihrer Ruhe gestört. Einige knurrten aufgebracht, sie glaubte Randy herauszuhören.

Sie stieg aus dem Bett und lief zum Fenster, hörte Hufschlag und sah einen Schatten in Richtung Norden verschwinden. Maggie!, war ihr sofort klar. Sie rannte ins Nebenzimmer und war nicht überrascht, es leer vorzufinden. Maggie hatte die Nerven verloren! Hatte eines ihrer Pferde gesattelt und ritt in die Nacht hinaus.

Nellie kam gähnend aus ihrem Zimmer. »Was ist denn los?«

»Maggie ist verschwunden! Bleib hier, ich hole sie zurück!«

Kate zog sich an, sattelte ebenfalls ein Pferd, weil das Anspannen der Huskys länger gedauert hätte, und folgte

Maggie. Falls ihre Freundin ein festes Ziel hatte, wollte sie sicher nach Fort Selkirk, um dort ihren toten Mann zu sehen. Ein Anblick, der ihre Trauer nur noch vergrößern würde. Kate ritt über die zu dieser Stunde verlassene Main Street, erreichte den Stadtrand und folgte dem Yukon River nach Norden. Von Maggie war weit und breit nichts zu sehen.

Sie trieb ihr Pferd zu einer schnelleren Gangart an. Der Hufschlag wirbelte Neuschnee auf, war aber kaum zu hören. Sie blieb auf dem schmalen Uferpfad, der wesentlich besseren Halt für ihr Pferd bot als das Flusseis. Vor ihr erhoben sich einige sanfte Hügel, auf denen ein lichter Wald aus Schwarzfichten stand, die ihr die Sicht erschwerten. Der Himmel war bedeckt und ließ kaum Sternenlicht durch, der Mond blieb unsichtbar.

In dem Wäldchen war es noch dunkler, und sie verließ sich größtenteils auf den Instinkt ihres Pferdes. Ihre größte Sorge, dass Maggie eine andere Richtung eingeschlagen hatte, erfüllte sich jedoch nicht. Als Kate die Bäume hinter sich ließ, sah sie ihre Freundin. Maggie ritt keine Viertelmeile vor ihr. Entsetzt erkannte Kate, dass Maggie nur ihre Mackinaw-Jacke und Stiefel angezogen hatte und in ihrem Nachthemd und mit bloßen Beinen ritt. Sie stand offenbar immer noch unter Schock, hatte wahrscheinlich schlecht geträumt und kaum nachgedacht, als sie sich angezogen hatte und davongeritten war.

»Maggie!«, rief Kate. »Maggie! Bleib stehen!«

Ihre Freundin schien sie nicht zu hören. Sie schlug mit den Zügelenden auf ihr Pferd ein, blickte stur nach vorn und hing so schief im Sattel, dass sie jeden Augenblick zu fallen drohte. Als hinge ihr Leben davon ab, nicht erwischt zu werden und ein Ziel zu erreichen, das sie vielleicht gar nicht kannte. Ihr Nachthemd flatterte unter der Jacke und entblößte ihre Schenkel, die im schwachen Glanz der Sterne noch blasser wirkten. Auch ihre Mütze hatte sie nicht mitgenommen, ihre Haare flatterten im Wind.

»Maggie! Mach keinen Unsinn! Warte doch!«

Kate feuerte ihr Pferd an und holte schnell auf. Sie war schon als Kind auf der heimatlichen Farm und den ganzen letzten Sommer im Norden geritten und war eine gute Reiterin. Immer näher rückte sie an Maggie heran, rief ständig ihren Namen und »Warte doch! Warte doch!«, bis sie die Freundin endlich eingeholt hatte, sich weit aus dem Sattel beugte und nach den Zügeln des anderen Pferdes griff. »Maggie!«, rief Kate wieder. »Maggie! Beruhige dich! Alles wird gut!«

Doch Maggie war immer noch in Panik, sprang aus dem Sattel und lief zu Fuß weiter, bis sie nach wenigen Schritten zu Boden sackte und im Schnee liegen blieb. Sie schrie, als Kate ihr aufhalf, trommelte mit den Fäusten auf sie ein, doch Kate hielt sie fest umklammert und drückte sie an sich, als ihre Kräfte nachließen und sie den Boden unter den Füßen zu verlieren schien. Sie wartete geduldig, bis keine Tränen mehr kamen und Maggie sich beruhigte.

»Alles wird gut!«, versprach Kate wieder. Ein Ausdruck, den sie im Krankenhaus oft gebraucht hatte, obwohl es meist gelogen war. Bei zu vielen Patienten wurde niemals etwas besser, oder die Genesung dauerte so lange, dass sie verzweifelten und aufgaben. »Komm! Ich bring dich nach Hause! Hier draußen ist es doch viel zu kalt. Ich mache dir einen heißen Tee, der wird dir guttun.«

Kate half ihrer Freundin aufs Pferd, und sie ritten in die Stadt zurück. Ein Mann, der wohl nicht schlafen konnte und am Fenster stand, blickte ihnen neugierig nach. Sie kümmerten sich nicht um ihn, banden die Pferde an und gingen ins Haus. Nellie wartete auf sie, hatte das Feuer im Ofen angefacht und Tee aufgesetzt.

Im Bett und so warm zugedeckt, dass sie das Feuer im Ofen gar nicht gebraucht hätte, ging es Maggie schnell besser. Der Tee, mit etwas Honig verfeinert, tat ihr gut. »Tut mir leid«, sagte sie. »Ich muss die Nerven verloren haben.«

»Das ist doch kein Wunder«, sagte Nellie in ihrer mütterlichen Art. »Du hast eine ganze Menge mitmachen müssen. Am besten bleibst du morgen im Bett und schläfst dich erst mal richtig aus, dann geht es dir bestimmt bald besser. Kate und ich schaffen das auch allein. Stimmt's, Kate?«

»Nellie hat recht! Erhol dich ein paar Tage!«

»Es geht schon wieder. Ich hatte nur … Warum hat Bill mir das angetan? Er war immer anständig, warf nie mit Geld um sich und wurde schon rot, wenn ich ihn dabei erwischte, wie er eine andere Frau beim Kirchgang anblickte. Warum verspielt er das Gold, das er gefunden hat? Warum macht er Schulden und bestiehlt andere Leute? Warum lässt er sich mit einer Prostituierten ein?«

»Er ist nicht der Einzige, der am Klondike die Nerven verloren hat.«

»Warum hab ich ihn jemals gehen lassen?«

»Gib dir nicht die Schuld«, ermahnte Kate die Freundin. »Er allein hatte es zu verantworten, dass er auf die schiefe Bahn geriet. Seine Taten sind durch nichts zu entschuldigen. Erinnere dich an die gute Zeit, die du mit ihm hattest, Maggie, und schau nach vorn! Dein Leben ist noch lange nicht zu Ende.«

»Ich versuch's. Aber ... es tut alles so weh!«

»Ich weiß«, erwiderte Kate. »Ich hab was Ähnliches durchmachen müssen, als ich aus Johnville wegzog. Ein reicher Bursche, der mich wie eine heiße Kartoffel fallen ließ, als ihn seine Mutter zurückpfiff, weil eine Heirat mit einer armen Farmerstochter wie mir nicht standesgemäß sei. Ich hab's überlebt.«

»Ein Leben ohne Bill? Ich kann mir das gar nicht vorstellen.«

»Du bist doch schon eine ganze Weile allein«, widersprach Kate. »Du hast niemals aufgegeben, obwohl du wahrscheinlich geahnt hast, dass etwas mit Bill nicht stimmt. Du bist allein nach Whitehorse gekommen, so wie Nellie und ich, und du machst deine Arbeit, als hättest du immer auf eigenen Füßen stehen müssen. Du schaffst es, Maggie! Nellie und ich helfen dir dabei. Wer weiß, vielleicht taucht irgendwann ein edler Ritter auf und entführt dich auf seine Burg.«

»Ich mag keine Ritter.«

»Abwarten, Maggie! Abwarten!«

26

Die meisten Bewohner von Whitehorse schlossen Wetten darauf ab, wann das Eis des Yukon aufbrechen würde. Der Besitzer der *Bennett Sun* setzte sogar eine Belohnung für den Gewinner aus. Diesmal gewann der Angestellte eines Eisenwarenladens, ein junger Bursche, der sein Preisgeld in eine feuchtfröhliche Party mit seinen Freunden investierte.

Kate verpasste das Datum um zwei Tage. Zur Feier des Tages spendierte sie kostenlosen Apple Pie, »solange der Vorrat reicht« und ließ dem Gewinner einen Pie mit besonders viel Schlagsahne zukommen. Erst gegen Abend fand sie die Zeit, zum Flussufer zu gehen und dem Break-up zuzusehen, einem Schauspiel, das auf eindrucksvolle Weise zeigte, wie dramatisch und übermächtig die Natur im kanadischen Norden war. Im Zwielicht des frühen Abends brach der Fluss unter ständigem Tosen auf, hoben sich Eisbrocken unter dem gewaltigen Druck, fielen zurück und zersprangen wie Porzellan. Die Eismassen waren ständig in Bewegung, als würde ein gewaltiges Monster in den Tiefen des Flusses erwachen und nach oben drängen. Das Brechen des Eises war weithin zu hören, hing wie Donner in der Luft.

Wie alle Bewohner von Whitehorse war auch sie von dem Schauspiel fasziniert. Jetzt würde es nicht mehr lange dauern, bis Schnee und Eis vollständig verschwanden und der Natur gestatteten, ihre Vielfalt zu zeigen. Kate und George genossen die Tage, verbrachten jede freie Minute zusammen und fieberten der Hochzeit entgegen, die ihrer Liebe den Segen geben würde. Pater Lefebvre ermahnte sie noch einmal, der Hochzeitsnacht nicht vorzugreifen, und sprach über die »heilige Institution der Ehe«, die gerade in dieser Wildnis von besonderer Bedeutung sei. Sie hörten sich an, was er zu sagen hatte, und hielten sich mit Fragen zurück, um keine unnötigen Diskussionen aufkommen zu lassen. Ein Missionar wie Lefebvre sah manches zu streng, glaubten sie.

Bei der Planung der Hochzeit halfen ihnen Maggie, Nellie und Inspector Primrose, der ihnen einen zweiwöchigen Urlaub versprach und noch einmal garantierte, mit einigen seiner Männer ein Spalier vor der Kirche bilden zu wollen. Für Maggie waren die Vorbereitungen ein Segen. Sie lenkten sie von dem Kummer ab, den die Wahrheit über ihren Mann und seinen unrühmlichen Tod in ihr ausgelöst hatten, und entlockten ihr sogar ein Lächeln, als Kate ihr auftrug, eine besondere Hochzeitstorte zu backen. »Ich backe dir eine Torte, die wird man noch in hundert Jahren über den grünen Klee loben«, versprach Maggie.

Kate hatte so erfolgreich in Goldminen investiert, dass sie sich ein exquisites Brautkleid leisten konnte. Sie hatte cremefarbenen Seidensatin gekauft, den eine Näherin mit kostbarem Tüll zu einem Brautkleid mit bestickter Bluse, bauschigen Ärmeln und langer Schleppe verarbeitete. Dazu passten ebenfalls cremefarbene Schuhe mit leicht erhöhtem Absatz und ein Schleier, der bis auf den Boden reichen würde. Als sie sich bei der ersten Anprobe im Spiegel begutachtete, war sie selbst überrascht, wie sehr ein solches Kleid einen Menschen verändern konnte. »Das Kleid wird

George gefallen«, sagte sie zu der Näherin. »Schade, dass mich meine Eltern nicht sehen können. Aber sie sind noch nie gerne gereist und haben auf der Farm zu tun.«

Kate schrieb ihren Eltern regelmäßig und hatte ihnen auch verraten, dass sie sich verlobt hatte und bald heiraten würde. Eigentlich hatte sie schon an Weihnachten nach Hause fahren wollen, um ihre Eltern zu besuchen, doch während der letzten Monate war zu viel passiert, und sie hatte keine Zeit gefunden. Sie hatte sich in einem langen Brief bei ihnen entschuldigt, glaubte aber nicht, dass sie ihr verziehen hatten. Vor allem ihr Vater konnte sehr stur sein und war sicher der Meinung, dass eine Hochzeit ohne Brauteltern keine richtige Hochzeit war.

Der große Tag schien so plötzlich zu kommen, dass Kate tausend Dinge einfielen, die sie bei der Planung vergessen hatte. Aber Maggie und Nellie hatten aufgepasst und die anschließende Feier in Kates Restaurant bis ins Detail geplant. Ein junger Hirsch, den Coop vor zwei Wochen geschossen hatte, drehte sich schon am frühen Morgen an einem Spieß über dem Feuer, und die prächtige Hochzeitstorte wartete gut gekühlt in der Vorratskammer, als George am Morgen mit einer geschmückten Kutsche vorfuhr. Keine Hochzeitskutsche wie in den Städten, eher ein Frachtwagen, den man mit Wildblumen und bunten Girlanden in ein standesgemäßes Gefährt verwandelt hatte. George trug seine Paradeuniform mit der scharlachroten Jacke und hielt seinen Hut in der Hand.

Henrietta spielte den Hochzeitsmarsch auf dem Harmonium, als Inspector Primrose die Braut zum Altar führte, wo George bereits wartete und sie freudestrahlend in Empfang nahm. Kate hatte sich ihre Hochzeit weniger aufwändig und mit weniger Publikum vorgestellt und musste sich erst an ihr kostbares Hochzeitskleid gewöhnen, begann aber, die Zeremonie zu genießen, als sie Georges Hand in ihrer spürte und die Liebe in seinen dunklen Augen sah.

Ihr Eheversprechen hatte sie bereits unzählige Male vor dem Spiegel gesprochen. Jetzt war ihre Stimme fest und gut hörbar: »Ich verspreche dir, dich in guten und schlechten Tagen, in Reichtum und Armut, in Gesundheit und Krankheit zu lieben und dir eine gute Frau zu sein. Unser Leben soll ein großes Abenteuer werden, das unsere Liebe niemals langweilig werden lässt.«

George revanchierte sich mit ähnlichen Worten und fügte hinzu: »Ich liebe dich, Kate! Deine Schönheit, deine Klugheit, deinen Mut und deine Abenteuerlust. Du bist die Frau, nach der ich mich in meinen Träumen gesehnt habe.«

Ein leises Raunen ging durch die Kirche, als beide von Abenteuerlust sprachen und nicht etwa ein gottgefälliges Leben und viele Kinder in den Mittelpunkt stellten. Auch Pater Lefebvre zog verwundert die Augenbrauen hoch.

In seiner kurzen Ansprache verschwieg Lefebvre alles, was gegen die Rolle einer Ehefrau nach seinem und dem Verständnis der katholischen Kirche sprach: Kates Geschäftssinn, ihre Abenteuerlust, selbst ihren Marsch über den Stikine Trail. Stattdessen betonte er ihre Arbeit als Krankenschwester und ihre Hilfsbereitschaft. Den Satz, dass die Frau dem Mann untertan sein solle, verkniff er sich aber glücklicherweise. Kate hätte ihm sonst wohl auch während der Zeremonie widersprochen.

Nach dem Segen verließen Kate und ihr frisch angetrauter Ehemann die Kirche, begleitet von einem irischen Volkslied, das Guiseppe di Fortunato mit großer Inbrunst von der Empore schmetterte. Vor der Kirche bildeten zwölf Mounties ein Spalier, alle in ihren roten Ausgehuniformen, und zahlreiche Schaulustige begrüßten das frischgebackene Brautpaar mit begeisterndem Applaus. »Ein Hoch unserer Klondike Kate!«, rief jemand, und alle fielen ein: »Hoch, hoch, hoch!«

Wie durch Zauberei standen plötzlich Mabel de Luxe und Coop vor ihr. Kate hatte Mabel telegrafiert und gehofft, dass sie einen Weg finden würde, nach Whitehorse zu kommen. »Tut mir leid, dass ich zu spät komme, meine Liebe«, entschuldigte sich die Freundin. »Die Dampfer fahren leider noch nicht, und Coop musste erst einen Elch für die Mounties in Dawson schießen, bevor er mich auf seinen Schlitten laden konnte. Ich hab mich im Hotel umgezogen. In den alten Klamotten, die ich unterwegs getragen habe, konnte ich dir nicht unter die Augen treten. Coop ist da weniger zimperlich. Ihm steht das Lederzeug.«

Kate umarmte die Freundin und begrüßte Coop; auch George hieß beide willkommen. »Ihr kommt pünktlich zu unserer Feier«, sagte er. »Hirsch am Spieß, Kartoffeln, Gemüse und die beste Torte, die ihr jemals gegessen habt.«

Die Feier begann am späten Vormittag und endete am späten Abend. Alle Freunde und Bekannten waren eingeladen, eine Kapelle aus musikalischen Goldsuchern spielte, es wurde gegessen, getrunken und getanzt, und Guiseppe di Fortunato ließ es sich nicht nehmen, einige irische Sauflieder zum Besten zu geben, zu denen Pater Lefebvre und

Reverend Pringle, der ebenfalls geladen war, nur den Kopf schütteln konnten. Später am Abend beobachtete Kate, die nüchtern geblieben war, wie der sichtlich angetrunkene Lefebvre laut mitsang.

Zur Überraschung aller wagte sich auch Maggie auf die Tanzfläche. Sie folgte der Aufforderung eines jungen Mannes, der als Reporter für die *Bennett Sun* arbeitete und einen Bericht für die Zeitung verfassen sollte. Niemand nahm der jungen Witwe das Tanzen übel. Immerhin war sie bereits vor zwei Jahren von ihrem Mann verlassen worden, und er war ein anderer Mensch gewesen, als ihn die tödliche Kugel getroffen hatte. Jeder, der sie kannte, wünschte ihr, dass sie möglichst schnell darüber hinwegkam und wieder glücklich wurde.

Joseph Lacrosse, so hieß ihr Verehrer, war ein intelligenter Bursche, der mit seinem guten Benehmen und seiner herzlichen Art auch bei Kate einen guten Eindruck hinterließ. Er forderte Maggie mehrmals an diesem Abend zum Tanzen auf, bis sie wohl Angst vor der eigenen Courage bekam und sich zurückzog. Er verbeugte sich wie ein Gentleman vor ihr und fragte höflich, ob er sie wiedersehen dürfe, und sie antwortete: »Ich bin sehr beschäftigt, Joseph. Aber vielen Dank!«

Kate lächelte still in sich hinein und nahm Maggie beiseite, als sie an ihr vorbeikam. »Hab keine Scheu, Maggie! Du hast dir ein wenig Spaß verdient.«

»Joseph ist sehr nett, aber ...«

»Aber du bist noch in Trauer? Wegen eines Mannes wie Bill Spencer ist man nicht in Trauer, das würde sogar Pater Lefebvre unterschreiben. Man kann ihn bedauern, weil er den falschen Weg einschlug und zum Verbrecher wurde, aber betrauern ... Nein, das muss nicht sein. Und das weißt du, Maggie, sonst hättest du nicht längst deinen Ring abgenommen. Hab ich nicht recht?«

Maggie blickte erschrocken auf ihre Hand, als wäre sie bei etwas Verbotenem ertappt worden. »Du hast recht, Kate, aber ich brauche noch Zeit.«

»Ein guter Mann wie Joseph gibt dir Zeit.«

»Ich bin müde, Kate.«

Nur wenige Tage später erschien die *Bennett Sun* mit einem Bericht über die Hochzeit. Joseph schilderte die Zeremonie und die anschließende Feier, wie er sie erlebt hatte, und erwähnte Maggie in einem Nebensatz: »... neben der Braut in ihrem bodenlangen Kleid aus Satinseide verzauberte die junge Maggie Spencer die anwesenden Hochzeitsgäste.« Ein Kompliment, das Maggie puterrot anlaufen und sie stammeln ließ: »Aber ... wie ... wie kommt er denn darauf?«

»Du hast einen Verehrer, Maggie«, sagte Nellie. »So ist das halt, wenn man jung und hübsch ist. Eine alte Kröte wie mich will niemand mehr haben.«

»Unverhofft kommt oft«, erwiderte Kate.

Der Winter war vorüber, und nur an den fernen Berghängen klebte noch Schnee, als Norman Macauley seinen Morgentee in Kates Restaurant einnahm und ihr von der Fertigstellung seines Hotels berichtete. »Sie können schon morgen umziehen, wenn Sie wollen. Meine Leute werden Ihnen helfen.« Er tupfte sich die Lippen trocken. »Sie haben es sich doch nicht anders überlegt?«

Kate verneinte. »Wie könnte ich ein solches Angebot ausschlagen?«

Kate war begeistert, als Norman ihr das neue Restaurant zeigte. Es war im selben Haus wie das Hotel untergebracht und über einen Flur oder von außen erreichbar. »Kate's Restaurant« hatte jemand in weißen Lettern über die volle Breite der Fassade gepinselt. Das Lokal war rustikal eingerichtet, der Tresen und die Möbel aus feinstem Zedernholz. Das Flaschensortiment in dem Regal unter dem großen Wandspiegel ließ kaum einen Wunsch offen. An den Wänden hingen Gemälde mit kanadischen Landschaften, über der Verbindungstür zum Hotelflur wachte ein Büffelkopf. Vor dem offenen Kamin stand eine Ledergarnitur.

Auch die Küche war perfekt eingerichtet. Es gab sogar fließendes Wasser, und mit dem ersten Dampfschiff war ein moderner Herd gekommen. Das alles hatte seinen Preis, aber Norman Macauley war ein fairer Geschäftspartner, dessen Forderungen sich in Grenzen hielten. »Keine Angst, Ma'am, ich komme auf meine Kosten«, sagte er. »Viele Kunden übernachten in meinem Hotel, weil sie es dann nicht so weit zu Ihrem Restaurant haben. Abendessen mit Kopfkissen, sozusagen. Ihr Wildeintopf ist schließlich eine Legende!«

Das Wohnhaus, das sie zu einem stark ermäßigten Preis von Macauley kaufte, lag schräg gegenüber und war auf Stelzen gebaut. So hielt es dem Permafrost, der sich tief in die Erde fraß und schon so manchem Haus zum Verhängnis geworden war, besser stand. Es war beinahe quadratisch, aus festem Holz gebaut und lag etwas erhöht, sodass sie einen guten Blick auf den Fluss hatte. Kate hatte einige

Möbel bestellt, die mit einem der nächsten Dampfer kommen würden, und ein Schreiner hatte sich bereiterklärt, einige Möbel nach ihren Wünschen zu zimmern. Sie ließ den Herd aus ihrem alten Restaurant, ihr Bett und auch den Tisch mit den Stühlen in ihr neues Privathaus bringen und füllte die geräumige Vorratskammer. Hinter dem Haus war genug Platz für ihre beiden Pferde; die Huskys und den Schlitten ließ sie im Camp der Mounties.

Die Kunde von ihrem neuen Restaurant verbreitete sich in Windeseile. Von allen Seiten strömten schon am ersten Abend die Gäste zu ihr. Die meisten waren von der neuen Umgebung angetan, nur wenige hingen an der behelfsmäßigen Baracke, die ihr vorher als Restaurant gedient hatte. Die Neuankömmlinge, die mit den ersten Dampfern gekommen waren, zeigten sich höchst überrascht; sie hätten nicht geglaubt, dass es fern der Zivilisation so gute Speisen gab. Dabei entwickelte sich Whitehorse längst zu einer zivilisierten Stadt inmitten der Wildnis. Es gab Restaurants und Läden wie weiter südlich, sogar Modellkleider aus Paris wurden angeboten, man war durch den Telegrafen mit dem Rest der Welt verbunden, die Mounties sorgten für Ordnung, es gab eine Stadtverwaltung, ein Krankenhaus und eine Feuerwehr, und in wenigen Tagen würde der erste Zug der White Pass & Yukon Railway nach Whitehorse kommen.

Auch wegen der festlichen Eröffnung der Eisenbahnstrecke verzichteten Kate und George auf eine Hochzeitsreise. Um in wärmere Gefilde zu fahren, reichten die zwei Wochen ohnehin nicht aus. Sie nützten die Zeit für den Umzug und die Einrichtung ihres neuen Hauses, an dem sich auch George mit seinen Ersparnissen beteiligte. Die erste gemeinsame Nacht, von der die Kirche wusste, verbrachten sie inmitten von Kisten und neuen Möbeln. Und obwohl George vom Dienst befreit war, sprach er fast jeden Morgen bei seinen Kameraden vor und erkundigte sich nach den neuesten Nachrichten. »Noch immer keine Spur von der Hexe«, sagten sie. »Das Miststück ist wohl längst über alle Berge!«

Die Eröffnung der letzten Teilstrecke der White Pass & Yukon Railway zwischen Caribou Crossing und Whitehorse fand im feierlichen Rahmen statt. Überall hingen Fähnchen und Girlanden in den Landesfarben, und auch die Lokomotive war bunt geschmückt, als der Zug zum ersten Mal in den Bahnhof einfuhr. Eine Kapelle spielte patriotische Lieder, und Guiseppe di Fortunato erhob seine Stimme und schmetterte eine Arie aus einer Oper, die niemand kannte. Fast die ganze Stadt war auf den Beinen und jubelte dem Lokführer zu, der dunklen Rauch aus dem Schlot entweichen und die Dampfpfeife ertönen ließ. Der Wind trug den Rauch und das Echo der Pfeife weit über die Stadt hinweg.

Der Präsident der Eisenbahngesellschaft zeigte sich auf der Plattform des letzten Wagens und hielt eine flammende Rede, die nur so von Superlativen strotzte und die Bahn als eine der erstaunlichsten technischen Errungenschaften im westlichen Kanada feierte. Er bedankte sich bei allen Mitarbeitern, nachdem man ihn daran erinnert hatte, auch bei den Arbeitern, und sagte Whitehorse eine glänzende Zukunft voraus. »Wir haben die Wildnis besiegt, wie es uns Gott in der Bibel auftrug, und sie für unsere Nachfahren urbar gemacht.«

Anschließend wurde in der ganzen Stadt gefeiert, auch in Kates Restaurant, wo Kate den Eisenbahnchef mit einem Elchsteak überraschte, das ihn schon nach dem ersten Bissen mit der Zunge schnalzen ließ. »Erstklassig, wirklich erstklassig!«, lobte er. »Besser hab ich es in Winnipeg auch nicht bekommen.«

Die Eisenbahn würde vieles in Whitehorse verändern, glaubte Kate. Die Stadt war endlich mit der Außenwelt verbunden. Wer mit dem Dampfschiff nach Skagway fuhr, musste dort nur in einen Zug der White Pass & Yukon Railway steigen, um Whitehorse direkt zu erreichen. Die Berge, einst ein scheinbar unüberwindbares Hindernis, standen den Reisenden nicht mehr im Weg. Den meisten Goldsuchern war damit allerdings nicht geholfen. Das meiste Gold am Klondike war abgebaut, der Rausch vorüber, und wer noch nicht genug hatte, fuhr weiter nach Nome an der Küste des Bergmeeres, wo ein neuer Goldrausch begonnen hatte, ohne die Ausmaße der Schürferei am Klondike zu erreichen.

»Langsam wird es mir in Whitehorse zu zivilisiert«, sagte Kate, als sie mit George zusammensaß. Ihr Restaurant hatte bereits geschlossen. »Ich würde am liebsten alles stehen und liegen lassen und weiter nach Norden ziehen.«

»Nome?«

»Weiter östlich. Fortymile, Clinton Creek, Fort McPherson.«

»Aber da ist doch nichts.«

»Eben«, sagte sie.

George sympathisierte mit dem Gedanken. »Aber hier ist es auch nicht ohne. Aus Whitehorse wird nie eine zivilisierte Stadt, glaube mir, und wenn doch, brauchen wir nur die Huskys anzuspannen und ein paar Meilen zu fahren.«

Es klopfte an der Tür. »Ein Telegramm für Sie, Ma'am!«

Kate nahm es entgegen und las es George vor: »MUM LIEGT IM STERBEN – KOMM NACH HAUSE – JOHN. Einer meiner Brüder«, erklärte sie. »Er ist als Einziger zu Hause geblieben. Mum … meine Mutter … Ich muss fahren.«

»Dann bist du mindestens zwei Monate weg.«

»Ich weiß, George«, bedauerte sie, »aber was soll ich machen? Meine Mutter war immer gut zu mir, ich kann sie nicht allein sterben lassen. Das Restaurant können Maggie und Nellie allein führen … und du?« Sie wusste nicht weiter.

»Ich würde dich begleiten, aber so lange lässt mich Primrose nicht weg.« Er nahm sie in die Arme und küsste sie. »Ich kann warten, Kate. Umso schöner wird unser Wiedersehen, wenn du zurückkommst. Du kommst doch zurück?«

»Darauf kannst du wetten«, erwiderte sie lachend.

27

Mit einem der ersten Züge fuhr Kate zur Küste. Während der ganzen Fahrt blickte sie aus dem Fenster und erfreute sich an den Ausblicken auf die auch im Sommer verschneiten Berge. Die starke Dampflok erklomm Steigungen, die man früher nur unter größten Mühen zu Fuß geschafft hätte, zog die wenigen Wagen an steilen Felshängen entlang, über gigantische Brücken und durch Tunnels, die chinesische Arbeiter in den harten Fels gesprengt hatten.

Die Fahrt war ein Abenteuer. Kate konnte sich kaum noch vorstellen, wie es den Goldsuchern noch vor zwei Jahren gelungen war, mit ihrem schweren Gepäck zu den Pässen hinaufzusteigen und unbeschadet den Yukon zu erreichen. Sie kannte die Fotografien von Männern, die in einer langen Reihe wie Sträflinge den Berg hinaufkletterten, bevor sie an der kanadischen Grenze von der North West Mounted Police kontrolliert wurden. Für sie war die Einreise ins Alaska-Territorium kein Problem, die Mounties kannten sie und salutierten sogar, als sie sich ihre Papiere ansahen. »Klondike Kate!«, staunte einer der Mounties. »Es ist mir eine außerordentliche Ehre, Sie kennenzulernen, Ma'am.«

»Vergessen Sie die Ma'am«, erwiderte sie. »Kate oder Constable.«

Skagway war eine Boomtown wie Dawson City, hatte seine Existenz dem Goldrausch zu verdanken und war lediglich eine Durchgangsstation für Goldsucher auf dem

Weg zum Klondike. Entsprechend chaotisch ging es in der Stadt zu. Es gab praktisch kein Gesetz, und notorische Ausbeuter hatten das Kommando übernommen. Die Banditen beraubten wohlhabende Goldsucher, betrogen beim Spielen und verlangten Schutzgeld von Kneipenwirten und Ladenbesitzern.

Kate hatte das Glück, nach ihrer Ankunft gleich an Bord eines Dampfschiffes gehen zu können, das sie nach Vancouver brachte. Die Fahrt entlang der kanadischen Westküste, abenteuerlich wie beim ersten Mal, erinnerte sie an ihre Begegnung mit Mabel und Ethel, mit denen sie auf der Fahrt eine Kabine geteilt hatte. Ethel war damals noch eine lebenslustige junge Frau gewesen, die zwar nicht sehr tugendhaft gelebt, aber einigermaßen optimistisch in die Zukunft geblickt hatte. Viel zu früh war sie aus dem Leben gerissen worden.

Mit ihr an Bord waren hauptsächlich Goldsucher, die vom Klondike zurückkehrten. Einige wenige waren auf eine reichhaltige Goldader gestoßen und feierten mit Kaviar und Champagner, die überwiegende Mehrheit hatte nur wenig Gold oder manchmal gar keines gefunden und bedauerte, jemals zu den Goldfeldern aufgebrochen zu sein. Einer der Pechvögel tauchte neben Kate an der Reling auf und klagte ihr sein Leid: »Ich war so nahe dran, Ma'am!«, sagte er und unterstrich seine Worte mit Daumen und Zeigefinger. »Ein Jahr hab ich mich auf dem Claim abgemüht und nichts als grauen Fels gefunden, dann hab ich die Mine für einen Apfel und ein Ei verkauft, und nur eine Woche später stößt der Glückspilz auf eine dicke Goldader.« Er war den Tränen nahe. »Hatten Sie schon mal so ein

Pech, Ma'am? Fehlt nur noch, dass ich meinen Job verloren hab und mir die Frau davongerannt ist. Würde mich nicht wundern!«

Kate hätte ihm am liebsten geantwortet, dass man am Klondike vor allem abseits der Claims reich werden konnte, indem man ein Restaurant oder einen Laden eröffnete, besondere Dienstleistungen anbot oder mit Anteilen an reichen Goldminen spekulierte, wie sie es getan hatte. Sie hatte zwar kein großes Vermögen ansparen können, aber immerhin. Stattdessen zeigte sie ihr Mitgefühl. »Viele Männer haben am Klondike ihr Leben verloren, und Sie haben das Glück, gesund nach Hause zurückzukehren. Sehen Sie's von der Seite, Sir.«

In Vancouver ließ sie sich von einer Droschke zum Bahnhof bringen. Sie hatte ein Abteil im Schlafwagen gebucht und wurde von einem dunkelhäutigen Schaffner begrüßt. Er kam aus der Karibik und sprach einen Dialekt, der sie zum Schmunzeln brachte. Die Pullman-Schlafwagen waren sehr bequem; man saß tagsüber am Fenster auf einer Bank und schlief nachts in einer Koje über dem Flur. Der Vorhang schützte sie gegen neugierige Blicke und vor der Außenwelt, lediglich das Rattern der Räder konnte er nicht verstummen lassen. Das Bad war klein, aber groß genug für Kate, die unterwegs ein leichtes Reisekleid und bequeme Schuhe trug und lediglich bei ihrem breitrandigen Strohhut mit dem üppigen Blumenschmuck keine Abstriche machte.

Ihre erste Überraschung erlebte sie schon kurz nach der Abreise, als der Schlafwagenschaffner ihr die neueste Ausgabe des *Weekly Herald* brachte und sie auf einen Artikel mit der Überschrift »Constable Kate heiratet Corporal der North West Mounted Police« stieß. »Katherine Ryan, besser bekannt unter ihrem Spitznamen ›Klondike Kate‹, hat geheiratet. George Chalmers, Corporal bei derselben Einheit wie sie, ist der Glückliche. Nach der Trauung begingen sie den Festtag mit der halben Stadt, bevor Kate wegen eines Notfalls in ihrer Familie nach Johnville in New Brunswick abreisen musste. Als einzige Frau, die über den beschwerlichen Stikine Trail zum Klondike zog, als es noch keine Eisenbahn in dieser Region gab, und erstes weibliches Mitglied der renommierten North West Mounted Police wurde sie für viele Kanadier schon zu Lebzeiten zur Legende. Kate's Restaurant in Whitehorse ist eine Institution. Gerüchten zufolge soll sie durch geschickte Investitionen zu einigem Wohlstand gekommen sein. Ihr Ehemann telegrafierte dem *Weekly Herald*: ›Kate ist eine großartige Frau. Ich bin sehr glücklich, sie gefunden zu haben.‹«

Der Schaffner grinste über beide Backen, als er wieder vorbeikam. »Klondike Kate viel berühmt«, sagte er in seinem lustigen Dialekt. »Bekommen First-Class-Service in Schlafwagen. Joe sehr beeindruckt von Klondike Kate!«

Die Nachricht, eine so prominente Dame an Bord zu haben, verbreitete sich wie ein Lauffeuer. Jedes Mal, wenn sie den Speisewagen besuchte, richteten sich alle Blicke auf sie, und etliche Passagiere wagten es sogar, sie anzusprechen und ihr zur Hochzeit zu gratulieren. Kate fühlte sich geschmeichelt, hätte aber lieber nicht so sehr im Mittelpunkt gestanden. Was hatte sie denn schon erreicht?, fragte sie sich. Sie war keine Frauenrechtlerin wie Sister Florence, sie war einfach nur eine Frau, die Johnville verlassen hatte, um Abenteuer zu erleben, und das tat, was ihr Spaß machte.

Kaum hatte sich Kate an die Aufmerksamkeit gewöhnt, die ihr an Bord zuteil wurde, erlebte sie die nächste Überraschung. Als sie am späten Nachmittag in Winnipeg ausstieg, um sich die Beine zu vertreten, sah sie sich plötzlich einer Blaskapelle gegenüber, die irische Lieder zu spielen begann. Fast alle Passagiere strömten zusammen und lauschten, dann ging ein Mann in festlicher Kleidung auf Kate zu und stellte sich als Bürgermeister vor. »Meine liebe Klondike Kate«, sagte er, »ich darf Sie im Namen der Bürger von Winnipeg herzlich begrüßen. Wir haben viel über Ihre außerordentliche Leistung gelesen, den Marsch zum Klondike und Ihre Arbeit als erste Frau bei der North West Mounted Police. Sie haben einen bedeutenden Beitrag zur Geschichte unseres jungen Landes geleistet. Wir möchten unsere Anerkennung zeigen, indem wir Ihnen eine Erinnerungsplakette und diesen Blumenstrauß überreichen.« Er ließ sich von einer Assistentin den Blumenstrauß reichen und gab ihn an Kate weiter. »Ein Hoch auf Klondike Kate!«, rief er. »Hoch! Hoch! Hoch!«

Kate war so überrascht, dass sie im ersten Augenblick gar nicht wusste, wie sie reagieren sollte. Dann lächelte sie und grüßte die Bürger von Winnipeg, der »Königin der Prärie«, wie die Stadt auch genannt wurde. »Ich bedanke mich für den herzlichen Empfang, obwohl ich mir gar nicht bewusst bin, etwas Außerordentliches geleistet zu haben. Viel mehr gebühren Lob und Anerkennung den Erbauern und Betreibern der Canadian Pacific Railway, der ersten transkontinentalen Eisenbahn in unserem schönen Land. Ein Hoch auf die CPR!«

Wieder schallten Hochrufe über den Bahnsteig, und Passagiere und Bürger unterhielten sich noch ein wenig bei Kaffee und Kuchen, beides von der Stadt Winnipeg spendiert, deren Bürgermeister über jeden Anlass, Aufmerksamkeit auf seine Stadt zu lenken, erfreut zu sein schien. Winnipeg lag auf den weiten Ebenen von Manitoba, umgeben von wogenden Weizenfeldern, denen die Stadt ihren Wohlstand verdankte. Außer diesen Weizenfeldern hatte Winnipeg allerdings nicht viel zu bieten. Außerdem war die Stadt berüchtigt für ihre eisigen Winterstürme.

Kate war froh, als der Schaffner »All Aboard!« rief und sie in ihr Abteil zurückkehren konnte. Sie ging früh zu Bett und schlief zum rhythmischen Rattern der Räder ein. Die Aufmerksamkeit der anderen Passagiere durch den festlichen Empfang in Winnipeg schmeichelte ihr, wurde aber auch zur Plage, wenn sie im Speisewagen saß und alle paar Minuten jemand vor ihrem Tisch stehen blieb und sie in ein Gespräch verwickelte. Sie reagierte stets mit einem Lächeln und wurde nicht müde, von ihrem Marsch über den Stikine Trail zu berichten. In ihren Erzählungen klangen ihre Erlebnisse immer sehr abenteuerlich, aber damals war es einige Male um Leben oder Tod gegangen, und auch ihre Zeit in Glenora war von zahlreichen interessanten Begegnungen und neuen Freundschaften, aber auch von schmerzhaften Entbehrungen geprägt gewesen. Allein ihre Einsätze als Krankenschwester hatten ihr oft die Grenzen aufgezeigt, vor allem, wenn wieder mal kein Arzt in der Nähe gewesen war.

Als die ersten grünen Hügel von New Brunswick an ihrem Fenster vorbeiflogen, begann ihr Herz schneller zu schlagen. Die Aufregung, nach so langer Zeit in ihre Heimat zurückzukehren und ihre Eltern und Geschwister wiederzutreffen, war größer, als sie vermutet hatte, auch wenn der Anlass für ihre Rückkehr ein besonders trauriger war. Sie hatte John von einem der Bahnhöfe unterwegs telegrafiert, und er wartete mit einem Pferdewagen, als sie in Bath aus dem Zug stieg. In Johnville gab es keinen Bahnhof, nicht mal eine Kutsche hielt dort.

John war sichtlich gealtert. Die Falten in seinem Gesicht waren tiefer, die Haare an den Schläfen weiß geworden. Er war etliche Jahre älter als sie, ein ernster und heimatverbundener Mann, der niemals auf die Idee gekommen wäre, die heimatliche Farm zu verlassen. Er lebte mit seiner zweiten Frau in einem Anbau. »Kate«, begrüßte er sie, als wäre sie gar nicht weg gewesen, »gut, dass du kommst. Ich glaube, Mum wartet mit dem Sterben nur noch auf dich.«

»Ich bin sofort losgefahren, als dein Telegramm kam«, erwiderte sie.

John lud ihr Gepäck auf den Wagen und half ihr auf den Kutschbock. »Und wundere dich nicht, wenn du zu ihr gehst. Sie sieht aus wie der leibhaftige Tod. Die Krankheit hat sie ziemlich gebeutelt. Irgendwas mit der Lunge, sagt der Doc. Sie bekommt kaum Luft und atmet schwer. Es tut weh, sie so zu sehen.«

»Es gab keine Rettung?«

»Nicht für viel Geld. Nicht mal einer dieser teuren Ärzte in Toronto oder New York hätte das hingekriegt. Zu alt und zu schwach, der Körper hat keine Kraft mehr, sich zu wehren. Wenn du mich fragst, hat sie in ihrem Leben zu viel und zu hart gearbeitet. Und dann der Ärger mit den englischen Landbesitzern, die uns noch den letzten Penny aus der Tasche zogen. Sie ist nie darüber hinweggekommen. Es gefiel ihr hier, aber kein Land wäre wie Irland, sagt sie.«

Sie fuhren über eine Landstraße, die sich während der letzten Jahre kaum verändert hatte. Noch immer polterte der Wagen durch zahlreiche Löcher, und manche Pfützen waren so tief, dass die Räder fast bis zur Hälfte darin versanken. Obwohl Kate kaum Gepäck mitgenommen hatte, schien es dem Zugpferd zu viel zu sein. Nur widerwillig zog es den Wagen über die vielen Hindernisse.

»Wir haben getan, was wir konnten«, fuhr John fort. »Vater war den ganzen Tag auf dem Acker, bis sein Rücken so wehtat, dass er kaum noch laufen konnte, ich hab ihm geholfen, so gut es ging, und Annie hat mit Mum in der Küche gearbeitet. Aber du kennst ja unsere Mum … Sie lässt sich nur ungern helfen.«

Kate erinnerte sich. Ihre Mutter war immer in der Nähe, wenn man sich in der Küche zu schaffen machte. Sie wachte eifersüchtig über ihr Reich und konnte sehr ärgerlich werden, wenn man sich am Küchenschrank oder gar an den Kochtöpfen zu schaffen machte. Ähnlich wie ihr Vater, dessen Stolz es auch im fortgeschrittenen Alter nicht zuließ, einem anderen den Pflug zu überlassen. Als »sture Iren« belächelten sie manche ihrer kanadischen Nachbarn, aber Kate wusste es besser: Die Ryans waren stolz auf ihr Land, besaßen nach entbehrungsreichen Jahren endlich ihre eigene Farm und zögerten sogar, sie an ihre Kinder weiterzugeben. Dennoch war jedem klar, dass John und seine Frau sie eines Tages übernehmen würden. John gehörte noch zur alten Garde, sagte ihr Vater.

Das Farmhaus hatte sich ebenfalls kaum verändert. Mit zwei Stockwerken und dem Anbau, den ihr Vater und einige seiner Freunde schon vor ihrer Abreise gebaut hatten, gehörte es zu den größeren Anwesen in Johnville. Ihre Eltern besaßen inzwischen vier Schweine, zwei Milchkühe und zahlreiche Hühner, und auch Randy, ihr struppiger Hofhund, lebte noch. Allerdings war er inzwischen so alt geworden, dass er kaum noch laufen konnte. Ein anderer Farmer hätte ihn vielleicht erschossen, aber die Ryans hingen an dem Hund.

Kate verlor keine Zeit, warf ihren Hut auf einen Stuhl, begrüßte ihre Geschwister und deren Angehörige und stieg die Treppe zum Schlafzimmer ihrer Eltern empor. Als sie das Zimmer betrat, erschrak sie. Die Fenster waren abgedunkelt, damit ihre Mutter nicht geblendet wurde, und neben dem Bett brannte eine Petroleumlampe. Im Lampenschein sah ihre Mutter blass aus, beinahe so, als wäre bereits alles Leben aus ihr gewichen. Aber sie atmete, wenn auch schwer, und ihre Augen besaßen noch einen Rest des alten Glanzes.

Ihr Vater, vom Schmerz gezeichnet, saß auf dem Bettrand und hielt seiner Frau die Hand. »Kate«, flüsterte er, »sie ruft schon seit Tagen nach dir. Ich glaube, sie hat nur mit dem Sterben gewartet, um dich noch einmal sehen zu können.« Er wandte sich seiner Frau zu und streichelte sie sanft. »Kate ist hier, Anne!«, sagte er. In seinen Augen glänzten Tränen. »Sie ist mit dem Morgenzug gekommen.«

Kate beugte sich über sie und sah das dankbare Lächeln in ihren Augen. »Guten Morgen, Mum. Ich bin so schnell gekommen, wie es ging. Man braucht über zwei Wochen vom Yukon bis hierher, mit dem Schiff und der Eisenbahn.«

»Kate!«, erwiderte ihre Mutter. Sie sprach so leise, dass Kate sich noch weiter über sie beugen musste, um sie zu verstehen. »Kate! Du bist hier!«

»Natürlich, Mum. Und ich bleibe hier, bis du wieder auf den Beinen bist«

Ihre Mutter lächelte schwach. »Du musst mir nichts vormachen, Kate. Ich weiß, wie es um mich steht. Ich kriege kaum noch Luft und hab nicht mehr lange zu leben, vielleicht nur Stunden oder Minuten.« Sie sprach langsam, mit längeren Pausen zwischen den Worten, und schien kaum noch Kraft zu haben. »Aber ich wollte alle meine Kinder noch einmal sehen, bevor ich gehe.«

»Und wir sind alle gekommen. Wie immer, wenn du gerufen hast.«

»Ihr seid die besten, Kate. Ihr alle.«

»Wir lieben dich, Mum.«

Kate blickte ihr in die Augen, sah zum letzten Mal die Liebe, die aus ihnen strahlte, und küsste ihre Mutter auf die Stirn. »Wir werden dich niemals vergessen, Mum. Du wirst immer bei uns sein, und ich werde immer deine Stimme hören und deine liebevollen Augen sehen, wenn ich an dich denke.«

»Hol Father Chapman!«, flüsterte ihre Mutter.

Der Pater und der Arzt warteten bereits, und Kate verließ weinend das Zimmer. Nur ihr Vater blieb bei seiner

Frau, als Father Chapman ihr die letzte Ölung gab und den Segen für sie sprach. Nur er erlebte, wie sie ein paar Mal vergeblich nach Luft rang und dann aufhörte zu atmen. Er blieb weinend am Totenbett seiner Frau sitzen und würde erst weichen, wenn der Bestatter sie mit seinem Wagen abholte.

Kate und ihre Geschwister erfuhren vom Tod ihrer geliebten Mum, als der Arzt wenige Minuten später aus dem Schlafzimmer kam und den Kopf schüttelte. Auch er war traurig, dass er nicht hatte helfen können. Entsprechend gedrückt war die Stimmung, als sie an diesem Abend beim Essen saßen. Ihr Vater sagte kein Wort, würde bis zur Beerdigung seiner Frau nicht sprechen, und alle anderen sagten nur das Nötigste und fanden nicht die Kraft, über ihre eigenen Erlebnisse zu reden.

Erst nach der Beerdigung, als die mitfühlenden Worte des Paters in der klaren Luft verklungen waren und eine Kapelle die tote Anne Ryan mit irischen Liedern ehrte, löste sich die Trauer. Bei *Greensleeves*, dem romantischsten aller irischen Liebeslieder, das einer jungen Frau im grünen Kleid gewidmet war, flossen die Tränen bei allen Trauergästen, sogar bei denen, die neu im Dorf waren und Anne Ryan nur flüchtig gekannt hatten. Kates Mutter war in einem grünen Kleid beerdigt worden, eine Verbeugung vor Irland, der grünen Insel, ihrer alten Heimat, die sie über alles geliebt hatte.

»Das Leben wird nicht mehr so sein wie früher«, fand Patrick Ryan am Abend nach der Beerdigung seine Sprache wieder. »Wir werden sie alle vermissen, und ich weiß im Augenblick nicht, wie ich ohne sie auskommen soll«, sagte er vor den Trauergästen. »Aber sie wollte, dass ich nicht aufgebe und mit John und Annie auf der Farm bleibe, um sie weiter zu bewirtschaften. Das musste ich ihr vor ihrem Tod versprechen. Und dass unsere Kinder auch weiterhin das Leben führen, das sie gewählt haben, und glücklich werden. Sie würde vom Himmel auf uns herabblicken und aufpassen, dass uns nichts geschieht.« Er hob sein Glas und prostete allen zu. »Auf Anne, auf meine Frau!«

Das war die längste Rede, die Patrick Ryan jemals gehalten hatte, und Kate würde sich immer an seine Worte erinnern. »Auf unsere Mum!«, sagte sie.

28

Auf dem nahen Campbell Hill, der sich unweit der Farm aus den sattgrünen Wiesen erhob, fühlte sich Kate an ihre Jugend erinnert. Wie oft hatte sie den Hügel erklommen und den Ausblick auf die umliegenden Täler genossen. »Hier oben bist du Irland am nächsten«, hatte ihre Mutter immer gesagt. »So grün sind die Wiesen sonst nur in der alten Heimat.« Am schönsten war es während des Sommers, wenn ein Teppich aus bunten Wildblumen die Hänge bedeckte und lauer Wind über das Land strich und leise Lieder sang. Ein perfekter Platz zum Nachdenken, so still und abgeschieden, als wäre man meilenweit von Johnville entfernt.

Sie beschattete ihre Augen mit einer Hand und blickte nach Nordwesten. Über viertausend Meilen waren es bis Whitehorse, der aufstrebenden Stadt in der Wildnis, in der sie eine neue Heimat gefunden hatte. Sie hatte sich den Traum erfüllt, ihr Leben so zu führen, wie sie es für richtig hielt, und an einem großen Abenteuer teilzunehmen, das in die Geschichte eingehen würde. Der Goldrausch am Klondike beherrschte die Schlagzeilen auf der ganzen Welt.

Sie hatte keinen Goldschatz entdeckt und war nicht mit Nuggets beladen zurückgekehrt, hatte aber klug investiert, führte ein Restaurant, das inzwischen Profit machte, und hatte sich einen respektablen Ruf erworben. Vor allem aber hatte sie etwas gefunden, was sich nicht mit Gold aufwiegen ließ: ihr persönliches Glück. Sie betrachtete ihren

Ring, der verheißungsvoll in der Sonne glitzerte. George! Ausgerechnet in der Wildnis des kanadischen Nordens hatte sie den Mann fürs Leben gefunden. Zu einer Zeit, als sie weitgehend mit sich selbst beschäftigt gewesen war und eigentlich damit gerechnet hatte, ihr Leben allein zu verbringen. Ihre Selbstständigkeit, ihr Geschäftssinn und ihr Draufgängertum kamen nicht bei allen an, auch nicht bei der Kirche, die immer noch predigte, dass die Frau dem Mann untertan zu sein habe. George war anders, er respektierte sie, wie sie war, und liebte sie mit allen Launen, die sie zuweilen zeigte.

»Hey«, hörte sie jemanden sagen. Ihre Schwester Nora, ein paar Jahre jünger als sie, war zu ihr auf den Hügel gestiegen und strich sich die zerzausten Haare aus dem Gesicht. »Hab ich mir doch gedacht, dass du hier bist.« Sie blieb neben ihr stehen. »Der Campbell Hill war immer dein Lieblingsplatz, nicht wahr?«

»Kennst du einen besseren Platz in Johnville?«

»Es war eine schöne Beerdigung«, sagte Nora. »Ich hätte nicht gedacht, dass so viele Leute kommen. Ich hoffe, Mum konnte sie sehen und die Worte von Father Chapman hören. Ich bin sehr traurig, dass sie nicht mehr bei uns ist.«

»Sie war sehr krank. Der Tod muss eine Erlösung für sie gewesen sein.«

»Das ist wahr, aber es tut trotzdem weh. Zu Mum konnte ich immer gehen, wenn ich etwas auf dem Herzen hatte. Wenn es zwischen Jack und mir mal nicht so gut lief, winkte sie bloß ab und sagte: ›Halte fest zu deinem Mann, in guten wie in schlechten Zeiten, dann wird alles gut. Steht schon in der Bibel.‹ Also, ich glaub nicht alles, was in der Bibel steht, auch wenn ich das niemals zugeben würde, aber sie hatte recht. Man muss fest zu seinem Mann halten.«

»Und umgekehrt. Du bist seine Ehefrau, nicht seine Sklavin.«

»Inzwischen ist wieder alles okay.« Wenn Nora lächelte, sah man ihr an, wie jung sie noch war. »Jack kann ein ziemliches Raubein sein, vor allem, wenn er was getrunken hat, aber das kommt nur noch selten vor. Er ist ein guter Ehemann, Kate, und er arbeitet hart. Der Chef des Sägewerks hat ihn letzten Monat zum Vorarbeiter befördert. Jetzt könnten wir uns sogar ein Kind leisten.«

»Bist du etwa schwanger?«

»Nein, nein, aber wir arbeiten dran. Und du?«

»So weit sind wir noch nicht.«

»Du vermisst deinen Mann, nicht wahr? Das würde ich auch, wenn mein Mann so weit weg wäre. Ich dachte, ich falle aus allen Wolken, als ich den Ring an deiner Hand sah. Du bist immer für eine Überraschung gut.«

»Eigentlich wollte ich mich eine Weile von den Männern fernhalten, aber unverhofft kommt oft, sagte Mum immer. Es ist einfach passiert. Plötzlich stand George vor mir, und ich wusste, dass wir zusammengehören.«

»Ein Mountie ... kommst du damit klar?«

»Aber sicher. Ich gehöre ja selbst zur Truppe.« Sie berichtete ihr von ihrer Anstellung als Constable Special. »Nichts Besonderes, ich muss nur ein wenig auf weibliche Gefangene aufpassen, meist leichte Mädchen aus den Saloons.«

»Davon hast du gar nichts erzählt.«

»Soll ich das an die große Glocke hängen?« Kate schüttelte den Kopf. »Wir alle trauern um Mum und haben schon genug zu knabbern, besonders Vater.«

»Er ist ein sturer Ire, er schafft es auch allein.«

Sie schwiegen eine Weile und genossen die warme Mittagssonne. Die Luft war so klar, dass man bis Bath sehen konnte. Eine Dampflok, die einen langen Güterzug durch die Stadt zog, stieß schwarze Rauchwolken in den Himmel.

»Gehen wir morgen alle zusammen in die Kirche?«, fragte Nora.

»Sicher.« Kate bemerkte, wie nervös Nora war. »Was ist denn los?«

»Simon Gallagher wird auch dort sein.«

»Simon Gallagher? Sie haben ihn begnadigt, nicht wahr?«

»Leider«, sagte Nora.

»Gute Führung, hab ich gehört.«

»Und sein reicher Vater hat wohl auch ein wenig nachgeholfen. In seinem alten Beruf als Priester darf er nicht mehr arbeiten, das lässt der Bischof nicht zu, stattdessen spielt er den Manager in der Firma seines Vaters.«

Kate erinnerte sich nur ungern an Gallagher. Er war ihre erste Liebe gewesen, bis ihm seine Mutter verboten hatte, eine Farmerstochter zu heiraten, und ihn zwang, das Priesterseminar zu besuchen. Kate hatte längst erkannt, dass ihre Liebe nur eingebildet gewesen war, und war umso überraschter gewesen, als Gallagher ihr bis zum Yukon nachfuhr und versuchte, sie zurückzuholen. Er stand längst auf der Fahndungsliste der Mounties, hatte etliche Gebote seiner Kirche und zahlreiche Gesetze gebrochen und versuchte, teilweise mit Gewalt, sie zurückzugewinnen. Nicht aus Liebe, eher aus verletztem Stolz. Als falscher Priester in Atlin, der sich an die hilflose Ethel herangemacht hatte, war Gallagher schließlich aufgeflogen und im Gefängnis gelandet.

»Simon Gallagher ... Der hat mir gerade noch gefehlt«, sagte Kate.

»Ich dachte, das solltest du wissen, bevor wir in die Kirche gehen.«

»Was hat ein Mann wie er in einer Kirche zu suchen?«

»Nichts«, antwortete Nora, »aber Father Chapman wagt es nicht, sich gegen Gallaghers Vater aufzulehnen. Charles Gallagher gehört die halbe Stadt, und er spendet der Kirche jedes Jahr beträchtliche Summen. Wenn die Gelder ausbleiben würden, könnte Father Chapman seine Kirche schließen. Weiß ich von Annie, die ist mit Chapmans Haushälterin befreundet.«

Kate hatte ihren Schreck überwunden, empfand aber immer noch Abscheu bei der Vorstellung, Gallagher wiederzutreffen. »Ich würde Gallagher am liebsten erschießen. Der Mistkerl hat so viel Unheil über die Menschen am Yukon gebracht, dass er nichts anderes verdient hat. Eine Frechheit, ihn wegen guter Führung zu entlassen. Einen Priester, der es heimlich mit Prostituierten getrieben und mich sogar entführen und einsperren wollte. Halt mich zurück, falls ich auf ihn losgehen sollte, sonst gibt's noch ein Unglück!«

»Reiß dich zusammen, Kate.«

»Tu ich doch«, erwiderte sie ernst.

Kate hatte bereits ihr Ticket zum Yukon gelöst, als sie sich am Sonntag zum Kirchgang fertigmachte. Wie ihre Schwestern trug sie ein einfaches schwarzes Kleid und einen Strohhut ohne Blumenschmuck. Ihr Vater und ihre Brüder hatten sich in ihre schwarzen, teilweise zu engen Anzüge gequält. Mit dem Pferdewagen fuhren sie zur St. John the Evangelist Church im Nordosten der Stadt.

Etliche Gemeindemitglieder drehten sich nach ihnen um, als sie die Kirche betraten und sich bekreuzigten. Kate hielt den Blick gesenkt und setzte sich neben Nora. Sie sah erst auf, als Father Chapman vor den Altar trat und sich ebenfalls bekreuzigte. Ein schneller Blick verriet ihr, dass Simon Gallagher auf seinem angestammten Platz von früher saß und sie bereits im Visier hatte. Sein Grinsen machte ihr Angst, doch sie ließ sich nichts anmerken und konzentrierte sich auf Father Chapman. »Im Namen des Vaters, des Sohnes und des Heiligen Geistes«, eröffnete der langjährige Geistliche von Johnville den Gottesdienst.

Nora spürte ihre Unruhe und griff nach ihrer Hand. »Reiß dich zusammen!«, flüsterte sie. »Fang bloß keinen Krach an! Denk daran, dass du in Trauer bist! Ein Streit in der Kirche würde Vater, John und Annie nur unnötig belasten.«

»Keine Angst, Nora. Ich kann mich beherrschen.«

Doch ihr Puls stieg mit jedem dummen Grinsen, das sie bei Gallagher sah, und als dessen Mutter, die noch vor zwei Jahren gegen sie gewettert hatte, ein anerkennendes Lächeln vortäuschte, musste Kate sich schwer zusammennehmen, um nicht die Nerven zu verlieren. Mit Kates Aufstieg zur respektablen Geschäftsfrau hatte sich ihre Meinung wohl geändert, und sie versuchte, gut Wetter für ihren Sohn zu machen. Glaubten die Gallaghers tatsächlich, dass sich Kate nach allem, was am Yukon geschehen war, noch einmal mit ihm einlassen würde? Mit einem verurteilten Verbrecher? Anscheinend hatte ihr niemand gesagt, dass die ehemals unerwünschte arme Farmerstochter inzwischen verheiratet war.

Kate hielt tapfer durch, bekam jedoch kaum etwas von der Predigt mit. Lediglich die Worte, die ihr gewidmet waren, drangen zu ihr durch. »… begrüßen wir eine Frau in unserer Mitte, die durch ihre aufopfernde Arbeit als Krankenschwester von sich reden gemacht hat und zu einem Vorbild für uns alle wurde.« Kein Wort über ihre Abenteuerlust, die so gar nicht zu den Idealen ihrer Kirche passte. »Möge sie alte Freundschaften in unserer Gemeinde auffrischen und wieder nach Hause finden.« Der Blick, den der Pater bei diesen Worten auf Simon Gallagher warf, sprach Bände und verriet Kate, dass er mit der reichen Familie gesprochen hatte. Auch er wusste nichts von ihrer Heirat und versuchte wohl, sich für eine besonders großzügige Spende zu revanchieren.

Nach der Messe verabschiedete sich Father Chapman vor der Kirchentür von jedem einzelnen Gemeindemitglied mit Handschlag, wie es seit Langem üblich war. »Danke für die freundlichen Worte, Father«, sagte Kate und zeigte ihm die Hand mit dem Ring. »Wussten Sie, dass ich vor wenigen Wochen geheiratet habe? Ich dachte, das hätte sich schon rumgesprochen. George und ich wurden von einem Priester in Whitehorse getraut. Er ist ein Mountie und konnte leider nicht mitkommen. Noch einmal vielen Dank, Father Chapman.«

»Alles Gute für Sie und George!«, sagte der überraschte Pfarrer.

Kate war bereits auf dem Weg zu ihren Eltern und Geschwistern, die sich abseits der Kirche mit einigen Bekannten unterhielten, als ihr Simon Gallagher entgegentrat. Sie dachte an Noras Worte und versuchte, sich zu beherrschen.

»Kate! Lange nicht gesehen.«

»Kein Wunder nach dem, was du dir alles geleistet hast.«

»Ich war auf dem falschen Weg«, erwiderte er scheinbar kleinlaut, »das gebe ich zu. Ich hätte dich nicht bedrängen dürfen. Aber meine Sehnsucht nach dir war zu groß, und ich konnte einfach nicht anders. Kannst du mir nicht verzeihen?«

»Davon rede ich nicht, Simon. Du hast mich entführt, meine Freundinnen belästigt, sogar die Schwäche der armen Ethel wolltest du mit deinem falschen Spiel ausnutzen. Du hast gestohlen, auch die Kollekte deiner Kirche hast du mitgehen lassen. Der Bischof hat dir nicht verziehen. Warum sollte ich es tun?«

»Ich habe dafür gebüßt. Ich bin jetzt ein anderer Mensch.«

»Das glaube ich nicht«, sagte sie. »Man hat dich begnadigt und verfrüht aus dem Gefängnis entlassen. Wahrscheinlich, weil dein Vater mit einer Spende nachgeholfen hat. Solltest du nicht für ein paar Jahre hinter Gittern bleiben?«

»Man hat mir zugutegehalten, dass ich mich geändert habe.«

»Und was willst du von mir?«

»Meine Gefühle für dich haben sich *nicht* geändert, Kate. Ich begehre dich noch immer. Es ist wahr, ein geistliches Amt darf ich nicht mehr ausüben, aber die Menschen in Johnville haben mir verziehen, und ich bin wieder ein respektabler Bürger. Wir könnten die alten Zeiten vergessen und noch mal von vorn beginnen. Ich arbeite wieder in der Firma meines Vaters und verdiene genug Geld für uns beide. Gib dir einen Ruck, Kate, und komm zu mir zurück.«

»Nein, Simon. Mal abgesehen davon, dass ich dich nicht liebe und ich mir sicher bin, dass du nur hinter mir her bist, weil ich dich in deinem männlichen Stolz verletzt habe, ginge es sowieso nicht. Tut mir leid, Simon.« Sie überlegte kurz. »Nein, es tut mir nicht leid! Dazu hast du mir zu viel angetan, Simon!«

»Aber ich liebe dich, Kate!« Es klang beinahe flehentlich.

»Sorry, Simon.« Sie zeigte ihm ihren Ehering. »Außerdem bin ich schon verheiratet. George und ich haben unser Gelübde abgelegt. Leb wohl, Simon!«

Seine Miene veränderte sich. »George? Dieser Verlierer?«

»George ist kein Verlierer.«

»Er ist ein Mountie. Weißt du, was Mounties verdienen?«

»Darum geht es nicht. Außerdem gehöre ich selbst zur Truppe.«

»Wie bitte?« Er riss die Augen auf.

»Ich bin der erste weibliche Constable der North West Mounted Police. Stand groß in der Zeitung, Simon. Also, sieh dich vor! Der nächste Mountie, der dich auf frischer Tat ertappt und dir Handschellen anlegt, könnte ich sein.«

»Du machst Witze!«

»Nichts läge mir ferner. Und jetzt geh mir bitte aus dem Weg!«

Als Gallagher nicht zur Seite trat, ging sie wortlos an ihm vorbei und schloss sich ihrer Familie an. »Mach uns keinen Ärger«, sagte ihr Vater auf dem Heimweg. »Den würden die Leute nur an uns auslassen. Geh den Gallaghers möglichst aus dem Weg! Sie sind inzwischen noch reicher und haben noch mehr Einfluss als früher und könnten uns das Leben schwermachen, wenn du sie zu sehr reizt. Hilf lieber deinen Schwestern, das Essen zuzubereiten. Wie ich höre, schwärmen sie im Hohen Norden von deinem berühmten Eintopf.«

»Ich koche so, wie es mir Mutter beigebracht hat, Vater.«

Kate war ihrem Vater nicht böse. Er war immer ein mürrischer Mann gewesen und schien nach dem Tod der Mutter erst recht keine Freude mehr am Leben zu haben. Wie Kate ihn kannte, hätte er die Uhr am liebsten einige Jahre zurückgedreht, um eine Erfindung zu machen und groß rauszukommen. Das war immer sein Traum gewesen. Ein guter Farmer zu sein, der hervorragende Ernten hervorbrachte, war ihm nicht genug, aber ohne seine Frau noch schwieriger als vorher. John war ein guter Farmer, aber kein begeisterter Arbeiter, der nach Erfolg strebte, und Annie langweilte sich und hätte lieber in einer großen Stadt gelebt. Wie James und seine Frau, die ins ferne Minneapolis gezogen waren.

Auch Kate spürte, dass sie nicht dazugehörte in Johnville, und fieberte ihrem Aufbruch entgegen. Simon Gallagher hatte nichts mehr von sich hören lassen, doch einen Tag vor ihrer Abreise erschien seine Mutter, als sie beim Mittagessen saßen, und betrat nach kurzem Klopfen das Haus. Sie hielt eine Zeitung in der Hand und hielt sie wie ein Beweisstück hoch, das die Schuld der Gegenpartei besiegelte.

»Ich dachte mir, das könnte Sie vielleicht interessieren.«

»Wir sind gerade beim Essen«, sagte Patrick Ryan. »Hat das nicht Zeit?«

»Eher nicht«, antwortete Mrs. Gallagher mit unverhohlenem Triumph in ihrer Stimme. »Ich lese Ihnen den Bericht gerne vor.« Sie kümmerte sich nicht um die ablehnenden Blicke und las: »Klondike Kate, eine ehemalige Prostituierte aus Kansas, feiert mit ihrem erotischen Flame Dance große Erfolge in Dawson City. Nachdem man sie aus Whitehorse vertrieben hatte, weil sie mehrmals nackt getanzt hatte, kehrte sie vor wenigen Wochen auf die Goldfelder am Klondike zurück und tritt im Theater von Dawson als angeblich respektable Künstlerin auf. In ihrer Begleitung befindet sich neuerdings ein Theaterbetreiber namens Alexander Pantages, der angeblich davon träumt, sie an den Broadway zu bringen. Ob es einer ehemaligen Prostituierten gelingen kann ...« Sie blickte Kate an. »Wenn ich mich nicht irre, sind Sie diese Klondike Kate!«

»Unsinn!«, wehrte sich Kate. »Den Beinamen haben mir die Goldsucher schon vor zwei Jahren gegeben. Kate Rockwell, so heißt die Dame aus dem Artikel wirklich, hat mir den Namen gestohlen, um damit Kasse zu machen. Sie hat was gegen mich, weil ich es war, die geholfen hat, sie aus Whitehorse zu vertreiben. Wenn Sie glauben, die Missetaten Ihres Sohnes auf diese Weise verdrängen zu können, haben Sie sich getäuscht. Ich bin eine anständige Frau!«

»Wer weiß, meine Liebe, wer weiß.«

Mrs. Gallagher verschwand, und Kate spürte die betroffenen Blicke aller Familienmitglieder auf sich gerichtet. »Ich habe die Wahrheit gesagt«, betonte sie. »Ich war niemals eine Prostituierte, und vom Tanzen verstehe ich überhaupt nichts. Und ich würde mich eher in einem Loch verkriechen, als nackt auf eine Bühne zu treten. Die Gallaghers versuchen krampfhaft, mich zu verleumden.«

»Das wissen wir doch alle«, sagte Nora.

»Man sollte die Zeitung verklagen, die so etwas schreibt. Ich bin sicher, er wird seine Angaben schon in der nächsten Ausgabe widerrufen. Ich werde der Zeitung telegrafieren und sie bitten, eine Ausgabe nach Johnville zu schicken.«

»Wir glauben dir, Kate«, sagte ihr Vater. »Das ist genug.«
»Danke, Vater.«
»Aber so ein Gerücht hat die Angewohnheit, sich rasend schnell zu verbreiten, und wir könnten eine Menge Ärger bekommen. Wir lieben dich alle, Kate, und wir wissen, dass die Gallaghers dir Böses wollen, dennoch wäre es vielleicht besser, wenn du möglichst bald wieder zum Klondike zurückfährst.«

»Morgen früh, Vater«, erwiderte sie.

29

Mit jeder Meile, die sich ihr Zug der Westküste näherte, freute sich Kate mehr auf ihre Rückkehr nach Whitehorse. Sie vermisste George noch mehr, als sie befürchtet hatte, und konnte es kaum erwarten, ihn wieder nahe bei sich zu haben. Sie freute sich auf Maggie und Nellie, die zu guten Freundinnen und fähigen Mitarbeiterinnen geworden waren, auf Inspector Primrose, Mabel de Luxe und Guiseppe di Fortunato und die Wildnis mit ihren riesigen Wäldern und geheimnisvollen Tieren. Das Land am Yukon River weckte Gefühle in ihr, die man nur empfinden konnte, wenn man dort heimisch war. Ihr Herz schlug schon bei dem Gedanken schneller, und sie spürte die Freudentränen in ihren Augen.

Die Zugfahrt verbrachte Kate mit Träumen und Lesen. Auf fast jedem größeren Bahnhof kaufte sie eine Zeitung und suchte nach Artikeln über die falsche Klondike Kate, konnte jedoch nichts finden. Andere Themen waren wichtiger. Der Burenkrieg in Afrika, an dem auch kanadische Soldaten teilnahmen, die bevorstehende Präsidentenwahl in den USA und der Feldzug einer gewissen Carrie Nation, die eine ältere Schwester von Sister Florence zu sein schien und Saloons im amerikanischen Mittelwesten verwüstete, in der Hoffnung, ein allgemeines Alkoholverbot durchzusetzen. Kate bezweifelte, dass sie Erfolg haben würde. Mit Alkohol wurde zu viel Geld verdient, nicht nur am Klondike.

In Vancouver, das schon über zwanzigtausend Einwohner zählte, stieg Kate auf ein Dampfschiff nach Skagway um. Diesmal hatte sie eine Kabine für sich allein. Sie verbrachte viel Zeit an Deck, stand an der Reling und ließ das bewaldete Ufer an sich vorbeiziehen. Im ruhigen Wasser, durch die vorgelagerten Inseln vom offenen Meer getrennt, tauchten Delfine auf und begleiteten das Schiff, weiter nördlich reckten Wale ihre gewaltigen Schwanzflossen aus dem Wasser. An den Flussmündungen warteten Männer auf Lachse.

Sie hatten bereits die Queen Charlotte Islands hinter sich gelassen, als Kate eine ungewöhnliche Gestalt neben einem der Rettungsboote auffiel. Sie war wie ein Mann gekleidet, ein Fallensteller oder Waldläufer, doch ihre Gestalt kam Kate trotz der weiten Jacke und des Schals, den sie über den Kopf gezogen hatte, eher weiblich vor. Sie betrachtete die Gestalt genauer, wartete geduldig darauf, bis der Schal verrutschte und für einen Augenblick ihr Gesicht zu sehen war, und erstarrte. Elsie Maloney? Die Hexe? Kam sie zurück, um ihr geraubtes Gold aus dem Versteck zu holen? Besaß sie die Tollkühnheit, an Bord eines Dampfschiffes nach Norden zu reisen? Glaubte sie, dass man sie inzwischen vergessen hatte und nicht mehr nach ihr suchte? Fühlte sie sich unbesiegbar?

Kaum vorstellbar. Nur wenige hatten die Hexe bisher zu Gesicht bekommen, aber von einer früheren Festnahme, als sie noch mit ihrem Ehemann auf Raubzug gewesen war, existierten eine verwackelte Fotografie und Beschreibungen, die in mehreren Zeitungen des Nordens abgedruckt waren. Die Gefahr, von jemandem erkannt zu werden, war viel zu groß. Dass sie es dennoch versuchte, sprach für ihre Kaltblütigkeit und vielleicht auch für ihre Schlauheit, denn wer würde auf die Idee kommen, dass sie wie eine Normalbürgerin ins Yukon-Territorium reiste und die Grenzkontrollen in Kauf nahm? Sie musste sich falsche Papiere besorgt haben, und ansonsten verließ sie sich wohl auf ihre Verkleidung. Woher sollte sie auch ahnen, dass Kate an Bord des Schiffes war.

Oder bildete sich Kate das alles nur ein?

Kate wartete darauf, dass sich die Gestalt ihr erneut zuwandte, dann trafen sich ihre Blicke, und die Hexe reagierte augenblicklich. Sie rannte zum nächsten Niedergang, nahm zwei Stufen auf einmal auf dem Weg zum unteren Deck und verschwand durch eine der Luken, die der Mannschaft vorbehalten waren.

Sie war es! Jetzt gab es keinen Zweifel mehr!

Kate rannte hinter ihr her, war durch ihr Kleid behindert und stolperte beinahe auf den Stufen des Niedergangs, erreichte das nächste Deck und riss die Luke auf, durch die Elsie Maloney verschwunden war. Düsteres Halbdunkel empfing sie. Sie tastete sich zögernd durch einen Gang vorwärts und erreichte eine weitere Luke, die angelehnt war. Die Hexe war ins Innere des Schiffes vorgedrungen.

Doch Kate hatte kaum die Luke berührt, als sie erkannte, dass die Hexe sie mit einem billigen Trick hereingelegt hatte. Urplötzlich tauchte sie hinter ihr auf, und das nächste, was Kate spürte, war ein heftiger Schlag auf den Kopf. Dass sie in einen Lagerraum gezogen und mit ihren eigenen Handschellen an eine Rohrleitung gefesselt und mit einem Knebel im Mund liegen gelassen wurde, bekam sie nicht mehr mit. Die Hexe schloss die Tür hinter sich und verschwand im langen Gang.

Als Kate aus ihrer Bewusstlosigkeit erwachte, waren mehrere Stunden vergangen. Sie setzte sich auf und bewegte den Kopf, stöhnte vor Schmerz und sank rasch wieder zurück. Sie griff sich an den Hinterkopf. Außer einer Beule hatte sie nichts abbekommen. Warum hatte Elsie Maloney sie nicht getötet? Weil der Schuss sie verraten hätte? Weil sie kein Aufsehen wollte, um im nächsten Hafen klammheimlich verschwinden zu können? Kate glaubte kaum, dass sie seit ihrer letzten Begegnung weicher geworden war. Eine gemeine Verbrecherin wie Elsie wurde nicht weich und schreckte auch vor Mord nicht zurück.

Kate konnte sich unmöglich selbst befreien, und sie bezweifelte, dass man ihre Hilferufe hören würde. Ihr blieb nichts anderes übrig, als sich in ihr Schicksal zu fügen und darauf zu warten, dass jemand etwas aus dem Lagerraum brauchte und die Luke öffnete. Leider gehörte nichts von dem, was dort lagerte, zu den Dingen, die man oft benötigte. Kleidung für die Crew, Kisten mit Werkzeug, Schwimmwesten, davon hatten die Männer reichlich an Deck.

Durch einen Spalt in der Decke des Raums konnte Kate erkennen, ob es Tag oder Nacht war. Nachdem sie stundenlang um Hilfe gerufen und anderweitig versuchte hatte, auf sich aufmerksam zu machen, fügte sie sich in ihr Schicksal. Schlimm war nur ihr Durst, und sie sah böse

Zeiten auf sich zukommen, wenn es nicht bald zu regnen begann und Wasser durch den Spalt tropfte.

Noch schlimmer war allerdings, dass das Schiff am späten Abend noch einmal anlegte und Elsie Maloney die Gelegenheit gab, endgültig von Bord zu verschwinden und in der Wildnis unterzutauchen. Kate versuchte, sich an ihren Streckenplan zu erinnern. Der Halt musste Wrangell gewesen sein, die Siedlung, von der auch Kate vor zwei Jahren zum Yukon aufgebrochen war, nur dass Elsie Maloney sich ein Pferd kaufen und relativ bequem nach Norden reiten konnte. Wenn sie erst einmal vom Trail abgebogen und in der Wildnis verschwunden war, würde niemand sie mehr finden, nicht mal ein Spurenleser.

Am späteren Vormittag kam Kate endlich frei. Einer der Matrosen war auf sie aufmerksam geworden. Der junge Mann hatte nach einem bestimmten Werkzeug gesucht, sie entdeckt und sie mit einem der anderen Werkzeuge von ihren Handschellen befreit. Die Schlüssel hatte die Hexe eingesteckt und wahrscheinlich ins Meer geworfen, als sie das Schiff verlassen hatte. »Ich bringe Sie zum Captain«, sagte der Matrose. »Sie haben ihm bestimmt einiges zu sagen.«

Captain Nicholas hörte staunend zu, als Kate ihm berichtete, und blickte sie verwundert an. »Sie sind bei den Mounties? Ich wusste gar nicht, dass auch Frauen bei deen mitmachen dürfen. Warum haben Sie denn nichts gesagt?«

»Ich hatte doch keine Ahnung, dass Elsie Maloney an Bord ist!«, antwortete Kate. »Und dann ging alles viel zu schnell. Ich habe instinktiv gehandelt. Inzwischen weiß ich auch, dass ich unvorsichtig war. Mein Fehler, Captain.«

»Und inzwischen hat Elsie Maloney unser Schiff verlassen.«

»Sind Sie sicher?«

»Ganz sicher«, sagte er. »In Wrangell sind einige Passagiere von Bord gegangen, darunter auch die Frau, die Sie als Hexe bezeichnen. Da niemand von uns ihre wahre Identität erkannte, haben wir nichts dagegen unternommen.«

»Wann sind wir in Skagway?«

»Morgen früh.«

»Dann werde ich von dort aus telegrafieren, obwohl es keinen großen Unterschied machen wird. Die Hexe weiß, dass wir hinter ihr her sind, und hält sich längst versteckt.« Sie blickte aufs Meer hinaus. »Sie ist schlau und gerissen. Aber wenn wir sie nicht bald fangen, ist es um unseren Ruf geschehen.«

Skagway hatte sich nicht verändert, war immer noch eine Stadt, die mit ihren Saloons, Spielhallen, Tanzpalästen und Bordellen besser in den Wilden Westen gepasst hätte. Ähnlich wie Dawson City, nur dass der Trubel in Skagway noch wilder und ungezügelter war. Fast ununterbrochen fielen Schüsse, die meisten aus Übermut in die Luft abgefeuert. Musik spielte, Gläser klirrten, und die Prostituierten gingen noch rabiater vor als in Lousetown und bereicherten sich, wie und wo sie konnten. Das Gesetz gab es praktisch nicht, oder es tanzte nach der Pfeife von Ausbeutern, die alle Fäden in der Hand hielten.

Ein Gepäckträger lud Kates Koffer und die Reisetasche auf einen Pritschenwagen und nahm sie auf dem Kutschbock mit. Es war noch früh am Morgen, aber der Zug der White Pass & Yukon Railroad stand bereits zur Abfahrt bereit. Sie kaufte ein Ticket und bekam einen Fensterplatz in einem der vorderen Wagen. Von draußen waren das Zischen der Lokomotive, die Dampf abließ, und die Unruhe auf dem Bahnsteig zu hören. Der Bahnhof lag am Broadway, der Hauptstraße von Skagway, und die Abfahrt war immer noch ein Ereignis. Dass der Zug den Aufstieg zum White Pass schaffte, galt als technisches Wunder.

Trotz der Sorgen, die ihr die Rückkehr der Hexe bereitete, genoss Kate die lange Fahrt. Die Aussicht war atemberaubend, als sich der Zug zum Pass hinaufwand, und auf den Brücken, die in schwindelerregender Höhe über Flüsse und Täler führten, stützte sie sich unwillkürlich am Fenster ab aus Angst, sie könnte das Gleichgewicht verlieren oder in Ohnmacht fallen. Diese Brücken seien Wunderwerke der Technik, hörte sie einen Mann sagen, der angeblich beim Bau dabei gewesen war. Den anderen Passagieren, die anscheinend öfter mit dem Zug unterwegs waren, schien die abenteuerliche Fahrt nichts auszumachen.

Auf dem letzten Teilstück zwischen Caribou Crossing und Whitehorse, als die Berge hinter ihr lagen, blickte Kate lächelnd aus dem Fenster. Der Zug fuhr über die Trasse, die Maggie und sie noch als Trail benutzt und nur mit einem anstrengenden Marsch gemeistert hatten. Was für ein Unterschied zur Fahrt mit dem Zug, der dieselbe Strecke in nicht einmal zwei Stunden schaffte und sich durch kein Hindernis aufhalten ließ! Noch war ihre Freude verhalten. Maggie und Nellie würden sicher auf sie warten, doch bei George war sie nicht sicher. Sie hatte Inspector

Primrose vom Bahnhof in Skagway telegrafiert und ihm von der Rückkehr der Hexe berichtet, und es war gut möglich, dass er mit einer Einheit versuchte, sie abzufangen, bevor sie das Gold aus ihrem Versteck holte.

Sie wusste, was auch von einem guten Constable Special erwartet wurde, und ging zum Camp der Mounties, bevor sie ihrem Gepäck folgte, das ein befreundeter Frachtwagenfahrer zu ihrem Haus brachte. Die Flagge wehte über dem Paradeplatz, und der Inspector war noch im Dienst. Er hatte sie durchs Fenster kommen sehen und winkte sie in sein Büro, als sie das Blockhaus betrat. Er drückte seinen Zigarillo im Aschenbecher aus. »Schön, dass Sie wieder hier sind, Constable Special … Kate. Und danke für das Telegramm.« Er berührte seinen Schnurrbart, wie er es immer tat, wenn er nervös war.

»Inspector Primrose«, grüßte sie ihn knapp.

»Um die schlechten Nachrichten gleich vorwegzunehmen«, fuhr er fort, »Ihr Mann ist leider unterwegs. Nach Ihrem Telegramm musste ich ihn sofort losschicken. Zwei Constables begleiten ihn. Sie versuchen, Elsie Maloney den Weg abzuschneiden. Tut mir leid, ich hätte Ihnen gern was anderes gesagt.«

»Das hatte ich beinahe erwartet.«

»Ich denke mal, das ist unsere letzte Chance, die Hexe zu verhaften und ein größeres Debakel für die North West Mounted Police zu vermeiden. Wir nehmen an, dass sie nach Norden kommt, den Trail aber meidet, um uns nicht in die Arme zu laufen. Wenn ich nur wüsste, wo sie ihr Gold versteckt hat! Es muss irgendwo liegen, wo es kein Mensch vermutet. Wir haben in Indianerdörfern und einsamen Hütten nachgesehen und es nicht gefunden. Ein Armutszeugnis, das mich den Job kosten kann, wenn mir nicht bald etwas einfällt.«

Kate blickte auf die Landkarte neben dem Fenster. Sie zeigte die Goldfelder zwischen Caribou Crossing und Dawson City, ein Gebiet von unvorstellbaren Ausmaßen, für dessen Erkundung man viele Jahre bräuchte. Gelegenheitsdiebe spürten die Mounties relativ schnell auf; sie brauchten dazu nur die Siedlungen der Goldsucher und die Indianerdörfer abzuklappern, denn allein in der Wildnis hätte ein Mann, der zum ersten Mal am Yukon war, niemals überlebt. War der Gesuchte ein Fallensteller, ein Indianer oder irgendein anderer, der an das Leben in der Wildnis gewöhnt war, wurde es schwieriger. Das Land war so riesig, dass man schon unverschämtes Glück haben musste, um fündig zu werden.

Wo zum Teufel hatte Elsie Maloney ihr Gold versteckt? In einer verlassenen Goldmine? In der Geisterstadt, in der sie die Hexe gesehen hatte? In einer Höhle? Vergraben hatte sie es bestimmt nicht, das wäre bei dem Permafrost ziemlich anstrengend gewesen.

Kate hatte laut gedacht, aber der Inspector winkte ab. »Da haben wir überall nachgesehen. Wir erwischen sie nur noch, wenn es George und den Constables gelingt, sie auf ihrem Weg nach Norden abzufangen. Ich bin sehr zuversichtlich, dass sie es schaffen. Sie kann uns nicht ständig an der Nase herumführen.«

»George wird Sie nicht enttäuschen, Sir.«

Kate verabschiedete sich und kehrte in ihr neues Haus zurück. Nachdem sie ihre Koffer ausgepackt und sich gewaschen und umgezogen hatte, ging sie die paar Schritte zum Restaurant. Zu dieser späten Stunde war kaum noch etwas los. Maggie, Nellie und ein Mann, den sie erst bei näherem Hinsehen erkannte, saßen an einem Tisch und tranken Tee. »Ich bin zurück, Ihr Lieben!«, rief sie.

»Kate!«, riefen Maggie und Nellie fast gleichzeitig.

Der junge Mann am Tisch war Joseph Lacrosse, der Reporter, der Maggie schon vor Kates Abreise umworben hatte. Er hatte anscheinend gute Karten. Maggie schien den Schock über das Schicksal ihres Ehemannes überwunden zu haben und wirkte glücklich und befreit. Nur weil es sich für eine Witwe nicht schickte, innerhalb des Trauerjahres erneut zu heiraten, hielten sie sich noch zurück. Maggie hatte keine Lust, sich mit ihrem Pfarrer anzulegen oder sich einen schlechten Ruf einzuhandeln.

»Ich mag ihn sehr«, flüsterte Maggie, als Joseph frischen Kaffee holte.

»Das freut mich«, erwiderte Kate.

Joseph kehrte zurück und füllte ihre Becher auf. »Ich habe einen Artikel über Sie geschrieben«, sagte er zu Kate. »Nur Gutes. Er erscheint morgen im *Northern Star*. Wussten Sie, dass die *Bennett Sun* nach Whitehorse umgezogen ist und einen neuen Namen hat? Es sind Artikel im Umlauf, die Sie mit dieser Tänzerin in Dawson verwechseln, nicht nur im Norden, auch in den überregionalen Zeitungen, und ich wollte das ein für alle Mal richtigstellen. Ich kann doch nicht zulassen, dass man so etwas über die wahre Klondike Kate verbreitet.«

Kate war erleichtert. »Sie wissen gar nicht, was für einen großen Gefallen Sie mir damit tun. Die Gerüchte waren schon bis in meinen Heimatort an der Westküste gedrungen. Ich werde die Zeitung sofort nach Hause schicken.«

»Und wenn es manche Leute dann immer noch nicht wahrhaben wollen, werde ich Sie um ein Interview bitten. Mit der Dame in Dawson habe ich übrigens auch gesprochen. Sie war ziemlich arrogant und sagte, ich solle mich zum Teufel scheren. Sie wäre die einzig wahre Klondike Kate, und außerdem wäre sie ein Star und wollte mit einer biederen Wirtin nichts zu tun haben.«

»Ja, die Dame kann ziemlich beleidigend sein«, erwiderte Kate. »Dabei habe ich mich nie um den Namen gerissen. Ich bin Kate Ryan, das reicht mir völlig.«

Nachdem Joseph gegangen war, saßen Kate, Maggie und Nellie noch über eine Stunde beisammen, tranken Tee und tauschten Neuigkeiten aus. Maggie schwärmte von Joseph, obwohl sie nach ihrer großen Enttäuschung vorsichtig war und nichts überstürzen wollte. Nellie gestand, wie viel Spaß es ihr gemacht hatte, in Kates Abwesenheit die Chefin zu spielen. Und Kate meinte, mehr Heimweh nach dem Yukon als nach Johnville gehabt zu haben. »Aber es war gut, meinen Vater und meine Geschwister zu sehen und besonders meiner Mutter noch Lebewohl zu sagen, bevor sie an ihrer schweren Krankheit starb.«

Als Kate berichtete, dass sie die Hexe gesehen hätte, erschraken Maggie und Nellie. »George und zwei Constables versuchen, ihr den Weg abzuschneiden, aber sie ist raffiniert, und wer weiß, wo sie ihr Gold versteckt hat. In der Geisterstadt, dachte ich, aber da haben die Mounties längst nachgesehen.« Sie blickte die Freundinnen an. »Wo würdet ihr denn so viel Gold verstecken?«

»Dort, wo niemand ein solches Versteck erwartet«, sagte Maggie.

»Auf einer Farm. In einer Schule. Einer Kirche«, ergänzte Nellie.

»Auf einem Raddampfer«, schlug Maggie vor.

»Einem Schiff?«, fragte Kate verwundert. »Da würde man das Gold doch viel zu schnell entdecken. Die Mounties würden sie finden, wenn sie an Bord geht, selbst wenn sie unter falschem Namen reist, und von Bord käme sie erst recht nicht unbemerkt. An einer Anlegestelle werden Dampfer bewacht.«

Maggie überlegte eine Weile. »Wie wär's mit einem Wrack? Ungefähr zwanzig Meilen nördlich von hier liegt ein ausgebrannter Dampfer am Ufer. Joseph hat erst neulich einen Bericht über den Dampfer geschrieben. Ein leichtes Mädchen mit einer Kerze soll den Brand ausgelöst haben. Zum Glück wurden alle Passagiere gerettet. Das Wrack wird wohl ewig am Ufer liegen bleiben. Die Bergung ist zu teuer, hat Joseph erfahren, und nicht mal Grizzlys und Wölfe sollen sich dort hinwagen, weil ... Auf dem Schiff soll es spuken.«

»Im Ernst?«

»Ich würde jedenfalls nicht an Bord gehen«, sagte Maggie.

»Ich schon«, erwiderte Kate.

30

Am frühen Morgen sattelte Kate ihr Pferd, packte etwas Proviant in die Satteltaschen und ritt zum Camp der North West Mounted Police. Inspector Primrose war noch beim Frühstück und blickte überrascht auf. »Constable Special Ryan!« Er nannte sie Constable Special, Ma'am oder Kate, wie es ihm gerade einfiel. »Ich dachte, Sie schlafen erst mal richtig aus. Gibt es ein Problem?«

Kate berichtete ihm von ihrem Verdacht. »Maggie hat mich darauf gebracht. Das Wrack liegt ungefähr zwanzig Meilen nördlich von hier. Es ist schwer zugänglich und soll dort wohl auch liegen bleiben. Eine Bergung wäre viel zu teuer.«

»Im Wrack eines Raddampfers?«, wunderte sich Primrose. »Ein seltsames Versteck, aber ich gebe zu, darauf würde wohl kaum einer kommen. Leider kann ich im Augenblick keinen Mann entbehren. Wir versuchen, Elsie Maloney im Süden und Westen abzufangen, bevor sie ihr Versteck erreicht, und dazu brauche ich fast alle einsatzfähigen Männer. Die Männer, die noch hier sind, brauche ich für Notfälle, die jederzeit eintreten können, wie Sie wissen.«

»Ich habe vor, selbst mal in dem Wrack nachzusehen.«

»Das halte ich für keine gute Idee.«

»Ich werde kein unnötiges Risiko eingehen, Inspector«, versprach Kate. »Die Chancen, dass die Hexe schon dort ist, sind sehr gering. Selbst wenn sie ein Pferd geliehen oder gestohlen hat, muss sie noch unterwegs sein. Und wenn doch, gehe ich ihr aus dem Weg und komme so schnell wie möglich zurück.«

»Na schön«, gab Primrose nach. »Aber ich habe Sie eingestellt, um weibliche Gefangene zu bewachen, und nicht, um sich auf einen Kampf mit einer gefährlichen Killerin einzulassen. Also gehen Sie bitte kein unnötiges Risiko ein.«

»Sicher, Inspector.«

Düstere Gewitterwolken näherten sich dem Yukon, als Kate nach Norden ritt. Es war so schwül, dass sie ihre Mackinaw-Jacke und ihren Regenmantel hinter den Sattel gebunden hatte und in leichter Hose und Baumwollbluse ritt. Ein breitkrempiger Hut schützte sie gegen die ungewohnten Sonnenstrahlen. Ein Aufzug, in dem sie in Johnville nicht mal auf den Acker gegangen wäre.

Der Trail führte am Ufer des Yukon River entlang. Nachdem das Eis geschmolzen war, strömte das Wasser wieder unablässig nach Norden, ein majestätischer Strom, der nördlich von Whitehorse in stoischer Ruhe dahinfloss und eine besondere Magie ausstrahlte, die schon seine ersten Entdecker beeindruckt hatte. Obwohl sie bereits seit mehr als zwei Jahren in der Wildnis des Hohen Nordens lebte, spürte auch sie dieses erhebende Gefühl, als sie ihr Pferd auf einer Lichtung anhielt und über den Fluss blickte. Störend waren nur die Moskitos, die dicht beim Ufer summten und es auch auf sie abgesehen hatten.

Kate wusste selbst, wie gering die Chancen waren, die Beute der Hexe auf dem Wrack zu finden. Aber auch wenn es sich dabei nur um einen verrückten Gedanken ihrer Freundin handelte, sah sie es als ihre Pflicht an, dort nachzusehen. Der Aufwand war gering, und wenn sie tatsächlich auf die Beute der Hexe stieß, konnte man wenigstens einige ihrer Opfer entschädigen. Sie erwartete nicht, die Hexe zu treffen, trug aber ihren Revolver und ihr Gewehr bei sich. Sie hatte Angst, jemals eine Waffe auf einen Menschen oder ein gefährliches Tier richten zu müssen, dennoch fühlte sie sich sicherer mit den Schusswaffen.

Nur um die Möglichkeit einer unliebsamen Überraschung auszuschließen, lenkte sie ihr Pferd zwischen die Schwarzfichten und suchte nach verräterischen Spuren. Falls die Hexe ungesehen an den Mounties vorbeigekommen war und sich wider Erwarten in der Nähe aufhielt, hatte sie sich bestimmt vom Trail ferngehalten und war parallel dazu durch den Wald geritten. Im Schritt ritt Kate über den Hals ihres Pferdes gebeugt durchs Unterholz, ohne verräterische Hufabdrücke zu entdecken. Lediglich die Spuren eines Wolfs fand sie. Die Spuren von Wölfen und Grizzlys erkannte jeder, der im Norden wohnte.

Sie zügelte ihr Pferd und blickte sich aufmerksam um, aber der Wolf, der sie schon seit zwei Jahren zu begleiten schien, war nirgendwo zu sehen. Falls er in der Nähe war, hielt er sich gut versteckt. Sie hatte keine Angst vor ihrem Schutzgeist, auch wenn er in der wirklichen Welt existieren sollte. Selbst bei einer Begegnung mit einem Rudel wilder Wölfe wäre sie nicht in Panik geraten. Wölfe griffen Menschen nur an, wenn sie sich in höchster Not befanden.

Nach einigen Meilen durch das Unterholz kehrte sie auf den Trail zurück. Die Gewitterwolken waren näher gekommen und verdunkelten die Sonne, die nur noch selten eine Lücke fand. In der Ferne grollte Donner. Der frische

Wind, der über den Fluss wehte, brachte den Geruch von Regen mit. Kate hielt an und schlüpfte in ihren Regenmantel, ritt aber unbeirrt weiter. Sie hoffte, noch vor dem Gewitter beim Wrack zu sein und nach der Beute suchen zu können.

Der ausgebrannte Raddampfer lag an einer Flussbiegung und war durch überhängende Bäume und Gestrüpp verdeckt. Nur weil Maggie ihr die Stelle genau beschrieben hatte, ritt Kate nicht daran vorbei. Sie band ihr Pferd an einen Baum und steckte den Revolver in die Manteltasche, für alle Fälle, wie sie sich selbst gegenüber betonte. Sie blieb eine Weile stehen und ließ ihren Blick schweifen. Weder von ihrem Schutzgeist noch von Elsie Maloney war etwas zu sehen. Es war beinahe unheimlich still, nur der Wind war zu hören, bis gewaltiger Donner den Boden zu erschüttern schien, gleichzeitig fuhr ein greller Blitz aus den Wolken und schlug nahe der Biegung ein. Das gewaltige Krachen war so laut, dass ihr Pferd scheute.

Kate ließ sich nicht beirren und bahnte sich einen Weg zu dem Wrack. Sie drückte das Gestrüpp zur Seite, bis sie freie Sicht auf den ausgebrannten Raddampfer hatte. Er bot einen erbärmlichen Eindruck, war rußgeschwärzt und lag zu einem Drittel auf dem Ufer. Das Oberdeck war eingebrochen, die beiden Schlote lagen ein Deck tiefer. Alle Fenster waren zerbrochen, in den meisten hielten sich nur noch einige Scherben im Rahmen. Auch das Unterdeck hatte dem Brand nicht standgehalten, überall lagen abgebrochene Planken herum. Das Lotsenhaus mit dem großen Ruder lag zerborsten auf dem Vorderdeck.

Über einen flachen Felsen, der vom Ufer ins Wasser ragte, betrat Kate den zerborstenen Raddampfer. Ein Teil des Decks ragte in den Fluss hinein, und sie ging sehr behutsam vor, um nicht das Gleichgewicht zu verlieren und im Wasser zu landen. Je angestrengter sie nach der Beute suchte und in Kabinen und Frachträume blickte, desto weniger war sie überzeugt, dass sich Maggies Verdacht bewahrheiten würde. Wäre es nicht viel zu gefährlich für die Hexe gewesen, ihre Beute auf einem schwankenden Wrack zu deponieren? Oder war es noch stabiler gewesen, als sie es betreten hatte? War die Beute im Fluss versunken?

Wieder blitzte es, sodass Kate sogar im Inneren des Wracks geblendet wurde, und ein gewaltiger Donner erschütterte das Land. Einen Augenblick hatte sie Angst, der Blitz würde einschlagen und ein neues Feuer entfachen, aber er verglühte, ohne dass etwas geschah. Stattdessen begann es zu regnen. Der Himmel öffnete sich, und schwere Tropfen trommelten auf das Wrack. Von allen Seiten drang der Lärm auf sie ein, in einem wilden Rhythmus, der das Ende der Welt zu beschwören schien. Der Raddampfer ächzte und knarrte unter den Einschlägen und begann zu schwanken.

Was dann geschah, passierte so schnell, dass Kate sich später nur undeutlich daran erinnerte. Gerade hatte sie die Satteltaschen mit der Beute auf einem höhergelegenen und relativ stabil wirkenden Teil des Decks gefunden und starrte auf die gestohlenen Nuggets und Feldmünzen, als das Krachen eines Schusses den Lärm übertönte. Dicht neben Kate schlug eine Kugel in die Schiffswand ein.

Kate schrie auf und duckte sich unwillkürlich, weil sie mit einer zweiten Kugel rechnete, doch stattdessen ertönte ein verzweifelter Schrei durch das Wrack. Fassungslos beobachtete sie, wie eine dunkle Gestalt durch den Rückstoß ihres Gewehres ins Wasser geschleudert wurde, wild mit den Armen ruderte und mit den Beinen unter zersplitterte Planken zu liegen kam. Nur der Kopf ragte noch aus dem Wasser. Ihr Gewehr war ihr entglitten und versank im Yukon River.

Elsie Maloney!

Die Hexe hatte es geschafft, an den Mounties vorbeizukommen und das Wrack schneller zu erreichen, als Kate vermutet hatte. In dem Lärm, den das Gewitter verursachte, war sie nicht zu hören gewesen. Auch sie hatte nicht damit gerechnet, jemanden an Bord anzutreffen, aber sie hatte schneller reagiert als Kate.

Jetzt schwebte sie in Lebensgefahr und war auf Kates Hilfe angewiesen. »Hilfe!«, rief sie in Panik. »Ich brauche Hilfe, verdammt! Meine Beine … meine Beine sind eingeklemmt! Allein komm ich nicht raus!«

Kate näherte sich ihr vorsichtig, immer darauf bedacht, nicht selbst einzubrechen. Mit Schrecken erkannte sie, dass die Hexe kaum ihren Kopf über Wasser halten konnte, immer wieder unterging und prustend wieder hochkam.

»Sie?«, wunderte sich die Hexe. Sie rang japsend nach Luft.

»Ich hab Ihre Beute gefunden. Pech für Sie, Elsie! Jetzt wandern Sie endlich ins Gefängnis!« Sie musste beinahe schreien, um von ihr gehört zu werden.

»Scheiß auf das Gold! Holen Sie mich hier raus!«

Kate ging in die Knie und versuchte, die Planken von ihren Beinen räumen, doch sie hatten sich verkantet und saßen zu fest. Man kam nur unter Wasser an sie heran. Wenn Elsie Maloney leben sollte, musste Kate in den Fluss steigen.

Als sie erkannte, wie schlecht es um die Hexe stand und dass sie nicht mehr lange durchhalten würde, zögerte sie nicht länger. Sie zog ihren Regenmantel und die Jacke aus, warf beides ans Ufer und stieg in den Fluss. Das Wasser war nicht so kalt, wie sie befürchtet hatte, aber selbst in Ufernähe noch einigermaßen tief; es reichte ihr fast bis zum Hals. Sie tauchte unter und tastete sich an den Beinen der Hexe entlang bis zu den Planken, die sich zwischen zwei Balken verschoben hatten und sich kaum bewegten, als Kate daran zog. Sie versuchte es noch einmal, bis sie keine Luft mehr bekam und neben der Hexe auftauchte.

»Schneller, verdammt!«, schimpfte Elsie. »Machen Sie schon!«

Kate tauchte wieder unter und versuchte sich diesmal an einem der Balken. Tatsächlich schaffte sie es, ihn eine Handbreit zur Seite zu drücken. Die Planken gaben nach, und es gelang ihr, die Beine der Hexe freizubekommen.

Als sie schnaufend auftauchte, sah sie, dass die Hexe zu viel Wasser geschluckt hatte und dabei war, das Bewusstsein zu verlieren. Nur unter größter Kraftanstrengung gelang es Kate, sie unter den Schultern zu packen und aus dem Wasser zu ziehen. Auf immer noch schwankendem, aber einigermaßen sicherem Boden brachte sie die Bewusstlose dazu, das Wasser zu erbrechen und wieder zu sich zu kommen. Sie packte die benommene Hexe erneut unter den Armen, zog sie ans Ufer und ließ sie im Ufergras liegen. »Sie sind verhaftet!«, sagte Kate, zog ihre neuen Handschellen aus der Tasche und legte sie der Verbrecherin an.

Triefend vor Nässe kehrte sie ins Wrack zurück und zog sich die Jacke und den Regenmantel über. Viel nasser konnte sie nicht mehr werden, aber beide Kleidungsstücke hielten den frischen Wind auf, der mit dem Gewitter gekommen war. Sie holte die Satteltaschen mit der Beute aus dem Frachtraum und kletterte an Land.

Die Wut der Hexe, als sie die Satteltaschen sah, war so groß, dass ihre Flüche sogar den Donner übertönten. Kate sank erschöpft neben sie und konnte kaum glauben, dass sie die gefürchtete Elsie Maloney gefasst hatte. »Haben Sie wirklich geglaubt, Sie kämen auf Dauer damit durch?«, fragte sie. »Früher oder später fangen die Mounties jeden, das hätten Sie doch wissen müssen. Jetzt können Sie froh sein, wenn Sie nicht am Galgen landen. War es das wert, Elsie?«

Die Hexe hatte sich aufgesetzt und spuckte ins Gras. Von ihrer Schönheit war nicht viel übrig. Ihre Miene war verzerrt vor Wut, und in ihren Augen sprühten ein Feuer, das dem in der Hölle in nichts nachstand.

»Wo ist Ihr Pferd?«, ließ Kate nicht locker.

Die Hexe antwortete nicht.

»Wollen Sie laufen? Soll ich Sie von meinem Pferd mitschleifen lassen?«

»Eine Viertelmeile von hier.« Elsie deutete zum Waldrand.

Kate folgte der Richtung und kehrte mit dem Pferd der Hexe zum Ufer zurück. Als sie die Hexe holen wollte, erkannte sie, dass sich Elsie Maloney zum Wasser geschleppt hatte und wohl hoffte, ihr Gewehr aus dem Fluss fischen zu können. »Das würde ich nicht versuchen, Elsie! Sie würden nur ertrinken.«

Sie zog die Gefangene ins Gras zurück und dachte gerade darüber nach, wie sie die Hexe durch das Gestrüpp bringen sollte, als Hufschlag erklang. Blitz und Donner waren weitergezogen, der Regen hatte nachgelassen, und das Geräusch war deutlich zu hören. Kate ließ die Hexe liegen und kletterte zum Trail hinauf.

Drei Mounties näherten sich ihr. Noch war der Regendunst zu dicht und sie zu erschöpft, um die Reiter zu erkennen. Alle drei trugen Regenmäntel und hielten ihre Gewehre in den Händen, als sie die Gestalt und die Pferde sahen.

»George!«, flüsterte Kate. Und dann lauter: »Bist du das, George?«

»Kate!«, kam es zurück. »Kate! Mein Gott, Kate!«

Er sprang aus dem Sattel, sie lief auf ihn zu, warf sich ihm entgegen, und sie lagen sich minutenlang in den Armen. Sie umarmten und küssten sich, ungeachtet des Regens und Kates durchnässter Kleider, bis sie sich daran erinnerten, dass zwei Constables in der Nähe waren und sicher nur mühsam ein Grinsen unterdrückten. Widerwillig lösten sie sich voneinander, und George rief den anderen Mounties zu: »Noch nie ein Liebespaar gesehen? Kümmert euch um die Gefangene! Setzt sie auf ihr Pferd, und legt ihr eine Wolldecke um die Schultern. Soll niemand sagen, wir würden unsere Gefangenen unmenschlich behandeln.«

Auch Kate hüllte sich in eine Wolldecke, die sie wie jeder Mountie zusammengerollt hinter dem Sattel trug, und schmiegte sich an ihren Mann, als er sie erneut in die Arme schloss. »Sie hat mich überrascht«, sagte Kate später, »kam an Bord, als ich die Beute gefunden hatte, und wollte mich erschießen.« In wenigen Sätzen berichtete sie, was dann passiert war, und sagte: »Ich konnte sie doch nicht ertrinken lassen ... obwohl sie es verdient hätte. Sie hat eine Menge Unheil über die Menschen gebracht. Wenigstens ihr Gold bekommen die meisten wieder.«

Sie machten sich auf den Heimweg. Die beiden Constables ritten voraus, gefolgt von der Hexe, deren grimmige Miene diesem Namen alle Ehre machte. Kate und George ritten am Schluss und hielten ihre Waffen griffbereit, um der Gefangenen keine Möglichkeit zur Flucht zu geben. Noch einmal durfte die Hexe nicht entkommen. Nicht nur der Ruf der Mounties stand auf dem Spiel.

Die dunklen Wolken waren weitergezogen, und die Sonne kehrte zurück; dennoch fror Kate. Ihre nassen Kleider klebten am Körper. Die Wolldecke schützte sie nur wenig vor dem frischen Wind. Sie atmete erleichtert auf, als sie endlich die Stadt erreichten. Neugierige Blicke folgten ihnen bis zu Kates Wohnhaus. Mit vorgehaltenem Gewehr zwangen sie die Hexe, sich abzutrocknen und eine Wollhose und einen alten Pullover von Kate anzuziehen. Prüderie war in einer solchen Situation fehl am Platz. Die Handschellen waren bereits wieder zugeschnappt, als Kate zwei Filzpantoffeln aus dem Schrank zog und sie ihr vor die Füße warf.

»Ich komme nach«, sagte Kate.

Inzwischen waren Maggie und Nellie aus dem Restaurant gekommen, und Nellie rannte sofort los, um im Hotel eine Badewanne mit heißem Wasser für sie vorzubereiten. Kate nahm das Angebot dankend an, musste sich allerdings mit einem detaillierten Bericht über ihr Abenteuer revanchieren, während sie in der Wanne lag. Ihre Freundinnen saßen neben ihr und hörten aufgeregt zu.

»Du bist eine Heldin!«, sagte Maggie. »Das musst du Joseph erzählen!«

»Immer langsam!«, hielt Kate sie zurück. »So mutig war ich nicht. Ich hatte großes Glück, dass der Rückschlag Elsie ins Wasser geworfen hat, sonst läge ich wahrscheinlich tot im Fluss.« Ihr Lächeln wirkte befreit. »Aber ich bin heilfroh, euch wiederzusehen ... und George! Der Albtraum ist endlich vorbei, Leute!«

In frischen Kleidern und ihrem Uniformmantel lief Kate zum Camp der North West Mounted Police, wo der Inspector und George bereits auf sie warteten. »Tut mir leid, Inspector, ich musste mich erst mal landfein machen.«

»Ich hatte Sie gewarnt, Constable Special«, erwiderte Primrose.

»Es ging nicht anders, Sir.« Sie berichtete dem Inspector, was passiert war, und erntete einen wohlwollenden Blick. »Ich hab getan, was ich konnte.«

»Und das war mehr, als die männlichen Kollegen geschafft haben.«

»Ich hatte aber auch Glück.«

»Seien Sie nicht so bescheiden. Ein Sergeant sollte selbstbewusst sein.«

»Ein Sergeant?«

»Jawohl, ich befördere Sie zum Sergeant, Ma'am«, sagte der Inspector.

Kate blickte George an. »Dann musst du ab sofort meine Befehle ausführen?«

»Das kann ja heiter werden«, erwiderte George lachend.